Omdat jij er niet meer bent

LOUISE CANDLISH

OMDAT JIJ
ER NIET
MEER BENT

the house of books

Oorspronkelijke titel
Since I Don't Have You
Uitgave
Sphere, an imprint of Little, Brown Book Group, London
Copyright © 2007 by Louise Candlish
Copyright voor het Nederlandse taalgebied © 2008 by The House of Books,
Vianen/Antwerpen

Vertaling
Mariëtte van Gelder
Omslagontwerp
Cunéra Joosten
Omslagdia
Stefan Klein
Foto auteur
Andrew Burton
Opmaak binnenwerk
ZetSpiegel, Best

ISBN 978 90 443 2052 7
D/2008/8899/20
NUR 302

Proloog

Londen, 1988

Ik weet niet meer precies wanneer we ons pact sloten, maar het idee kwam natuurlijk van Jenny. Zij was van ons drieën degene die zich het eerst voor iets zou inzetten, of zich zou laten meeslepen, afhankelijk van hoe je het bekeek. Oliver noemde haar 'ons heethoofd'.

We zaten in ons stamcafé. De kleintjes lagen in hun buggy's te slapen. Plotseling keek Jen naar de omringende tafels, alsof ze luistervinken vermoedde, en zei zacht maar dwingend: 'We zouden elkaar moeten beloven voor elkaars dochters te zorgen. Je weet wel... als het noodlot toeslaat.'

Ik keek lichtelijk ontdaan op van mijn koffie. Het 'noodlot' sloeg toch alleen toe bij anderen, mensen over wie je in de krant las? Ons kon niets gebeuren. Mariel, die naast me zat, trok een wenkbrauw op. Ik besloot haar eerst aan te horen, voordat ik zelf commentaar gaf. Als je Jenny onze betoger kon noemen, was Mariel degene die het hoofd koel hield, de realist.

'De kans dat beide ouders tegelijkertijd terminale kanker krijgen, is uiterst klein,' zei ze nuchter. 'Net als de kans dat ze beiden met een vliegtuig neerstorten zonder dat hun kind erbij is. Heus, Jen, geen van onze dochters zal wees worden.'

Jenny trok een lelijk gezicht, pakte een pluk van haar dikke, kopergouden haar en legde er een vlecht in. Het was een zenuwtrekje van haar: ze maakte een strakke vlecht die ze vanzelf weer liet losraken. 'Nou, ook als er maar één ouder doodgaat, dan.' Ze keek Mariel vastbesloten aan. 'Toby vliegt toch voor zijn werk de hele wereld over? Zit hij nu niet in het Verre Oosten?'

'Jen!' Nu ging ze echt te ver, vond ik, maar Mariel lachte erom. 'Goh, bedankt voor dat bemoedigende idee. Ik zal tegen mijn man zeggen dat hij zijn levensverzekering moet ophogen.'

'Mariel, ik meen het. Die dingen gebeuren!'

We keken elkaar allemaal sprakeloos aan. 'Goed, ik doe mee,' zei ik toen. De andere twee waren net zo verbaasd over mijn ernst als ikzelf. Wie van ons ook 'getroffen' mocht worden, Jen had een gevoelige snaar geraakt en ik was niet van plan me er doof voor te houden. Oliver hield er de gekste werktijden op na en dronk beangstigend veel, dus ik moest er niet aan denken dat mij iets zou overkomen, waarna Emma zou worden overgedragen aan een estafetteploeg kinderjuffen onder leiding van Olivers moeder of, nog erger, zijn secretaresse.

'Mariel?' zei Jen vragend.

Mariel knikte. De vleugels van haar donkere boblijn zwiepten over haar wangen. 'Natuurlijk doe ik mee. Je weet dat ik alles voor de meisjes doe.'

'Dat is dan afgesproken,' zei Jen voldaan. 'We zúllen ze samen uitzwaaien als ze gaan studeren, al is het het laatste wat we doen. Oxford, dacht ik zo, of nee, Harvard!'

Mariel grinnikte erom, maar ik was nog niet klaar voor een luchtiger stemming. 'En ze zullen elkaar ook altijd hebben,' zei ik.

'Als ze goed met elkaar kunnen opschieten,' zei Mariel kies.

'Waar heb je het over? Natuurlijk worden ze vriendinnen,' verklaarde Jenny streng, en nu kon ik weer glimlachen. Ik wist dat ze allebei hetzelfde dachten als ik: dat als de vriendschap tussen onze dochters de onze ook maar enigszins benaderde, ze van geluk mochten spreken. Ze zouden drie keer zo goed toegerust zijn voor het leven, drie keer zo goed beschermd.

Alles met drie vermenigvuldigd.

Deel I

Nu ben ik zes en dat is zo fijn
Ik hoef nooit ouder dan zes te zijn.

Naar A.A. Milne

I

Londen, juli 1994
Toen de moeders hun kinderen van Emma's partijtje voor haar zesde verjaardag kwamen halen, vroegen ze waar Oliver was. Het was tenslotte vrijdagmiddag, weekend, en iedereen wist dat een kinderpartijtje staat of valt met de vader.

Ik moest dus wat opmerkingen over me heen laten komen:

'Is hij er niet? Goh, wat jámmer.'

Inderdaad.

'Hij is zeker weg voor zijn werk? Een reis waar hij niet onderuit kon?'

Nee, hij zit gewoon op kantoor.

'En hij kon niet weg? Ook niet een paar uurtjes?'

Kennelijk niet.

'Nou,' zei Lesley Sherwood, de moeder van Ruby, 'als je het mij vraagt, is dat een goede reden om van hem te scheiden!' Ik constateerde opgelucht dat de kleine Ruby als laatste vertrok.

'Rach, kom wat drinken,' riep Mariel vanuit de deuropening van de woonkamer. Ik vermoedde dat ze al een tijdje stond te wachten op een kans om tussenbeide te komen en me te redden. 'Moet je zien, de meiden zijn rustig!'

'De meiden', een verzamelnaam die we zelfs gebruikten als Cats boertje Jake er ook bij was, hingen in hun gekreukte feestjurken op de bank, met hun benen uitgestrekt zodat je de vieze zolen van hun maillots kon zien. Kleine debutantes, eindelijk gekalmeerd door de dageraad. Om hen heen lagen linten en slingers, bordjes met taartkruimels en verfrommelde servetten, maar de meiden hadden alleen oog voor het tv-scherm, waar ze alle drie even gefascineerd naar keken. Disney. Doornroosje, als ik me niet vergiste.

Catherine, Daisy en Emma: onafscheidelijk, zoals we al hadden gehoopt. Cat zat in het midden, met haar hoofd op Daisy's schouder, en weer viel het me op dat haar gezicht per onderdeel op haar vader of haar moeder leek, zoals in zo'n spelletje waarbij iemand een lichaamsdeel tekent, het papier omvouwt en aan de volgende doorgeeft, tot het resultaat in zijn volle onsamenhangendheid wordt onthuld. De dikke bos bruin haar had ze van Toby – vouw – de wijd uiteen staande bruine ogen met groene spikkels en de smalle neus van Mariel – vouw – de krachtige mond en kaaklijn van Toby – vouw – en de zwanenhals en tengere sleutelbeenderen van Mariel.

Daisy was een ander soort kruising, met Jens hartvormige gezichtje en heldere, argeloze blik, maar Bobs scherpere profiel. Alleen Emma leek een volmaakt miniatuurtje van maar één ouder te zijn, maar ik wist van foto's van mezelf op haar leeftijd dat ik niet half zo bekoorlijk was geweest: grote helderblauwe ogen, jukbeenderen die al zo geprononceerd waren dat anderen me erop wezen en haar in een zachte, lichtblonde tint die geen kapsalon voor volwassenen kon imiteren. Ze wordt een schoonheid, zei iedereen. Dat is met geen mogelijkheid te voorspellen, zei ik dan, mijn trots met zorg verbergend. Hoe dan ook, ze waren nu al schoonheden, die drie, en alle andere dansende elfjes die hier vandaag hadden gespeeld.

Ik liep met Mariel mee naar de keuken, waar Jen de staartjes doodgeslagen champagne in smoezelige flûtes schonk. 'Laat maar, ik zal iets lekkers voor ons pakken,' zei ik.

Met een zilveren slinger die aan mijn enkel was blijven hangen achter me aan slierend wurmde ik me langs de berg paarse ballonnen en de scheve toren ongeopende cadeautjes naar Olivers wijnkelder, waar de temperatuur en de vochtigheidsgraad werden geregeld door een ondoorgrondelijk apparaat bij de deur, en deed op goed geluk een greep. Weer boven pakte ik drie kristallen glazen uit een kast hoog boven het bereik van kinderhanden.

Mariel zakte op een keukenkruk en proefde. 'Hm, dat is écht lekkere wijn,' zei ze.

Jen grinnikte. 'Hé, die heeft Oliver toch niet "opgelegd" voor Emma's eenentwintigste verjaardag, hoop ik?' Mariel en ik gniffelden om haar komisch lage, hoogdravende stem. Alleen mijn moeder, die de afwasmachine stond in te ruimen, gaf geen kik. Ik hoopte dat ze uit de blik die ik haar toewierp zou opmaken dat zulke opmerkingen geestig waren, grappig, in de verste verte geen blijk van verraad.

'Alysa, wil je echt niet bij ons komen zitten?' vroeg Jen, die er niet tegen kon als er mensen werden buitengesloten. Ik had haar eerder aan mam horen vragen hoe de verjaardag van een kind in Griekenland werd gevierd, wat me erop had gewezen dat mam toen ze zo oud was als Emma nog op haar geboorte-eiland Santorini had gewoond. Jen hoopte ongetwijfeld op verhalen over woeste feesten waar met borden werd gesmeten en in grote kringen werd gedanst, maar mam praatte liever niet over haar vaderland, tenzij ze ons wilde waarschuwen dat er 'een vloek op rustte', en die lieve, zorgzame Jen had haar pogingen moeten staken.

'Mam, we hebben dorst, we moeten iets drinken...'

'Ha, daar is het jarige Jetje zelf!' Emma kwam een zoen bij me halen. Ze wreef met haar hoofd langs mijn ribben tot ik door mijn knieën zakte, mijn armen om haar heen sloeg en mijn neus in dat beeldige haar duwde, dat naar iets tussen citroen en toffee in rook. Ik vroeg me af, zoals zo vaak, wanneer de knuffels plaats zouden maken voor gemopper, gezeur om een tv op haar slaapkamer en gejengel om een steeds hogere kledingtoelage.

Zes. Was ze mijn kleine meisje nog wel, of was ze al mijn grote meid? Ze had zelf een mijlpaal van deze dag gemaakt. Vanaf het moment dat ze kon praten, zei ze al dingen als 'als ik zes ben', of 'was ik maar zes', of 'zes is de mooiste leeftijd'. Niet dat ze dacht dat het leven bij zes begon, zoals oudere meisjes naar hun zestiende konden uitkijken, zo redeneerde ze nog niet. Het was meer dat ze dacht dat er niets hogers te bereiken was. Het gedichtje dat de meisjes zo graag opzeiden, verwoordde het perfect.

Nu wrong ze zich uit mijn omhelzing en liep naar mijn moeder. 'Oma, kom je met ons naar de film kijken?'

Alysa nam haar uitgestoken hand aan. 'Goed, lieverd.'

Zoals altijd deed het me goed een blijk van hun hechte band te zien, en ik was dankbaar dat mijn eigen verhouding met mijn moeder er beter door was geworden. Het was gek om terug te denken aan de bijna-stilte van acht jaar geleden, toen mijn vader was overleden en we elkaar bijna hadden opgegeven. (Nee, ik had haar laten schieten. Nu ik Emma had, besefte ik dat mam nooit op het idee zou zijn gekomen mij te laten vallen.) Een patstelling, meer was het niet geweest, en als iemand een patstelling tussen twee volwassenen kon doorbreken, was het wel een kind.

Ik ging er eventjes bij zitten, want ik wist dat mam het fijn vond om tussen ons in te zitten, zoals ze ooit door haar echtgenoot en haar kind was geflankeerd. Ze had haar eigen ouders het grootste deel van haar jeugd voor zich alleen gehad en voelde zich daardoor prettig als deel van een drietal.

Jullie tweeën zijn alles wat ik heb... Ze zei het niet hardop, maar ik wist dat ze het dacht.

Ja, gelukkig als onderdeel van een drietal, maar ook bedacht op de gevaren die het bood.

Toen ik in de keuken terugkwam, vroeg Mariel: 'Waar zit Oliver nou echt?'

'Op zijn werk, natuurlijk. Hij heeft wat cliënten uit Japan op bezoek. Ik heb nooit gedacht dat hij zou kunnen komen.'

'God, hij kan wel tot het uiterste gaan, hè?'

Ik haalde mijn schouders op. 'Het is het eind van de wereld niet.'

'Nou, ik vind dat je veel begrip toont,' zei Jen. Ze keek even naar de open deur en vervolgde toen fluisterend: 'Zeker na de zaak-Charlotte.'

De *zaak.* In zekere zin was het grappig om een verhouding een 'zaak' te noemen, zeker in het geval van Oliver, voor wie het een zeldzaam geval van iets niet-zakelijks moest zijn geweest. Charlotte was een stagiaire, een blijkbaar onweerstaanbare nieuwe aanwinst, en ik herinnerde me hoe ik bij Mariel en Jen had uitgehuild, hoe mijn lijf elk kruimeltje troost nodig had gehad dat zij met het hunne konden bieden, maar onder het huilen had ik me al voorgenomen hem terug te nemen.

Jens ogen schoten vuur. 'God, als ik Bob met een ander betrapte, zou ik zoiets doen als die vrouw in Amerika, hoe heette ze ook alweer, Rabbit?'

'Bobbit? Die de penis van haar man had afgesneden?' Mariel giechelde. 'Nou, je zult als pedicure het juiste gereedschap wel bij de hand hebben, neem ik aan. Of moet je van Bob je gereedschap in de auto bewaren? Dat lijkt me wel verstandig, van nu af aan. Ik laat me niet oproepen om voor je te getuigen, dank je feestelijk.'

Ik lachte geamuseerd, maar Jenny was nog niet klaar. 'Ik vind vreemdgaan gewoon, ik weet niet, onvergeeflijk. Als je elkaar niet meer hoeft, kun je toch gewoon scheiden?'

Het bleef stil. Ik ving Mariels blik en ze beet op haar onderlip, een onmiskenbaar teken dat ze iets dacht wat ze niet in gezelschap wilde zeggen. Ik had zo'n idee wat het was en wist dat ik erop kon rekenen dat ze van onderwerp zou veranderen om mij te sparen. We kenden elkaar al een paar jaar toen Jenny erbij kwam en er waren een paar dingen die ik alleen aan Mariel had verteld, of eigenlijk ging het vooral om één ding. Charlotte konden we met ons drieën bespreken, dat voelde goed, maar niet wat erop was gevolgd.

'Denk je dat Bob en jij ooit gaan trouwen?' vroeg ze Jen op die praktische toon van haar, gepolijst door jaren werken met ziekenfondspatiënten. Wat ze natuurlijk ook bedoelde, was of Jen dacht dat ze ooit uit elkaar zouden gaan. Jen begreep het, wierp nog een voorzichtige blik op de deur en gaf antwoord op de impliciete vraag.

'Ik erger me soms wel aan hem, maar hij is Daisy's vader.'

Mariel knikte. 'Ja, en als mensen uit elkaar gingen vanwege wat ergernis, zouden er geen stellen meer zijn.' Het was echt een opmerking voor Mariel. Haar rotsvaste geloof in haar eigen huwelijk met Toby had tot een verdraagzaam standpunt ten opzichte van andere, minder voorbeeldige verbintenissen geleid: ontrouw, conflicten en 'opstandjes', zoals zij het noemde, waren geen van alle onoverkomelijk. Tekortkomingen moest je niet alleen vergeven, maar ook vergeten. Ikzelf was iets te sterk geneigd dingen te onthouden.

'Jen! Schat, wat is er?' Mariel sloeg snel haar arm om Jenny heen, die tot mijn grote schrik in huilen was uitgebarsten. Ik leunde opzij, deed de keukendeur dicht en ging aan Jens andere kant zitten.

Ze plukte verwoed aan haar haar en huilde tranen met tuiten. 'Het is, o, god, het slaat nergens op, maar hij kan soms zo naar me kijken. Bob. Die blik in zijn ogen, die minachting. Alsof hij me veel irritanter vindt dan vroeger, maar ik ben niets veranderd, dat weet ik zeker.'

'Stil maar,' zei ik. 'Natuurlijk ben je...'

'Ik ben het gewoon allemaal zo zat,' onderbrak ze me snotterend. 'Zo spuugzat!' Ze keek naar de glimmende keukenkastjes en hoge ramen achter me. 'Ik weet niet, we werken ons kapot, maar het lijkt niets op te leveren.'

Mariel hield omzichtig het glas in Jens hand rechtop. 'Schat, je bent afgepeigerd. Zullen Rachel en ik dit weekend op Daisy passen, zodat jullie samen weg kunnen?'

Jen schudde haar hoofd. 'We zitten zo krap dat dat niet eens kan. Trouwens, ik vraag me af of ik wel een heel weekend met hem alleen wil zijn.'

'Een etentje dan,' opperde ik. 'Morgenavond. Of gewoon naar het café. Even met zijn tweetjes het huis uit. Dat moet voldoende zijn.'

'Dank je, heel graag.' Jen pakte een roze feestservet van het aanrechtblad en veegde haar neus en ogen af. 'God, wat bezielt me? Daisy mag me zo niet zien.'

Ik wierp een blik op de dichte deur. 'Wees maar niet bang, ze horen niets. Trouwens, ze zijn toch helemaal in de ban van de knappe prins.'

Mariel keek van Jen naar mij en glimlachte. 'Hoelang zou dát zo blijven?'

Oliver kwam om tien uur thuis, toen Emma al sliep en ik hard op weg was haar voorbeeld te volgen. Hij praatte over verkeersopstoppingen, maar ik zag de knipperende cijfers op computerschermen nog in zijn ogen. Zijn ooit tengere botstructuur werd al verdoezeld door een laag vet, wat er, in combinatie met het feit dat zijn blonde haar de laatste tijd grijs leek te zijn geworden, voor zorgde dat hij er ouder uitzag dan hij was; hij had gemakkelijk kunnen doorgaan voor iemand van tien jaar ouder, zo'n versleten jongen uit het zakenleven, gebroken door zijn bank. Terwijl ik de afwasmachine uit-

ruimde, hoorde ik hem de trap op sluipen – hij deed altijd zo gekunsteld 'stil', als een inbreker in zijn eigen huis. Onervarenheid
zou je het kunnen noemen als je vals wilde zijn, want elke ouder die
wel eens een kind naar bed brengt, weet dat het na zo'n verjaar-
dagspartijtje als dat van vandaag door het opstijgen van de Concor-
de heen zou slapen.

De wijnfles op het aanrecht was leeg. Misschien had Oliver hem
echt voor een speciale gelegenheid opgelegd. Arme Oliver. Ik wist
niet meer wanneer ik was gaan meedoen met mijn vriendinnen
wanneer ze mijn echtgenoot belachelijk maakten. Ik hen zelfs aan-
moedigde, met het idee dat hij niet te beledigen was of, nog erger,
het recht niet had zich beledigd te voelen. Ik maakte mezelf wijs dat
Jen en Mariel zo goed als mijn zussen waren, even loyaal als discreet, en dat we net zulke opmerkingen over Toby en Bob maakten,
maar dat laatste was niet waar. Bob was veel te gecompliceerd om
zo gemakkelijk af te doen, met zijn driftaanvallen en passies die iedereen meesleurden: vliegeren, traditioneel gebrouwen bier drinken
of het opnieuw invoeren van onderwijs in de klassieken (dat laatste
werd zo'n halszaak voor hem dat hij op een dag naar de school van
de kinderen ging en probeerde de leraar over te halen hem toestemming te geven meteen met alle leerlingen naar het Brits Museum te
gaan om daar de beelden uit de Atheense Akropolis te bekijken). Ja,
Bob dreef ons tot wanhoop, maar we haalden het niet in ons hoofd
hem te bespotten.

Toby was eerst míjn vriend geweest, voordat een van ons beiden
Mariel kende, en dus was hij vrijgesteld van de regel van minder-
waardigheid die voor Oliver en Bob gold. Hij zou nooit het soort
echtgenoot zijn dat tweedimensionaal bleef in de gedachten van
mensen die zijn vrouw beter kenden, maar Oliver wel. Zo oneerlijk
was dat ook weer niet, want wat hij de andere twee stellen en de
laatste tijd mij ook liet zien, was oppervlakkig genoeg om een ste-
reotype te zijn; dat van de wijn klokkende bankier in pak. Ik wist
wat de anderen dachten, dat hoefden ze niet hardop te zeggen: hij
was best aardig, niets op aan te merken, maar je kon je gewoon niet
voorstellen dat hij ooit iets echt menselijks zou doen, zoals seks
hebben, poepen of de vuilnisbakken buiten zetten, of, kennelijk, een

spelletje stoelendans meedoen. Ik wist uiteraard wel beter, of dat had ik althans vroeger gedaan. Daar was het, net toen hij weer bij de keukendeur opdook: dat gevaarlijke, instinctieve overstappen op de voltooide tijd, juist datgene wat ik uit alle macht had willen ontkennen.

Ik deed mijn best om gepast naar hem te glimlachen. 'Hoe is het met haar?'

'Uitgeteld.'

Ik onderdrukte mijn ergernis om de sportmetafoor, zijn favoriete manier van communiceren. Niet doen, sprak ik mezelf vermanend toe, hij is je man, hij heeft zijn eigen onhebbelijkheden en jij de jouwe, denk erom! Slikte hij zijn ergernis ook wel eens weg, vond hij het vervelend dat het een en al feeën, prinsessen, liefdeshartjes en glitter moest zijn? Vroeg hij zich af of ik dit roze en paarse domein speciaal had opgetrokken om hem buiten te sluiten? Toen dacht ik: denkt hij wel ooit op die manier, kruipt hij in mijn huid zoals ik in de zijne kruip, en als hij dat waarschijnlijk toch niet doet, waarom zou ík me dan druk blijven maken?

Ik vond een open fles witte wijn in de koelkast en schonk een glas voor hem in. 'Nou, ze heeft een fantastische dag gehad. Ze vindt het heerlijk om zes te zijn.'

'Ja, wie niet? Zij maakt zich niet bepaald zorgen om haar volgende belastingaanslag, toch?' Hij klokte zwijgend het halve glas naar binnen. 'Is je moeder naar huis gegaan?'

'Ja. Ze heeft me geweldig geholpen. Tegen het eind heeft ze bijna alles gedaan. Al het opruimwerk. Ik moet haar morgen een bos bloemen sturen om haar te bedanken.'

Hij keek me vragend aan en ik vroeg me af wat ik verkeerd had gezegd. Mam was echt een grote hulp geweest. Toen drong het tot me door dat mijn vriendelijkheid hem bevreemdde; hij had verwacht dat ik hem een uitbrander zou geven, waar ik alle recht toe had. Ik voelde een steek onversneden schuldgevoel, gevolgd door verontwaardiging omdat ik met uitbranders werd geassocieerd terwijl ik alleen maar mijn best deed een redelijke echtgenote te zijn.

'Nou, mijn dag was afgrijselijk,' zei hij, gevolgd door precies het soort zucht dat ik verwachtte, lang en heldhaftig. Ik noemde het zijn

Odysseus-zucht, de zucht die hij slaakte wanneer hij de terugge-
keerde krijgsheer was, de kostwinner die behoefte had aan een
voedzame maaltijd en een warm bed, geen avond vol 'waar ben jij
verdomme geweest?' van zijn vrouw. 'Hé, het spijt me dat ik niet
weg kon, het...'

'Het geeft niet,' zei ik. Zijn en mijn 'het' vielen precies samen.
Had hij zijn zin niet afgemaakt, of had ik hem onderbroken? We
vulden elkaar zo langzamerhand zo geroutineerd aan dat het met
geen mogelijkheid te zeggen was. Echtelijke communicatie op de
automatische piloot: echt naar elkaar luisteren kwam er amper nog
aan te pas. Ik dacht aan Jen, die een paar uur geleden nog in deze
keuken had zitten huilen. Nou, wat ze ook voor problemen had met
Bob, ik kon me niet voorstellen dat die twee zo langs elkaar heen
praatten. Ik legde de theedoek neer. 'Ik ga in bad, ik ben kapot.'

Ik moest me er bewust toe zetten contact met hem te maken toen
ik langs hem liep. Ik legde mijn hand even op zijn buik en streek
met mijn schouder langs de zijne. En hij moest zich er bewust toe
zetten het gebaar in ontvangst te nemen, wat hij deed door te knikken en zijn lippen naar me te tuiten in een schim van een kus. Daarna konden we allebei weer onze gang gaan.

2

Het was een heldere, windstille dag en de verkeersgeluiden van Pimlico Road klonken vreemd versterkt. Zelfs met de ramen dicht leek ik me er niet voor te kunnen afsluiten.

'Rachel,' zei Simon, mijn chef, op zijn mooiste kantoortoon. 'Heb je even?'

Ik keek braaf op van mijn bureau bij het raam. Ik kende Simon door en door en was zijn kantoorpersonage dan ook kolderiek gaan vinden. Naast hem stond een meisje met een uitdrukkingsloos gezicht in een zwarte broek en een grijze zijden blouse.

'Mag ik je voorstellen aan onze nieuwe assistente, Harriet? Wil jij haar wegwijs maken?'

Toevallig wilde ik dat niet. Ik werkte parttime en had weinig tijd over, zeker als ik in de lunchpauze de boodschappen voor het weekend moest doen, maar Simon weigerde mijn signalen op te vangen en dus zat ik met de taak opgezadeld. Ik zou moeten overwerken om de verloren tijd in te halen. Gelukkig haalde Jen de meiden die dag van school, en ze iets te eten geven en met hun huiswerk helpen hoorde daar ook bij.

Mariel, Jen en ik waren er als vanzelf toe gekomen onze huishoudens te combineren, in elk geval op schooldagen. We hielden er ingewikkelde werkschema's op na: ik werkte drie dagen per week als beeldredacteur voor een kleine uitgever van kunstboeken, met een extra ochtend hier en daar als er iemand met vakantie was; Jen werkte als zelfstandig pedicure op afroep en Mariel, die net was bevallen van Jake, ging binnenkort weer aan de slag als apotheker in het gezondheidscentrum waar ze doorgaans van maandag tot donderdag werkte.

Bij de gedachte aan Cats kleine broertje fleurde ik op. Natuurlijk zou ik dat nieuwe meisje inwerken. Het was waarschijnlijk haar eerste baan; ze zou wel zenuwachtig zijn.

Ik lachte stralend naar haar. 'Oké, Harriet, ik haal even koffie en dan zal ik je alles wijzen. Daarna kun je gewoon over mijn schouder kijken, dan leg ik je uit wat ik doe, goed?'

'Goed.'

Ik regelde een telefoon, een Mac, kantoorbenodigdheden en een koffiebeker voor haar, liet haar zien hoe ze de transacties moest invoeren in het hoofdbestand, waar ze gegevens van fotobureaus kon vinden en bewerken en hoe ze interne transparanten kon etiketteren en correcties in boeken kon aanbrengen. Toen zag ik haar naar de foto op mijn bureau kijken.

'Dat is Emma, mijn dochter, op haar zesde verjaardag, een paar weken geleden.'

Harriet keek glazig in plaats van verveeld, maar de boodschap was er niet minder duidelijk om: ze had toch niets gevraagd, waarom vertelde ik dat? Ik moest een van die geobsedeerde moeders zijn over wie ze had gehoord, zo'n vrouw die het noodzakelijk vindt haar kind in elke conversatie ter sprake te brengen, ook als niemand erop zit te wachten. Ik bedwong een zucht. Geen gemakkelijke, die Harriet. Die verdomde Simon leek mij er de laatste tijd altijd uit te pikken voor dit soort klusjes. Ik vroeg me soms af of hij me wilde straffen; soms besefte ik dat hij me in feite in het zicht wilde houden, en zorgen dat hij in mijn zicht bleef, in de hoop dat de balans weer in zijn voordeel zou doorslaan. Ik dacht aan zijn gezicht, nog maar een paar weken geleden, toen ik hem had verteld dat we ermee moesten ophouden (wat een prozaïsch eufemisme, dat 'er').

'Waarom?' had hij gevraagd.

'Je weet best waarom. Ik ben getrouwd. Ik had er nooit aan mogen beginnen.' Terwijl ik het zei, vond ik al dat ik hem kleineerde door met zulke clichés aan te komen, en mezelf door mijn redenen om er toch aan te beginnen. Oliver en Charlotte. Een klassiek geval van oog om oog, alleen had ik mijn verhouding geheim kunnen houden.

Ik pakte een map met het etiket DIVERSEN en gaf hem aan Harriet. 'Heb je zin om deze transparanten te bekijken en te proberen ze thuis te brengen?'

'Ja, hoor.'

Hoe oud is ze eigenlijk? vroeg ik me af. Eenentwintig, tweeëntwintig? Een kind nog. Mijn gedachten dwaalden niet af naar de tijd toen ik zo oud was, maar naar de vraag hoe Emma als volwassene zou zijn. Zou zij ook zo'n passieve superioriteit uitstralen? Zou ze een rustige baan tussen de boeken willen, zoals ik, of zou ze een avonturier worden, een waaghals? Dit soort gedachten bleef altijd maar malen tot ik zo ongeveer in trance was, compleet de geobsedeerde moeder waarvoor Harriet was gewaarschuwd. Zou ze net zo graag zesentwintig willen worden als destijds zes? Van wie zou ze houden? Wie zou ze haten? Zou ze weten dat ze mij om raad kon vragen of zou ze zich in bochten wringen om de kleinste dingen voor me verborgen te houden, zoals ik vroeger deed, uit angst voor de zucht die de pret bederft, de weigering van een toestemming? Wat zou er van haar worden? *Alsjeblieft, zeg het!*

Simon sloop naar ons toe. Zonder Harriet een blik waardig te keuren, keek hij me aan en zei: 'Hoe gaat het hier? Ik dacht, kom, ik ga met jullie lunchen.'

'Goh, is het alweer zo laat?'

Harriet knikte, plotseling enthousiast. Het was me nog niet opgevallen, maar Simon zag er goed uit vandaag. Zijn donkere haar viel in krullen over zijn voorhoofd, zijn glimlach weerspiegelde geen vrolijkheid, maar beloofde die eerder en zijn nonchalante kledingstijl gaf hem iets van een popster. Ik wist dat hij een brave jongen was, natuurlijk, de zoon van een schoolinspecteur, een jongen die het liefst met zijn neus in de boeken zat, maar hier en nu was hij, voor een nieuweling van eenentwintig, het toonbeeld van de vrijbuiter.

'Graag,' zei ik, 'maar ik heb het te druk. Ik heb nog geen kans gezien om onze vergadering van drie uur voor te bereiden...'

Harriet sloeg teleurgesteld haar ogen neer. Simon, die haar de rug al had toegekeerd, zei zacht: 'Je ziet er gestrest uit, Rach, zullen we een borrel gaan drinken na het werk?'

'Nee, dank je. Ik moet er meteen vandoor. Ik heb een afspraak met Jen en Mariel...' Zonder goed te weten waarom liet ik de zin in de lucht hangen zonder de namen van onze partners toe te voegen. Ik vroeg me af of het ooit weer hetzelfde zou worden tussen Simon en mij.

'Ook goed.' Hij trok zijn wenkbrauwen op, wendde zich af en harkte met zijn vingers door zijn krullen.

Harriet keek hem na en richtte haar blik toen weer op mij. Ik dacht voor het eerst een sprankje interesse in mijn persoon bij haar te bespeuren.

'Hoelang werk jij hier al?'

Ik glimlachte, bereid als ik was haar eerdere apathie als verlegenheid af te doen. 'Bijna tien jaar, maar met een onderbreking halverwege...' Het was belangrijk geweest dat ik weer aan het werk ging, of dat had ik me althans laten aanpraten, het was in allerlei opzichten goed: het hield mijn geest scherp, ik liet Emma zien dat vrouwen geen onderdrukte huismussen waren en ik verdiende mijn eigen geld. Het was ook echt mijn eigen geld, tot op de laatste cent, want een van de bijkomende voordelen van Olivers megasalaris was dat het hem niets kon schelen hoeveel ik in het laatje bracht. Hij vond het prima dat ik het als appeltje voor de dorst op een afzonderlijke rekening zette, want onze gezamenlijke rekening dekte alle denkbare kosten. Ik dacht er zelden aan en kocht er alleen cadeautjes voor hem voor, verrassingen die hij niet mocht kunnen taxeren door simpelweg naar zijn eigen bankafschriften te kijken.

Harriet keek me met open mond aan. 'Werk je al tien jáár bij Pendant? Hoe oud ben je dan eigenlijk, Rachel?'

'Tweeëndertig.'

Ze keek zo verbijsterd alsof ik had gezegd dat ik honderdtweeëndertig was. 'Goh, zo oud zie je er lang niet uit, op geen stukken na!'

Ik kon er hartelijk om lachen. 'O, tien jaar zijn zo om, Harriet, neem dat maar van me aan.'

We hadden afgesproken in het café op de hoek van Hampstead Heath, dat met het enorme park van een terras dat verlaten was in de winter en tjokvol in de zomer. Het was begin juni en het verkeersgedruis dempte de avondzang van de vogels zonder die helemaal te overstemmen. De lucht, die zich boven ons tot indigo verdiepte, was nog geel aan de horizon. Het had ook ochtend kunnen zijn. Ik dacht aan iets wat Oliver ooit tegen me had gezegd, tijdens een vakantie ergens, vóór Emma, toen we aan zee lagen en de bries als een sluimering door ons heen lieten trekken. 'Ik vind het leuk als je niet aan de lucht kunt zien of de zon opkomt of ondergaat,' zei hij. 'Net als toen je klein was en je je ouders moest vragen of het al ochtend was.'

Ik had nu ook zo'n gevoel: ik wist niet of dat smelten in mijn buik weemoed of verwachting was; een Londens gevoel. Ik was hier opgegroeid en hoewel sommige mensen me een pietlut vinden, heb ik me nooit geërgerd aan het vuile haar, het zwarte snot, de sigarettenrook in mijn kleren en het verkeer dat uitlaatgassen op mijn blote benen braakt. Je hoeft maar een stukje verder te lopen of er tekenen zich al hoge bomen af, deinend tegen de lucht en iemand, waarschijnlijk Bob, hoorde een uil of zag een paar jonge vossen.

We waren volgens afspraak zonder de kinderen gekomen. Onze lammetjes werden voor verbazend uiteenlopende uurtarieven door oppassen gehoed en toen eenmaal was vastgesteld wie er dronk, reed, rookte en telefoneerde, zei Bob vermanend: 'Oké, jongens. Niet over de kinderen praten.' Hij had de neiging de baas te spelen, niet omdat hij lang en potig was, of, zoals psychologen het liever zagen, omdat hij klein was en gemakkelijk over het hoofd werd gezien, of om welke reden dan ook die verband hield met zijn verschijning, want hij zag er vrij gewoon uit. Gemiddelde lengte, vrij gezet, vriendelijk gezicht. Hij was gewoon zo: de oudste zoon, opgevoed tot leider. Hoe sterker de persoonlijkheid die hij tegenover zich kreeg, hoe groter zijn behoefte die ander in het gareel te krijgen.

Jen en hij hadden vast ruzie gehad, want zij hadden de eerste keus en gingen nadrukkelijk elk aan een uiteinde van de lange, rechthoekige tafel zitten. Mariel ging tegenover Jen zitten, Toby en ik zaten in het midden tegenover elkaar en Oliver, die net met een dienblad vol glazen aan kwam lopen, kreeg de laatste stoel, tegenover Bob.

'Zo, wie had er een wodka-tonic besteld?' Hij zette het plastic blad hard op tafel. Bier klotste uit glazen, handen schoten behulp-zaam naar voren en ik moest wel een geërgerde zucht slaken. Oli-ver keek me even aan alsof hij wilde zeggen 'laat me toch' en ik wendde mijn blik weer af. Het was ten dele waar dit soort gelegen-heden toe diende, die gearrangeerde samenkomsten bij een maaltijd of een drankje: om elkaar als stel te beoordelen, om te zien of de som deze week groter of kleiner was dan de afzonderlijke delen. Zeiden de anderen op weg naar huis 'ik geef ze nog hooguit een jaar', of 'het kan niet goed zijn voor Emma, al die opgekropte vij-andigheid'? Gemorst bier of niet, toen ik weer naar het zachtmoe-dige, zorgelijke gezicht van mijn man keek, voelde ik geen vijan-digheid. Ik was zelfs dankbaar toen hij Bob bij een gesprek over het werk betrok (een bekend zwart gat in de conversatie); hij wist dat ik Toby te weinig zag en me op hem zou willen richten, hij dacht tóch nog aan me.

'Hoe gaat het met je werk, Tobe?'

Toby haalde zijn schouders op. 'Gewoon. Vanavond is er geluk-kig een focusgroep afgelast, anders had ik nu zitten uitzoeken of mensen hetzelfde luchtige chocolade-afvalproduct voor een aan-zienlijk hogere prijs willen aanschaffen als het in blokjes is gebro-ken en in goedkoop goudpapier verpakt.'

Ik grinnikte. 'Ik denk van wel.'

'Ik ook.'

'Dat moet toch voldoende zijn voor de cliënt?'

'Waarschijnlijk niet. Ik heb zo'n gevoel dat die een vollediger verslag wil hebben.'

Hij was van plan geweest 'eruit te stappen', Toby, de beste assis-tenten van de slavendrijvers voor wie hij werkte te ronselen en zijn eigen marketingbureau te beginnen, maar sinds de komst van Jake kwam het plan niet half zo vaak meer ter sprake. Eén kind betekent verantwoordelijkheid, plannen even uitstellen, twee kinderen bete-kent zelfopoffering, afzien van de plannen.

'Waar ben jij mee bezig?' vroeg hij.

'Een boek over Florence. Het heet *Athene aan de Arno*.'

'Een beetje een misleidende titel, als je het me niet kwalijk neemt.'

'Ik weet het, maar Simon wil eraan vasthouden.'

Toby grinnikte. 'Hoe ís het met Simon?'

'Goed, dank je, hetzelfde als altijd.' Ik wierp een snelle blik op Oliver, die van zijn bier slurpte terwijl Bob een tirade over het een of ander hield.

Toby trok zijn gezicht weer in de plooi. 'Goed, het boek, ga door. Veel plaatjes, natuurlijk. Ga je erheen om foto's te maken?'

'Nee, het budget schijnt het niet toe te laten,' zei ik. 'Zo gaat dat tegenwoordig. Zonde. Maar ik wil er toch heen. Toen ik het manuscript las, besefte ik dat ik sinds mijn studietijd niet meer in Florence ben geweest. Misschien kunnen Oliver en ik samen in het najaar gaan.'

'Nee, kinderen meenemen is niet zo handig,' beaamde Toby. 'Ik kan me niet voorstellen dat die lang door het Uffizi willen sjokken.'

'De rij, dat is de genadeslag,' zei ik.

'Ja, de komende jaren zal het wel de Algarve worden. Misschien met een keertje Disney World tussendoor, voor de afwisseling. Net iets voor jou, Rach, allemaal lekker hoge achtbanen.'

'Hou op, het zweet breekt me al uit als ik er alleen maar aan denk.'

Ik was niet de enige, want ik voelde iemand naast me ook verhit raken en toen ik opzij keek, zag ik Bob steigeren van ongeduld. O, hemel, hadden Toby en ik zijn regel overtreden? Toen drong het tot me door dat Jen en Mariel ook op gesmiespel over kinderen waren betrapt, en niet alleen op die thuis in bed, maar ook toekomstige. De ketterij! Het idee aan onze kant van de tafel dat gezinsplanning boeiender konden zijn dan de verhalen over werk, werk en nog eens werk!

Toen ik de mengeling van frustratie en schuldgevoel op Jens gezicht zag, vroeg ik me af hoeveel Bob precies had opgevangen, want het was vast ter sprake gekomen, zoals altijd wanneer ze met Mariel of mij praatte: een tweede kind. Jen en ik hadden keer op keer samen wanhopig onze vreemd tegenovergestelde dilemma's besproken. Oliver en ik konden ons financieel meer kinderen permitteren en god weet dat we nooit van plan waren geweest Emma enig kind te laten blijven. Ik wist uit eigen ervaring hoe de extra aandacht teniet werd gedaan door verveling, maar na twee miskramen en een loos alarm of twee had onderzoek uitgewezen dat het onwaarschijnlijk was dat ik nog eens zwanger zou raken.

Jen en Bob daarentegen hadden geen biologische, maar financiële beslommeringen. Ik had altijd vermoed dat ze te trots waren om toe te geven dat ze van de hand in de tand leefden. De huren in ons deel van de stad rezen de pan uit, ze hadden nooit genoeg geld bij elkaar kunnen schrapen om te kopen en ze hadden geen van beiden ouders of andere familieleden die een handje wilden helpen. Geld was niet belangrijk, dat wist ik wel, maar dat kon ik met geen mogelijkheid zeggen en anders zou Jen me vermoedelijk nog niet geloven. Ik maakte me zorgen om haar. Ze was tenslotte pas dertig, dus waarom had een ander het recht tegen haar te zeggen dat kinderen er niet meer in zaten?

Toby, die Bob zag kijken, wees vermanend naar Mariel en Jen, als een toegeeflijke leraar die twee leerlingen betrapt op giechelen onder de les. 'Kom op, dames, er is meer in het leven dan kinderen.'

'Tja, dat mag je tenminste hopen,' vulde Bob aan. Misschien bedoelde hij het grappig, maar het kwam er met een onaangename ondertoon uit. Ik had zin om hem onder de tafel tegen zijn scheen te schoppen, een idee dat nog verleidelijker werd toen ik zag dat hij naar Oliver keek in de hoop dat die hem zou bijstaan in zijn bespottelijke opvattingen. Hij bewonderde en benijdde het financiële succes van mijn echtgenoot in gelijke mate, en dus ook zijn mening in het algemeen.

'Rustig, maat,' zei Toby, de geroutineerde bemiddelaar, met een quasi-streng gezicht.

'Ja,' pruttelde Oliver. 'Kom op, Bob, het is nu een beetje te laat om te zeggen dat we de kinderen niet kunnen "opbrengen".'

'Oliver, zo'n woordspeling is meer iets voor Toby,' zei Mariel. 'Van jou had ik iets geraffineerders verwacht.' Ze glimlachte erbij en Oliver was net een schooljongen die een standje krijgt van een bijzonder sexy lerares. Zelfs Bob was van zijn stuk gebracht.

Toby stond op. 'Nog iets drinken, dominee?' vroeg hij.

'Nog een keer hetzelfde,' zei Oliver prompt. Hij was zichtbaar opgefleurd sinds de wandeling hierheen, toen hij had geklaagd dat hij moe was (maar toen had hij nog niets gedronken). Bij het laatste rondje had hij een kopstoot besteld, maar dat was niets bijzonders op dit tijdstip, als de laatste ronde en de taxi naar huis niet lang meer op zich lieten wachten. Net als je je op je gemak begon te voelen, zei iemand dat het tien voor elf was, bijna sluitingstijd. Als Bob Jen met rust liet, vond ik de voorspelbaarheid van dit soort avonden het fijnst. Wij vrouwen bespraken altijd dat we er eens een paar dagen uit moesten om onszelf te verwennen, eens écht tot rust te komen; de mannen redden zich wel, natuurlijk wel. Het gebruikelijke plan (dat een grotere kans had werkelijkheid te worden) van een meidenborrel overdag, hadden we veel eerder moeten doen, moet nu snel gebeuren.

'Wat dacht je ervan, Ollie?' zei Bob luid. 'Zullen we zaterdag naar het voetbal gaan kijken? De Half Moon heeft net satelliet gekregen.'

Oliver, die de gewoonte had op uitnodigingen in te gaan zonder eerst met mij te overleggen, zei ja, dat leek hem een goed idee. Hij zou waarschijnlijk ook komen. Hij ging vaak op voorstellen van anderen in, al deed hij er zelf nooit een. Het was beter dan dat hij zich helemaal terugtrok, toegegeven, maar betekende het niet ook dat wanneer je eigen enthousiasme was weggeëbd, je als stel was gedoemd? Ik besloot de gedachte te verdringen voordat die wortel kon schieten. Er was niemand *gedoemd*, en ik al helemaal niet. Ik keek naar mijn lege glas en alle andere die nog moesten worden opgehaald door het overwerkte personeel. Ik moest dronken zijn.

'Nou,' zei Jen, als jullie naar het voetballen gaan kijken, kunnen wij met de kinderen naar de stadsboerderij.' Ze keek Bob over de glazen heen aan en zei venijnig: 'Mag ik nu zeggen hoe ze heten, Bob?' Nadrukkelijk articulerend noemde ze de namen op: 'Daisy, Cat, Emma, Jake...'

We keken allemaal naar Bob, de een geamuseerder dan de ander.

'Natuurlijk,' zei hij gepikeerd. 'Waar heb je het over?' En hij richtte zijn aandacht weer op zijn bier.

3

Mariel zei altijd dat je alles wat je over Oliver moest weten, kon afleiden uit een gesprek van vijf minuten met zijn vader Donald over zijn grootvader Frank. Frank Freeman was een beruchte tiran die, toen zijn rotte gebit vervangen moest worden door een prothese, had geëist dat zijn vrouw haar gezonde tanden en kiezen ook liet trekken. Toen hij op zijn vijfenvijftigste overleed aan een beroerte, had zijn lankmoedige vrouw Lynn hun dorp in Hampshire te schande gemaakt door een steen naar de kist te gooien en te roepen: 'Rot maar in de hel, zwijn dat je bent.' Vervolgens had ze zich dood gedronken en was ze naast haar man begraven.

Mijn schoonvader Donald, de enige nakomeling van Frank en Lynn, was op gepast excentrieke wijze opgevoed. Hij kreeg tuinslakken in zijn broodtrommeltje mee naar school en moest 's nachts in zijn schooluniform slapen, compleet met gestrikte das. Straf was een afranseling met de gesp van een riem, beloning een trekje van een bijna opgerookte sigaret. De opluchting van de ontsnapping naar een kostschool werd enigszins getemperd door de ontdekking, in de eerste vakantie, dat Frank zijn lievelingskonijn had opgegeten.

Donald kwam zijn liefdeloze jeugd nooit te boven, en evenmin werd hij het ooit moe erover te vertellen. Emma hoorde zijn verhalen aan met hetzelfde gefascineerde afgrijzen waarmee ze naar Hans en Grietje of Repelsteeltje luisterde. Als hij een video was geweest, dan had ik hem afgezet en opgeborgen tot ze wat ouder was. Donalds vrouw Rosemary hanteerde de geërfde stoornissen van haar man op dezelfde manier als Lynn de originele het hoofd had geboden; ik kon me niet heugen wanneer er voor het laatst geen London Gin door haar aderen had gevloeid. Als ze geen verhandelingen hield over haar jeugdige carrière als toneelactrice (haar 'glorietijd', noemde ze het, haar 'toptijd', haar 'beste tijd', wat voor tijd dan ook, als het maar niet het heden was), onderbrak ze andere mensen met opmerkingen over Olivers gedrag als kind, opmerkingen die in de loop van een weekend tientallen malen werden herhaald, tot Donalds geduld op was en hij zei: 'Mens, klets toch niet!' We hadden een foto van het stel in onze tuin, allebei met een groot glas voor zich op tafel, allebei pratend zonder de ander te horen.

De straffen en buitenissige eetpatronen bleven de jongste Freeman-telg gelukkig bespaard, maar de aangeboren drankzucht niet. Nog voordat ik Oliver op de universiteit leerde kennen, wist ik al dat hij de reputatie had een drinker te zijn, of dat zijn vriendenkring die had. Om de een of andere reden waren zijn vrienden en hij het meest gevierde stel op de campus. Het waren jongens die een eigen appartement kregen van hun ouders en die lid werden van sociëteiten die bekendstonden om de liederlijke uitspattingen die er plaatsvonden, juist omdát ze erom bekendstonden. Als de groep uit *Brideshead Revisited* was weggelopen, was Oliver de blonde, blauwogige Sebastian Flyte, de glamoureuze losbol, en hij had zoveel aanbidsters dat ik niet eens probeerde bij hem in de buurt te komen, al was ik me wel bewust van zijn allure, zoals iedereen.

Na zijn studie ging hij regelrecht naar de City, het financiële hart van Londen, waar hij zich tot de jaren tachtig alleen maar aan zijn carrière wijdde. Tegen de tijd dat ik hem weer tegenkwam, was hij opgeklommen tot accountmanager op directieniveau en had hij al de roze oogjes en dikke buik van de hoogopgeleide drinker. Het was donderdag. We hadden allebei onze zinnen gezet op het laatste tafeltje in mijn stamcafé vlak bij Sloane Square.

'Hé, ik ken je nog wel,' zei Oliver trots, en met die ene zin wekte hij al mijn oude gevoelens van clandestiene bewondering weer tot leven.

'Ik jou ook,' zei ik en ik trok een wenkbrauw op, ouder en brutaler geworden.

'Kom erbij zitten,' zei hij wijzend naar de tafel. 'Er is genoeg plaats voor de anderen.'

Zo kwam het dat Oliver, zoals hij kraaide op de ochtend nadat we voor het eerst met elkaar hadden geslapen, de 'anderen' (zijn knipperlichtrelatie Melissa en mijn nieuwe baas Simon) compleet van de sokken blies. Hij had er niet lang over gedaan me voor zich te winnen met zijn mengeling van hooghartigheid en kwetsbaarheid. De beproevingen uit zijn verleden, gecombineerd met een cynisme dat alleen kon dienen om echte trauma's te maskeren, bevestigden me alleen maar in mijn vermoeden dat ik nog nooit zo iemand als hij had ontmoet.

Terwijl hij met zijn duim langs mijn oogkas streek, bijna alsof hij tranen wegveegde, zei Oliver: 'Het was me op de universiteit nooit zo opgevallen, maar je lijkt op Faye Dunaway, hè? Een jonge versie, bedoel ik.'

'Overdrijf je niet een beetje?' zei ik verlegen. 'Het zal mijn brede gezicht zijn...'

'Fantastische jukbeenderen,' verbeterde hij me. 'En die hele uitstraling van de ijzige blondine...'

'Mijn highlights, bedoel je?' Ik had nooit goed met complimenten kunnen omgaan en wist dat ik ze bot weersprak. 'Trouwens, mijn neus is langer dan de hare. Ik heb gedeeltelijk Grieks bloed.'

Hij glimlachte. 'Voor zover ik de Grieken ken, laat hun bloed zich niet gemakkelijk vermengen.'

Ik zou ontdekken dat Oliver andere nationaliteiten, en zeker die van zijn zakelijke relaties, afdeed in bondige, militaire termen: 'De Jappen vormen een front', of: 'Maar afwachten wat de Yanks daarop te zeggen hebben'. Het leek *Daar komen de schutters* wel. De sportmetaforen, zijn andere neiging, waren een natuurlijke aanvulling.

De jaren tachtig waren een bruisende periode om aan een loopbaan te beginnen en Oliver surfte mee op de yuppiegolf die zo afgunstig werd gadegeslagen door degenen die nog zonder plank aan de wal stonden. Het geld van de wereldmarkten stroomde binnen. Ik vond Olivers succes goed verklaarbaar. In mijn romantische opvatting was hij door zijn harteloze ouders verstoten en vond hij geborgenheid bij zijn collega's. En bij mij, uiteraard.

Onze vrienden vonden ons een vreemd stel: ik een cultuurmens, hij een lomperik, al was dat iets te simpel gesteld. In werkelijkheid had onze koppeling een soort symmetrie: ik had de vrome leiding van een vader verruild voor de financiële bescherming van een echtgenoot, terwijl Oliver een ongelovig huis had verlaten en geld tot zijn godsdienst had uitgeroepen. Zoveel verschilden we niet van elkaar. En we waren ook gelukkig, die eerste tijd, zo gelukkig als je je maar kon wensen als je Freeman heette.

'Nog vijf minuten, mam, alsjeblíéft?'

Emma probeerde zoals gewoonlijk het moment dat het licht uitging uit te stellen. Ik ging op de rand van het bed zitten en trok het op haar dekbedhoes geborduurde alfabet (in de satijnsteek) met mijn vingers na, en Emma greep haar kans om meer vragen over de vakantie te stellen, die al over een week begon. Ze was moe, maar niet zo moe als vlak voor de herfstvakantie. De eerste schoolperiode leek het zwaarst te zijn. Daarna volgden er nog twee, maar in juli was het allemaal achter de rug en hadden de kinderen zes weken vakantie in het verschiet, een hele tijd in een jong leven.

Dit jaar gingen we naar Donald en Rosemary, die sinds kort gepensioneerd waren en in Frankrijk zaten. Olivers zus Gwen, haar man en hun twee zoons zouden ook een weekend komen. Daarna zouden we doorrijden naar een villa bij Nice om tien dagen alleen met het gezin vakantie te vieren. In de tijd tussen het begin van de vakantie en ons vertrek naar Frankrijk wilde ik met Emma kleren gaan kopen, een Beatrix Potter-tentoonstelling bezoeken en naar de bioscoop gaan. We zouden pizza eten, aardbeienmilkshakes drinken en spelletjes doen in de tuin, de band weer aanhalen na de onderbreking van de schoolperiode.

Ik streek met mijn rechterwijsvinger over het reliëf van de E. 'Denk erom dat je morgen op schoolreisje naar Kew Gardens gaat.'

'Ja.'

'Ik heb allemaal lekkere dingen in je lunchtrommeltje gestopt.'

'Dank je wel, mam.'

Het was 'Bloemenweek' en de meisjesklas ging naar Kew om een grote stinkbloem te bekijken. Juf Morrissey, hun onderwijzeres, had zelfs beloofd dat de meisjes stuk voor stuk met de gigantische meeldraden op de foto zouden worden gezet (ik had nog nooit zo'n ambitieus plan gehoord).

'En je moet je uniform aan, hè, of mag je je eigen kleren dragen?'

'Mijn uniform, dat heb ik toch gezégd.' Ze genoot van ons nieuwe spelletje dat ik vergeetachtig was en zij me aan allerlei praktische kwesties moest herinneren. Het was meisjes aangeboren, dat commanderen, redderen en leiden; Cat, Daisy en Emma vonden het alle drie prachtig om op ons te passen, ons haar te borstelen, ons lekkere hapjes te presenteren, onze fouten te verbeteren en ons voor te doen Hoe Het Hoort.

'Verheug je je op de stinkbloem?' vroeg ik.

'Het is geen stinkbloem, het is een *Titan arum*. Dat is Latijn, hoor. Dat heeft juf Morrissey gezegd.'

'Echt waar?'

'Geen Grieks, zoals oma Alysa spreekt.'

Het was een boeiende opmerking. Ik had bijna twintig jaar in hetzelfde huis gewoond als mijn moeder, maar de keren dat ik haar Grieks had horen spreken, waren op de vingers van één hand te tellen. 'Zo vaak spreekt oma Alysa toch geen Grieks?' merkte ik als terloops op, want ik wilde niet de indruk wekken dat ik Emma uithoorde. Daar waren de meisjes gevoelig voor, en dan klapten ze meteen dicht.

Emma dacht even na. 'Ze heeft ons leren tellen, Cat en mij.'

'O ja? Dat wist ik niet.'

'Ja.' Stilte. 'Het was ontzéttend moeilijk. *Eno, thio, tria.* Moeilijker dan Frans. *Un, deux, trois...*'

'Goh, wat een grote meid ben je al, je spreekt wel drie talen!'

'En die Latijnse woordjes, weet je nog? Dat is vier.'

'Maar natuurlijk, slimmerik. Nu moet je gaan slapen. Je mag je schaapjes in elke taal tellen die je maar wilt.'

Het was een warme avond en ik zette het bovenraam open om de kamer een beetje te luchten. Toen raapte ik wat boeken van de vloer, zette ze in de kast, verzamelde de verdwaalde haarbanden en schuifjes voor in het mandje op de ladekast en dimde het nachtlampje tot het schemerige licht waarbij Emma graag in slaap viel.

'Is pappie al thuis?' vroeg Emma, die al slaperig werd.

'Nee, nog niet, en als je wakker wordt, is hij al weer weg. Hij moet morgen naar Parijs, maar hij is het weekend thuis.'

'Goed.'

'Welterusten, snoes.'

'Welterusten, mammie.'

Ik ging later terug, zoals altijd, om het licht uit te doen en te kijken of ze sliep. Ik moest even in het donker turen voordat ik haar gezicht op de rand van de matras ontdekte. Ik verwonderde me over de gebeeldhouwde schoonheid van kinderlijke trekken, de nog lange wimpers op de wang, de zachte, nietsvermoedende mond, de vormen en proporties die zó door de natuur zijn ontworpen dat ze tederheid wekken bij sterkere schepsels. En die huid, zo zijdezacht en bleek, het kostelijkste materiaal op aarde. En ik dacht, zoals alle ouders, zo niet elke dag, dan toch de meeste: *Ze is van mij, dit verbijsterende wezentje is van mij.*

Ik bleef langer dan anders in de deuropening staan, gewoon, om te kijken.

4

Op vrijdagmiddag haalden we de meiden altijd samen van school en dan gingen we met ze naar het Hongaarse cafeetje om warme chocolademelk te drinken en cakejes te eten. We hadden de regel dat de werkweek op vrijdag bij het hek van de Moss Hamlet School eindigde, al vonden we het niet nodig dat aan onze mannen te vertellen, die we zo hadden gedrild dat ze dachten dat we elk wakend uur moesten jongleren. De vrijdagmiddag was wat je je later herinnerde, zei Jen; je herinnerde je nooit wie je op dinsdag van school had gehaald. De leerlingen uit de hogere klassen marcheerden al in een borsthoge stoet van koningsblauw en goud naar buiten toen we aankwamen. Mariel hield niet van dat blauw, het deed haar aan een congres van de conservatieven denken, zei ze, maar ik vond het mooi omdat het de kleur van Emma's ogen ophaalde. Ze waren donkerblauw geweest bij haar geboorte, alsof ze op het punt stonden bruin te worden, maar in plaats daarvan waren ze iets lichter geworden en zo gebleven, zoals olieverf een paar tinten lichter opdroogt dan de kleur die je uit de tube knijpt. Vanwege dat mooie blauw en haar lange, verleidelijke wimpers hadden we haar een tijdje 'pauw' genoemd, maar na een tijdje, toen we het beu waren er steeds op gewezen te worden dat het wijfje van de pauw helemaal niet blauw was, hadden we haar gewoon 'snoes' genoemd.

'Alles goed met Bob?' vroeg ik aan Jen.

Ze knikte. 'Sorry van laatst. Hij stelde zich verschrikkelijk aan.'

'Doe niet zo gek,' zei Mariel. 'Hij doet altijd zo.'

'O, stelt hij zich altijd aan?' zei Jen. Ze lachte er zo vrolijk bij dat Mariel en ik elkaar opgelucht aankeken.

'Goddank is het bijna vakantie,' zei Mariel terwijl ze de parasol boven Jake verstelde. Hij zat naar voren geleund in zijn buggy, zoals altijd gefascineerd door de aanblik van oudere kinderen. 'Waar blíjven ze?'

'Ze zijn nog niet terug uit Kew,' zei ik. 'Kijk maar, de bus staat er niet. Ze zullen wel in de file staan. Je weet hoe dat gaat op vrijdag.'

'Elke dag,' zei Jen. Van ons drieën was zij de grootste milieuactiviste, en Mariel en ik hadden haar twijfels lang moeten aanhoren voordat ze eindelijk en auto voor haar werk kocht. Voor die tijd had ze haar uitrusting per bus van klant naar klant gezeuld. Ik moest lachen toen ik haar naar boven zag kijken alsof ze zeker wist dat er een heidense smog hing, maar de lucht was zuiver, blauw en fris, ideaal voor een schoolreisje. 'Wat doet iedereen dit weekend?'

Terwijl Mariel ons uitlegde wat voor mysterieus bouwsel van niets meer dan tentstokken en bubbeltjesplastic Toby had beloofd te maken, registreerde ik onbewust het woord 'ongeluk'. Ik riep gedachteloos beelden op van gemorste drankjes, natte bedden en achteloze duwen, tot ik mevrouw Wilkes, het hoofd van de school, door de gang van de school naar de glazen deuren zag rennen. Het verbaasde me, want in de twee jaar dat Emma nu op Moss Hamlet zat, had ik die vrouw nooit zien rennen; rennen was niet toegestaan, voortmaken wel (hoe een klein kind het verschil kon bepalen, mocht Joost weten). Maar nu liep ze alsof de duivel haar op de hielen zat. Vlak voor Jakes buggy kwam ze tot stilstand. Ze deed haar mond open, maar er kwam niets. Ik had zo'n gevoel dat wat ze te zeggen had, alles zou veranderen.

'Kunt u me allemaal horen? Ik heb zojuist gehoord dat de bus op de terugweg uit Kew bij een ongeluk betrokken is geraakt.'

'Wát?'

Twintig of meer moeders dromden om haar heen en de paniek sloeg van de een op de ander over. Een stem verhief zich boven de andere: 'Zijn er gewonden?' Iedereen hield hoorbaar de adem in.

Mevrouw Wilkes aarzelde. 'Dat weten we nog niet zeker.'

Ja, dus, dacht ik als verdoofd, ja, er zijn kinderen gewond, ja, Emma ook.

'Godverdomme!' riep Jenny. Het kon niemand iets schelen dat er kleine kinderen in de buurt konden zijn. 'Waar zijn ze dan?'

Mevrouw Wilkes zei onwillig dat het ongeluk bij een kruispunt op een minuut of tien rijden bij ons vandaan was gebeurd, en de ouders renden zonder haar te laten uitpraten naar hun auto, soms met baby's of peuters op de arm. Ik was lopend gekomen in het besef dat ik vóór de zomervakantie nog een paar pondjes kwijt moest, en Mariel woonde zo dichtbij dat ze altijd lopend kwam, dus renden we automatisch achter Jenny aan naar haar gehavende oude Alfa een straat verderop. Het kostte een eeuwigheid om Jake uit zijn buggy achter in de auto te tillen, en al die tijd praatte Mariel zacht tegen hem om hem in slaap te krijgen. Was hij mijn kind maar, dacht ik onlogisch, dan kon ik al mijn aandacht op hem richten en hoefde ik me niet voor te stellen wat er over tien minuten zou kunnen gebeuren, wat er al gebeurd zou kunnen zijn.

Jen draaide de contactsleutel om en schakelde. De motor sloeg af. Haar knieën wipten op en neer en ik zag een spier in haar hals verkrampen, alsof ze gal wegslikte.

'Kalm, Jen, er is vast niets aan de hand. Zo'n grote bus...'

'Maar er zitten geen gordels in, toch?' fluisterde Mariel vanaf de achterbank. Zij haalde zich dus ook van alles in haar hoofd.

'Ze zeggen dat je het voelt,' zei Jenny terwijl we wegreden. Ze keek strak vooruit. 'Je voelt het in je botten als er iets ergs is gebeurd. Ik voel niks, jullie?'

Ik gaf niet meteen antwoord. Hoe zat het met dat gevoel dat ik had gehad, een soort gefluisterde waarschuwing, nog voordat ik mevrouw Wilkes in het oog had gekregen? Was dat wéten? En hoe zat het met die vreemde, opkruipende verdoving van mijn bovenlichaam? Jenny reageerde met zenuwtrekkingen, maar mijn lichaam leek zich af te sluiten. 'Nee,' zei ik zo gedecideerd als ik kon. 'Ik ook niet.'

'Dat is dan een goed teken.'

Jen prutste aan de knoppen van de radio, maar vond de plaatselijke zender net te laat. 'Tot zover de verkeersberichten van vrijdag twaalf juli, kwart voor vier. Terug naar jou, Steve, voor meer favoriete feelgood-muziek...'

Ik zag de autotelefoon tussen ons in. 'Kunnen we iemand bellen? Hoe kunnen we meer te weten komen?'

'Ik zal Bob bellen.' Bob was net aan de slag gegaan als grafisch ontwikkelaar voor een lokale tv-zender in de buurt van Euston, maar toen Jen hem eenmaal te pakken had, bleek hij minder te weten dan wij. De angst in zijn stem weerkaatste door de auto. 'Ik ga nu meteen weg,' riep hij. 'Tot over tien minuten. Geen paniek.'

'Dat zegt Rachel ook,' riep Jenny terug terwijl ze woest remde. 'God, wat een hopeloos verkeer.'

'Nou, als ze op een auto zijn gebotst, kunnen ze dus niet al te hard hebben gereden.' Bob verbrak de verbinding en wij drieën zaten voor een rood stoplicht naar elkaars ademhaling te luisteren.

'Ik ben bang,' zei Mariel onomwonden.

Bij die woorden verstijfde Jenny naast me. Mariel was de onverstoorbaarste, niet alleen van ons drieën, maar van álle vrouwen, dat dacht Jen nu; als Mariel woorden als 'bang' in de mond nam, wat was er dan nog voor hoop voor ons? Ik herinnerde me een formulering van lang geleden: *als het noodlot toeslaat.* Geen van onze dochters zal wees worden, had Mariel toen gezegd, maar we hadden nooit besproken wat we zouden doen als het niet om een van ons, maar om een van hen ging.

'Ik bel Oliver.' Ik kon niet meteen op zijn nummer op kantoor komen. Ik had hem al een tijd niet meer op zijn werk gebeld en toen ik zijn assistente Vanessa eindelijk aan de lijn kreeg, merkte ik dat ik niet wist wat ik moest zeggen, dat ik bespottelijk genoeg niets durfde te zeggen waar Jenny en Mariel bij waren. Wat kon het me schelen wat anderen van onze relatie vonden nu Emma gewond langs de kant van de weg kon liggen? Doe normaal! Ik zei met stemverheffing: 'Zeg dat hij naar de school moet gaan, hij móét naar de school gaan. Het is een noodgeval.'

'Zodra ik de kans krijg, zal ik het doorgeven,' zei Vanessa op die montere, sussende toon van iemand die het tegendeel van plan is. Al zolang ik me kon heugen, had ze me behandeld als een soort ondermijnend element en me er met alles, behalve woorden op gewezen dat Olivers wil wat haar betrof wet was, ook als ik daar anders over dacht.

'Stomme trut,' zei Mariel binnensmonds. Ik voelde haar vingers langs mijn bovenarm strijken.

'Hij weet toch wel waar de school is?' vroeg Jenny. Haar stem had niets plagerigs; het was een serieuze vraag.

'Ja, hij is er wel eens geweest, weet je nog? Op de eerste school-dag.'

Maar Jenny hoorde me niet. Ze prevelde telkens weer 'het komt wel goed, het komt wel goed...' tot ze zichzelf met een uitroep onderbrak: 'Jezus, moet je zien!' We zaten nu helemaal vast. De weg voor ons was afgesloten en er werden omleidingsborden opge-steld door mensen van de verkeerspolitie, die veel te dikke, zwarte jacks aanhadden met groen fluorescerende borst- en rugstukken die flitsten in de zon. Jen had gelijk, dichter konden we er vanuit onze richting niet bij komen. De frisse lucht van het speelplein had plaatsgemaakt voor slierten uitlaatgas, claxons en muziek van auto-mobilisten om ons heen die hun ramen en daken openzetten en zich voorbereidden op weer een vrijdags oponthoud.

'Is dit allemaal vanwege het ongeluk, denken jullie?' vroeg Jen-ny, maar ik kon geen antwoord meer geven; nog één geruststellen-de opmerking en ik zou aan mijn doodsangst toegeven, wist ik.

'Laten we verder gaan lopen,' zei Mariel. 'Ik blijf hier niet wach-ten.'

Jenny zette de auto half op de stoeprand en half op iemands inrit. De auto's achter ons toeterden verontwaardigd, maar wij stapten uit en zetten het op een rennen. Mariel, die Jake in haar armen hield, besteedde geen aandacht aan zijn protesten tegen het ongewoon woeste ritme. Jenny had teenslippers aan, en ik hoorde de plofjes van het rubber tegen haar hielen weerkaatsen tegen de gevel van de torenflat rechts van ons. Ik was bang dat ze zou struikelen.

'O, god, moet je zien!'

We zagen de bus vóór al het andere: hij lag op zijn kant, gestrand en levenloos, met zijn neus ingedeukt, als in een tekenfilm, en al-leen nog tandjes gekristalliseerd glas langs de randen van de voor-ruit. Hij moest op de auto gebotst zijn die nu een eindje verderop op

zijn dak lag, een soort vijfdeurs, rood met een zwart onderstel, zodat ik aan een op zijn rug liggend lieveheersbeestje moest denken,
en minstens één van beide voertuigen was ook in contact gekomen
met de vangrail, te oordelen naar al het beschadigde metaal en met-
selwerk. Verderop stond een batterij ambulances en politiewagens
en mensen in uniform repten zich van de bus naar de auto.

We voegden ons bij het kluitje mensen langs de rand van de afzetting het dichtst bij de bus en probeerden reikhalzend naar binnen
te kijken: er zat niemand meer in, er was geen rook te zien, geen
sporen van brandschade, en de meeste stoelen zagen er gaaf uit. De
kinderen moesten dus allemaal veilig buiten zijn, maar waar? Jenny
dook onder de afzetting door en pakte een naderende politieman bij
zijn arm. 'Kunt u ons alstublieft vertellen wat er is gebeurd?'

'Wilt u weer achter het politielint gaan staan, mevrouw?' Hij
deed kalm, maar zijn ogen leken zich niet door zijn stem te laten
overtuigen.

'Nee, dat wil ik niet!' riep Jen. 'Onze dochters zaten in die bus.
We moeten ze zoeken! Waar zijn ze? Zeg op!'

Hij loodste ons van de afzetting naar de stoep. 'Goed, ik zal iemand zoeken die u te woord kan staan,' zei hij voordat hij zich weg-
spoedde, maar de paar passen hadden ons binnen het bereik van
stemmen gebracht, onmiskenbaar kinderstemmen, hoog en lief, en
we hoorden zelfs een paar keer 'mammie!' roepen. Nu zag ik de
groep meisjes in geblokte katoen en jongens in korte broek verderop, achter de ambulances, op het enige stukje groen in de omtrek.
Jen en Mariel sprintten er al heen en ik wist niet waarom ik niet ook
ging, waarom ik in plaats daarvan onder het politielint door dook en
achter die jonge, bange politieman aan liep, die nu half in een politieauto stapte en in een mobilofoon zei: 'Ja, één, plus de bestuurder
van de auto, en negen gewonden. Wat? Nee, op slag dood, allebei.
Ja, afgesloten in noordelijke richting. Naar het zuiden zit er nog beweging in, maar niet veel. Ja, hè, hè...'

Mijn lichaam huiverde bij het horen van die onaangedane stem,
dat vlakke, nuchtere 'hè, hè', maar mijn geest nam alle informatie
op en ging ermee aan het werk. 'Eén', dat was één dode. 'De bestuurder van de auto', die was het dus, hoera! Mijn gevoel had me

bedrogen, ze leeft nog, mijn schat, ze leeft nog! Maar wacht even, nee, 'plús de bestuurder van de auto', had hij gezegd, en 'allebei', dat betekende dus dat er twéé doden waren. Er moest er dus eentje in de bus hebben gezeten, anders had hij wel 'twee, allebei in de auto' gezegd, en de chauffeur van de bus kon het niet zijn, want dan had hij toch wel 'allebei de bestuurders' gezegd? Dan moest de tweede dus een begeleider of een kind zijn.

Toen zag ik Jen in de verte. Ze had Daisy tussen de vluchtelingetjes gevonden en drukte haar tegen zich aan. Daisy was het dus niet, goddank. Mariel rende naar me toe, nog steeds met Jake tegen zich aan, wiens kreten in de warme lucht opstegen. 'Daar ben je! Cat heeft een snee in haar been, vrij ernstig. Ik ga met de ambulance mee naar het St.-Mary's. Heb je Em al gevonden?'

Nu zag ik de lerares van de meisjes, juf Morrissey. Ze was niet meer de goedverzorgde functionaris die ik gewend was, maar een verfomfaaid klein ding met haar arm in een mitella en een betraand, vlekkerig gezicht. Er stond een politievrouw bij haar. Ze keken mijn kant op.

'Rachel?' Het was Mariels gezicht, maar Jakes geblèr leek uit haar mond te komen en ik herkende haar niet meer. 'Ik moet gaan, het spijt me heel erg, ze gaan nu weg, o, god, maar ik zal Jen halen en ik kom zo snel mogelijk terug...'

Ik was alleen. Het viel me op dat het plotseling onnatuurlijk stil was.

'Bent u mevrouw Freeman?' Het duurde een paar seconden voordat ik begreep dat het de politievrouw was die net bij juf Morrissey had gestaan. Ik zag geen verband tussen mijn duizeligheid toen ik hen bij de ambulance zag en hun plotselinge verschijning naast me. Ik hoorde alleen maar telkens die paar woorden: 'Ja, hè, hè.'

'Ja, wat is er? Hoe is het met Emma? Waar ís ze?'

Ik had de indruk dat alle koningsblauwe figuurtjes tussen de menigte op de stoep inmiddels waren gekoppeld aan een volwassene en kreeg de glasheldere gedachte: *dit is het eind van de zalige onwetendheid. Nu moet ik het weten.*

'Ze zat voorin op de klapstoel naast de chauffeur,' zei juf Morrissey rad. De tranen sprongen haar in de ogen. 'Ze was misselijk...'

Emma werd altijd wagenziek. We hadden luisterboeken gekocht om haar tijdens lange ritten bezig te houden, want als ze naar een boek of puzzel keek, werd ze binnen een paar minuten misselijk.

Ik staarde naar het gezicht van de juf van mijn dochter, dat me net zo onbekend voorkwam als dat van de politievrouw naast haar, met die betraande ogen en snotterende neus. Eén dode, dacht ik, de mijne, mijn snoesje.

'Rachel?' Opeens stond Jenny achter hen, op de plek waar Mariel had gestaan. De zwaailichten van de ambulance schenen door haar haar alsof het schapenwol was. Tussen de politievrouw en juf Morrissey door zag ik Daisy's hoofd, in de kleren van haar moeder gedrukt, met Jens handen er als een beschermende helm omheen geklemd. Toen hief ze een van die handen en reikte naar me.

'Ik vind het heel erg voor u,' zei de politievrouw. 'Uw dochter heeft helaas ernstig hoofdletsel opgelopen bij de botsing. Ze was niet meer te redden.'

Jen was degene die het dierlijke geluid maakte dat ze van mij verwachtten, maar ik staarde en staarde tot ze elkaar aan durfden te kijken. Er werd geslikt.

'Waar is ze?'

'Ze is naar het ziekenhuis gebracht. Wilt u met ons meerijden, mevrouw Freeman?'

Ik probeerde te knikken.

'Ik ga met je mee,' zei Jenny. 'Bob brengt Daisy wel naar huis, hij kan er elk moment zijn.'

Toen ik naar de politieauto liep, dacht ik aan Oliver, nog steeds in bespreking met de Japanners. Hij had Vanessa gewaarschuwd dat ze hem onder geen beding mocht storen. Hoe God ook strafte, zolang de markten open waren, werkte hij.

Ik zou de kleur van de lucht die middag nooit vergeten, boven het stilstaande verkeer, de gekantelde bus en de hele wazige, woordeloze dans van de reddingswerkers. Die kleur had met filters getint kunnen zijn, zo ongerept was ze, zo bestendig.

Deel II

Dommemeslik
De naam die de Turken in de zeventiende eeuw aan
Santorini gaven. De betekenis:
'We komen nooit terug.'

5

Mijn enige kind verliezen op haar zesde en mijn tweeëndertigste was anders dan ik me had voorgesteld. En ik hád het me voorgesteld, natuurlijk. Alle ouders kwellen zichzelf met de gedachte aan het verlies dat algemeen als het wreedste wordt beschouwd; ze brengen zichzelf in tranen met hun ideeën over de hel die ze de rest van hun leven zouden moeten doormaken. Dat doen ze vanwege het verwrongen genoegen van de wetenschap dat hun kleintje er nog is, natuurlijk is ze er nog, ze zit op de zitzak tekenfilms te kijken, zo veilig als wat. Dan bukken ze zich om haar een zoen op haar kruin te geven, nemen zich heilig voor het nooit vanzelfsprekend te vinden dat ze er is en die ene bijzondere, belangrijkste liefde nooit door volwassen beslommeringen te laten verzieken.

Alleen kwam ik er nu achter hoe slecht ik had gedaan alsof. Ik had bijvoorbeeld nooit stilgestaan bij de lichamelijke pijn, terwijl die in het begin de overhand had: het voelde alsof een onreine geest had geprobeerd door mijn bovenlichaam te trekken, daar was blijven steken en nu mijn luchtwegen verstikte en mijn organen verdraaide. Tegelijkertijd voelde ik in mijn onderlichaam de weeën van een bevalling van een kind dat al dood was.

'Het zijn de rouwkrampen,' zei de dokter, die me tranquillizers en trieste glimlachjes kwam brengen, en hij vervolgde: 'Ik ben bang dat eigenlijk niets helpt. Nog niet. Niets.' Ik kon alleen zijn ogen langer dan een seconde verdragen, want die leken tenminste iets op te nemen van wat er uit de mijne straalde. Die van Oliver, mijn moeder, mijn vrienden en alle anderen weerspiegelden alleen het afgrijzen, kaatsten het naar me terug, en ik had geleerd ze te mijden.

De chronologie gebood dat er een dag na haar dood zou komen, een dag daarna, dan nog een dag en nog meer dagen, te veel, morden de stemmen om me heen, want de politieonderzoeken vertraagden het moment waarop we haar te rusten konden leggen. Toen was eindelijk de dag van de uitvaart gekomen: de handen onder mijn ellebogen, het gemurmel in mijn oren en de ogen, nog meer ogen, al die ogen, de hele ochtend lang, met geen mogelijkheid te ontwijken in die vorsende aantallen... En de dagen daarna waren niet beter van elkaar te onderscheiden, niet draaglijker, alleen maar een tijdloze, zuurstofarme afgrond.

Het verbaasde me dan ook dat ik, toen ik van de medicatie af kwam, vrij snel wist wat ik zou gaan doen.

Twee weken nadat we onze dochter hadden begraven ging ik naar de werkkamer op de zonnige middelste verdieping van ons huis, waar Oliver sinds haar dood zo ongeveer onafgebroken had gezeten, en zei tegen hem dat ik wegging.

'Waarheen?'

'Dat weet ik nog niet,' loog ik en ik zocht in een reflex naar een troostende waarheid om eraan toe te voegen: 'Gewoon ergens... ergens waar niemand het weet.'

'Een andere omgeving, ja, natuurlijk...' Hij knikte en liet zijn oogleden zakken. Zijn huid was slap en stoppelig bij de kaken en zijn goedgebouwde gestalte was gehuld in vormeloze, donkergrijze kledingstukken die ik niet herkende. 'Wanneer kom je terug?'

Ik slikte. 'Ik ben bang dat ik niet weet óf ik wel terugkom.'

'O.' Zijn oogleden gingen weer omhoog. Achter de hoge ramen schitterde onze tuin in de zon, als een dans bijna. Olivers ogen, die kleurloos waren vanaf die afstand, tuurden naar me alsof híj tegen de zon in moest kijken. 'Is het vanwege...'

Hij kon zijn zin niet afmaken en ik hoorde dat mijn eigen stem de leegte vulde, vlak en emotieloos, alsof het de mijne niet was. 'Vanwege wat, Oliver?'

'Laat maar, ik wilde niet...'

Hij maakte al geruime tijd geen zin meer af en ik wist dat ik niet op de rest van deze hoefde te wachten, maar desondanks kon ik acht jaar huwelijk niet afsluiten zonder althans te proberen sportief te blijven.

'We hebben allebei fouten gemaakt,' zei ik vriendelijk. 'Jij niet alleen, dat moet je niet denken, maar nu Emma er niet meer is... O, Oliver, ik moet weg, dat begrijp je toch wel?'

Ik deed een stap naar voren en voelde mijn longen verkrampen. Zijn bovenlichaam helde een fractie naar me over, maar hij vond de kracht niet om op te staan. Voordat ik op andere gedachten kon komen, draaide ik me om en liep naar beneden. Ik had eerder een leren weekendtas en een hoedendoos met een bundeltje brieven erop klaargezet in de gang, en nu pakte ik ze en deed de voordeur open. Terwijl ik door de straat richting Swiss Cottage liep, keek ik niet één keer om voor een laatste blik op het huis, de straat en de bomen die van mijn dochter en mij waren geweest. Ik vroeg me niet één keer af of Oliver zijn verlamming had overwonnen en achter me aan kwam. Ik postte de brieven in de brievenbus bij het café en wachtte op de stoep op een taxi. Toen er een in het zicht zwenkte, met een gebogen, bruinende arm uit het open raampje, zei ik met mijn nieuwe, holle stem 'luchthaven Heathrow' tegen de elleboog en hoorde het antwoord van de chauffeur in mijn nieuwe, holle oren galmen: 'Je weet toch wel dat dat minstens veertig pond wordt, schat?'

Ik ging er niet op in. 'Kunnen we eerst naar Ealing? Het duurt maar een paar minuten.'

'De meter loopt door.'

'Natuurlijk.'

'Het is jouw geld.'

Ik ging achterin zitten en bewoog me alleen wanneer ik door een bocht werd gedwongen naar links of rechts te hellen. De beweging hielp, merkte ik, op de vloedgolf meedrijven stelde de onvermijdelijke verdrinking uit. Het was niet echt respijt, maar het was in elk geval een opschorting.

Toen ik weer op mijn horloge keek, zag ik dat ik voor het eerst een vol uur had overleefd zonder te huilen.

Mijn moeder, die een vaarwel verwachtte, balanceerde al op het randje van hysterie toen ze me binnenliet en naar de bank loodste. Ze ging op de stoel het dichtst bij de deur zitten en leunde naar voren, alsof ze een vluchtpoging van mijn kant wilde verijdelen.

'Ik ga weg,' zei ik. 'Mijn bagage ligt in de taxi.'

Ze sloeg haar ogen neer en nam een grote hap lucht, zoals zij dat kon, alsof ze zich schrap zette tegen lichamelijk letsel. Toen zei ze, niet in staat het verwijt uit haar stem te houden: 'Ik weet waar je naartoe gaat.'

Ik gaf geen antwoord, maar wachtte tot ze thee zou schenken uit de geglazuurde bruine pot die ze al sinds mijn kindertijd gebruikte. De huid van haar handen sloot losser om de botten dan toen en vertoonde rode en bruine vlekjes. Ze was pas in de vijftig, maar had de handen van een bejaarde.

Ik dronk. Ik was er al aan gewend dat ik niets proefde, geen temperatuur registreerde. De bank stond onder het raam aan de straatkant, slechts een glasplaat verwijderd van de wachtende taxi, en ik zag door de vitrage dat mijn chauffeur de *Sun* had opengeslagen en zo nu en dan opkeek om een verbijsterde blik op de meter te werpen. Oliver had me een tijdje geleden verteld dat geldverspilling in het huidige klimaat werd afgekeurd ('We leven niet meer in de jaren tachtig, weet je'), maar ik kon me niet voorstellen dat Londense taxichauffeurs zich daar iets van aantrokken. Nee, hij nam om de een of andere reden aanstoot aan mijn verdriet, of misschien had hij zijn eigen sores. Een rotdag, zou hij zich later bij zijn vrouw beklagen. Een nachtmerrie.

'Je weet toch dat ík daar nooit meer terug kan komen?' zei mam. Het verwijt klonk niet meer door in haar stem, maar ik zag het nog in haar ogen en wendde snel mijn blik af. Ik wist dat ze er spijt van had dat ze me al die jaren geleden het hoofd op hol had gebracht met haar verhalen over die plek; anders zou ik me nu, zelfs onder deze omstandigheden, misschien niet aangetrokken voelen tot het oord dat zij als het verschrikkelijkste op aarde beschouwde.

'Ik weet het, maar het voelt goed. Ik kan geen andere bestemming bedenken die goed voelt.'

Hier, zag ik haar denken, wat dacht je van hier, je ouderlijk huis, de veiligste plek die er is. 'En Oliver? Die zou nu niet alleen mogen zijn.'

'Mam, Oliver is altíjd alleen.'

'Hoe bedoel je?' vroeg ze verbluft.

'O, ik heb echt geen zin om het uit te leggen, niet nu.'

Ze zweeg en ik zag dat ze haar gedachten tien seconden terugspoelde: 'Kom bij mij. Het is hier niet zo slecht. We kunnen ook naar dat huisje gaan waar we vroeger met opa en Pam naartoe gingen...'

... *na paps dood*, maakte ik de zin in mijn hoofd voor haar af. Ik zei niet wat ik vervolgens dacht: dat als ik deed wat ze vroeg en bij haar bleef, we er nooit overheen zouden komen, dat we elk wakend uur niet elkaar, maar Emma zouden zien en onszelf tot bloedens toe zouden krabben met het 'stel dat'-spel.

'Ik wil niet op een plek zijn die ik ken, niet met bekenden... Sorry, ik kan het niet uitleggen.' Ik zag nu pas dat de kamer vol bloemen stond. Ze waren grotendeels verlept, met bloemblaadjes die verdorden langs de randen en stelen die grijs werden onder de waterlijn. Vazen die waren gekocht in mijn kindertijd en al lang geen dienst meer deden, waren blijkbaar uit de kast gehaald om de overdaad aan bloemen te huisvesten. Bloemen om het verdriet te verzachten; absurd, eigenlijk: hoe kan het kijken naar stervende bloemen troost bieden? Ik had mijn eigen boeketten naar het hospitium aan Finchley Road laten brengen en alleen de mand met lathyrus van Cat en Daisy gehouden.

'Ik moet eens gaan.' Net toen ik over de tikkende taximeter wilde beginnen, onderbrak ze me onbeheerst: 'Jij bent je dochter kwijt, Rachel! Alsjeblieft, laat mij de mijne niet ook verliezen. Ik sméék je!'

Ze was nog verder naar voren gedoken, uit haar evenwicht door haar eigen uitbarsting, en hoe beurs mijn hart ook was, het reageerde met een reeks pijnlijke krampen. Ik zag alles even door een waas en was blij dat mijn mond de juiste woorden leek te vinden. 'O, mam, je raakt me niet kwijt, echt niet. Ik ga niet voorgoed weg. Ik zal je zo snel mogelijk mijn adres sturen. En als je niet zo koppig was, zou je kunnen komen logeren wanneer je maar wilde.'

Het was het woord 'logeren' dat haar dan eindelijk aan het huilen maakte. Ik ging lang genoeg weg om logés te kunnen ontvangen, en nog herhaaldelijk bovendien! Ik legde mijn hand op de hare en murmelde troostende woorden, maar ze trok haar hand terug alsof ze door een wesp was gestoken en ging met haar polsen op haar knieën zitten, alsof ze geboeid was, met haar profiel naar me toe. Ze werd grijs en haar ogen waren dooraderd en waterig. Ze zag er zo verzwakt en beverig uit dat ik aan die oude vrouw op dat schilderij van Hockney moest denken, zíjn moeder, als ik het me goed herinnerde, maar dat was een dubbelportret, met tegenwicht voor die broosheid in de vorm van een vader, een medeouder met wie je je samen naar de wensen van het kind kon schikken; mam stond er alleen voor.

'Als ik vanochtend niet thuis was geweest, was ik je misgelopen, hè?' zei ze voor zich uit kijkend.

'Ik wist dat je thuis was en anders had ik wel gewacht, wees maar niet bang. Ik was niet weggegaan zonder afscheid te nemen.'

Ik wist dat ze veilig was in haar huisje bij het plantsoen, met buurtgenoten die al dertig jaar haar vrienden waren. Hier kon haar niets overkomen. Zo veilig als een huis.

'En Mariel en Jenny? Weten zij wat je van plan bent?'

Ik overwoog te liegen, maar kon de fantasie niet opbrengen, 'Nee, nog niet, maar ik heb ze geschreven...'

'Geschréven?' riep mam uit en nu keek ze me aan, opnieuw verwijtend. 'Het zijn je vriendínnen, Rachel, ze willen bij je zijn, met je praten, je hélpen!'

Ik schudde machteloos mijn hoofd. Ik kon nu niet aan Mariel en Jen denken en ik kon al helemaal niet aan mijn moeder uitleggen dat ik deels vanwege hen weg moest. We hadden elkaar natuurlijk gezien sinds Emma's dood, ze kwamen me regelmatig opzoeken, zij tweeën (*zij tweeën*: hoe naadloos had die term het 'wij drieën' van de afgelopen zes jaar vervangen, onvermijdelijk, natuurlijk, maar toch wreed begrenzend). Ik kon me moeilijk mijn bijdrage aan wat voor gesprek dan ook herinneren, maar wat ik nog wel wist, was dat elke betraande blik die me werd toegeworpen, elk meelevend woord dat werd uitgesproken, onderbouwd was geweest door de verschrikking van de nipte ontsnapping. Goddank, dachten ze als ze naar me keken, goddank dat het niet...

Ze lieten Cat en Daisy altijd thuis als ze kwamen.

Buiten startte de taxichauffeur zijn auto en ik stond op en bukte me om mijn moeder een zoen op haar kruin te geven. 'Het spijt me, maar ik moet weg.'

Ergens op de snelweg vond de taxichauffeur zijn manieren terug en zocht mijn blik in de achteruitkijkspiegel. 'Lekker met vakantie?'

Ik probeerde te glimlachen als beloning voor zijn moeite. 'Naar Santorini.'

'Santorini, wel eens van gehoord. Italië, toch?'

'Nee, Griekenland.'

'Ja, Griekenland, dat is ook zo. Geef mij maar Spanje.' Hij vertelde me over zijn laatste vakantie, naar Fuerteventura, waar hij een passie voor surfen had ontdekt. Terwijl hij vertelde, verwonderde ik me over het bestaan van een geest die mijn pijn niet kende. Ik wist dat ik die lichtheid nooit meer zou kunnen voelen. Toen we de luchthaven naderden en het verkeer vast kwam te zitten, richtte hij zijn aandacht weer op mij: 'Ga je alleen? In je uppie?'

'Ja.'

'Gelijk heb je. Dat zal wel lekker zijn, zo af en toe.'

Hij stopte bij de vertrekhal en we keken elkaar weer in de spiegel aan. 'Ik zou het zelf niet kunnen, hoor. Ik zou de kinderen te veel missen.'

Ik wendde mijn blik af.

6

Mensen die hoorden dat ik van Griekse afkomst was, namen als vanzelfsprekend aan dat die cultuur me met de paplepel was ingegoten, dat ik was opgevoed met respect voor het Griekse geloof, de Griekse tradities en de Griekse familiecultus. Ze stelden zich een en al zang en dans voor, kinderen per dozijn en een matriarch met een wilskrachtige kin, net als in de film. *Zito i Ellada!* (Lang leve Griekenland!) In feite waren we een geïsoleerd kerngezin, werden vrienden en familieleden slechts zelden uitgenodigd en was het de godsdienst van mijn vader, niet die van mijn moeder, die ons fundament vormde. De anglicaanse kerk, zo bestendig en onwrikbaar; het enige wat van je werd gevergd, was dat je je aan je beloftes hield, goede daden verrichtte en de lof van God zong.

Ik kende Santorini alleen als een onheilsplek. Phoena, de oudere zus van mijn moeder, was er in 1956 omgekomen bij een aardbeving, waarna mam er met haar ouders was weggetrokken, eerst naar Athene en vervolgens naar Londen. De tragedie had haar een verschrikkelijke angst voor haar geboorteplek bezorgd, die ze vervolgens op mij wilde overbrengen: je kon er de grond onder je voeten niet vertrouwen, zei ze, hoe dacht ik eigenlijk dat het eiland was ontstaan? Het kwam uit een vulkaan, een grote, en bij een andere uitbarsting was een deel weer door de zee opgeëist. Ik kon de statistieken die ze me had voorgehouden nog altijd opdreunen: veertien vulkaanuitbarstingen sinds 198 voor Christus; de periode van de uitbarsting van 1650 werd door de Grieken 'de tijd van het kwaad' genoemd; in 1870 was melding gemaakt van een zuil van kalksteen van meer dan vijfhonderd meter hoog (ik kreeg als bewijs een kopie van een knipsel uit de *Illustrated London News* te zien) en dan was er natuurlijk nog de aardbeving van 1956, drieënvijftig doden, onder wie mijn eigen tante, en bijna vijfentwintighonderd huizen verwoest, waaronder dat van mijn eigen grootouders. Mam bezwoer me dat ze er nooit zou terugkeren, 'over mijn lijk', zei ze.

'Santorini is trouwens niets voor jou,' zei mijn vader tegen me. 'Je moeder komt uit een klein dorpje dat Oia heet...'

'Ie-ja?'

'Ja, zo spreek je het uit, maar je schrijft het met een O aan het begin. Het ligt op de top van het klif, hoog boven de zee. De laatste plek waar jíj naartoe zou willen.'

'O, oké.' Mijn hoogtevrees, die algemeen erkend was, had zich voor het eerst gemanifesteerd tijdens een uitstapje naar Bournemouth. Toen mijn vader me op de muur van de pier tilde om een foto van me te maken, had hij me even losgelaten. Ik had naar het schuimende grijze water achter me gekeken, in de diepte, en was iets naar achteren gekanteld. Ik hoorde een verschrikkelijk bonkend geluid, dat uit mijn eigen lichaam kwam, besefte dat het mijn eigen hartslag was en slaakte een ijselijke kreet. Mam was op me af gedoken om me bij mijn benen te pakken, en binnen de kortste keren waren we allebei hysterisch geweest.

Ik vroeg of ik een foto van mijn dode tante mocht zien, maar mijn vader schudde zijn hoofd. 'Ik denk niet dat we die hebben, lieverd, niet meer. Mam heeft alle foto's van je oma weggegooid toen ze stierf, alles. We kunnen het allemaal maar beter vergeten.'

Dat deed ik natuurlijk niet. Ik raakte gefascineerd door die gevaarlijke, magische plek en nam me vast voor die met eigen ogen te gaan bekijken, maar een gezinsvakantie naar Santorini was uitgesloten en op de een of andere manier kwam het er ook niet van toen ik volwassen was. Een paar jaar geleden, toen we verhuisden, kwam ik een plakboek met het opschrift SANTORINI tegen, kennelijk een werkstuk dat ik ooit voor school had gemaakt. Het zat vol krantenknipsels, waaronder een artikel over de gedaanteverwisseling die het eiland had ondergaan; het was een toeristische trekpleister geworden. Ik ga er een keer met Emma heen, dacht ik; we hebben er misschien geen familie meer, maar het is een deel van ons erfgoed, wat mam ook beweert. Toen ik echter de volgende foto zag, van een donker klif waarop witte huisjes verspreid stonden als toefjes slagroom op een taart, werd mijn ademhaling jachtig. Pap had de spijker op zijn kop geslagen: ik kon daar met geen mogelijkheid een nacht doorbrengen, niet met mijn hoogtevrees. De ligging boven aan het klif leek me ook niet geschikt voor een kind. Ik nam me voor er met Emma naartoe te gaan wanneer zij oud genoeg was om het te kunnen waarderen en ik mijn eigen angsten had overwonnen.

Later zou ik me de tweede taxirit van die dag niet meer herinnen, die van de luchthaven naar de noordelijkste punt van het eiland. Het was een korte rit, nog geen half uur, en toen stond ik daar met mijn weekendtas en mijn hoedendoos, in Oia, aan het eind van een wit-marmeren pad. Zover het oog reikte, hadden zich toeristen op dat pad verzameld. Ze hingen over muren om de in de rotsen uitgehouwen, witgekalkte huisjes te bekijken, met wapperend haar in de bries, gebiologeerd door de steile afgrond en de zee in de diepte.

Ik had geen hotelkamer gereserveerd en besloot dus gewoon het marmeren pad naar de kern van het dorp te volgen. Het onaards verblindende licht maakte alles zo wit dat ik zelf niet meer leek te bestaan; precies het soort verdoving waar ik die weken in Londen naar had gesmacht. Een sprankje hoop: als dit lukte, hoefde ik de pijn misschien nooit meer te voelen! De vergetelheid duurde echter maar tot ik een hotelkamer had gevonden, mijn tas had uitgepakt, de hoedendoos onder een stoel had gezet en al het onbekende even op me had laten inwerken. Zodra ik de deur op slot had gedraaid en de luiken had dichtgedaan, kwam *het* terug: die afgrijselijke, overlopende massa gedachten: er is een ongeluk gebeurd; ik vind het heel erg voor u, mevrouw Freeman, dat groteske 'hè, hè', als het grinniken van een aangeschoten vrouw; een huis vol betraande, ontzette ogen; kinderen met bloemen aan de deur... En al die herinneringen werden overheerst door het gewicht van mijn dochter in mijn armen, een gevoel dat onlosmakelijk verbonden was met haar gewicht wanneer ik haar de trap op droeg als ze na een lange autorit in slaap was gevallen. Ik had die verslapte overgave altijd de tederste ervaring gevonden die een moeder kon hebben; nu was het de afgrijselijkste geworden. Mijn vader zei altijd dat sterven de omhelzing van God was en daar, in die hotelkamer in Oia, wenste ik uit alle macht dat ik samen met haar in zijn armen was gelegd.

De eerste week ging ik maar twee keer naar buiten. De eerste keer ging ik op zoek naar een winkel waar ze flessenwater hadden. Het was maar een paar stappen, maar tastend in het felle licht raakte ik snel in verwarring: al die mensen, honderden, misschien wel duizenden, en ik leek continu tegen de stroom op te tornen!

'De zonsondergang,' zei de vrouw achter de balie van het hotel toen ze me een paar minuten na mijn vertrek weer naar binnen zag vluchten. Ik keek naar haar en voor het eerst zag ik haar echt, al was het goed mogelijk dat zij me had ingecheckt en me alle koppen koffie had geserveerd waarop ik de afgelopen dagen had overleefd. Ze was klein en slank, met zwart krullend haar op kaaklengte, een hartvormig gezicht en de dicht bijeen staande, omfloerste ogen van een Modigliani. Ze haalde haar sierlijke schouders op onder haar groene tricot vest.

'Pardon?'

'De zonsondergang,' zei ze nog eens.

'Zonsondergang?' Ik was me ervan bewust dat ik praatte en luisterde alsof ik de taal niet sprak; geen wonder dat ze me met onverhuld ongeloof aanstaarde.

'Ja, ze komen met de bussen uit Fira.' Ik herinnerde me vaag dat Fira, niet ver van de luchthaven, de hoofdstad van Santorini was. 'Ze gaan naar de oude toren boven Ammoudi, de Goulas, noemen wij hem. Hij is beroemd in Oia, wist u dat niet?' Ze wees naar een van de ansichtkaarten in het rekje op de balie; ik zag het silhouet van een ruïne op een heuvel tegen een oranje lucht.

'O,' zei ik. 'Juist. Ja, heel mooi.' Ik zweeg en nu schoot het me te binnen dat ik iets wilde vragen.

'Ik vroeg me af...'

'Ja?' Ze sperde bemoedigend haar ogen open.

'Tja, eigenlijk zoek ik een verblijfplaats, voor de langere termijn, bedoel ik.'

'Hier? In Oia?'

Ik knikte. 'Ik vroeg me af of u iets wist. Het maakt niet uit wat, het hoeft niet...' Ik maakte mijn zin weer niet af.

Ze keek me verwonderd aan en zei toen: 'Misschien later deze maand, als het wat rustiger is. Ik zal in het dorp voor u informeren.'

'Dank u.' Toen ik me omdraaide om onder het boogportaal door naar de trap naar de slaapkamers te lopen, hoorde ik de telefoon op de balie overgaan. De vrouw nam op en riep uit: 'Ja, natuurlijk, moment, alstublieft...' Ze haastte zich om haar balie heen en riep: 'Mevrouw Freeman, uw man voor u!'

Ik verstijfde. Mijn moeder was de enige die wist waar ik was. Ze had me wel erg snel verraden, maar toch kon ik het haar nauwelijks kwalijk nemen, want Oliver was haar schoonzoon, haar diepbedroefde schoonzoon. Ik stond versteld van zijn ijver, of de hare, want er moesten wel honderd hotels in Oia zijn, en de meeste waren volgeboekt, te oordelen naar de drommen mensen buiten. Ze moesten samen een lijst hebben afgewerkt. Ik voelde dat de receptioniste vlak achter me ongeduldig ademhaalde en toen schrok ik van haar stem: 'Mevrouw Freeman, alstublíeft! Uw man belt elke dag. Telkens weer. Kan ik misschien een boodschap doorgeven?' Toen hoorde ik dat ze terugliep. Haar stem werd anders. 'Hallo? Meneer Freeman? U bent haar misgelopen, het spijt me. Ik zal uw boodschap doorgeven. Ja, natuurlijk. Goedendag.'

Ik draaide me om en keek onder de boog door. De vrouw keek me recht aan. 'Dank u,' zei ik. 'Ik stel het zeer op prijs.' Mijn fluisterstem ging verloren in de lege receptieruimte.

'U hebt al heel vaak uw telefoon niet opgenomen.' Haar stem klonk bezorgd en ik zocht verwoed naar een antwoord. Het was waar, de telefoon bij mijn bed ging bijna elke ochtend, maar ik dacht dat het het kamermeisje was en had me aangewend in het café beneden te gaan zitten tot ze weer tevoorschijn kwam.

'Maar goed, hij zegt dat hij u wel zal schrijven.'

Ik knikte. 'Goed.'

Op mijn kamer gekomen dacht ik na over de implicaties van dit incident. Hoe verward mijn gevoelens ook waren, ik wist zeker dat ik Oliver niet wilde zien. Iemand had tegen me gezegd, of misschien had ik het ergens gelezen, dat hoe verschrikkelijk mijn verlies ook was, ik tenminste iemand had om het verdriet mee te delen, alsof gedeelde smart echt halve smart zou zijn, maar hoe kon ik troost putten uit het besef dat iemand anders net zo ontroostbaar was? Het cliché kon trouwens toch nooit van toepassing zijn op ons, want ik was binnen ons huwelijk degene geweest die het emotionele gedeelte verzorgde, zoals Oliver de financiën had geregeld, en we hadden geleerd elkaar niet lastig te vallen met zaken die buiten het takenpakket van de ander vielen. Nu het ergst denkbare was gebeurd, was het me onmogelijk zijn verdriet ook nog eens te verwerken, want het mijne was al onbevattelijk groot. Ik móést weggaan, wilde ik het overleven. Als we financieel aan de grond hadden gezeten, had Oliver waarschijnlijk hetzelfde gedaan.

Een van de ergste momenten tussen Emma's dood en mijn vertrek was die ochtend geweest toen ik bij het ontwaken Olivers gezicht vlak bij het mijne zag, zijn ogen die naar me keken. Die lichte ogen die ik ooit zo mooi had gevonden, zo vreemd dromerig voor iemand die zo op het materiële was gericht, leken nu gemaakt te zijn om te rouwen. 'Je maakt me aan het schrikken,' wilde ik zeggen, want meestal waren we tegen de ochtend naar de randen van de matras afgedwaald, hij naar de kant van het raam, ik naar die van de deur, om Emma 's nachts beter te kunnen horen als ze riep... Waarom was hij hier en niet op zijn werk? Was het zaterdag? Was Emma al wakker?

'Ik lag te denken,' fluisterde Oliver, 'zou ze ook nog op jou hebben geleken wanneer ze...' Hij kon zijn zin niet afmaken en ik kon niet luisteren. De ondraaglijke tederheid, de onuitsprekelijke leegte.

De verhouding tussen Emma's wakende en slapende uren was met elk jaar van haar leven verschoven, van de luxe van nachten van twaalf uur tot die listige smoesjes van het schoolmeisje dat niets liever wil dan laat opblijven – ik ben nog niet moe, ik heb dorst, ik moet plassen, één verhaaltje nog, toe? Ze had nooit willen slapen, zeker niet in de zomer, wanneer het lang licht bleef en het duidelijk nog niet 'echt' bedtijd was, en die paar kostbare avonden na haar zesde verjaardag had ze harder gestreden dan ooit:

'Mam, alsjeblíéft, ik ben al zes, hoor. Ik hoef niet meer zoveel te slapen.'

'Wie heeft je dat verteld?' Ik lachte.

'Niemand, dat is toch logisch!'

Nu sliep ik zelf steeds langer, soms wel twaalf, zestien of achttien uur per dag, al had ik niet meer hetzelfde dag- en nachtritme als de wereld om me heen. Ik dacht aan een duiker die ik ooit had gesproken voor een boek met onderwaterfoto's, die me had verteld over de achttienurige dag van zijn militaire opleiding: zes uur werken, zes uur vrij, zes uur slapen. Het leek alsof ik dit ingedikte rooster had overgenomen en aangepast voor een rouwende: zes uur slapen, zes uur huilen en weer zes uur slapen, al was vaak niet te zeggen waar de ene dienst begon en de andere ophield. Ik viel snikkend in slaap en werd uren later nog steeds in tranen wakker. Mijn keel was rauw, mijn gezicht was pafferig en mijn oogleden waren doorschijnend. Ik wilde zijn waar ik op begon te lijken, een op het strand aangespoeld lijk, opgezet van het water, onherkenbaar.

Soms probeerde ik voor het slapen een misleidingstechniek uit. Ik stelde me voor dat die vrijdag in juli er nooit was geweest, dat het de volgende dag was, een zaterdag, de dag van ballet, vangbal in de tuin en samen omelet eten aan de keukentafel, en ik was binnen, op de trap, en zij was in haar slaapkamer, achter de deur met haar naam erop. Ik riep dat ze moest opschieten, we moesten naar ballet, naar haar eindejaarsopvoering. 'Ik kom, mammie.' En ze zag er zo mooi uit in de tutu die we samen hadden gemaakt, met de groene rok met laagjes als tulpenbladeren. Ze was een elfje, een fee, een sprookjeswezen.

'Weet je zeker dat je geen paardenstaart in je haar hoeft, snoes?'

'Ja, mam.'

'Heb je je balletschoenen en je maillot?'

'Ja, mam, in mijn tas, kom op, we gaan!'

'Goed. Denk erom dat we Daisy moeten oppikken.'

'Ik weet het.'

En we liepen samen in de zon, ik apetrots op de blikken die voorbijgangers op dat beeldschone meisje in haar groene jurk wierpen.

Het probleem was dat ik niet op tijd in slaap viel om de truc te laten werken, maar het me herinnerde en voelde hoe de pijn me weer veroverde, in al mijn vezels, in alle vezels van de wereld rondom me. Dan liep ik naar het raam, ging naar buiten hangen en snoof de koelere nachtlucht op. Ik zag de zee niet, maar ik wist dat ze er was, een paar honderd meter onder me, een rillende huid die wachtte op de warmte van de zon.

7

'Mevrouw Freeman! Hebt u even?'

Ik zat in de lobby van het hotel te wachten tot het kamermeisje klaar was met mijn kamer, toen de vrouw achter de balie me wenkte en vertelde dat ze een *skapho* in het dorp had gevonden die buiten het seizoen werd verhuurd. 'Een *hyposkapho*,' legde ze uit, 'de grotwoningen in de witte aarde waarin de zeelieden woonden. Tegenwoordig zitten er vooral toeristen.' Ik had uit een reisgids in de lobby opgemaakt dat het hotel waar ik verbleef, het Ilias, in een voornaam pand was gevestigd, een van de *kapetanospita*, wat 'kapiteinshuizen' betekende. Dit waren de herenhuizen aan de hoofdstraat en in de buurt ten oosten daarvan op de heuvel, die zo waren gebouwd dat de oorspronkelijke bewoners als eersten de schepen konden zien die uit het oosten aan kwamen zeilen.

'Grotwoning,' herhaalde ik, nog steeds alsof ik mijn eigen taal niet sprak. 'Ha, mooi.'

De vrouw keek me weifelend aan en zuchtte. 'Ik zal er zelf met u gaan kijken. Over een uur, goed? De verhuurder is altijd in Thessaloniki.' Het huis stond in Monastiri, een buurt niet ver van het hotel, voegde ze eraan toe. Het had achterstallig onderhoud en de eigenaar zou het vóór de lente opknappen, waarna hij het waarschijnlijk weer per week zou gaan verhuren, net als de paar andere skapha die hij in het dorp bezat. Gedurende zijn afwezigheid zou ik mijn maandelijkse huur aan het Ilias afdragen. Ik knikte toen ik het bedrag in drachmen hoorde, maar ik begreep nog steeds niets van de enorme sommen die voor de kleinste dingen werden gevraagd.

'Dat klinkt goed. Heel hartelijk bedankt dat u dit voor me hebt geregeld.'

Toen ik mijn hotelrekening voldeed en tot mijn verbazing zag dat ik al bijna drie weken op het eiland was, zei de vrouw dat ze het jammer vond dat ik wegging, maar ik geloofde haar niet. Verdriet is slecht voor de zaken, vond ze natuurlijk, en gelijk had ze.

Het eerste huis dat Oliver en ik kochten, was een groter dan gemiddeld Londens rijtjeshuis: je zou kunnen zeggen dat het een tikje donker was, het was zeker een beetje vochtig en het stond onmiskenbaar aan de verkeerde kant van Finchley Road, maar het overtrof mijn stoutste verwachtingen. Het was een wonder dat wij het op die oververhitte markt voor een schijntje hadden gekregen, zoals Oliver overal rondbazuinde, en ík straalde ervan. Die hoge plafonds, al die ruimte! Niet slechts een slaapkamer, maar een echte ouderslaapkamer, wat per definitie betekende dat er andere, ondergeschikte slaapkamers waren. Ik was opgegroeid in een huis met een badkamer die alleen via de keuken te bereiken was en altijd een paar graden koeler bleef dan de rest van het huis, behalve hartje zomer; nu had ik een weelderig warme badkamer en suite op maar een paar passen van mijn bed.

Oliver, die minder onder de indruk was van het contrast tussen dit huis en de accommodatie die híj thuis en als student had genoten, klaagde vaak: de elektrische bedrading had kuren, er waren geen rechte hoeken of vlakke vloeren, wat het leggen van tegels tot een beproeving maakte voor wie het maar probeerde; elke poging tot renovatie leek alleen maar nieuwe lagen van ontbrekend zus en rottend zo bloot te leggen. Later, na Emma's geboorte, verhuisden we naar een minder gammel huis aan de goede kant van Finchley Road, in Belsize Park, met volmaakt vlakke vloeren en de ideale postcode. Niet dat Emma het verschil zou hebben opgemerkt; zij gaf alleen iets om de kleur van de voordeur.

'Ik woon in het zwarte huis,' zei ze altijd, want zo hield ze alle huizen uit elkaar. Baksteen was kleurloos in de ogen van iemand die alleen rood, blauw, geel en alle schakeringen roze opmerkte. Zodra ze kon praten, probeerde ik haar onze straatnaam en het huisnummer in te prenten, mocht ze onverhoopt ooit verdwalen. Ik stelde me voor dat ze achter in een politieauto zat en dat de agent achter het stuur uitkeek naar huizen waarvan de hele gevel zwart was geschilderd.

Mijn skapho, Callidora, was een blauw huis, het klassieke Griekse-eilandblauw van de ansichtkaarten. Het had een groot terras, aan een kant gedrapeerd met nog bloeiende bougainville, en op het plekje met het mooiste uitzicht op zee stonden een tafel en twee ligstoelen.

'U houdt van de Caldera?' vroeg mijn gids.

'De Caldera?'

'Zo noemen wij de zee, natuurlijk. Het Engelse woord is *cauldron*, heksenketel.'

'Natuurlijk.' Ik herinnerde me uit die gids dat dit niet gewoon de zee was, maar een door de vulkaan gecreëerde lagune. In de verte rezen een paar verkoolde eilanden uit de diepte op, vulkaankraters die ooit hadden vastgezeten aan de halvemaan van Santorini die ze nu omsloot.

'Sommige mensen denken dat Atlantis daar beneden ligt, maar ik geloof niet in die fantasie.' Ze draaide zich afwijzend op haar hakken om en ging me voor naar binnen. Er viel alleen licht naar binnen door het waaiervormige raam boven de voordeur. Er stonden een bed – een matras op een stenen plateau – met vers linnengoed en kussens erop, een kleine bank, een ladekast, en een tafel van donker hout met een gesteven kleed waar twee stoelen recht tegenover elkaar onder waren geschoven. Ik had geen idee of die inrichting typerend was voor de moderne stijl of herinneringen aan vroeger moest oproepen bij de toeristen, maar de soberheid was geruststellend. Aan de grote kamer grensden twee andere vertrekken: een douche met een wc diep in de grot en een primitieve keuken met een eigen raam met uitzicht op zee.

'Hier kunt u koffie mee zetten,' wees mijn gezelschap me, en ze begon uit te leggen hoeveel water, gemalen bonen en suiker je nodig hebt om echte Griekse koffie te maken. Toen ze de kwaliteit van de bonen zag die de vorige bewoners hadden gebruikt, klakte ze neerbuigend met haar tong.

'Pardon,' zei ik, niet in staat nog lang beleefdheden uit te wisselen, moe als ik was nadat ik mijn bagage de heuvel af had gezeuld, 'heb ik u al naar uw naam gevraagd?'

'Eleni.' Ze toverde een kaartje uit haar mouw en reikte het me aan. Haar achternaam was lang en onuitspreekbaar.

'Dank je wel, Eleni, je bent heel goed voor me geweest. Dit is precies wat ik zocht. Neem me niet kwalijk, maar ik moet nu uitrusten.' Ik zocht in mijn zakken naar kleingeld om haar een fooi te geven, maar ze schudde verbaasd van nee.

'Natuurlijk, natuurlijk.' Ze stak mijn sleutel aan de binnenkant van de deur in het slot, liep naar buiten en trok de deur achter zich dicht.

Ik was te moe om uit te pakken, maar ik ging nog een tijdje op het terras zitten in mijn nieuwe ligstoel, op het oog de tevreden vakantieganger die het ideale appartement heeft gevonden. De lucht geurde naar geroosterd vlees en oregano en de zon hing citroengeel aan de hemel. Voor het eerst probeerde ik te achterhalen waarom ik blindelings hiernaartoe had gewild. Om kamers binnen te lopen waar ik gegarandeerd niets zou zien wat me aan mijn dochter herinnerde? Ja. Om me helemaal los te maken van het lijden van degenen die net zo volop van haar hadden gehouden als ik? Zeker. Maar waarom had ik uitgerekend naar Santorini gewild, de plek waar mijn moeder als kind zo'n trauma had opgelopen dat ze er alleen nog in haar kist naar terug zou willen keren? Plotseling leek het een ziekelijke daad van verzet jegens haar nadat we jaren in vrede hadden geleefd, een soort vertraagde reactie op al die duistere uitspraken die ze over het eiland had gedaan toen ik nog jong was. Ik herinnerde me hoe verhalen over aardbevingen en vulkanen zich grotesk hadden vermengd in mijn kinderlijke geest: zeeën die fluorescerend groen oplichtten, verkoolde zeelieden, vloedgolven die hele dorpen wegspoelden, dieren die stikten in wolken rood stof, zilver dat het zwartste zwart werd. Ik had het mijn moeder ooit kwalijk genomen dat ze een 'nerveus type' van me had gemaakt, dat ze mijn jeugd had gebruikt om me angst in te boezemen, maar nu? O, de onschuld van mijn jeugd, toen ik in mijn nachtmerries beelden zag van groene zeeën!

'O, mijn god...' Ik leunde peinzend naar voren in mijn ligstoel, stond op, liep langzaam naar de rand van het terras en keek even naar alles om me heen. Boven me, onder me, links en rechts staken de huizen van Oia uit het klif als een Escher-puzzel van treden, paden, daken en deuren. Je kon met geen mogelijkheid zien hoe ze met elkaar verbonden waren. Ik liet mijn eigen deur openstaan, stapte over de lage terrasmuur en nam het eerste het beste pad. Ik liep verder en verder langs het klif naar beneden, van richting veranderend bij elk dicht hek en elke afgesloten kerk die ik tegenkwam, bij elke deur die op het niets uitkwam en elke doorgang die regelrecht naar zee leidde. Bij elke bocht wachtte de illusie van de val voordat er een steile trap of plat dak in zicht kwam, als een vangnet.

Ten slotte drong tot mijn hersenen door wat mijn ogen alleen vluchtig hadden overzien: ik was nog nooit op zo'n steil aflopende plek geweest. Het is niets voor jou, had pap gezegd, en hij had gelijk, het zou ook niets voor mij moeten zijn, absoluut niet. Het was een paar honderd meter boven zee, en de lage muren rond de terrassen kwamen uit op vrijwel verticale kliffen. Duizelingwekkend! Beangstigend!

En toch was ik niet bang. Mijn hartslag bleef precies hetzelfde, het zweet stond me niet in de handen. Geen hyperventilatie, geen paniekaanval, niets. Hoe was het mogelijk? En nu ik eraan dacht, die rit vanaf de luchthaven, die in de rotsen uitgehakte wegen, tientallen meters boven zeeniveau, waren dat niet precies het soort haarspeldbochten geweest waarin je je hele leven aan je voorbij zou zien flitsen als...

Ik wankelde toen het tot me doordrong en liet me op de dichtstbijzijnde muur zakken. *Als je nog waarde aan je leven hecht*, dat bedoelde ik toch? Ik was van mijn jarenlange hoogtevrees genezen omdat mijn leven me niets meer waard was. Dat was toch lógisch?, om Emma's woorden te gebruiken.

Aanvankelijk merkte ik de kinderen niet op. Het schoolgebouw aan de andere kant van het grote plein was verlaten toen ik aankwam, de leerlingen waren vermoedelijk thuis bij hun ouders of op het plaatselijke strand, en hoewel ik het speelterrein met de rij schommels en een pleintje voor balspelen wel had opgemerkt, had ik het nooit in gebruik gezien.

Toen hoorde ik de stemmen, vervlochten in dat onmiskenbare blije lied dat aankondigt dat kinderen van binnen naar buiten worden gelaten: speelkwartier. Korte tijd later werd de lucht net zo plotseling gevuld met het volwassen geroezemoes van de koffiepauze. De rouwbegeleiders zouden het me ongetwijfeld hebben verboden, maar ik liet me om twaalf uur, het tijdstip waarop de kleintjes door hun moeder werden opgehaald, naar het hek van de school lokken. De juf liet de kinderen een voor een naar buiten, en dan keken ze zoekend naar hun eigen moeder in het wachtende groepje. Sommige moeders maakten een praatje tijdens het wachten, of knuffelden elkaars kleine kinderen, andere zetten hun kind achter op de fiets of de scooter en haastten zich weg. Ik zag een jongetje naar buiten komen met een enorm papieren boeket, een hoorn van karton, versierd met een clownshoofd, vol bloemen van roze vloeipapier. Hij bood het zijn moeder aan alsof ze een koningin op staatsbezoek was.

'O, *beautiful*,' verzuchtte ze in het Engels, en ze gaf hem een blije klapzoen. 'Echt práchtig.'

Het ritme was mijn lichaam zo vertrouwd dat ik ernaar hunkerde er deel van uit te maken, dat ik ernaar smachtte dat het kleine meisje dat nu naar buiten kwam en nog niet was opgeëist van mij zou zijn, maar natuurlijk stapte er telkens iemand naar voren om haar hand te pakken.

8

Het moment waarop de liefde voorbij is, is aanzienlijk moeilijker te bepalen dan het moment waarop je verliefd werd, en het schenkt ook geen voldoening. Om te beginnen leg je geen verklaring af, niet eens aan jezelf, of pas veel later, maar toch had ik de indruk dat er een tijd was gekomen dat ik mezelf bekende dat als Oliver en ik Emma niet hadden gehad om ons te binden, ik niet langer gebonden zou willen zijn.

Het was geen spectaculair inzicht, alleen maar een willekeurige gedachte op zomaar een dag. Geen zonnige dag waarop we een glas wijn dronken in de zon en samen ons koninkrijk overzagen, maar een sombere dag, toen de boiler het niet deed en de auto kuren had, toen alles om me heen op instorten leek te staan. Toen de materiële wereld was hersteld en weer tevreden zoemde, merkte ik gewoon op dat dat niet voor de liefde gold.

Mariel zei altijd tegen Jen en mij dat je pas wist wat je voor je man voelde als je naar hem keek wanneer hij niet wist dat je keek. 'Want dan reageer je nergens op. Als je hem niet op zijn hoede ziet, maar kwetsbaar, is dat de test. Dan weet je of je nog van hem houdt.'

Hoe vaak had ik niet op die manier naar Oliver gekeken en me absoluut niet ontroerd gevoeld door zijn kwetsbaarheid, en had ik me vervolgens afgevraagd hoe ik zijn egoïsme ooit voor kwetsbaarheid had kunnen aanzien? Maar ik kon me toch niet vergist hebben? Er moest ooit kwetsbaarheid zijn geweest, wat inhield dat die óf in de loop der tijd was verdwenen, óf (een angstwekkender idee) dat ik het vermogen kwijt was om die kwetsbaarheid te herkennen. Hoe dan ook, ik had mijn eigen test ontwikkeld: foto's. Ik keek naar een foto van ons samen, van onze trouwdag bijvoorbeeld, of van een vakantie, en dan wachtte ik op de emoties. Ze waren moeilijk te definiëren, die emoties, als een glimp overdag van een droom van de nacht ervoor, maar zolang ze er waren, wist ik dat er nog iets goed zat, dat ik niet hoefde in te grijpen. Tot ik op een dag, die dag waarvan ik de datum nooit zou kunnen noemen, niet meer naar de foto's keek, mezelf niet meer testte, voor de zekerheid.

Later, toen Emma was begraven en mijn gepakte tas boven in de kleerkast stond, probeerde ik iets van dit alles aan Mariel uit te leggen. Het was voor het eerst sinds het ongeluk dat ik in staat was een echt gesprek te voeren.

'Ik denk dat ik het niet eerder aan mezelf wilde toegeven omdat ik niet wilde dat het zo was, omwille van Emma, snap je? Ik hoef niet meer te liegen.'

Ze keek me aan met die lichtbruine ogen, de ogen van de bemiddelaar; zelfs als de ramp niet te overzien was, zocht zij nog naar manieren om alles beter te maken. 'Maar je hebt niet gelogen, Rach, je hebt gewoon een normaal huwelijk.'

'Hoe kun je dat nou zeggen? En Oliver en Charlotte dan? En...'

'En iederéén dan?' onderbrak ze me nadrukkelijk. 'Kijk dan naar Toby en mij, kijk dan naar Jen en Bob, die hebben altijd ruzie!'

'Omdat ze er nog iets om geven,' riep ik gefrustreerd uit. 'Ze maken ruzie omdat ze elkaar nog iets dóén. Ik heb het over... O, weet ik veel...'

'Sst,' zei ze. 'Schat, je bent nog in shock. Je moet hier nu niet aan denken. Oliver en jij hebben elkaar harder nodig dan ooit, klamp je daaraan vast. Gun jezelf de tijd.'

Ik schudde mijn hoofd. 'Ik hoef geen tijd. Emma was onze tijd, Emma was onze réden.' Mariel knikte en zei dat ze het begreep, natuurlijk begreep ze het, de volgende keer zouden we er verder over praten, maar ze twijfelde nog steeds aan mijn woorden, of misschien aan haar eigen interpretatie ervan, omdat ze zelf te ontdaan was door de tragedie om verder te kunnen kijken.

Ik zei uiteraard niets tegen mijn moeder. Mijn vader, die maar een paar maanden voor mijn verloving met Oliver was overleden, had het huwelijk als iets heiligs gezien. Uitgerekend hij had geloofd in tot de dood ons scheidt. Uiteindelijk gold dat ook voor ons huwelijk, dat van Oliver en mij, nam ik aan.

T.a.v. Mw. R. Freeman, p/a Hotel Ilias, Oia, Santorini...

Ik herkende Olivers handschrift direct en voelde ontstemd aan de smalle witte envelop. Hij was onder mijn deur door geschoven met een briefje erbij van Eleni, die terecht had aangenomen dat ik niet wist dat de post hier op het postkantoor moest worden afgehaald. Ik vond het oprecht jammer dat ze al die moeite voor me had gedaan.

Ik kon me er net zomin toe zetten de brief open te maken als hem weg te gooien, dus legde ik hem met de adreskant naar beneden op tafel en troostte me met de gedachte dat de komst van die brief inhield dat ik geen bezoek van Oliver in eigen persoon hoefde te verwachten, althans niet meteen. Ik dacht aan de enige andere keer dat Oliver me een echte brief had gestuurd, voor ons huwelijk, een epistel met rozen erbij om zich te verontschuldigen voor zijn afwezigheid bij een etentje ter ere van de verjaardag van mijn moeder. Mijn vader was toen al ziek en het was een hele opgave voor hem geweest om zich te wassen en aan te kleden en naar het restaurant te gaan, waar we het eten vervolgens anderhalf uur hadden uitgesteld in afwachting van de vierde gast. Uiteindelijk hadden we vrijwel zwijgend gedineerd. Bij die gelegenheid had ik vastgesteld dat Olivers gedrag harteloos en vernederend was. Wat had ik toen gesnakt naar zijn brief, die ik had opengescheurd zodra ik hem kreeg, verontwaardigd, triomfantelijk, gretig zwelgend in het drama van het moment. Nu zag ik wel in dat hij jammer genoeg was opgehouden op kantoor, meer niet, en had ik er spijt van dat ik het toen niet eleganter had opgevangen, zo niet in mijn eigen belang, dan toch voor mijn vader.

Om de brief te mijden, klom ik over de treden aan de kant van het dorp van de Goulas naar beneden tot aan het oude vissersdorp Ammoudi. Het werd een ritueel: eerst eenmaal daags, met een pauze voor water of koffie, want ik was verzwakt door weken weinig eten en weinig bewegen, later twee en soms drie keer per dag.

Het pad was slordig beklinkerd en al snel kreeg ik blaren op mijn voetzolen en pijnlijke kuiten. Ik telde de treden: tweehonderdveertien neer en tweehonderdveertien op, telkens opnieuw, als een boetedoening.

Ongeveer een week nadat ik de brief had gekregen, besloot ik hem open te maken. Ik had die ochtend op de rotsen van een klein strand dicht bij Ammoudi gezeten dat ik had ontdekt. Ik keek hoe andere mensen naar een piepklein eilandje zwommen en om beurten van een in de rotswand uitgehakt plateau doken. Een reisgids op de boekenplank van Callidora onthulde dat dit het eiland Aghios Nikolaos o Peramataris was, Sint Nicolaas de kanaalhoeder, en maakte melding van een aan hem gewijde kapel in een grot op het eilandje. Het stond me wel aan, het idee van een verborgen spelonk waar een enkele vlam het geloof brandend hield dat één man de eilanders kon behoeden voor alles wat de elementen in petto hadden.

'Kom erin!' De mannenstem die me vanaf het water bereikte klonk Amerikaans, jong en uitbundig. Zijn korte, zwarte haar glansde als bont boven zijn zonverbrande, op de golven deinende voorhoofd.

'Misschien. Ach, waarom ook niet?'

Ik had nog geen grote teen in de Caldera gedoopt, maar nu ritste ik zonder erbij na te denken mijn jurk los, schopte mijn schoenen uit en dook in mijn ondergoed in het water. Het was diep, tot aan mijn nek, en mijn hele lichaam werd belaagd door de kou, zodat ik naar adem snakte en spartelde. De Amerikaan, die mogelijk aanstoot nam aan het feit dat ik geen zwemkleding had aangetrokken, was al op weg naar Aghios Nikolaos. Ik zag zijn hoekige ellebogen en enkels door het wateroppervlak breken en het licht vangen. Ik begon ook te zwemmen, maar halverwege stopte ik, bleef een paar minuten watertrappelen, bedacht me en zwom terug door de golven. Ik worstelde me aan land, gefrustreerd door het gebrek aan kracht in mijn armen en met mijn voeten zoekend naar een rotsblok dat ik als opstapje kon gebruiken. Toen nam ik alleen de tijd om mijn jurk over mijn natte lijf aan te trekken en mijn sandalen vast te maken en haastte me druipend langs de lunchende gasten van Ammoudi de eindeloze treden op, terug naar mijn huis.

Ik liep regelrecht naar de brief en maakte hem open. Er zaten maar twee enkelzijdig beschreven velletjes in, een van Oliver en een van Mariel. Het zien van de krullerige letters van Mariels ondertekening was al genoeg om me te herinneren aan ons laatste gesprek en me te laten opzien tegen haar smeekbedes of ik terug wilde komen. Voordat ik me kon bedenken scheurde ik haar brief aan snippers, die ik buiten in de bries gooide. Olivers brief las ik wel:

Lieve Rachel,

Het maakt me een beetje ongerust dat ik je niet direct te spreken kan krijgen. Ik heb er begrip voor dat je bent opgestapt en je moet natuurlijk alle tijd nemen die je nodig hebt. Het spreekt voor zich dat ik voor je klaarsta. Je weet toch dat je al het geld dat je nodig hebt kunt opnemen bij de bank in Fira? Ik vraag je alleen me te laten weten dat het goed met je gaat.

Liefs,
Oliver

Het was eigenlijk een vreemd briefje, weer van die halve zinnen van hem, bij elkaar gevoegd, maar dan met het 'maar' weggestreept. Ik keek naar het poststempel: het was van maar een week of twee na mijn aankomst hier, meer dan een maand geleden. Hoelang had die brief op het postkantoor gelegen voordat Eleni hem vond? En had het uitblijven van een reactie hem zo ongerust gemaakt dat hij me was gaan zoeken? Ik rende in paniek naar de dichtstbijzijnde winkel en kocht een ansichtkaart en een pen: *Je brief ontvangen, ja, maak het goed. Ik heb geen telefoon, maar ik zit in een huisje dat Callidora heet, mocht je mijn adres nodig hebben voor noodgevallen.* Ik had geen idee wat die noodgevallen konden zijn. Het woord had geen betekenis meer voor me en voor hem evenmin, vermoedde ik. Ik dacht even na en voegde toen een PS toe: *Geef mijn adres alsjeblieft aan niemand anders door.* Ik zette een dikke streep onder 'niemand'.

Iemand bezocht Callidora. Ik had een paar keer bij terugkeer van een wandeling bloemen op mijn terrastafel of bij mijn deur gevonden, rozen en anjers met een wit lint eromheen of losjes bijeengebonden met takjes basilicum. Onlangs was er ook brood, honing en jus d'orange bezorgd. Een keer geroosterd lamsvlees en aardappelen in een afhaalverpakking en een keer appels en tomaten in bruine papieren zakken. Toen ik navraag ging doen bij de dichtstbijzijnde kruidenierszaak, beweerde de eigenaar van niets te weten en ik drong niet aan, uit schaamte omdat ik geen woord Grieks sprak. Ik verdacht Eleni, natuurlijk, want wie kende ik hier anders? Ik besloot haar in het Ilias op te zoeken.

'Dank je wel voor het bezorgen van mijn brief,' zei ik. 'Een tijdje geleden. Ik was zelf niet op het idee gekomen naar het postkantoor te gaan.'

Ze knikte. 'Ik kom er voor mijn hotelgasten en ik zag uw naam.' Ze voegde eraan toe dat de plaatselijke postbeambten het handschrift op buitenlandse brieven moeilijk te ontcijferen vonden en dus het alfabetische systeem maar lieten varen en al die post op een grote stapel gooiden waar de buitenlanders zelf in mochten zoeken. Ze verontschuldigde zich voor hun onwetendheid. 'Idioten, zouden jullie zeggen, geloof ik. Wist u dat dat een Grieks woord is?' Ik glimlachte. Ik vond het grappig dat haar cynisme haar goedhartigheid net niet kon maskeren.

'Het geeft niet,' zei ik. 'Toen ik vanochtend op het postkantoor kwam, lagen er trouwens bijna geen brieven.'

Ze knikte. 'Iedereen gaat nu weg. Het seizoen is voorbij. Na oktober wordt het heel stil in Oia.'

Die opvatting werd kort daarop ook uitgesproken door de dorpsdokter, die me op een ochtend ongevraagd thuis kwam bezoeken. Hij kwam toevallig langs, zei hij, en ik stond toe dat hij me porde en kneep en zijn ogen met de mijne onderzocht, want hij bedoelde het goed en dit was ook een blijk van vriendelijkheid van de gemeenschap die ik had betreden. Toen hij zijn instrumenten aan de tafel stond in te pakken, bukte hij zich om wat bougainvilleblaadjes op te rapen die de kamer binnen waren gewaaid. Ze waren nu bruin en opgekruld, als slakken van papier.

'Het wordt kouder, hè?'

'Ja,' beaamde ik. Ik kon al een tijdje de deur niet meer uit zonder mijn enige trui.

'U gaat niet naar huis terug, mevrouw Freeman?'

Ik fronste mijn wenkbrauwen. 'Dit ís mijn huis, dokter.'

'U hebt hier werk, misschien?'

'Niet echt, maar ik vermaak me wel. Ik wandel elke dag...'

'Ja,' zei hij knikkend, 'naar Ammoudi, heb ik gezien. Op en neer, op en neer.'

'Het is goed voor het hart,' zei ik zwakjes.

'U denkt er toch wel om dat u moet eten? Elke dag?'

Ik dacht aan het brood en de jus d'orange bij mijn deur. 'Ja, natuurlijk. Ik eet misschien niet zoveel, maar wel elke dag iets.' Terwijl hij discreet om zich heen keek, trok ik mijn mouwen over mijn spichtige onderarmen en polsen. Het bed was niet opgemaakt, de kopjes waren niet gewassen en er lag een verschrompelde appel met een zwart blad aan zijn steel in de fruitschaal. Wat de dokter wilde weten, was of ik de komende winter wel voor mezelf kon zorgen. Ik wilde me verdedigen, als een oude moeder die tegenstribbelt als haar kinderen haar voorstellen eens naar een verzorgingshuis te gaan.

'Hebt u de andere Engelsen hier op Santorini al ontmoet?'

Ik schudde afwerend mijn hoofd. Ik kwam hier niet om de kluizenaar te spelen, zoals ik me van die anderen voorstelde, en ik had al helemaal geen behoefte aan een dagindeling vol expats en gintonics. Ik had mijn vrienden in Londen achtergelaten. Wat zou ik nieuwe mensen in godsnaam te bieden kunnen hebben?

9

Geef mijn adres aan *niemand* door, had ik Oliver geschreven, de enige boodschap aan de wereld die ik had achtergelaten. En hij zou meteen hebben begrepen wat ik met die dikke streep onder 'niemand' bedoelde. Zelfs niet aan mijn beste vriendinnen, zelfs niet aan Mariel en Jen.

Jen. Zij was de moeilijkste van de twee om nu aan te denken, want we hadden elkaar gevonden door het moederschap en het moederschap alleen, we hadden het uniform samen gedragen en de vlekken met hetzelfde doekje afgenomen. Ik had haar nooit in een andere context gekend en zij mij evenmin; hoe kon ze dan niet net zo onthutst zijn als ik door het feit dat het mij plotseling was afgenomen? Mariel kon ik daarentegen nog voor me zien als de vrouw die ik had gekend voordat we een baan, een man en kinderen hadden gekregen; haar herinnerde ik me als iets meer dan een versie van mijn moederlijke zelf.

Ik had Toby het eerst leren kennen. Toby Challoner. Hij en ik waren buren in ons eerste studentenhuis in ons eerste studiejaar en we hadden samen onze eerste mensamaaltijd gegeten: gehakt, patat en mais – we hadden een band gesloten bij het vet, zou hij later schertsen, net als onze ingewanden. Toby was pezig en snel, met het bijpassende gevoel voor humor. Hij begon elke scherpzinnigheid met de woorden: 'Laten we het zo stellen...': 'Laten we het zo stellen,' zei hij over een nachtelijk actieve buurvrouw van ons, 'als ze haar morgen moesten begraven, zouden ze haar in een Y-vormige kist moeten leggen.' Dan laste hij de kenmerkende pauze in van de amateur stand-upcomedian die op zijn lach wacht. Ik was hem graag ter wille; voor zover ik het kon beoordelen, bracht hij zijn opmerkingen altijd heel geestig, en we werden vrienden.

'Ik wil je aan een meisje voorstellen,' zei hij aan het begin van het derde jaar. Ik had die zomer gereisd, hij had werkervaring opgedaan bij een marketingbureau in Londen. We waren nu wereldwijs, bijna klaar met onze studie, allebei geroutineerde drinkers die het vanzelfsprekend vonden dat ze recht hadden op de tafel links van de bar in de studentensoos, die bij het raam.

Ik grinnikte. 'Goed, zeg maar wanneer.' Zijn vorige vriendin was een goth-meisje geweest dat op mijn verjaardag naar de pizzeria was gekomen in een zwartgeverfde trouwjurk met een sleep van in haar haar gevlochten paarse vodden die tot haar middel reikte. Er was zo'n sliert als een dode slang in de schaal voor haar beland, naast de partjes ananas die ze niet lustte.

Mariel was een ander geval. Ze was zelfbewust, ze had uitstraling. Ze had mystiek.

'Jij doet toch kunstgeschiedenis?' vroeg ze me. Haar lichtbruine ogen hadden dezelfde tint als haar gebruinde gezicht. 'Mijn vriendin Liz zegt dat ze je wel kent.'

'Mariel is farmaceut,' deed Toby een duit in het zakje.

Ik schoot in de lach. 'Zoals ijj het zegt, klinkt het alsof ze dropjes verkoopt of zo.'

'Dat zal er ook wel van komen, ooit,' zei Mariel schouderophalend, en net toen haar gebrek aan ijdelheid me opviel, zag ik ook hoe haar haar in twee volmaakte inktzwarte stroken over haar schouders viel. Haar ketting was van zilver met schelpen en ik wist zonder iets te vragen dat ze de zomer in een chic oord had doorgebracht.

In het begin was het lastig om het verschil te zien tussen de manier waarop Toby met haar omging en hoe hij haar voorgangsters had behandeld, want het was zijn stijl om meisjes te willen blijven behagen, ook als hij al serieus overwoog het uit te maken, maar toen ons afstuderen in zicht kwam en onze tafel bij het raam ook Mariels stamtafel was geworden, was duidelijk dat ze een blijvertje was.

Ik had nog een tijdje mijn bedenkingen. Ik verdacht haar ervan dat ze te veel behoefte had aan mannelijke aandacht, en dan was ze ook nog eens verslingerd aan aerobics. Hoe kwam een student begin jaren tachtig op het idee om keurig in het gelid op en neer te springen? 'Laten we het zo stellen,' zei Toby over het streven van zijn vriendin fit te blijven, 'als zij een flesje bier moet openmaken, hoeft ze haar tanden niet te gebruiken.' Wat was er mis met een flesopener, wilde ik wel eens weten?

Ik had vrij snel door dat ze eerder onder mannelijke aandacht leed dan erom te vragen. En ze had ook iets bruikbaarders dan alleen mystiek, ze had uithoudingsvermogen, wat inhield dat iedereen die niet meteen door haar geïntrigeerd was, vroeg of laat toch voor haar charmes bezweek. Ik was geen uitzondering.

Ik kon niet precies zeggen hoeveel tijd er verstreek tussen het bezoek van de dokter en het moment dat Ingrid Sullivan haar opwachting maakte op mijn terras, maar ik had nog twee brieven van Oliver gekregen en het viel me op dat er links en rechts kerstversieringen werden opgehangen, dus het moesten een paar weken zijn. Ze was ongeveer een meter vijfenzestig lang en stevig gebouwd ('atletisch' was waarschijnlijk een beter woord), en ze had warme bruine ogen met korte, fijne wimpers. Haar sproeten waren bijna niet te onderscheiden van het bruin van haar huid en haar lange haar was strak naar achteren in een paardenstaart getrokken. Haar nagels hadden de gebrand oranje tint van de rotsen bij Ammoudi.

'Hallo, ik ben Ingrid. Ik woon in Perivolos.' Ze wees langs het klif naar het eind van het dorp en ik hoorde dat ze zo'n optimistisch, zangerig Australisch accent had. Zo, dus een van de expats van de brave dokter kwam me inspecteren. Misschien had hij haar zelfs speciaal uitgekozen om te controleren of ik die appel nog had opgegeten.

'Hallo, ik ben Rachel.'

'Echt waar?' riep ze uit. 'Met een "a"? Voor de "e", bedoel ik?'

'Nee, gewoon met een "e".'

'O, gelukkig maar.' Ze klonk oprecht opgelucht. 'Mijn moeder heet Rachael met een "a"en ik kan je zeggen dat dat geen aanbeveling is.'

Ze liet haar achterste op het muurtje achter zich rusten, niet mijn terrasmuur maar die aan de andere kant van het pad, alsof ze afstand wilde houden van een onbekend huisdier.

'Hoelang zit je hier al?' vroeg ze.

'Weet ik niet precies, een paar maanden. Ik ben in augustus gekomen en toen heb ik besloten te blijven.'

'Goh, dat ik je niet in de bar heb gezien. Ik heb van de zomer in het Greco gewerkt, het café naast het Delfini.'

'Ik ben in geen enkel café geweest.'

'O, dus je bent ondergedoken? Als je dat hier kunt zeggen.' Ze keek over haar schouder naar de rand van het klif. 'Bovengedoken, zal het hier wel heten. Tja, nou, ik moet toegeven dat ik hier niet toevallig langskom. Ik hoorde van Alexandros dat er nog een blijver was.'

Ik wist niet wie Alexandros was. De slager, misschien. 'Zoals jij het zegt, klinkt het alsof we hier gevangenzitten.'

Ze lachte. 'Wil je zeggen dat we zomaar weg mogen?'

Maar ik was perplex: ik had het woord 'we' gebruikt en ik had een poging gedaan om iets grappigs te zeggen. Ik glimlachte bijna! Als dat geen tekenen van leven waren...

'Je zou hem moeten leren kennen,' vervolgde Ingrid. 'Hij is echt heel aardig. Alle dorpelingen, trouwens.' Ze nam me even zwijgend op. 'Ze zijn heel benieuwd naar je, weet je.'

'O?'

'Ja. Ze noemen je, wacht even, mijn Grieks is om te huilen: *I orea me ta mavra.*'

'Wat betekent dat?'

'De schoonheid in het zwart, zoiets.'

Ik knipperde verbaasd met mijn ogen. 'In Londen draagt iedereen zwart.'

'Dat heb ik ook tegen ze gezegd. Het hoeft niet te betekenen dat je weduwe bent.'

'Dat ben ik ook niet.'

Ingrid knikte. 'Ben je dan schrijver of zoiets?' Haar blik dwaalde naar de pen en het papier voor me op tafel; ik was een brief aan mijn moeder aan het opstellen, maar was nog niet verder gekomen dan een paar vlakke zinnetjes. Ik had haar bij mijn aankomst een ansichtkaart gestuurd met de belofte meer van me te laten horen wanneer ik mijn draai hier had gevonden, maar ik had al mijn pogingen gestaakt; ik kon nooit de goede woorden vinden.

'Nee,' zei ik. 'Ik ben... nou, niets, eigenlijk.'

Ze trok haar wenkbrauwen op. 'Niets?'

'Ik was beeldredacteur, in Engeland.'

Het leek haar tevreden te stellen. 'Maar natuurlijk. Er zitten hier veel fotografen. Het is een beetje een kunstenaarskolonie, zie je. Iedereen hier doet wel íéts cools, al is het maar... nou ja, overwégen iets cools te gaan doen.'

'Wat doe jij dan?' vroeg ik. Ik was niet van plan haar uit te leggen dat elke overweging maakte dat ik mijn hoofd in een kussen drukte tot ik mijn eigen tranen inademde. 'Sorry, dat had je al gezegd, je zit in de bediening...'

'O, dat was alleen voor de huur. Ik schilder momenteel, maar mijn werk is waardeloos. Ik heb het aan Manfred laten zien, je weet wel, een van die Duitse kunstenaars, je kent hem zeker wel?'

'Nee, sorry.'

'Enfin, ik kon zien dat hij het verschrikkelijk vond, al zei hij dat mijn doeken "veelbelovend" waren. Hij moest het woord in zijn woordenboek opzoeken, die schat. Die verf had me ook nog eens een kapitaal gekost... Zonde van het geld!' Ze zuchtte. 'Het is gek, maar ik dacht dat ik gewoon kon weergeven wat ik zag, dit allemaal...' – ze gebaarde naar Callidora en de andere huisjes, naar de zee onder ons – '... maar ik blijk het niet te kunnen.'

Ik knikte, getroffen door haar eerlijkheid. Door jarenlang het werk van fotografen te beoordelen was ik vertrouwd geraakt met de waanideeën die de kop opstaken wanneer het talent niet toereikend was voor de ambities, en vooral vakantie-eilanden leken dit effect te hebben: ambtenaren werden aquarellisten en verzekeringsagenten dichters. Een kunstenaarskolonie: ik geloofde er niets van.

'Ik zit er nu over te denken om sieraden te gaan maken,' zei Ingrid. 'Er zijn hier zoveel winkels, als ik deze winter doorwerk, heb ik genoeg wanneer ze in het voorjaar gaan inkopen. Ik zou schelpen of zoiets kunnen gebruiken, die kleine iriserende, weet je wel?'

'Dat klinkt veelbelovender... Sorry, het woord van je vriend weer...'

Ze lachte om de weifeling op mijn gezicht. 'Het geeft niet, ik weet wel dat ik een wandelend cliché ben. Met die sieraden zal het ook wel niets worden, maar hé, wat is er mis met een vergeefs projectje of twee? Ik ben Shirley Valentine niet. Ik ben niet opgestapt bij mijn gezin of zo. Ik ben maar alleen, dus waarom zou ik het mezelf niet een tijdje naar de zin maken?'

'Opgestapt', het woord dat Oliver ook had gebruikt, de taal van het bedrijfsleven. Wás dit maar een staking, dan konden ze me vragen terug te keren naar de eerdere omstandigheden, met een schone lei, *sans rancune*. Emma zou zich nu op de kerstdagen verheugen, we zouden een boom gaan kopen. Brieven aan de Kerstman zouden met het uur worden herzien.

Mijn gezicht moet iets hebben uitgedrukt van mijn verdriet, want mijn nieuwe vriendin zei snel: 'Begrijp me niet verkeerd, Rachel.'

'Pardon?'

'Ik ben niet op zoek naar een vent. Ik meen het, echt niet.'

'Natuurlijk niet.'

Ik verbaasde me over de wending die haar gedachten hadden genomen en zij op haar beurt leek te betwijfelen of ze me had gerustgesteld.

'Niet dat je er een kunt vinden in deze tijd van het jaar,' voegde ze eraan toe. 'Het is hier hollen of stilstaan, vrees ik.' Ze tuurde naar de helverlichte blauwe koepel die ons omsloot. 'Maar het is hier toch fantastisch nu de hordes zijn vertrokken? Zo áfgelegen. Hoe noemen ze het ook alweer? Een luisterrijk isolement?'

Ik waardeerde de onzekerheid in haar stem en vroeg me even af wie die 'ze' voor haar waren. Ze leek me iemand die net zo goed praatte om zichzelf als haar toehoorders te overtuigen, zo niet meer. Ze was jonger dan ik, in de twintig, en ik kon me met de beste wil van de wereld niet voorstellen hoe ze verzeild was geraakt in deze kleine gemeenschap die zich opmaakte voor een winterslaap.

'Geïsoleerd is het zeker,' beaamde ik.

Ze was al opgestaan en streek de achterkant van haar rok glad. Toen ze zich omdraaide, waaierde haar paardenstaart uit als een bruidssluier die wordt opgetild nadat het paar de huwelijksgeloften heeft afgelegd. 'Goed, Rachel, geef maar een gil als je een keer zin hebt in koffie. Of iets sterkers.'

10

Cat kon al kruipen en Emma bijna rechtop zitten toen ze Daisy leerden kennen, die zowel qua leeftijd als alfabetische volgorde keurig tussen hen in paste. Wat haar moeder aanging: Mariel en ik mochten Jen op het eerste gezicht. Het was onze vaste 'jonge moeders'-bijeenkomst; we waren een keer iets te laat en zagen meteen dat we een nieuweling in ons midden hadden, eentje die niet alleen lippenstift op had (een zeldzaam teken van bezieling te midden van ons oververmoeide stel), maar zich ook afvroeg of we het goed vonden als we de bijeenkomst van Kim Harveys woonkamer verplaatsten naar het terras van Café Rouge even verderop, zodat ze lekker stout een sigaret kon opsteken. Jenny was de meest relaxte van ons drieen, die de verschrikkingen van het moederschap er even bij deed en zich zelden de vrijheden van vroeger liet ontgaan. Ik herinnerde me onze bewonderende zuchten toen ze vertelde dat Bob en zij iets in de tuin van een café waren gaan drinken toen Daisy nog maar een paar dagen oud was. En ze hadden de baby zelfs meegenomen naar een bruiloft zonder eerst aan de bruid te vragen of het goed was! ('Wat kan het ons schelen of ze het goedvindt! Betaalt ze anders iemand om het kind de borst te geven of zo?') Bovendien waren Bob en zij niet getrouwd, wat wij schokkender en ontzagwekkender vonden dan we wilden toegeven.

Hoewel Jen niet had gestudeerd, was meteen al duidelijk dat haar optimisme en grootmoedigheid, waar ze die ook mocht hadden opgedaan, haar veel beter voor het leven hadden toegerust dan ons. Vóór Bob en baby was ze een toegewijd milieuactiviste geweest en haar verleden wemelde van de incidenten met demonstraties, blokkades en aan viaducten gehangen banieren. 'Ik heb het nodige buiten staan schreeuwen in mijn tijd,' zei ze zelf. Ze deed nog altijd haar best door milieuvriendelijke producten voor de voeten van haar cliënten te gebruiken en alleen ongelode benzine te tanken voor de auto waarin ze liever niet reed. Haar verhalen over haar werk waren altijd komisch. 'Er is niets wat ik je niet kan vertellen over likdoorns en ingegroeide teennagels,' zei ze met een lach. Zelfs Oliver gaf toe dat hij gefascineerd was door wat hij 'de onderbuik van voeten' noemde – het sprak de vroegere kostschooljongen in hem aan.

Jenny had zelf uiteraard volmaakt gepolijste teennagels, en haar welgevormde rondingen trokken mannenblikken uit bepaald indiscrete invalshoeken. Haar bepalende uiterlijke kenmerk was echter haar streperige kopergouden haar, dat altijd was opgekamd alsof ze een vriendin van Rod Stewart was. De meiden vonden het heerlijk om er linten in te vlechten en het op te steken met hun spelden met glittertjes terwijl Jen rare gezichten trok om hen aan het lachen te maken.

Ik had nooit iemand ontmoet die zoveel inlevingsvermogen had. Als er iets met Cat of Emma was, dook ze eropaf alsof het om haar eigen Daisy ging. Dat deden Mariel en ik natuurlijk ook, maar met een onmeetbaar klein oponthoud. Jen stelde nooit iets uit.

'Ha, mevrouw Freeman, u bent er, goddank!'

'Eleni, hallo. Zeg toch Rachel, alsjeblieft.' Ik was het huis die dag nog niet uit geweest, maar ik begroette Eleni lusteloos op het terras, op het punt weer in bed te kruipen. 'Wat is er? Is er iets?'

Ze spreidde haar armen wijd, met de handpalmen naar boven, als om te zeggen 'daar is het nu te laat voor', en verkondigde toen theatraal: 'Hij is gekomen. Hij is hier, in Oia.'

'Je bedoelt...'

'Ja. Uw man.'

Het bloed trok naar mijn wangen en de plotselinge warmte maakte dat de opgedroogde tranen in mijn ogen prikten. Het eerste wat in me opkwam, was de vraag of ik de fut kon opbrengen om het op een lopen te zetten.

'Waar is hij?'

'Hij wacht in het Ilias. Hij wilde hierheen komen, naar Callidora, maar ik heb gezegd dat hij moest wachten...' Achter de fladderende armgebaren zag ik een vastberadenheid die niet helemaal klopte. Kennelijk had ze haar eigen conclusies getrokken aangaande mijn redenen om huis en haard te ontvluchten; ze dacht dat ik gevaar liep.

'Het is goed, Eleni,' zei ik kalm. 'Hij is niet gekomen om iemand kwaad te doen, dat garandeer ik je. Laten we samen terug naar boven lopen, dan stel ik jullie aan elkaar voor.'

'Als u het zeker weet?'

Ik had dit natuurlijk verwacht vanaf het moment dat ik hier was aangekomen, maar nu het zover was, voelde ik me er nog lang niet klaar voor. Ik duwde de pootjes van mijn zonnebril dieper in mijn haar, alsof ze een schild konden vormen tegen Olivers woorden. Arme Oliver, wat hij ook met deze confrontatie hoopte te bereiken, voor hem kon het alleen maar een vergeefse reis zijn.

Hij had zo zijn eigen bedenkingen tegen onze bemiddelaarster, scheen het, want hij had het Ilias achter zich gelaten en liep over de Marmara toen Eleni en ik boven aan mijn pad aankwamen. Hij droeg dikke stadskleren en was al roze verbrand door de zon. Toen Eleni hem zag, kromp ze in elkaar en hijgde: 'Daar is hij!'

'Oliver!'

'Rachel, goddank!' Hij stak zijn armen naar me uit. Zijn schouders en borst voelden broos aan onder zijn kleren. Toen ze zag dat we elkaar omhelsden, trok Eleni zich terug, maar eerst zei ze nog: 'Denk aan onze afspraak,' alsof ze nog steeds geloofde dat ze een ontvoering moest verijdelen.

'Wat heb je in vredesnaam gezegd?' vroeg Oliver zacht. 'Dat mens was zo nerveus als wat.'

'Niets, het spijt me. De dorpsbewoners willen me gewoon beschermen. Er komen maar weinig bezoekers buiten het seizoen.'

Hij keek me bevreemd aan. 'Aha. Goed, waar zit je? Dit pad af, toch?'

'Nee, ik bedoel, daar woon ik wel, maar laten we doorlopen en op het plein gaan zitten.'

'Goed.'

'Je had me moeten waarschuwen dat je zou komen,' zei ik onder het lopen, maar niet echt gemeend; we wisten allebei dat ik het recht niet had het te zeggen.

'Je hebt geen telefoon.'

Ik knikte. Het enige wat ik kon denken, was dat hij hier niet hoorde te zijn. En dat het fout van me was dat ik hem hier door mijn zwijgen naartoe had gelokt.

Op het plein wees ik naar de stenen banken aan weerszijden van de kerk die de wacht hield aan de eilandkant. De zon scheen heerlijk, maar we liepen allebei intuïtief naar de bank in de schaduw. Ik zag dat we als vanzelf op kinderafstand van elkaar waren gaan zitten, op Emma-afstand, en ik voelde het branderige gevoel achter mijn ogen dat meestal tranen voorspelde.

'Dus hier is Alysa is opgegroeid?' zei Oliver. 'Het is prachtig, hè? We hadden er eerder naartoe moeten gaan.' Hij keek me aan. 'Sorry, maar kun je dat ding afzetten?'

Mijn zonnebril. Ik zette hem af en keek weer naar hem, zijn zachte, vermoeide, niet-begrijpende gezicht. Wat hij nodig had, was dat ik over die ruimte tussen ons in heen zou schuiven, zijn hoofd in mijn handen zou nemen en troostende, verontschuldigende woorden zou fluisteren. Ik had graag gehad dat deze ontmoeting anders zou kunnen aflopen, maar ik wist dat het niet kon.

'Je hebt gehuild,' zei hij zacht.

Ik knipperde met mijn ogen bij de herinnering aan de foto waarnaar ik had gekeken toen Eleni kwam. Ik had hem binnen op de eettafel laten liggen toen ik naar buiten ging om haar te begroeten. Het was een foto van ons tweeën, Emma en mij, in een trein in Frankrijk, ongeveer anderhalf jaar geleden. We keken samen door het raam naar het perron, waar Oliver met het fototoestel had gestaan. (Hij had extra zijn best gedaan om mee te gaan, herinnerde ik me, om iets aan de gezinsvreugde bij te dragen, zo kort na de crisis met Charlotte). Emma was vijf, een tenger meisje met blond haar dat de welvingen van haar nek en schouders soepel volgde. Het geel kwam terug in de buitenste ring bloemblaadjes van haar blauwe irissen. Ze was rood van de middaghitte. En terwijl ik naar de foto keek, wist ik weer precies hoe ze even later had aangevoeld, toen de trein in beweging kwam en zij tegen me aan kroop voor die lange reis naar het zuiden, hoe ze rusteloos met haar hoofd tegen me aan had geduwd op zoek naar een zachter plekje dat als kussen kon dienen; toen haar plotselinge opwinding op het moment dat we de zee zagen. 'Mammie! Mammie! We zijn er! Het wordt heel leuk, hè?'

Ik had Olivers blik gevangen en even was de lucht tussen ons opgeklaard door de aanblik en de klank van haar energie. Wat er ook tussen ons was gekomen, haar hadden we altijd gedeeld. Niets kon haar bindende kracht ooit vervangen.

'Hoe is het thuis?' verbrak ik de stilte

'Nog hetzelfde, nou ja, behalve dan...'

Ik vulde de zin voor hem aan. 'Je hebt haar spullen zeker opgeborgen?'

Hij knikte mat. 'Het meeste heb ik weggegeven, het speelgoed en de boeken. De school heeft er wat genomen. Ze hebben nu een hoekje in de bibliotheek, de kinderen hebben een bord gemaakt, "Emma's verhalenhoekje". Ze vroegen of wij het wilden zien...' Zijn stem haperde. Ik deed mijn ogen dicht, niet in staat zijn lijden aan te zien, maar voor mijn geestesoog zag ik hem op het gestreepte kleed in haar slaapkamer zitten en hulpeloos naar de planken vol verhalenboeken kijken, aan haar levenloze kleren voelen, haar muziekdoosje openen en sluiten. Toen mijn innerlijke camera zich op de schoorsteenmantel richtte, de rijen tekeningen van haar hand ('mijn galerie') deed ik het licht uit. Ik was hier nog niet klaar voor. Ik was nog niet klaar voor hem. Ik hoopte dat we gewoon zwijgend konden blijven zitten.

Hij had zich echter vermand en was klaar om verder te vertellen. 'Ik wist me niet goed raad, maar Toby heeft een busje gehuurd en Mariel en hij hebben me geholpen alles uit te zoeken. Jen stelde voor de meubeltjes aan een instelling voor kinderen te geven. Ze wist er een in Kilburn, bij de hoofdstraat.'

'Aha.' Dat was schrikken: de meubeltjes ook! Ik vroeg me af wie er nu in het witgeschilderde bed met het uitgezaagde liefdeshart in het hoofdeind sliep ('hartenlief', noemde ze het toen ze nog heel klein was). Toen ze net mocht overstappen van haar ledikantje, had ze die onbekende witte vlakte maar verdacht gevonden. Ik was de eerste keer naast haar komen liggen om haar te helpen de leegte te vullen. Ik deed mijn ogen dicht om haar aan te sporen hetzelfde te doen en toen, net toen ik zelf op het punt stond in slaap te sukkelen, deed ik ze een klein stukje open en zag twee enorme donkerblauwe cirkels, vlak bij mijn eigen ogen, en giechelde ze verrukt bij mijn oor. Ze dacht dat het een spelletje was: doen alsof we slapen.

'Oliver...' begon ik, maar hij begon op hetzelfde moment te praten en keek me aan alsof hij stikte in het verdriet van zijn woorden: 'Rachel, ik weet dat ik geen fantastische echtgenoot ben geweest. De laatste paar jaar... Als ik dat met Charlotte kon terugdraaien...'

'Zeg dat niet,' zei ik verwoed met mijn ogen knipperend, 'alsjeblieft! Dit gaat niet over haar of dat soort dingen, het gaat om Emma.' Ik keek hem woedend aan en toen zag ik het, onder het leed, onder de verslapte huid en dode ogen van de rouwende: het effen zwart van het schuldgevoel. Hij kon het zichzelf niet vergeven. Hij dacht zelfs dat Emma's dood zijn straf was.

'Ik heb je al eerder gezegd dat we allebei...' Mijn intuïtie zei me dat ik het erbij moest laten. Het was niet zinvol om nu mijn eigen zonden op te biechten; ik moest op de een of andere manier zijn schuldgevoel zien te verzachten zonder dat ik al doende het kleine beetje dat er nog van hem over was ook kapotmaakte. 'We waren onze relatie allebei vergeten, het lag niet alleen aan jou. Ik ging altijd helemaal op in Emma.' Ik verzonk even in het beeld, haar armen om me heen, haar wang tegen de mijne, opgaan in haar aanwezigheid, haar stem, haar geur, haar adem.

Hij koos een andere invalshoek. 'Alysa is ziek van ongerustheid. Ze zegt dat ze bijna niets van je heeft gehoord.'

'Ik weet het. Het spijt me.' Meer wist ik er niet op te zeggen.

'Kan het je dan niets schelen?' vroeg hij. Hij draaide zich om en keek me plotseling recht aan, loodrecht, en ik sprong op van de schrik. Ik voelde een huivering van herkenning en toen kwam de herinnering scherp in beeld: onze huwelijksgeloftes, die formele oog-in-oog choreografie, zijn gezicht dat helemaal opging in het moment, in mij. Zijn stem werd luider: 'Geef je dan niets om de anderen? Je vriendinnen? Mariel en Jen zijn er kapot van. Jen stortte verdomme in aan de telefoon, en Mariel, Toby, de kinderen... Ze snakken ernaar om je te zien...' Hij reikte plotseling naar de weekendtas aan zijn voeten en prutste aan de gespen. Ik keek met angstige vermoedens naar het pakje dat hij uit de tas haalde en me aanreikte. Ik zag mijn naam erop staan in blauwe inkt, in Mariels handschrift. 'Hier, maak maar open.'

Ik nam het onwillig van hem aan en legde het tussen ons in op de bank. 'Ik kijk later wel wat erin zit.'

'Nee!' Hij pakte het en duwde het in mijn handen. 'Openmaken, nu! Toe! Ik wil kunnen zeggen dat ik dit tenminste heb gedaan!'

'Al goed, je hoeft niet zo...' Ik trok aan de flap en schudde de inhoud op mijn schoot. Twee zelfgemaakte kerstkaarten, allebei met uit piepschuim geknipte sneeuwpoppen versierd met glittertjes. Er vielen glitters op mijn schoot die het zonlicht in sterretjes vingen. 'Is het alweer Kerstmis?' Mijn stem klonk somber, deerniswekkend, wat Oliver nog woester leek te maken. Hij gebaarde ongeduldig naar het briefje aan een van de kaarten, bestoven met glitters doordat het tijdens het vervoer tegen de kaart aan had gedrukt.

Nog een brief van Mariel. Aangezien Oliver op het punt stond hem uit mijn hand te grissen en hardop voor te lezen, had ik geen andere keus dan zelf naar de woorden te kijken:

Lieve Rachel,

We wilden je komen zoeken, maar Oliver was er heel duidelijk in dat je alleen moet zijn en dat respecteren we natuurlijk, maar je bent altijd in onze gedachten. We houden van je, Rachel, neem alsjeblieft contact op, waneer je maar wilt. We kunnen zó naar je toe komen.

Veel liefs, Mariel en Jen

'Zie je nou?' zei Oliver streng. 'Ze geven om je, ze missen je.'

'Ze begrijpen me,' verbeterde ik hem zo gedecideerd als ik kon.

'Wat begrijpen ze?' Zijn ogen dansten over het plein alsof de witte en blauwe blokken rondom ons hem niets zeiden. 'Dit kan toch niet zo doorgaan? Je bent toch niet echt van plan hier te blijven wónen? Denk eens aan wat je Alysa aandoet, wat je ons allemaal aandoet!'

Zijn bovenlichaam kromde zich plotseling als de steel van een stervende bloem en zijn hoofd zakte in zijn handen. Hij snikte, zag ik tot mijn ontzetting.

'Oliver! Oliver, alsjeblieft...' Ik werd getroffen door de afgrijselijke gedachte dat dit de eerste keer zou kunnen zijn dat hij zichzelf toestond in te storten waar iemand anders bij was. Ik wist dat hij zo iemand was die onder de douche huilde, als het water over zijn gezicht stroomde, een schuldige die het bewijsmateriaal opeet en zichzelf naderhand wijsmaakt dat er niets is gebeurd.

'Het spijt me,' zei ik. 'Het spijt me vreselijk, maar ik geloof gewoon niet dat ik de...' Ik zocht naar het juiste woord en vervolgde: '... symptomen van anderen aankan. Van wie dan ook. Ik moet eerst de mijne te boven zien te komen.'

Hij keek me aan met onrustbarend natte, fletse ogen. 'Kijk dan naar die kaarten, Rachel. Wat dacht je van de meiden, Cat en Daisy? Geef je dan niets...'

Ik onderbrak hem verontwaardigd. 'Oliver, vraag me niet steeds of ik om de anderen geef! Wat denk je zelf? Daarom ben ik hier. Probeer het alsjeblieft te begrijpen. Ik ben alles kwijt... Wíj zijn alles kwijt! We kunnen nooit meer terug naar hoe het was, nooit!' En toen overviel het me weer, zoals wel vaker, als een reeks afgrijselijke klappen, dat deze scheiding echt was, definitief, dat ik haar de rest van mijn leven niet meer zou zien. Ik wilde schreeuwen, wild om me heen slaan en me in een hoekje oprollen, en ik wilde het alleen doen.

Mijn borstkas ging op en neer, op en neer; ik was bijna hysterisch. 'Oliver, jij bent de enige van wie ik mag hopen dat hij het begrijpt.'

Hij deed zijn ogen dicht en toen ze weer opengingen, zag ik dat het schuldgevoel terug was, nog zwarter dan tevoren. Hij knikte. 'Je hebt gelijk. Je hebt meer tijd nodig. Het maakt niet uit hoelang. Ik zal op je wachten.'

'Alsjeblieft, Oliver, vraag me niet...'

'Ik vraag je niets,' zei hij ongeduldig. 'Ik zeg alleen dat ik op je zal wachten, dan weet je dat maar.'

Er was niemand op het plein. 's Avonds vulde het zich met kinderen uit het dorp die er tikkertje speelden, touwtje sprongen en vochten om een mechanische auto. De grotere kinderen deelden de lakens uit terwijl de kleintjes vanaf de zijlijn toekeken en steeds dichter naar de actie toe schoven. Ik kon niet altijd zien welke kinderen er onder toezicht stonden en welke niet, en soms wachtte ik tot het laatste kind naar binnen was geroepen voordat ik mezelf toestond naar mijn eigen bed te gaan.

Ik keek Oliver aan. 'Ik kan je er niet van weerhouden op me te wachten als je dat wilt, maar je moet teruggaan, Oliver, terug naar Londen.'

Hij knikte weer. Hij reikte naar zijn tas, maakte hem dicht en staarde naar de zondoorstoofde muur voor zich.

Het was veel gemakkelijker dan ik ooit had kunnen denken om een tweede keer bij hem weg te lopen.

Pas toen hij weg was, bekeek ik de kerstkaarten van Cat en Daisy echt. *Lieve tante Rachel, vrolijk kerstfeest en een gelukkig Nieuwjaar.* Daisy had haar naam met paarse viltstift geschreven en erom gedacht zoals altijd een bloemetje op de 'i' te zetten. Ik had met ze geoefend toen ze net leerden schrijven en we hadden voor iedereen een eigen handtekening gemaakt. Die van Cat was verwerkt in een kattenkop met snorharen die per se symmetrisch moeten zijn en Emma maakte een smiley van haar 'a'. Zij had als enige haar handtekening afgedankt, vlak voor haar zesde verjaardag, omdat ze hem kinderachtig vond.

Ik draaide de kaarten om in mijn handen, merkte details op en voelde iets in me bezwijken: ik miste ze, Cat en Daisy, ik miste ze echt heel erg. Had ik niet altijd net zoveel van hen gehouden als van Emma zelf? Op dat moment had ik bij hen willen zijn, hun vreugde en energie willen zien, zien hoe ze gróéiden.

Maar ik kon ze niet zien, nog niet. Mariel en Jen hadden er goed aan gedaan weg te blijven en de kinderen uit mijn buurt te houden. Het zou te pijnlijk zijn; het zou altijd te pijnlijk kunnen blijven, en wie kon zeggen of zij er iets aan zouden hebben? Dat betekende echter nog niet dat ik afwezig moest zijn.

Ik sloot Callidora af en liep naar het Ilias. Eleni haastte zich om de balie heen en stortte zich in mijn armen. 'Wat ben ik blij je te zien! Je man, is hij er nog?'

'Nee,' zei ik. Ik maakte me zo discreet mogelijk los uit haar greep. 'Hij is teruggegaan.'

Ze knikte. 'Dat is goed, denk ik. Wacht, ik haal wijn voor ons.'

'Eleni, mag ik dan intussen je telefoon gebruiken?'

Ze wees naar de balie. 'Natuurlijk. Daar staat hij.'

'En heb je het nummer van de luchtvaartmaatschappij? Ik moet een vlucht boeken.'

I I

Ze zullen elkaar altijd hebben... Mariel, Jen en ik besloten de belofte die we hadden gedaan toen de meiden nog baby's waren, officieel te maken. Mariel was Emma's peetmoeder al en ik die van Cat, maar Daisy was niet gedoopt en Jenny vroeg ons of we haar wettige voogden wilden worden. We gingen graag op het verzoek in; het was alleen maar goed dat ons pact werd geformaliseerd.

'In zekere zin hebben ze nu allemaal drie moeders,' zei ik tegen Oliver. 'We zijn vervangsters, een soort schaduwmoeders.'

'In welk opzicht is dit anders dan peetmoeder zijn?' vroeg hij nuchter.

'Het is sterker. Meer een soort gelofte.'

Hij grinnikte. 'Sterker dan de kerk? Wat zou je vader daarvan zeggen?'

Ik had zijn opmerking serieus genomen en erover nagedacht. Wat zou pap ervan hebben gedacht? Wat hem betrof, was er geen belangrijker rol in de maatschappij dan die van peetouder, na die van de ouders zelf. Wat zou hij trots zijn geweest als hij wist dat ik die verantwoordelijkheid voor Cat op me had genomen. En deze overeenkomst met Daisy, die net zo oprecht was, net zo bestendig, daar zou hij ook trots op zijn geweest.

Ik vertelde mam erover en ze knikte blij. 'Die band die je met Mariel en Jenny hebt is iets heel bijzonders. Die mag je je niet laten ontglippen.'

Het was een krankzinnig idee, een opwelling die ik had moeten onderdrukken en vergeten, maar ik besloot eraan toe te geven. Ik kon niet meer anders dan op mijn intuïtie afgaan, en mijn intuïtie zei me de natuurlijke informatiebronnen te mijden – en ze waren niet alleen natuurlijk, maar ook maar al te bereid hun informatie te verschaffen, ik hoefde het alleen maar te vragen! – om de jaren van intimiteit met de mensen die het meest van me hielden te vergeten en datgene wat ik nodig had bij vreemden te zoeken.

Ik had Gloriana, een hotel bij het metrostation aan Gloucester Road, lukraak gekozen van een lijst in de aankomsthal van Heathrow. Het bed was bultig en het ontbijt dreef in het vet, maar ik nam aan dat ik dankbaar mocht zijn dat het niet andersom was. De gehavende kitchenette en rafelige stoelbekleding waren eigenlijk niet meer dan een variatie op mijn appartement in Oia, maar ze brachten me van mijn stuk. Dat iemand hier zou moeten léven, al was het maar tijdelijk, met dit uitzicht op bakstenen met vochtplekken, en nooit een sprankje zonlicht. En die lage, dubbele matras met zijn eeltknobbels en bulten – er was ongetwijfeld op gevrijd, maar was er ooit liefde gevoeld?

Het viel me tijdens mijn verblijf in Gloriana een paar keer in dat mijn logés het door de jaren heen maar gerieflijk hadden gehad met die fris geperste lakens van Egyptische katoen en de zakjes lavendel onder de kussens. Wat was ik een pronte huisvrouw geweest, en wat was dat nu een overbodige eigenschap. Ik stond mezelf niet toe langer aan mijn oude huis te denken, aan de kinderslaapkamer boven, nu donker, als een afgedankte bioscoop. Of aan Oliver, die maar een taxirit van een half uur van me verwijderd was, in de City: ik hoefde alleen maar zijn kantoor binnen te lopen, Vanessa opzij te schuiven en... en wat? Tegen hem zeggen dat ik toch maar was teruggekomen? Dat zijn woorden in Oia me tot rede hadden gebracht, dat het vliegticket in mijn tas geen retourstrook had? Nee, er was niets veranderd. Als zijn bezoek me ergens van had overtuigd, was het wel dat een hereniging ons geen van beiden goed zou doen. Ik was teruggekomen voor Cat en Daisy, en voor Emma.

Ik vroeg de receptionist 's ochtends meteen om een Gouden Gids, vond de vermeldingen die ik zocht en begon te bellen. Van de vijf privé-detectives die ik sprak, waren er drie niet onmiddellijk beschikbaar; met de andere twee maakte ik een afspraak in het hotel, na de lunch, met een uur tussenpauze. De eerste heette Anthony Ditroia.

Ik had op het eerste gezicht een afkeer van hem, wat me nog nerveuzer maakte dan ik toch al was. Hij had het langgerekte gezicht van een vos en zijn zalvende stem, die van alles leek te insinueren, deed me aan dokters denken.

'Wat kan ik voor u doen, mevrouw Freeman?'

Ik schraapte mijn keel. 'Ik ben naar het buitenland verhuisd, meneer Ditroia, maar er zijn een paar mensen in Londen die ik in het oog wil houden.'

'Ik begrijp het.'

'Het gaat me vooral om twee kinderen, twee...'

'Dus niet...?' Hij betrapte zichzelf meteen, ging verzitten, alsof zijn eigen nieuwsgierigheid hem van zijn stoel verjoeg, en lachte. 'Neem me niet kwalijk.'

'Niet wát?' vroeg ik streng. Een ex-man? Een nieuwe vrouw die mijn plaats had ingenomen? 'Zeg het maar...' Ik voelde dat ik mijn stekels opzette, dat ik die verschrikkelijke, vosachtige man uitdaagde zich aan te matigen dat hij ook maar iets wist van wat er in me omging, maar ik herinnerde me nog genoeg van mijn oude leven om te weten dat de sombere trekken op een vrouwengezicht altijd werden toegeschreven aan een gebroken hart. Nou, hij hoefde niet te weten hoe het mijne was gebroken.

Hij leek te zoeken naar een geschikte manier om zijn gezicht te redden en koos tot mijn afgrijzen voor een valse opmerking. 'Ik moet u zeggen dat de meeste vrouwelijke cliënten wel degelijk informatie over hun echtgenoot willen hebben. Het trieste feit is dat echtgenoten wel degelijk vreemdgaan.'

Terwijl hij zelfvoldaan grijnsde, stelde ik me voor dat de vrouwen in de rij stonden om hem hun privacy toe te vertrouwen, stuk voor stuk hartgrondig wensend dat het nooit zover was gekomen. 'Het is vermoedelijk niet de bedoeling dat u me over de "meeste" cliënten vertelt. U vertelt andere cliënten toch ook niets over mij, neem ik aan?'

'Beslist niet.' Het ergerde hem dat ik hem er listig toe had aangezet zich bijna te verontschuldigen. Hij pakte dit gesprek niet goed aan en ik evenmin. We waren aan het kiften in plaats van zaken te doen. Ik voelde me nu al uitgeput.

Hij haalde zijn schouders op. 'Goed, vertel me maar eens iets over die kinderen.'

Mijn blik dwaalde over zijn schouder naar een gezin dat net aankwam, rugzakken en jassen van schouders liet zakken, zuchtte en naar elkaar grinnikte. Een reis voltooid, een vakantie die op het punt stond te beginnen, een jongetje van Emma's leeftijd.

Zonder erbij na te denken stond ik op. Hoe haalde ik het zelfs maar in mijn hoofd deze man op Cat en Daisy los te laten? 'Het spijt me, meneer Ditroia, maar ik geloof niet dat dit iets wordt.'

'Wat?' Hij keek me kwaad aan, maar zijn ergernis sloeg snel om in begrip en zijn stem kreeg weer iets glibberigs. 'Hoor eens, was dit geen goede start? Zullen we opnieuw beginnen, mevrouw Freeman?'

Ik had er spijt van dat ik hem mijn echte naam had gegeven, dat ik er geen had verzonnen. 'Nee, daar gaat het niet om. Mag ik u alstublieft betalen voor uw tijd?'

'Dat is niet nodig.' Hij maakte met veel omhaal zijn koffertje open en schoof zijn schrijfblok precies recht op de juiste plek. Toen hij vertrok, keek hij over zijn schouder naar me en zuchtte diep, alsof hij wilde zeggen dat hij al zo'n gevoel had gehad dat ik er 'zo eentje' zou zijn.

Ik bleef alleen zitten en kon wel janken. Mijn gezicht en hals waren rood aangelopen. Dit was waanzin. Ik probeerde niet te kijken hoe de moeder het jongetje naar zich toe trok en een prentenboek met hem bekeek terwijl de vader incheckte. Nog vijf minuten zoet zijn, lieverd, dan gaan we een ijsje, een pizza, een politiehelm voor je kopen. We zijn in Londen! Ik keek op mijn horloge. Mijn tweede man kwam pas over bijna een uur. Meneer Palmer van Detectivebureau JMP, Victoria. Ik probeerde het geluid van zijn stem terug te halen, want ik wist zeker dat ik hem die ochtend had gesproken, geen assistent, maar het lukte me niet.

Tja, als ik de meiden niet in de steek wilde laten, kon ik alleen maar bidden dat hij beter zou blijken te zijn dan de eerste.

Hij was zo onopvallend dat ik niet eens merkte dat hij er was. Hoelang zou hij daar al hebben staan wachten tot ik opkeek, of hij me nu door de receptionist had laten aanwijzen of me zelf had gevonden door een proces van eliminatie? Dit was geen volle lobby van een groot hotel; ik was alleen en mismoedig, dus hij kon me er zó uitpikken.

'Hoe maakt u het, mevrouw Freeman, ik ben Palmer.' Hij praatte zacht en had iets ouderwets hoffelijks dat mijn ergste zenuwen meteen tot bedaren bracht. Hij was rond de veertig en had het gezicht van een karakteracteur, met trekken die eerder door een leerling in klei waren geboetseerd dan door een meester uit marmer waren gebeiteld, en een diepe groef tussen zijn wenkbrauwen, een teken van continu vraagtekens zetten dat precies bij een privé-detective paste. Toen ik ging staan om hem een hand te geven, zag ik dat hij maar iets langer was dan ik. Hij keek me recht aan met zijn uiterst heldere, grijze ogen.

'Meneer Palmer, gaat u zitten. Wilt u thee? Ik kan het bij de receptie bestellen.'

'Graag. Wel melk, geen suiker.'

Tegen de tijd dat ik terugkwam, had hij zich op de bank tegenover mijn stoel geïnstalleerd en ergens een asbak vandaan gehaald. Hij tikte met het filter van een onaangestoken sigaret tegen het pakje. 'Vindt u het goed...?' Hij liet de vraag in de lucht hangen, zoals rokers altijd deden, hun signaal dat ze hoe dan ook hun gang zouden gaan, zelfs al had je bezwaar. Ik had ooit sigaretten gedeeld met Oliver, met Simon, en de rook die in mijn haar bleef hangen herinnerde me aan intimiteiten die nu eeuwen geleden leken, met geen mogelijkheid terug te halen. Ik overwoog Palmer te vragen zijn sigaret uit te maken, maar het leek me beter zijn werkproces niet te verstoren. Rokers moesten een scherper observatievermogen hebben, dacht ik; Eleni rookte ook en die had haviksogen.

'De thee komt zo,' zei ik.

'Dank u. Het is echt verdomd koud buiten, hè?'

Hij tikte zijn as af en wachtte. Nu het tijd was om me nader te verklaren, werd ik weer nerveus. 'Ik heb u gevraagd te komen omdat ik iemand zoek die een oogje op twee meisjes kan houden, twee kleine meisjes. Ze wonen hier in Londen.'

'Zijn ze familie van u?'

'Nee.'

'Hebt u een formele band met ze?'

'Ja, ik ben de peetmoeder van de een en de wettelijke voogd van de ander.'

Zijn grijze ogen verwijdden zich iets. 'Maar u hebt geen contact meer met hun ouders?'

'Ik heb met niemand contact meer.' Ik zag iets over zijn gezicht trekken, nieuwsgierigheid, misschien, of medeleven, maar ik voelde intuïtief aan dat het nieuwsgierigheid was waar niet aan zou worden toegegeven, medeleven dat niet zou worden uitgesproken. 'Ik woon tegenwoordig in Griekenland. Wat ik eigenlijk wil, is dat u me hier vertegenwoordigt.'

Hij knikte. 'Ik begrijp het. Vertel me maar iets meer over de betrokkenen.'

'Tja, ze zijn allebei zes, bijna zeven, en ze wonen met hun ouders vlak bij elkaar in Hampstead. Ze zijn dikke vriendinnen, onafscheidelijk...' Palmer luisterde roerloos; hij wierp me alleen zo nu en dan een blik toe met die heldere ogen.

'Hoe vaak moeten we u verslag uitbrengen, mevrouw Freeman?'

'Ik weet het niet. Elke maand? Klinkt dat gangbaar?'

'Ja, dat zou geen probleem moeten vormen. En wanneer dacht u het contract op te zeggen?'

Ik zweeg even. 'Over een jaar of elf.'

'Elf jáár?' Nu stond hij zichzelf een reactie toe. Hij floot langgerekt, op een 'krijg nou wat'-manier, en ik glimlachte er tegen wil en dank om. Toen reikte hij naar zijn schrijfblok, alsof hij zich voor iets zo bijzonders als dit niet op zijn geheugen kon verlaten.

Ik leunde naar voren. 'Ik weet dat het krankzinnig klinkt,' zei ik, 'maar ik ben bang dat ik het anders nooit zou horen als er iets met ze gebeurde, dat ik ze niet zou kunnen helpen.'

Palmer keek op. 'Denkt u dat ze gevaar lopen?'

'Nee,' riep ik uit. 'Natuurlijk niet! Ze hebben allebei uitstekende ouders.'

'Goed. Misschien kunt u me dan uitleggen...' Hij keek me aan met ogen die weer ongeëmotioneerd stonden terwijl ik moeite deed om mijn redenen uiteen te zetten.

'Ik bedoel dat ik wil dat ze gelukkig en gezond achttien worden. Als ik iets kan doen, u weet wel, als ze op school worden gepest of verwaarloosd, dat soort dingen, iets wat hun ouders niet kunnen oplossen...' Ik zweeg in het besef dat mijn ideeën hem clichématig in de oren moesten klinken (om er nog maar van te zwijgen hoe krom ze in de mijne klonken: wat zou ik kunnen 'oplossen' dat Mariel en Jen niet zelf aankonden?). 'Weet u, ik heb het nog niet allemaal op een rijtje gezet, niet tot in detail. Ik wil me nergens mee bemoeien, geen problemen scheppen, ik wil alleen dat iemand hier me laat weten of het goed met ze gaat.'

Hij knikte. Die uitdrukking trok weer over zijn gezicht, en nu zag ik dat het niet zoiets vastomlijnds was als nieuwsgierigheid of medeleven, maar meer een algemene teergevoeligheid. Ik beantwoordde zijn blik zonder met mijn ogen te knipperen.

'En het spreekt vanzelf dat niemand mag weten dat ik dit doe. Ze zouden het misschien niet begrijpen, en dat zou ik ze niet kwalijk kunnen nemen.'

'U kunt erop vertrouwen dat ze er niet achter zullen komen.'

'O, en dan nog iets: hebt u een vrouwelijke collega? Ik zou niet willen dat de meisjes bang werden als ze u zagen. Ik bedoel het niet kwetsend, maar...'

Hij wachtte weer tot hij er zeker van was dat ik was uitgesproken voordat hij antwoordde. 'Er is geen sprake van dat de kinderen ons zullen zien, daar hoeft u niet bang voor te zijn, maar ik kan de opdracht inderdaad aan een vrouwelijke collega geven, als u dat prettiger vindt.'

'Ja, eigenlijk wel.' Ik zag hem een notitie boven aan de bladzij maken en er twee strepen onder trekken. 'Slaat dit wel ergens op?' flapte ik eruit. 'Ik bedoel, denkt u dat we ze kunnen helpen als er iets aan de hand is?'

'Dat hangt ervan af wat er precies gebeurt. De tijd zal het leren.'

Die uitdrukking stelde me op de een of andere manier gerust, bezegelde mijn vertrouwen, en ik glimlachte oprecht dankbaar naar hem, dankbaar voor zijn hoffelijkheid, dankbaar omdat hij niet die andere man was.

'Als u me hun gegevens nu eens gaf?' stelde hij voor. 'Van de kinderen, de ouders en alle andere betrokkenen?'

Ik gaf hem de namen en adressen van de twee gezinnen, vertelde hoe hun dagindeling er in grote trekken uitzag en schreef mijn eigen adres in Oia op.

'Ik moet uw telefoonnummer ook hebben, als u het goedvindt.'

'Ik heb geen telefoon,' zei ik.

Hij keek op. 'Maar als ik op gevoelige informatie stuit?'

'Dan kunt u een boodschap doorgeven aan hotel Ilias in Oia. Daar kennen ze me.'

We bespraken het honorarium en kwamen overeen dat hij elke maand een week zou observeren, en dat eventuele administratieve controles apart in rekening zouden worden gebracht. Ik zag aan hem dat hij niet verwachtte dat onze relatie elf jaar zou duren, op geen stukken na, en het maandelijkse bedrag was ook zo hoog dat hij na elf jaar ook een huis in een fatsoenlijke buurt in Londen zou kunnen kopen en ik het mijne kwijt zou zijn. Dat herinnerde me eraan dat ik de financiële kant van mijn nieuwe bestaan moest bekijken. Oliver had gezegd dat ik zoveel geld van onze gezamenlijke rekening kon opnemen als ik nodig had en mijn nieuwe bank in Fira had al mijn verzoeken gehonoreerd, maar dat zou niet altijd zo blijven. Wanneer de verdoving zakte en het schuldgevoel afnam, wanneer hij niet langer wilde 'wachten', zou hij wrok tegen me gaan koesteren, dat kon niet anders.

Ik had natuurlijk mijn eigen geld; tijdens de jaren parttime werken bij Pendant had ik een flinke som bij elkaar gespaard. Daar zou ik Palmer van betalen, en ook mijn huur in Oia. Voor het eerst sinds mijn trouwdag zou ik mezelf onderhouden.

Mijn moeder was niet thuis. Ik wist niet wat ik dan moest doen en bleef een paar minuten op de stoep voor haar deur staan, rillend in mijn zomerjack en met moeite de paraplu die ik van een straatverkoper bij het Gloriana had gekocht in bedwang houdend in de wind. Ik had een sleutel, maar die wilde ik niet gebruiken zolang ze niet eens wist dat ik in het land was. Ze hield niet zo van verrassingen. Ik overwoog bij de buurvrouw aan te bellen, Marion heette ze, haar dochter en ik hadden samen op de basisschool gezeten, maar mijn gesprekken met Ditroia en Palmer waren zo vermoeiend geweest dat ik er niet aan moest denken nog iemand tekst en uitleg te geven.

Ik zou alleen moeten gaan, een vooruitzicht dat me zowel opluchtte als beangstigde. Ik liep naar de bloemenstal bij de ondergrondse. Toen bestelde ik een taxi naar de begraafplaats in Noordwest-Londen, die waarvan ik het bestaan in een gelukzalig verleden niet eens had vermoed.

Het verkeer was genadeloos en smerig, en de bomen langs de toegangsweg waren in kale zwarte vorken teruggesnoeid. De taxi zette me bij het hek af. Het regende nu hard en terwijl ik tussen de graven over het grind knarste, zoekend naar die kleine steen met het minst verweerde oppervlak, liet ik de paraplu en mijn zelfbeheersing voor wat ze waren. Toen ik bij haar was, liet ik me snikkend op de natte grond zakken. 1988-1994. Zes jaren, meer had ik niet, zes kostbare jaren van groeien, leren en dichter komen bij wat ze zou worden. En hoe langer ze niet meer bestond, hoe korter de periode dat ze er wél was geweest. Ze was nu bijna zes maanden weg, een twaalfde van haar leven.

Er lagen al twee verse bossen bloemen bij haar. Oliver, dacht ik, en mam; ik moest haar net misgelopen zijn. Toen ik mijn rozen aan Emma's voeten legde, zag ik een wit hoekje onder een van de andere boeketten uitpiepen. Het was een kaart, die plat op de grond onder de bloemen was gelegd, en ik duwde de stelen uiteen en las de paar regels:

Emma, we missen je elke dag. Liefs van je beste vriendinnen, Cat en Daisy xxx

Er zat iets aan de hoek geniet, en toen ik het papier optilde, zag ik dat het een foto was, een foto van een groep kinderen. Ik dook in elkaar en beschutte de foto onder mijn jas tegen de regen die van mijn kin droop. Emma. Ze stond in een kas en keek op naar een grote bloem in een pot op een soort podium. Het schoolreisje naar Kew. Juf Morrissey tilde haar op en ze reikte met geconcentreerd getuite lippen naar de bloem. Voor het podium stonden haar klasgenootjes, Daisy en Cat in het midden, al even bewonderend toe te kijken.

De laatste foto van mijn dochter, maar een paar uur voor haar dood gemaakt; de laatste foto van haar met haar twee beste vriendinnen. Ik piekerde of ik hem zou meenemen, nam een besluit en stond op.

'Kon je maar...' fluisterde ik naar de grond, woorden die verloren gingen in de wind, 'kon je maar met me mee terug, terug naar Oia...' Toen zette ik het op een rennen, verblind door de regen en mijn tranen, tot ik weer bij het hek was en mijn adem in mijn longen brandde.

Toen ik het verkeer afzocht naar het gele licht van een taxi, dacht ik de achterkant van een oude Alfa te zien die even met draaiende motor bij een verkeerslicht wachtte, optrok en wegreed.

12

Oia was een 'traditionele nederzetting' volgens degenen die het weten konden, wat betekende dat er muilezels waren voor de toeristen en dat de dorpsbewoners elkaar bij naam groetten, of je daar nu behoefte aan had of niet. Zelfs voor een kluizenaar als ik was het onmogelijk om de leden van de toeristische gemeenschap die in het dorp overwinterden niet te kennen, zo grondig waren hun gelederen uitgedund. De meeste winkeliers hadden hun tent gesloten en waren teruggekeerd naar Athene of andere steden waar werk was. Er bleven maar een paar hotels open, het Ilias en twee andere, en ze hadden allemaal hun kamermeisjes weggestuurd gedurende het laagseizoen. In het centrum waren nog een café en een taverna open, een paar bars en een kruidenierszaak, en aan de verkeerskant van het dorp alleen nog de supermarkt, de bakker en de slager. Ik zag de icoonschilder lopen die in een atelier in de hoofdstraat werkte, een paar Duitse studenten die bij de windmolen in Ammoudi woonden en het personeel van een paar grotere juwelierszaken. Ik kende de dokter natuurlijk inmiddels, en Eleni's man Anatole, wiens zakelijke verplichtingen in Fira 's winters ook op een laag pitje werden gezet.

Misschien had ik vaak genoeg 'ik woon hier' beweerd – tegen Oliver, Palmer, de dokter – om de drang te voelen die uitspraak te rechtvaardigen door vrienden te maken, of misschien miste ik Mariel en Jen meer dan ik wilde toegeven, maar in elk geval duurde het niet lang voordat ik Eleni naar Ingrids adres vroeg en naar Perivolos liep om haar op te zoeken. Perivolos was het deel van Oia het verst van Ammoudi, wat inhield dat hier het minst was gebouwd en dat er de mooiste uitzichten waren.

Ingrid hing al uit haar raam toen ik aankwam, wat me deed vermoeden dat Eleni haar had opgebeld. 'Hallo daar! Wat doe jij helemaal hierboven?'

Ik keek op, verbaasd hoe blij ik was haar te zien. 'Heb je misschien zin om iets te gaan drinken?'

'Ja, laten we naar Damiri's gaan, als het open is.'

Damiri's was een bakkerij annex souvenirwinkel in een rij vreemde, tonvormige gebouwen langs de bovenrand van het klif, tussen Perivolos en het echte Oia. Een paar tafels en stoelen in de zon dienden als caféterras. 'Deze gebouwtjes zijn na de aardbeving opgetrokken,' zei Ingrid. 'Ze zouden tijdelijk zijn. De dorpelingen noemen ze *tholia*. Ik heb het opgezocht, het betekent graftombes. Snoezig, hè? Ik zou er zelf ook wel willen wonen.'

Ik overwoog over de huisvestingsproblemen van mijn eigen familie na de aardbeving te vertellen, maar zag ervan af, althans voorlopig. Wat ik ook in Oia dacht te doen, ik kon mezelf niet wijsmaken dat ik hier voor familiezaken was, dat ik op deuren klopte om te vragen of iemand zich mijn tante en de vallende steen die haar had gedood herinnerde, dat ik hoopte dat Callidora het huis van mijn voorouders was, uit het puin opgegraven door helden. Nee, mijn komst hier was niet 'voorbeschikt', het was domweg het enige wat me nog restte, en ik was niet van plan dat aan Ingrid te vertellen, ook al mocht ik haar intuïtief.

Ze bestelde de zoete plaatselijke wijn, visanto, in een beker 'met veel ijs' ('Ze denken dat ik gek ben, maar ik vind het lekker') en ik volgde haar voorbeeld. Ik ging met mijn rug naar de zon zitten, zette mijn zonnebril af en zag haar meteen medelijdend naar mijn bloeddoorlopen ogen kijken. Ik besefte dat ik dit meteen moest ophelderen.

'Eleni heeft je misschien wel verteld dat mijn man hier pas is geweest. Ik ben uit Londen weggegaan na onze breuk.'

'Ze heeft het gezegd, ja. Het klinkt zwaar.'

'Hij wil dat ik terugkom, maar ik heb besloten te blijven.'

Ze knikte. 'Er zijn tenminste geen kinderen.'

Ik sprak haar niet tegen.

'Weet je?' zei ze. 'Je zou moeten lezen. Elke dag een boek. Toen het uit was met mijn vriend thuis, deed ik niets anders dan lezen.'

Ik hád gelezen, toevallig, het was een van mijn belangrijkste dagelijkse bezigheden, ik had Emma nooit uit mijn gedachten kunnen zetten zonder die iets anders op te dringen. Er was geen boekwinkel in Oia – 'Santorinianen lezen niet,' zei Eleni, en ze wendde de blik hemelwaarts, zoals wel vaker als ze haar eilandgenoten becommentarieerde – maar Rena, de werkster die de andere toeristenvilla's van mijn huurbaas schoonhield, had me de beschikking over de planken daar gegeven en ik hoefde niet bang te zijn dat ik zonder kwam te zitten. Ik zorgde ervoor dat ik onpersoonlijke boeken koos, thrillers en geschiedenisboeken, de donaties, vermoedde ik, van de mannelijke helft van vakantie vierende echtparen.

'En muziek,' raadde Ingrid me aan. 'Ik had een hele cassette van oude singer/songwriters. Janis Joplin, Patti Smith. Ik kende alle teksten uit mijn hoofd.'

Geen muziek, dacht ik, nog niet en misschien wel nooit meer. Misdaadromans grepen je, maar muziek maakte iets in je wakker. Het was niet alleen aan de teksten te wijten; ook klassieke muziek zette me ertoe aan beelden op te roepen, te fantaseren, te vóélen. Muziek was gevaarlijk.

'Het is gewoon een kwestie van de tijd zien door te komen,' vervolgde Ingrid, 'tot je je weer menselijk begint te voelen. Mijn vriendin Susan in Melbourne zei altijd dat je voor elk jaar samen een maand verdriet moet rekenen.'

'Echt waar?'

'Er is voor alles een formule, zegt Susan.'

Wat zou Susans formule voor een dode dochter zijn? vroeg ik me af, en ik stelde me Ingrids afgrijzen voor waneer ik het hardop zou zeggen. Ik wist niet waarom ik er zo zeker van was dat ik Emma voor haar moest verzwijgen, net als voor Eleni, maar waarschijnlijk maakte het deel uit van de reden waarom ik naar Oia was gekomen. Ik had blijkbaar geen behoefte aan het medeleven van onbekenden, maar wel aan het gegarandeerde uitblijven ervan. Hoe dan ook, Ingrid had haar eigen sores om over na te denken en genoot ervan om erover te vertellen, in tegenstelling tot mezelf. Voordat ze uit Melbourne was weggegaan, had ze Patrick, haar vriend, met een ander meisje in bed betrapt. Of eigenlijk was het geen bed, maar de naar achteren geklapte passagiersstoel van zijn auto. Ze had tegen het raampje getikt en gezien hoe hij bovenkwam, snakkend naar adem en de woorden om het uit te leggen. Toen had ze tegen hem gezegd: 'Zit er maar niet over in. Weet je, strikt genomen ben je ook geen gore bedrieger...' – pauze om veelzeggende blik op polshorloge te werpen – '... want het is nu officieel uit tussen ons.' Ze was blij dat ze ter plekke een gevatte opmerking had gemaakt en er niet pas tien minuten later op was gekomen, maar ze had niet verwacht dat hij haar op haar woord zou geloven en zijn vrijpartij zou voortzetten. Dat had hij echter wel gedaan, en zij was vernederd weggeslopen.

'Wie was dat meisje?' vroeg ik. Ik begon me te ontspannen; een gesprek voeren was veel simpeler dan ik had verwacht, als ik zelf maar niet in de schijnwerpers stond.

Ingrid dronk haar glas visanto leeg en wipte een ijsblokje in haar mond. 'O, wil je dat echt weten? De oppas.' Ze kauwde rumoerig. 'Wat een stom cliché.'

De *oppas*? Ik had het plotseling koud en mijn gedachten sprongen op het gesprek vooruit: *Ingrid had een kind.* Aan wie had ze het overgedragen terwijl zij op de Cycladen lummelde? Die nietsnut van een Patrick? Nee, dacht ik, zeg me alsjeblieft dat het leven niet zó wreed kan zijn. Mijn enige gezelschap kon haar kind toch niet uit vrije wil in de steek hebben gelaten terwijl ik worstelde om zonder mijn dochter te leven?

'Wil je zeggen dat Patrick en jij een kind hadden?' Ik hoorde dat ik fluisterde. Ingrid keek me even verbaasd aan en barstte toen in lachen uit. 'Nee, natuurlijk niet! Doe niet zo gek! Ze paste op Pats zusje, nou ja, zijn halfzus, de jongste van zijn moeder. Hij bracht haar altijd thuis als hij uit de avonddienst kwam. Ja, hij heeft haar wel een ritje laten maken.'

Terwijl ik probeerde mijn opluchting en schuldgevoel te verbergen, vertelde Ingrid me dat ze na Patrick een jaar in Londen had gewoond, waar ze in cafés en kantoren had gewerkt, voordat ze in het voorjaar met de toeristenstroom was meegedreven naar de Griekse eilanden. Ze hoorde in een café in Fira over de baan in Oia en toen ze het dorp zag, wist ze op slag dat ze er hoorde. 'Ik dacht dat ik zo'n stadsmeid was, maar dit is beter voor me. Op blote voeten lopen, een geit hoeden, dat werk.' Ze zweeg even. 'Goed, ik heb eerlijk gezegd nog geen geit gezien en ik heb altijd schoenen aan, natuurlijk, ik ben niet stom, maar het licht hier, die lieve huisjes... O, het maakt me gewoon zo gelukkig! Dat er helemaal geen complicaties meer zijn, snap je?'

Ik knikte, want al kon ik haar enthousiasme niet delen, ik begreep het wel. Ik was zeker niet immuun voor de aantrekkingskracht van Oia: het stralende zuidelijke licht, het aroma van gegrilde vis met tijm van een late lunch en het hoefgeklepper van de muilezels werkten vanzelfsprekend allemaal ontspannend op ieder normaal mens, maar wat Ingrid ervoer, was een welbehagen dat ver buiten bij mijn bereik lag.

'Maar goed,' zei ze, 'ik had je toch vertéld dat ik geen familie heb?'

'Helemaal niet? En je moeder dan, Rachael?'

'Tja, als je dat een moeder kunt noemen.' Ingrid was vierentwintig, maar praatte op de blasé manier van een vrouw wier problemen ver voor haar volwassenheid waren begonnen. Ik kreeg te horen dat Patrick nog het kleinste van die problemen was geweest. Ingrids moeder had haar verwaarloosd, en als ze eens aandacht aan haar had geschonken, was ze gewelddadig geweest. Ze dronk, ze raakte banen kwijt, ze ging ervandoor. Ze had haar dochter ooit met een mes bedreigd, vervolgens in haar eigen pols gesneden en een maand in het ziekenhuis gelegen, ter observatie. Uiteindelijk hadden de ouders van een schoolvriendin Ingrid in huis genomen en zag ze haar moeder weken niet meer.

'Als ik uit school kwam, was ik altijd bang dat ze thuis zou zijn. Is dat niet het tegenovergestelde van hoe je je hoort te voelen?'

Ik probeerde vol afgrijzen de herinneringen aan het speelplein van Moss Hamlet te verjagen, hoe de meisjes zich zodra de schooldeuren opengingen in onze wachtende armen hadden gestort. De glimlachjes, het nieuws, de warme chocolademelk op vrijdag.

'Je hebt een verschrikkelijke jeugd gehad,' zei ik meelevend.

'Toen ik maar eenmaal bij haar weg was, was er niets meer aan de hand.'

'Goddank ben je er weggekomen.'

'Als je maar niet tegen me zegt dat ze eigenlijk van me houdt. Dat hoor ik al van iedereen.'

Ik schudde mijn hoofd. 'Ik denk eerder dat ze je niet verdient, als ik je zo hoor.'

'Dat klopt,' zei Ingrid knikkend. 'Maar goed, dat is ook iets wat ik zo fijn vind aan deze plek. Niemand kent me, niemand heeft medelijden met me. Ik wil geen liefdadigheidsgeval zijn, snap je?'

'Ja.'

'Als ik hier iemand leer kennen, ik weet niet, ik verzin geen andere versie van mijn verleden, zo bedoel ik het niet, het is meer alsof ik helemaal geen verleden héb. Dat zal wel stom klinken, zeker?'

'Nee,' zei ik. 'Ik weet precies wat je bedoelt.'

Palmers eerste verslag kwam in de vorm van een brief met de kop PROJECT PEETMOEDER. Ik geloof dat het niet eens geestig was bedoeld, maar de woordkeus deed mij denken aan verzekeringspolissen of, misschien nog toepasselijker, een proces-verbaal. Volgens een verklaring was Daisy Barnes 'nader te noemen' Subject A en Catherine Challoner Subject B:

Gedurende onze observatie in de buurt Swiss Cottage/South Hampstead zagen we Subject A en haar moeder een ons onbekende persoon treffen...

Subject B werd van school gehaald door haar vader, die met haar naar haar huis aan Goldhurst Terrace ging...

Subject A en B werden door de moeder van Subject B naar het Fairhazel Danscentrum gebracht voor hun balletles...

Subject A kwam na een doktersafspraak in de kleine pauze op school aan...

De zinsbouw mocht dan harkerig zijn, de informatie was me zo vertrouwd als ademen. Scholen en kantoren, supermarkten en zwembaden, parken en kinderpartijtjes – wat kon ik gemakkelijk namen toekennen aan Palmers 'onbekende personen', en zijn route door mijn oude buurt volgen! Er was ook nieuw terrein te verkennen, want Jen ging tegenwoordig om de zondag met Daisy naar de kerk (al ging Bob kennelijk niet mee). Het leek me te kloppen als een bus: zij was van ons drieën degene die het nodig had om iets te geloven. Al dat milieuactivisme in haar verleden, dat redden van bomen, van de natuur en de dieren, altijd maar rédden. Ze had een groot hart, Jenny.

Palmer voegde foto's bij zijn verslagen, niet van die grote, korrelige zwart-witfoto's die ik uit detectiveseries op tv kende, maar gewone kleurenfoto's die waren ontwikkeld bij zo'n 1-uurs-service-winkel die je thuis in elke straat kon vinden. Op een foto stond Cat die Emma's pop Lucy knuffelde; op een andere stond Daisy, die altijd de tengerste van de drie was geweest, in een spijkerbroek van Emma die ik Jen de afgelopen winter had gegeven. Er was er ook een van de meisjes samen, in schooluniform, die samen met Mariel in een drom vertrekkende ouders en kinderen door het hek van de school liepen.

Ik had me vast voorgenomen niet in te storten, sterk te blijven, maar de rest van de dag bleven de tranen vloeien. Ik dacht keer op keer aan die andere ouders, niet alleen Mariel en Jen, maar iedereen die bij die verschrikkelijke dag betrokken was geweest, al die anderen die op de een of andere manier respijt hadden gekregen en zich weer in het gezinsleven hadden mogen nestelen. Alleen ik was door een wrede grap van het lot k. erloos achtergebleven, uit het nest gegooid. Tot nu toe had het gepast geleken dat ik in een grot in een klif ver weg zat, naar de koepeldaken van kerken keek en me liet hypnotiseren door de zee, maar het had nooit echt gevoeld, niet zo echt als de gebeurtenissen die me hier in zwarte letters en kleurenfoto's werden beschreven.

En Jenny bleef Daisy op zaterdag naar haar zwemles brengen en Mariel gespte de kinderen nog steeds achter in de auto vast voor de tocht naar de supermarkt. Ze zouden om snoep zeuren, zoals Emma ook altijd had gedaan: 'Ik móét iets lekkers, mammie. Ik heb nog stééds honger!' 'Wacht maar,' zou Mariel over haar schouder zeggen, vertwijfeld door de lange rij bij het parkeerterrein, 'wacht nou maar gewoon!'

Het contrast maakte dat ik me oeroud voelde.

13

De hotels in Oia gingen een voor een weer open voor het nieuwe seizoen. Ingrid, die in de winter sporadisch schoonmaakwerk had gedaan, bemachtigde dagdiensten in een café aan het plein, waar ze spinaziequiche en walnotentaart serveerde aan de busladingen dagjesmensen die de smalle straten weer verstopten en bij zonsondergang de ruïne van de toren vulden. Ik kon niet meer ontkennen dat ik me mogelijk moest voorbereiden op mijn vertrek uit Callidora. Te oordelen naar de hoteltarieven die ik her en der zag hangen, kon mijn huisje per week meer opbrengen dan ik nu per maand betaalde. Hoewel ik weinig andere onkosten had in Oia, moest ik om Palmers honorarium denken en was het dus niet verstandig om tegen een hogere huur te blijven.

Met de gedachte dat Eleni misschien een goedkoop alternatief wist, begon ik de treden te beklimmen, maar opeens begon het te stortregenen. Binnen een paar seconden was ik doorweekt. Ik hield niet van Oia in de regen, althans niet lang, want de pittoreske warboel van huisjes veranderde al snel in een massa zompige keten. En de regenbuien leken me altijd te overrompelen: als ik aan het strand was, tijdens het minst beschutte deel van de wandeling naar Ammoudi of bij een rij cafés met een bordje GESLOTEN achter elk raam. Deze keer liep ik over het glibberige marmer en moest ik moeite doen om niet uit te glijden. Het dichtstbijzijnde geopende café was niet dichterbij dan mijn eigen huis, dus besloot ik om te keren. Ook buiten het seizoen waren Eleni's cafétafels in een mum van tijd bezet wanneer het regende, dus ze zou toch geen tijd hebben om met me te praten.

Het regende zo hard dat ik de man met het zilvergrijze haar naast me pas opmerkte toen hij me bij mijn arm pakte en me uit een plas onder zijn paraplu trok. 'Zo beter?' Toen hij zich ervan had verzekerd dat ik beschutting had, zette hij automatisch koers naar de hoofdstraat.

'Dank u wel,' riep ik spartelend, 'maar ik moet de andere kant op!'

'Geen probleem, ik breng u!' Hij stond erop me te vergezellen en hield ook als we bijna struikelden de paraplu met zorg boven mijn hoofd, maar tegen de tijd dat we bij mijn terras aankwamen, werd de regen al minder en kon ik opgelucht bij hem vandaan stappen.

'Dank u wel,' zei ik nog eens. Ik hoopte dat ik hem niet binnen hoefde te vragen, al was ik me er maar al te goed van bewust dat die wens indruiste tegen de goede manieren van Oia. Ik had al grote glazen moeten volschenken en warme handdoeken voor hem moeten pakken. Om het nog erger te maken, klapte hij de paraplu dicht en probeerde hem in mijn handen te duwen. 'Toe, u zult hem later nog nodig hebben. Het weer is vandaag niet te vertrouwen, geloof ik.'

'Nee, u hebt hem zelf vast ook nodig,' zei ik en ik gaf hem terug. 'Ik sta erop.'

Hij gaf het niet op, dus nam ik de paraplu aan en zette hem tegen de muur voordat ik mijn sleutel in het slot stak.

'U bent mevrouw Freeman, geloof ik?'

Ik draaide me verbaasd om, knipperend met mijn natte wimpers.

'Ik ben Christos Kafieris.'

Het zei me niets, en hij zag het en schoot in de lach. 'Uit Thessaloniki.'

Aha, mijn huurbaas in eigen persoon.

'Goh,' zei ik, 'aangenaam. Komt u even binnen, meneer Kafieris?'

'Zegt u maar Christos.'

Het was donker binnen en ik moest eerst lampen aandoen voordat ik mijn bezoeker goed kon zien. In de regen had ik hem door dat zilvergrijze haar voor een oude man aangezien – wel een heel fitte, want hij had me stap voor stap bijgehouden in mijn verwoede pogingen mijn schuilplaats te bereiken, maar nu zag ik dat zijn fronsrimpels niet al te diep waren en dat hij in feite een ongewoon grijze man van middelbare leeftijd was.

'U hebt het hier heel gezellig gemaakt,' zei hij om zich heen kijkend. Dat was vriendelijk van hem, want Callidora was in het gunstigste geval nog precies zo als toen ik er aankwam.

'Wilt u een kop koffie?' vroeg ik.

'Ja, graag.' Hij liep achter me aan naar de keuken en maakte een opmerking over de rumoerige koelkast. Ik zei maar niet dat het geluid me in het begin vaak wakker had gehouden; de laatste tijd vond ik het wel geruststellend, zoals het gonzen van een auto als jij halfslapend onder een deken op de achterbank ligt.

'Kunt u Griekse koffie zetten?' vroeg hij net als Eleni op de dag dat ik hier was gekomen. De plaatselijke bewoners leken hun koffie heel serieus te nemen. Voordat ik iets kon zeggen, had hij me opzij gemanoeuvreerd. Hij zette een pan water op het fornuis, mat de suiker met snelle, precieze scheppen af en draaide zich bij elke stap naar me om om me uitleg te geven. Zijn Engels was onberispelijk, met een Brits accent, maar zijn lichaamstaal was onmiskenbaar Grieks. Zelfs de kleinste beweging had iets theatraals: hoe hij de suiker van grote hoogte in de koffiepan goot, het roeren in het water en zelfs het afvegen van de rand van het kopje. Ik voelde me zowel gefascineerd als gegeneerd.

'Goed, het is klaar.'

We gingen tegenover elkaar aan tafel zitten. Ik zette nog altijd gewone koffie en probeerde geen vies gezicht te trekken bij de eerste, mierzoete slok. 'Ik weet dat u het huis weer nodig hebt,' zei ik om het hem niet moeilijk te maken. 'Het is heel vriendelijk van u dat ik er zo lang heb mogen wonen, en voor zo'n redelijke prijs. Eleni heeft u vast wel verteld hoe dankbaar ik ben. Het heeft mijn leven gered.'

'Uw leven gered,' herhaalde hij, elke lettergreep op zijn tong proevend.

'Noemt u dus maar een datum, dan ben ik weg.'

Hij keek me met gitzwarte ogen aan en leunde naar voren tot ik het gevoel kreeg dat ik de nog warme lucht uit zijn longen inademde. Het was vochtig binnen; had ik maar een deur open laten staan om te luchten.

'Vertel me uw verhaal,' zei hij.

Ik schrok ervan. 'Pardon?'

'Vertel me uw verhaal. Waarom u hier bent gekomen. Toe, ik kan goed luisteren.'

Ik fronste mijn wenkbrauwen en wendde mijn blik af. 'Ik weet niet waar u het over hebt, meneer Kafieris. Er is geen "verhaal".'

'Is het zo erg?'

Ik gaf geen antwoord. Hij dronk de rest van zijn koffie in een paar slokken op en sprong overeind. Ik keek verbaasd toe terwijl hij door de kamer liep en stopcontacten, kranen en radiatoren inspecteerde. Ten slotte kwam hij terug om nog een blik op de problematische koelkast te werpen. Ik voelde me zowel machteloos als verontwaardigd. Wat voor onderwerpen we ook hadden willen aansnijden, ze waren nu kennelijk van de baan.

Na zijn vertrek vroeg ik me af of ik hém niet had beledigd. Het was mijn huurbaas, geen plaatselijke bemoeial die kwam rondneuzen. Hij had zijn best gedaan om vriendelijk te zijn. Ik moest hem zoeken en mijn verontschuldigingen aanbieden, proberen de onderhandelingen te heropenen.

Uiteindelijk vond hij mij het eerst. Later die middag, toen de zon weer scheen, kwam hij terug. Hij zei dat ik voor dezelfde huur in Callidora mocht blijven. Geld verdienen interesseerde hem niet, zei hij; daar draaide het leven niet om.

'Dank u wel,' zei ik, en ik zette me schrap voor zijn verhandeling over waar het leven dan wél om draaide. Luisteren en knikken alsof ik ook in een hoger doel geloofde, was wel het minste dat ik kon doen, maar hij knoopte zonder iets te zeggen zijn colbert dicht, klaar om te vertrekken.

'Meneer Kafieris? Wanneer wilt u het huis dán terug?' riep ik hem na.

Hij stak zijn handen op alsof de tijd een verwaarloosbare kleinigheid was, draaide zich om en liep diagonaal de heuvel op. Het duurde even voordat ik de deels overwoekerde trap zag, met stenen die nog zwart zagen van de regen; hij was me nooit eerder opgevallen.

Toen ik Eleni over mijn meevaller vertelde, knikte ze alleen maar – 'Natuurlijk, zo was Oia vroeger' – en vroeg of ik wist hoe het dorp aan zijn hoofdstraat was gekomen. Ik wist het niet. Vele jaren geleden, zei ze, was er een schip in de Caldera aangekomen met een grote partij marmer die naar Rusland moest, maar toen was het bericht gekomen dat de bestelling was geannuleerd. De eigenaar van het schip had verordonneerd dat het marmer aan het dorp moest worden gegeven. Er werd een weg mee geplaveid: de *Marmara*, wat 'marmer' betekent.

'Het was zijn geschenk aan ons.'

'Wat een gulheid.'

'Zo was Oia vroeger,' zei ze weer. 'Als ze de stenen optillen om aan de elektriciteit te werken, leggen ze ze heel slordig terug. Stommelingen! Er zijn geen vaklieden meer. Hebt u die grote plassen gezien?'

Een paar weken later kwamen ze een nieuwe koelkast bij me bezorgen en de rumoerige weghalen.

14

In Oia kwam het nooit voor dat er niet iemand over het water uitkeek. De aanblik van een groot cruiseschip of zelfs de bescheidener
veerboot die volgens schema de Cycladen afwerkte, lokte automatisch een menigte naar de muren. Doordat we zo hoog zaten, sprak
het vanzelf dat we een oogje hielden op wat er beneden gebeurde,
maar ik had de indruk dat er iets geheimzinnigers achter die collec-
tieve waakzaamheid school. Het leek alsof de mensen de behoefte
hadden elk passerend schip iets romantisch toe te schrijven, ook al
was het een routinevaart. Dit deel van de wereld werd tenslotte ge-
definieerd door de zeevaart, de geschiedenis puilde uit van de piraten en avonturiers. Vroeger hadden de vrouwen hier negen maanden
van het jaar alleen gezeten, slechts beschermd door hun positie
hoog op het klif, wachtend op de terugkeer van hun zeemannen.
Was er voor degenen die nu wachtten niet ook de mogelijkheid dat
de volgende boot iemand zou terugbrengen?

Voor mij was dat nu precies het probleem. De aanblik van een
boot die in de richting van Athinios voorbij stoomde, droeg dezelfde bedreiging in zich als die van een naderend vliegtuig in de lucht:
Oliver was zonder waarschuwing gekomen – wie was de volgende?
Hoeveel tijd had ik nog voordat ik werd gevonden?

Op een ochtend toen ik druk had gewassen en weinig aandacht
had besteed aan het kriskras oversteken van de veerboten, kwam er
écht een bezoeker voor me op een van die boten mee. Hij liep naar
mijn terras met diezelfde stille tred die me bij onze eerste ontmoeting ook was ontgaan en dook plotseling bij mijn hek op, zonder

zelfs maar even vanaf de treden boven me te zwaaien om me te waarschuwen. Mijn aanvankelijke verwarring maakte vrijwel met-een plaats voor een vreselijke, verstikkende paniek: ik zag politie-kordons voor me, ambulances en zwaailichten die doodsblauw in de zon knipperden. Cat? Daisy? Er moest iets aan de hand zijn, er moest iets gebeurd zijn.

'Meneer Palmer! Wat komt u doen?'

'Hallo, mevrouw Freeman.'

'Wat is er? Vertel het me maar direct, alstublieft...'

'Niets aan de hand,' zei hij, 'ga alstublieft gewoon door met waar u mee bezig bent... Ik wilde u alleen een paar foto's laten zien.' Hij wees met zijn linkerhand naar een grote envelop onder zijn rechter-arm. Hij zag er precies zo groot en dik uit als de envelop die ik elke maand van hem kreeg.

Mijn hart klopte iets rustiger. Ik keek weer naar zijn gezicht, dat vriendelijk, zelfverzekerd en afwachtend stond, en vroeg me even nerveus af of ik niet zelf een afspraak had gemaakt die ik domweg was vergeten. 'Die had u toch ook gewoon op de post kunnen doen, zoals anders?'

'Dit ligt iets gevoeliger, maar echt, het is niets ernstigs. Het spijt me dat ik u aan het schrikken heb gemaakt.'

'Hoe bedoelt u, gevoeliger?'

'Het leek me gewoon een goed idee om u ongeveer eens per jaar persoonlijk bij te komen praten.'

Toevallig vond ik het om minstens twee redenen geen goed idee: de ontmoeting in Londen waarbij we onze afspraken hadden ge-maakt was nog maar een paar maanden geleden, dus het was nog niet bepaald tijd voor het jaarlijkse 'bijpraten', en er was naar zijn zeggen geen crisis om melding van te maken. Bovendien stond het me niet aan dat ik misschien nodeloze onkosten zou moeten ver-goeden. Palmer moest ongeveer hetzelfde denken als ik, want hij vervolgde snel: 'Ik heb een kennis op Naxos, dus ik kon gemakke-lijk de veerboot hierheen nemen. Ik wist niet wanneer ik weer deze kant op zou komen.'

Ik keek naar zijn onpersoonlijke zomerkledij en zijn gepoetste bruine veterschoenen en verwonderde me erover hoe naadloos hij in de omgeving paste, alsof het de gewoonste zaak van de wereld was dat hij hier stond. Zo was het ook in dat hotel in Londen gegaan, herinnerde ik me. Hij was als een soort kameleon die vermoedelijk door niemand werd opgemerkt. Als ik later naar hem informeerde, zouden de mensen denken dat ik hem me had ingebeeld. Toch was zijn raadselachtige komst hier heel echt, en ook vreemd betekenisvol. Wat het betekende, vermoedde ik, was dat het avontuur dat ik samen met hem was aangegaan nu werkelijkheid was, onontkoombaar, groter dan een brief die alleen voor mijn ogen was bestemd.

Ik keek om me heen in de hoop dat Ingrid of Eleni zou opduiken, maar zag alleen Rena, die een paar terrassen lager gebukt in de zon aan het werk was en het veel te druk had om op te kijken en op het idee te komen me te redden.

Palmer zette een stap in de richting van de terrastafel, zo te zien klaar om het heft in handen te nemen en zijn documenten uit te spreiden. 'Schikt het nu wel? Ik kan ook later...?'

'Nee, natuurlijk niet,' zei ik. Een oeroude gastvrijheid keerde terug en nu glimlachte ik eindelijk hartelijk. 'Neem me niet kwalijk, u overrompelde me gewoon. Ik vind het ongelooflijk dat u helemaal hierheen bent gekomen. Zullen we ergens gaan lunchen? Dan kunt u me onder het eten bijpraten.'

'Goed idee.'

Ik wilde hem uit de buurt hebben van Callidora, besefte ik, zoals ik Oliver er ook had weggehouden, en ik wist niet goed waarom. Hij wachtte zwijgend tot ik klaar was met de was, de binnenluiken had dichtgedaan en de voordeur had afgesloten. Toen gebaarde hij dat ik moest voorgaan, dat hij het hek wel zou sluiten, maar de grendel schoof niet goed in het oog en hij moest even prutsten voordat het hem lukte.

'Dank u,' zei ik. 'Normaal neem ik de moeite niet.'

'Laten we het zekere maar voor het onzekere nemen.'

'Natuurlijk.'

Meestal ging ik rond deze tijd een wandeling maakten, iets eten in Ammoudi, maar ik kon Palmer moeilijk onderwerpen aan een van mijn zwijgende, halsbrekende trektochten. We drentelden dus door de zon naar een taverna die zichtbaar was vanuit mijn huis, een

plek die geliefd was vanwege de uitstekende plaatselijke speciali-
teiten, het uitzicht op de beroemde blauwe koepeldaken van Monastiri en uiteraard het uitzicht op de zee.

Palmer tuurde in de diepte. 'Is dat nu de vermaarde Caldera?'
vroeg hij. 'Gek, maar je krijgt zo'n gevoel van naderend onheil, hè?
Hoe diep zou het water zijn, denkt u?'

'Op sommige plekken wel tweehonderd meter, schijnt het.'

'Jezus. Wat zou daar beneden te zien zijn?'

Het water leek elke leemte in een gesprek te kunnen opvullen die
niet werd gebruikt voor speculaties aangaande de vaartuigen die er-
overheen gleden. Ik was de laatste om er bezwaar tegen te maken.
Ik wees Palaia en Nea Kameni aan, de twee vulkanen, en Therasia,
het afzonderlijke eiland dat samen met Oia een gemeente vormde.
'Verder naar het zuiden is het uitzicht nog mooier. Hebt u het op
weg hierheen gezien?'

'Ja, bij Fira moet het nog hoger zijn.'

'Een meter of vijftig, denk ik. Imeroviglo is het hoogste punt.' Ik
kende inmiddels ook de namen van de dorpen: Finikia, Imerovigli,
Firostefani. Ik wees hem de vreemde rots aan die in de cilindrische
aarde eronder paste als een stop op een fles: 'Dat is Skaros, de oude
middeleeuwse hoofdstad. Ik heb me laten vertellen dat er prinsen en
bisschoppen woonden.'

Hij vertelde over zijn reis vanaf Athinios. De taxichauffeur had
de klassieke plaatselijke truc toegepast om zijn beloning te verdrie-
dubbelen door drie klanten mee te nemen en alle drie de hele rit in
rekening te brengen. 'Ik heb maar niet naar zijn betoog geluisterd,'
zei hij. 'Zo gewonnen, zo geronnen.'

Terwijl hij naar de menukaart keek, keek ik naar zijn gezicht. Een
bobbel op zijn neusbrug, dik, middelbruin haar, grijzend bij de slapen, dat van zijn voorhoofd was gekamd en in twee lokken over zijn
wenkbrauwen viel. Hij was onmiskenbaar Engels, knap op een ruw
gebeitelde manier, en hij had iets gereserveerds en raadselachtigs
dat me een beetje aan Mariel deed denken. Hij stak behendig een sigaret op. Wanneer hij geen trek nam, bleven zijn gezicht en handen
bewegingloos. Al zijn bewegingen waren zuinig, merkte ik op, zo
beheerst en kort dat ik zelf zin kreeg om druk te bewegen. En de

langer wordende stilte, waarbij hij zich blijkbaar op zijn gemak voelde, bezorgde anderen de neiging om het op een bazelen te zetten. Ik vroeg me af of het een soort speurderstechniek van hem was.

Toen we hadden besteld, haalde ik diep adem. 'Wilt u me nu die foto's laten zien?'

Hij legde zijn brandende sigaret op de rand van de asbak en stak zijn vingers in de envelop. 'Het gaat om Daisy Barnes. Het gaat minder goed met haar dan met haar vriendin.'

'Is ze ziek?'

'Nee, dat niet, maar ze pest een paar andere kinderen op school.'

'Ze pest?' Ik moest moeite doen om de foto die voor me werd gelegd te begrijpen. Een klein meisje met kromme schouders en neergeslagen ogen. Die arme schat van een Daisy; ik kon me geen liever meisje voorstellen, en toch zag ik haar boos en buitengesloten op de foto staan. Pesten? Het leed geen twijfel dat zíj het slachtoffer was. Ik wilde haar ter plekke in mijn armen nemen. Ik vroeg me af hoe de fotografe, Palmers collega, de zelfbeheersing had kunnen opbrengen om niet haar camera te laten vallen en dat geknakte wezentje zelf te troosten. Onlogisch, hield ik mezelf voor, ze kent Daisy niet, en Daisy haar evenmin, dus kon ze natuurlijk niet naar het kind toe gaan. Dat zou een ramp geworden zijn.

'Hoe bedoelt u, "pesten"? Is ze daar niet nog een tikje te jong voor?'

'Nou ja, wat je daaronder verstaat, op die leeftijd. Ze heeft het hek van de school tegen iemands benen dichtgeslagen, ze heeft gescholden, dat soort dingen. Asociale neigingen, noemen ze het. We hebben het verslag van de schoolpsycholoog gezien.'

'Hoe hebt u dat te pakken gekregen?'

Hij trok zijn wenkbrauwen op alsof hij wilde zeggen: 'Laat dat maar aan mij over.' Ik wist niet of ik het recht wel had, maar plotseling voelde ik me door hem in de steek gelaten. Ik had gedacht dat hij het begreep, dat hij me op een onuitgesproken, intuïtieve manier aanvoelde, maar nu zag ik mezelf zoals hij me heel goed zou kunnen zien, als een excentrieke kluizenaar die op haar wenken bediend wilde worden. Gemakkelijk verdiend geld. Het viel me in dat hij me meteen aan het begin moest hebben nagetrokken (wat dat ook inhield) om zich ervan te verzekeren dat ik zijn honorarium kon betalen en geen parasiet was, wat natuurlijk aan de orde van de dag was met cliënten die in het buitenland verbleven. Hij zou wel toegang hebben tot politiedossiers, kredietprofielen en dat soort dingen. Waarschijnlijk wist hij waar ik geboren was, wat ik op de bank had staan en hoeveel vullingen ik in mijn gebit had.

Palmer vervolgde: 'Maar goed, laat dat gewauwel van die psycholoog maar zitten, het is me vrij duidelijk dat het kind het thuis moeilijk heeft en daarom lastig is op school. Haar ouders kunnen niet met elkaar opschieten, veel geruzie, heb ik gehoord.'

Die rottige Bob ook met zijn korte lontje. We hadden keer op keer gezien hoe een onenigheid tussen Jen en hem kon escaleren tot het soort geschreeuw waarvoor iedereen de kamer uit vluchtte, waarna de ruzie net zo snel voorbij was als ze was begonnen. Daisy kopieerde vijandig gedrag van thuis, dat kon niet anders. Ik herinnerde me dat Jenny die dag in mijn keuken, de dag van Emma's feestje, van streek was geweest door Bobs houding ten opzichte van haar, zijn minachting. 'Maar ik doe niets anders,' had ze gezegd.

'Haar onderwijzeressen melden dat ze ook meer over Emma praat dan vroeger. Ze is bijna een ingebeeld vriendinnetje geworden.'

Ik keek hem onthutst aan. *Een ingebeeld vriendinnetje*, mijn mooie, blauwogige snoes met haar blozende wangen? Hij keek me aan zonder met zijn ogen te knipperen en ik zag dat ik me had vergist toen ik me in de steek gelaten voelde; hij begreep het wél. 'Ik weet van het ongeluk van uw dochter, mevrouw Freeman,' zei hij zacht. 'Ik vind het heel erg voor u.'

Natuurlijk wist hij ervan. Hij had gerapporteerd over bezoekjes aan haar graf en vorige maand nog had mevrouw Wilkes, het hoofd van de school, een brief aan alle ouders gestuurd over het ongeluk waarin Emma's naam werd genoemd. Die psycholoog die Daisy had geobserveerd, was waarschijnlijk paraat zodra iemand de naam van het verongelukte meisje ook maar fluisterde.

'Mevrouw Freeman? Gaat het? Het spijt me dat ik over haar begon...'

'Nee,' onderbrak ik hem, 'het geeft niet.' Ik keek hem aan. 'En aangezien u zoveel over me weet, kunt u me net zo goed Rachel noemen.'

'Dank je,' zei hij vormelijk. 'Ik zou graag hetzelfde zeggen, maar iedereen noemt me gewoon Palmer.'

'Wat, je vrouw ook? Aangenomen dat je die hebt... Ik geloof dat ik het niet eens heb gevraagd...' Ik brak mijn zin af met een lach die zelfs mij gekunsteld in de oren klonk. De opmerking was misschien niet schaamteloos, maar wel onlogisch, want hoe had ik ernaar kunnen vragen als ons enige andere contact een zakelijke bespreking was geweest? Maar ik was uit mijn evenwicht gebracht, geschokt door die verwijzing naar Emma, en ik snakte ernaar deze situatie te ontvluchten en weer alleen te zijn. Er werd echter een servet over mijn knieën gedrapeerd, gevolgd door een klopje, en er werden voorgerechten op het tafelblad tussen ons in gezet.

'Uw *fava*, alstublieft. Tomaat *keftades*...'

We hadden afzonderlijk besteld, maar de gerechten leken bestemd te zijn om te delen. Natuurlijk, dit was Oia, hét vakantieoord voor een huwelijksreis. De obers waren hier waarschijnlijk verbaasd als stelletjes elkaar níét als baby's wilden voeren.

Palmer scheurde een stuk brood af en doopte het in de favapuree. 'Om je vraag te beantwoorden: nee, niet meer. We zijn twee jaar geleden gescheiden.'

'Kinderen?'

'Twee, allebei tieners.'

'Heb je een goede band met ze?'

'Dat hoop ik.' Hij haalde zijn schouders op en ik zocht naar een nieuwe vraag, alles om te vermijden dat het gesprek weer op Emma zou terugkomen. 'En die kennis in Naxos...?' Een vrouw, bedoelde ik natuurlijk, maar toen schoot me te binnen dat Ingrid had verteld dat een van de andere eilanden als een magneet op Europese homo's werkte, een 'broeinest', had ze het genoemd. Was dat Naxos, of had ze het over Mykonos gehad? Ik voelde dat ik rood werd.

Opeens grijnsde hij breed en werd zijn gezicht verbazend aantrekkelijk. 'Krijg nou wat, je denkt dat ik homo ben, hè?'

'Helemaal niet,' zei ik stijfjes, geërgerd door mijn eigen onhandigheid. Wat bezielde me om me af te vragen wat zijn seksuele geaardheid was? Het was zacht gezegd niet aan de orde. 'En anders was het nog je eigen zaak, niet de mijne.'

Hij wierp me de 'je vraagt er zelf om'-blik toe die ik verdiende en richtte zijn aandacht weer op de foto's op tafel. Op de volgende was Jen te zien die met Daisy over het lege schoolplein liep, een onbedoelde parodie op een cipier en een gevangene. Ze zagen er allebei zielsongelukkig uit.

'Weet je ook waar die ruzies tussen Bob en Jen over gaan?'

'Geld, voor zover ik kan verifiëren.' 'Verifiëren' was een van Palmers detectivewoorden; het dook altijd een paar keer op in zijn verslagen.

'Dus het lukt niet met Bobs eigen bedrijfje?'

'Nee, er is geen werk meer. Hij had een contract bij ITV, had ik begrepen, maar dat is niet verlengd. Hij heeft momenteel vrijwel niets te doen en het bemiddelingsbedrijf dat hij gebruikt, zegt dat het in de hele branche sukkelen is. Mogelijk krijgt hij volgende maand weer iets, maar onze controles hebben een aanzienlijke schuld op de creditcard onthuld. Hun huur is ook onlangs verhoogd. Als ze niet oppassen, gaat het mis.'

'Echt waar?' Het was dus nog erger dan ik had gedacht. Ik keek naar de terrassen van een hotel in de buurt dat net was geopend en dat al maanden van tevoren volgeboekt scheen te zijn en kreeg een inval. 'Als Bob nu eens een nieuwe cliënt kreeg voor de tussentijd? Het zou iemand kunnen zijn in de toeristenindustrie, die ze meteen ook korting kan geven op een vakantie, dat is toch mooi meegenomen?'

'Ga door.'

Terwijl we aten, kreeg het plan vorm en ik stond ervan te kijken hoe enthousiast ik klonk. Palmer legde zijn bestek neer om aantekeningen te maken en onderbrak me alleen om logistieke kwesties op te helderen. Op een gegeven moment maakte iets aan zijn gezichtsuitdrukking dat ik mijn vork ook neerlegde. 'Wat?' vroeg ik.

'Niets.'

'Kom op, Palmer, je bent het hele eind hierheen gekomen, dan kun je net zo goed zeggen wat je ervan vindt. Dit is tenslotte mijn eerste poging tot bemoeienis.'

Ik zag weerstand in zijn ogen vonken, maar zijn stem bleef neutraal en vriendelijk. 'Als je erop staat. Ik dacht alleen dat er meer voor nodig is dan een leuke vakantie om een huwelijk op te lappen.'

Ik dacht aan de reizen die Oliver en ik de laatste jaren hadden gemaakt, de villa's met zeezicht, de chalets als bonbondozen in de Alpen waar je tot aan je eigen deur kon skiën en de stadshotels met sterrenrestaurants. Nog maar een paar maanden voor Emma's overlijden hadden we een lang weekend samen in Parijs doorgebracht. Ik had naar hem gekeken toen hij in de leunstoel bij het raam zat, met een afwezig gezicht, totaal niet bekoord door het uitzicht, door mij, door de hele schijnvertoning.

Ik keek naar Palmer. Hij had ook aan zijn mislukte huwelijk gedacht, veronderstelde ik. Wat een buitenbeentjes waren wij op een plek als Oia, en toch zaten we hier plannen te bekokstoven om de relatie van anderen nieuw leven in te blazen, een relatie waar ik geen enkele invloed op had gehad, ook al kenden Jenny en ik elkaar door en door. Het was bespottelijk. Kon ik niet beter ophouden, voordat ik schade aanrichtte?

'Je hebt gelijk,' zei ik ten slotte. 'We kunnen ze niet dwingen van elkaar te houden, maar het zou het iets beter kunnen maken. Ik zou niet weten wanneer Bob en Jen voor het laatst met vakantie zijn geweest en Daisy is er duidelijk aan toe. Zij is mijn voornaamste zorg. Ik kan het niet verdragen dat ze ongelukkig is.'

Hij knikte. 'Het is beslist het proberen waard.'

'En naar een veilige plek, Palmer, niet zoiets als hier. Het moet er geschikt zijn voor kinderen, dus geen kliffen en rotsen.'

'Rotsen?'

Het ontging me niet dat ik net zoals mijn moeder begon te klinken, dat ik op het punt stond verdrinkingsstatistieken op te dreunen. 'Nou ja, het mag er gewoon niet gevaarlijk zijn.'

Hij sloeg zijn ogen neer. 'Natuurlijk.'

'Ik zal je morgen geld overmaken. Via mijn gebruikelijke rekening bij de Bank van Griekenland. Het zal wel even duren, maar zodra je weer in Londen bent, kun je beginnen.'

'Dat is dan geregeld.'

Bij de koffie zei hij dat hij van plan was meteen van het restaurant naar de haven te gaan, en tot mijn verbazing fleurde ik daarvan op. Ik liep met hem mee naar het plein waar de taxi's klanten afzetten en wees onderweg bezienswaardigheden aan. Hij leek nog iets te willen zeggen, dus wachtte ik gedienstig, al had ik geen idee wat het kon zijn.

'Je ziet er beter uit,' zei hij uiteindelijk. 'Ik bedoel, je weet wel, beter dan de vorige keer.'

Ik stond met mijn mond vol tanden, dus klopte ik maar op de envelop met foto's die nu van mij was en nam afscheid van hem.

Kort na Palmers bezoek aan Santorini werd Bob aan zijn bureau thuis in Fairhazel Gardens opgebeld door een zekere Mark Houghton van Inspire Travel. Hij zei dat hij snel materiaal nodig had voor een congres in het Verre Oosten, een dummy van een reisbrochure, een mediapresentatie en nog wat andere dingen. Hij had Bobs werk voor ITV en andere cliënten gezien en vroeg zich af of Bob beschikbaar was.

Toen het werk af was, betaalde hij onmiddellijk het volle bedrag en zei dat hij zo tevreden was, hij deed het anders nooit, maar nu wilde hij graag een aanzienlijke korting geven op een van de hotels uit zijn portefeuille, Bob mocht kiezen. Hij wist niet of Bob kinderen had, maar sommige hotels van de keten hadden een uitstekende kinderclub, zodat de ouders de hele dag lekker konden ontspannen. De vlucht was gratis, want hij had een afzegging voor een afbraakprijs en kon de stoelen voor een klein bedrag op een andere naam zetten. Toen Bob het aanbod aannam, werd de hele administratie afgehandeld door meneer Houghton zelf, tot en met de vooruitbetaalde taxi van en naar de luchthaven. Hij vroeg Bob wel of hij in het hotel zijn mond wilde houden over de speciale aanbieding, want als de andere gasten er lucht van kregen, zouden ze boos kunnen worden.

Het hotel op Mallorca was door Palmer gekozen uit een brochure met de titel 'Luxeuze gezinsvakanties', die hij had gehaald bij een reisbureau in de buurt van zijn kantoor. Op de foto die hij me stuurde, stond het boven op een lichte helling aan een baai met water zo glad en glanzend als gepoleerd glas. 'Dit onderscheiden vakantieoord is ideaal voor jonge kinderen', stond eronder. Het was een flinke hap uit mijn Pendant-spaargeld, maar de foto's van de terugkeer van het gezin in Londen lieten zien dat het geld goed besteed was. Bob, Jen en Daisy waren voorlopig weer even een en al knuffels en zongekuste glimlachjes.

15

Een nieuw schoolsemester op Moss Hamlet kwam en ging. Er waren geen schoolreisjes die zomer, en toen de eerste verjaardag van Emma's overlijden in zicht kwam, stuurde Palmer me een brief aan de ouders door, waarin ze werden aangemoedigd haar graf te bezoeken. *Maak tijd vrij om op een zinvolle manier met uw kinderen over het gebeurde te praten, zonder ze onder druk te zetten.* Palmer maakte melding van bezoekjes aan haar graf door zowel het gezin Barnes als de Challoners, en bij een van die gelegenheden was Oliver er ook.

Subject A heeft de ochtend in de bibliotheek doorgebracht met haar vader...

Subject A en B zijn door de vader van subject B naar school gebracht...

Subject A is door haar vader naar het zwembad in Swiss Cottage gebracht voor haar wekelijkse zwemles...

Het was vreemd, maar ik had nooit gedacht dat Bob en Toby zoveel meer betrokken waren bij het dagelijkse leven van hun dochter dan Oliver. Ik kon me niet heugen dat hij ooit met haar naar de bibliotheek was gegaan of haar bij school had afgezet. Het was een absurd idee dat hij, en niet ik, zich zou uitkleden in een groepskleedkamer en met haar zou gaan zwemmen.

Gedurende Emma's leven had ik me er domweg bij neergelegd dat Cat en Daisy vaderskindjes waren en Emma niet. Al voordat ze 'mammie' kon zeggen, had ze haar voorkeur op andere manieren laten blijken, door haar gejengel in gebrul te laten overgaan wanneer Oliver haar wilde troosten, of door op zijn schoot te spartelen wanneer hij haar een verhaaltje voorlas en over de rand van het boek te kijken om me te zoeken. Toen ze haar eerste stapjes zette, wankelde ze van hem naar mij.

Oliver trok het zich niet aan; hij hield natuurlijk wel van zijn dochter, maar hij vond het prima als hun contact beperkt bleef tot een praatje in het weekend over de *Times* heen. Hij sloeg zijn krant dicht met een overdreven zorg die me deed denken aan het vouwen van lakens, en zag haar gezichtje erachter, klaar om hem te verrassen.

'Pappie!'

'Hallo, snoes, wat ga je vandaag doen?'

'Speculeerpoppen bakken met mammie.'

'Speculááspoppen, bedoel je?'

'Ja, dat zég ik toch? En warme bloodjes.'

'Warme wát?'

'Broodjes, pappie, dat zeg ik toch?'

'Nou, denk erom dat je er een voor mij bewaart.' Hij hoefde niet 'en nu wegwezen' te zeggen, want meestal was ze al weg en had hij zijn gedachten, die nauwelijks waren onderbroken, weer bij het economische katern.

Toen ik weer aan het werk ging bij Pendant, dacht ik dat ik begrip zou kunnen hebben voor de afstand (of liever gezegd 'balans') die vaders als Oliver in hun gezinsleven prefereerden, maar hoe ik ook probeerde mijn aandacht bij mijn werk te houden, ik kon alleen maar aan Emma denken. Terwijl ik mijn faxen schreef aan de curators van musea in Buenos Aires, Genève en Tokio of in de kaartenbakken van bibliotheken snuffelde, genoot ik van de toenemende opwinding omdat ik straks naar huis mocht en haar weer zou zien. We hadden een echte verliefdheid met hartkloppingen: onze tijd zonder elkaar maakte het geluk alleen maar groter wanneer we weer samen waren.

'Mijn mammie', 'gekke mammie', 'lieve mammie', 'ik wil een knuffel, mammie', 'ik heb een zere knie, mammie...' Het was de enige relatie die ik ooit had gehad waarin mijn positie aan het eind van elke zin werd uitgesproken. Was het een wonder dat die relatie alle andere overtrof?

Olivers brief voelde zwaarder dan anders en ik zag dat hij een twee-de brief bij de zijne had ingesloten. Een stijve, vormelijk uitziende, lichtblauwe envelop die al open was gemaakt; de flap was weer net-jes naar binnen gevouwen. Onze namen stonden er in zwarte inkt op in een handschrift waarvan ik vermoedde dat het eigenlijk slordig was, maar voor deze gelegenheid was opgepoetst. De ruimte tussen de regels was ook goed ingedeeld, wat me deed denken aan een schoolkind dat oefent op overtrekpapier met gelinieerd papier er-onder.

Geachte meneer en mevrouw Freeman,

Ik schrijf in de hoop dat u mijn woorden zult lezen en dit niet zult weggooien, al hebt u daar het volste recht toe. U zult me wel verachten.

Ik keek verbaasd op. Toen draaide ik het vel papier om en keek wie de afzender was. Aha.

Ik wil u zeggen dat ik heel veel spijt heb. Ik weet dat het niets kan inhouden, maar ik moet het toch zeggen. Ik heb uw dochter niet gekend en ik heb zelf geen kinderen, dus ik kan niet zeggen dat ik weet wat u nu voelt of zoiets dergelijks. Ik weet dat u het me nooit zult vergeven. Mijn ouders hebben het me niet vergeven, wat ze ook zeggen, en eerlijk gezegd heb ik het mezelf niet eens verge-ven. Ik wilde u gewoon laten weten dat ik het heel erg vind. Als ik die dag in juli ongedaan kon maken, zou ik dat doen, geloof me, alstublieft.

Hoogachtend,

Andrew Lockley

De tiener die het had overleefd, de jongen die naast zijn vriend Dar-ren Morris had gezeten toen die op de bus af zwenkte en hem naar de middenstrook dwong. Alle aandacht was toen uitgegaan naar Morris (zijn lichaam was naar hetzelfde ziekenhuis gebracht als dat van Emma, en Jenny en ik hadden de aankomst van zijn moeder bij het mortuarium net gemist) en naar de verboden middelen die die dag in zijn bloed waren aangetroffen, maar ik herinnerde me ook nog het een en ander van Lockleys verhaal. In tegenstelling tot zijn minder bevoorrechte kompaan kwam hij uit een welgestelde familie. Hij was degene geweest, herinnerde ik me, die de bestuurder van de auto regelmatig had voorzien van wiet en cocaïne. Oliver en mijn moeder waren het erover eens geweest dat het wat dat betreft een vreemde omkering van de maatschappelijke rollen was geweest, want je zou toch verwachten dat de meest achtergestelde van de twee drugs aan de rijke jongen zou verkopen. ('Verdomde schoft', had Oliver hem genoemd en mam had geknikt, in weerwil van de vloek.) Wat logischer had geleken, was dat Lockley als enige, mogelijk geconditioneerd door de jaren dat zijn moeder hem in haar BMW naar school had gebracht, op het idee was gekomen zijn veiligheidsgordel om te doen voordat ze aan hun noodlottige rit begonnen. Tja, hij had gelijk: wat hij te zeggen had, kon niets inhouden. Ik kon me met geen mogelijkheid in zijn positie verplaatsen, of zelfs maar in die van zijn moeder, al spoorde hij ons daar indirect toe aan. Ik vroeg me af of ik het ooit zou kunnen.

Blijf maar gewoon weg, fluisterde ik in het niets, maar dringend, alsof mijn woorden de hele afstand tussen ons konden overbruggen. Blijf uit de buurt van Cat en Daisy. Kom alsjeblieft niet later weer tevoorschijn, in een andere context, als een collega of een buurman of een onbekende in de ondergrondse die de sjaal opraapt die zij heeft laten vallen en een praatje over het weer met haar aanknoopt.

Je hebt het ergste wat je kon doen al gedaan, je hebt gezegd dat het je spijt. Laat ons nu in alle rust zien te overleven.

De elfde juli, halfvier 's middags. Mijn vingers waren gevoelloos en opgezet van de hitte en waar mijn onbedekte huid aan de zon was blootgesteld, was ze rood en schrijnend. Tot op het uur nauwkeurig een jaar na Emma's dood zat ik in mijn eentje te drinken in een toeristencafé in Ammoudi.

Voor me op tafel lag de foto die ik van haar graf had meegenomen. Af en toe keek ik van Emma's gezicht naar de verbrokkelde borstwering van de oude Goulas. Het zonsondergangsritueel; zelfs nu, uren voordat het zover was, loerden toeristen al op een uitgelezen plekje om het sprookje te ervaren. Ik ving de blik van de serveerster en gebaarde dat ik er nog een wilde. Ouzo op een lege maag – ik moest wel aan Lynn en Rosemary denken. Ik was de derde generatie vrouwen die met een Freeman waren getrouwd en eronderdoor waren gegaan.

De eerste verjaardag. Zo'n zielloze gelegenheid als een eerste verjaardag moest vreugde brengen. Een jaar was lang, maar ik wist dat de tijd de wonden niet had geheeld en dat ook nooit zou kunnen. Dat begreep ik. Ik lag niet meer de hele dag zwetend en huilend in bed; zo'n hevig verdriet kon niet eeuwig duren, daar had niemand de kracht toe; als het je dood niet werd, ging het voorbij, en in mijn geval was het voorbijgegaan, maar ik dacht nog steeds altijd aan Emma. Dat ik haar niet meer had, betekende dat ik haar hád gehad: het was alles.

Ik kwelde mezelf nog altijd met herinneringen aan mijn eigen tekortkomingen als moeder. Mijn ongeduld wanneer ze 's ochtends treuzelde bij het aankleden, mijn kleingeestigheid als ze een tv-programma wilde zien dat ik te volwassen voor haar vond en die keer, toen ze nog een baby was, dat ik in tranen was uitgebarsten en me op het bed had laten vallen, op van vermoeidheid en frustratie. Ze had naast me gelegen, heel stil, en geluisterd naar het onbekende geluid van de snikken van haar moeder, maar zodra ik ophield, kwam ze weer tot leven en zette haar eigen geblèr voort, weer zeker van de natuurlijke gang van zaken.

En die dag, die laatste dag, toen Morris en Lockley nog in bed lagen te luieren, was mijn afscheidszoen bij de school toen wel net zo gemeend geweest als anders, of had ik alleen gedacht aan de klusjes die ik moest afvinken voordat ik haar weer ging ophalen? Had ik die nacht slecht geslapen en haar enthousiasme voor het schoolreisje getemperd met mijn ochtendhumeur? Was er een teken geweest, een verstopte neus, een kuchje, iets wat ik over het hoofd had gezien dat me haar die dag thuis had kunnen laten houden, dat haar in leven had kunnen houden?

In mijn betere momenten putte ik troost uit de wetenschap dat ik haar nooit als een vanzelfsprekendheid had beschouwd, nooit, zelfs niet vóór de ontdekking dat ze mijn enige kind zou blijven. Van het begin af aan had ik, wanneer ze haar armen om mijn nek sloeg, haar hele lichaam tegen me aan drukte en ik haar benen om mijn middel voelde, geprobeerd het moment met al mijn zintuigen te koesteren, het precies zoals het was in mijn geheugen te prenten, zodat ik, als ze ouder was en me niet meer zo gemakkelijk knuffelde, altijd op die kostbare, zintuiglijke herinneringen zou kunnen teren. En dat deed ik nu bijna elk wakend moment.

Mijn stiekeme uitstapjes naar de schoolhekken gingen door, maar in mijn kleine kringetje werd zelden over kinderen gepraat. De twee kinderen van Eleni waren begin twintig en studeerden op het Griekse vasteland en Ingrid was zelf amper volwassen. De vakantiegangers hadden ook betrekkelijk weinig kinderen bij zich. (Dat moest ik natuurlijk hebben aangevoeld in die warrige tijd tussen Emma's overlijden en mijn vertrek. Als ikzelf de combinatie van tweehonderdvijftig meter hoge kliffen en kniehoge muurtjes ongeschikt voor eem kind had gevonden, moesten andere ouders daar ook bij hebben stilgestaan.) Als ik geluk had, zag ik soms een week geen kinderen. Tot ik mijn ogen dichtdeed; dan zag ik niets anders.

'Rachel, ik zocht je.'

Ik keek op en zag dat de tafels om me heen nu vol toeristen zaten. Ingrid stond in de rij bij het hek van het café, gebruind en op teenslippers, zoals de anderen, maar zij had een bezorgde blik in haar ogen.

'Mag ik erbij komen zitten?'

'Ja, natuurlijk. Ik zal een glas voor je pakken.'

Terwijl zij tegenover me kwam zitten en een glas ouzo inschonk, stopte ik de foto in mijn tas. 'Zo te zien ben je lekker bezig. Waar drinken we op?'

'Ik zat eigenlijk aan twee vrouwen in Engeland te denken, Lynn en Rosemary.'

Ze keek me vragend aan, maar toen ik geen uitleg gaf, hief ze haar glas en klonk met me. 'Goed, op Lynn en Rosemary! En wat hebben we dat goed uitgekiend. De zon gaat precies... nu onder!'

Ze wendde de blik hemelwaarts toen er rondom ons applaus losbrak. 'Wist je dat ze dat deden?' zei ze zacht. 'Belachelijk, hadden ze soms iets anders verwacht?'

'Moet je zien!' jubelde een vrouw vlak bij ons naar haar metgezel. 'Veruit de mooiste van deze week. Je boft dat je juist vandaag bent gekomen!'

'Zeg dat wel.'

Ingrid en ik waren de enigen die niet vol aanbidding naar de lucht keken, maar ik zag het roze en oranje in de tinten van haar gelaatshuid en de huid van mijn eigen handen op de tafel voor me. Ik was nu bijna een jaar op Santorini. Het klif had me niet geofferd, de zee had me niet verzwolgen. Ik liep, ik haalde adem, ik leefde.

Deel III

Waar ik me ook wendde of keerde, zag ik een foto voor me.

Elli Souyioultzoglou-Seraidari (bekens als Nelly's),
fotografe, op Santorini, jaren twintig

16

Een jaar later

Oia veranderde. Ik zag het voor mijn ogen gebeuren: afgedankte grotwoningen en vervallen villa's werden opgeknapt voor de toeristen, en dat waren er verbijsterend veel meer dan in de zomer van mijn aankomst. Hele legers bouwvakkers zigzagden over brokkelige doorsteekjes over de kliffen die geen vakantieganger durfde te gebruiken, op de voet gevolgd door vrouwen met emmers en dweilen. De kenmerken van de gedaanteverwisseling waren vrijwel altijd hetzelfde: gladde buitenmuren die in een zonnige pasteltint waren geschilderd of soms bedekt waren met stenen; effen matgrijs geschilderde traptreden, die verrassend afstaken tegen al het wit, maar verraderlijk werden zodra de eerste regendruppels vielen; soms ook een zwembad.

Mijn terras lag gelukkig een paar verdiepingen te laag op de heuvel voor de reisleiders, maar het geklets zweefde vaak mijn kant op: Italiaans, Frans, Duits en de verschillende accenten van Engelssprekenden, wier spitsvondige opmerkingen ik altijd buiten de context moest zien te begrijpen:

'Nick, doe je kop eens opzij? Wauw, ongelooflijk!'

'Gadver! D'r zit derrie op m'n arm!'

'Shit, Barbara, de zon staat verkeerd.'

Eleni beklaagde zich erover dat sommige renovatieprojecten niet meer waren dan kelders, vochtige, onbewoonbare holen die ongezien werden gekocht door inhalige projectontwikkelaars die hoopten ze nog duurder te verhuren dan een appartement in New York.

Andere grotwoningen, die nog vol puin van de aardbeving van veertig jaar eerder lagen, werden gewoon stortplaatsen voor kapotte meubelen en lege verfblikken.

'Waar zijn de oorspronkelijke bewoners gebleven?' vroeg ik haar. 'Zijn ze allemaal omgekomen bij de aardbeving?'

Ze schudde haar hoofd. 'Nee, in Oia zijn alleen mensen die in de kapetanospita en beneden aan het water woonden omgekomen of gewond geraakt. Tijdens een aardbeving zit je nergens zo veilig als in een hyposkapho. Kijk...' Ze tekende snel een schema op haar schrijfblok om me te laten zien hoe de koepelvorm van een hyposkapho en de plaatselijke pleisterkalk (waar onder andere twijgen van wijnranken in waren verwerkt) samen een elastische kooi vormden die alles wat zich erin bevond beschermde. Toen pakte ze een boek van de plank achter haar balie en zocht een foto van Oia vlak na de aardbeving op. Overal lagen gevallen stenen, de straten waren onbegaanbaar. De halve gevel van een gebouw was afgebladderd, als een masker, en je kon zo naar binnen kijken, waar de kroonluchter nog aan het plafond hing. Ik dacht aan mijn tante Phoena; die kon in juist dát gebouw omgekomen zijn. Mijn moeder had me wel gewaarschuwd voor kolkende zeeën en op drift geraakte rotsblokken, maar ze had me nooit de aaneenschakeling van gebeurtenissen beschreven, de omstandigheden die tot Phoena's dood hadden geleid. De aardbeving was vroeg in de ochtend begonnen, meer informatie had ik niet bij elkaar kunnen sprokkelen; mam had nog in haar bed liggen slapen en de rest van de familie had ongedeerd weten te ontsnappen.

'Het was toen heel anders,' zei Eleni en ze sloeg de bladzij om naar een foto van Armeni, de oude haven van Oia, waar passagiers vroeger van boord gingen. Ik wist niet meer hoe vaak ze me had verteld dat het loeien van de scheepshoorn de sfeer in de samenleving op slag veranderde. Wat een opwinding, wat een blijde verwachting wanneer de dorpelingen zich boven aan de treden verzamelden terwijl beneden de sloepen hun dierbaren aan wal brachten! De muilezels werden het eerst zichtbaar, zwoegend onder het gewicht van de bagage, en dan werden de passagiers, verfomfaaid en ademloos van de reis, door familie en vrienden in de armen gesloten. De romantiek van het echte reizen, noemde Eleni het, de gebruiken van het 'oude Oia'.

'Het is zo anders, tegenwoordig, toen was het nog een geheime plek, een bijzondere plek. Niet kunstmatig, zoals nu.' Het was waar dat de huizen op die foto's waren gecamoufleerd met aarde, gebouwd op onzichtbaarheid, niet in leuke, contrasterende kleuren geschilderd door iemand die de reisgidsen al voor zich zag.

'Had ik je al verteld dat er nu een winkel is die schilderijtjes van Oia verkoopt die voor een paar cent in China of zo zijn gemaakt? Ze verkopen ze voor voor duizenden drachmen! Die fabrieksarbeiders daar schilderen allemaal maar één foto na. Ik zal het je laten zien, Rachel, en dan kun je zien dat de bloemen op die schilderijen orchideeën zijn, geen geraniums!'

'Verschrikkelijk!' zei ik. Ik wist wat er nu zou komen: de abjecte beslissing om het plaatselijke strand om te dopen tot 'Paradise Beach'. Wat was er mis met de oorspronkelijke naam? Waar bleef het Grieks in Oia?

Ze had gelijk. Als het hoogzomer was, moest je overdag je best doen om een plaatselijk gezicht in de massa te ontdekken, en als je dan iemand herkende – de geestelijke die op de bus wachtte, een oude vrouw met een hoofddoek om op de bank bij de kerk – werd het je niet kwalijk genomen als je dacht dat de autochtoon daar door de burgemeester was neergepoot voor de toeristen, om foto's van te maken. In zekere zin waren zelfs de toeristen een kunstmatige versie van zichzelf: vrouwen met hun haar in kinderlijke staartjes waar ze thuis om uitgelachen zouden worden, mannen in schreeuwerige overhemden die een ander voor ze had uitgekozen, met de kreukels van de verpakking nog in de mouwen. Eleni noemde het een invasie, weliswaar lucratief voor haar en haar familie, gaf ze ruiterlijk toe, maar toch een invasie.

'Het echtpaar dat ik deze week heb, heeft gevraagd of de honden vlooien hebben!'

'Wat heb je gezegd?'

'Dat zíj de vlooien zijn. Dat heb ik natuurlijk niet hardop gezegd, alleen tegen mijn man. Goddank gaan ze morgen weg. Niets dan klagen, dag en nacht.'

'Het klinkt vreselijk,' beaamde ik halfhartig, want ondanks hun geklaag vond ik de toeristen de laatste tijd fantastisch, zo vastberaden als ze naar Ammoudi beenden, zo vastbesloten te krijgen waar ze voor gekomen waren. En telkens wanneer een van hen een glimlach op mijn gezicht toverde, was dat voor mij weer een blijk van mijn eigen enthousiasme. Oia veranderde, maar ik ook.

Er was een moment geweest waarop het was begonnen. Het herstel, de aanvaarding, wat voor woord ze ook maar gebruikten om aan te geven dat het gemis niet meer ondraaglijk is, maar er gewoon alleen nog maar ís. Ik had over de top van het klif gewandeld, langs Perivolos (ik was bij Ingrid langsgegaan, maar ze was er niet) en iets zette me er toe aan door te lopen naar de kerk op de volgende heuvel, de *Aghios Vaseleios*, Sint-Basilius. Het was een volmaakt plekje. Van hieraf kon je omkijken naar Oia en nog verder, voorbij de vulkaan en zelfs voorbij Santorini, naar de eilanden in de verte die de eindeloosheid van de zee doorbraken.

Het was middag en de lucht was mooi, met in lange, dik in vet-op-magere strepen geschilderde wolken. Toch keek ik niet naar de lucht, maar naar de zee; hier was het altijd de zee. En hoe langer ik naar de miljarden druppeltjes licht keek, hoe duidelijker het me werd dat deze eilanden toevallige wondertjes waren die zich aan elkaar vastklampten, dood uit de zee of ergens diep in zichzelf ontstaan. Ik zag glashelder hoe schaars het land was, hoe weerloos, hoe hoog de kliffen en hoe doolhofachtig de dorpjes ook waren; het waren allemaal maar glittertjes, niet meer dan stof. En toen ik dat begreep, begreep ik ook dat Emma was heengegaan, dat Oliver en zij en ik, wij allemaal, om te beginnen al geen schijn van kans hadden gehad. We mochten alleen maar blij zijn dat we nog zo lang aan de goede kant van de afgrond waren gebleven.

Net als Eleni was ook Ingrid voor haar levensonderhoud afhankelijk van de toeristen, die haar aanhoudend tot waanzin dreven. Ze schamperde vooral over haar klanten in het café, die altijd Griekse salade wilden, maar dan zonder olijven, kappertjes of feta. 'Griekse salade, maar zonder Grieks. Kunnen ze niet gewoon thuisblijven?'

Ze kreeg om de haverklap het verzoek een foto van een gelukkig stelletje bij het uitzicht te maken terwijl ze binnen melk moest opschuimen of afrekenen. De fototoestellen waren ook altijd nieuw, wat vertragingen opleverde, en toen er eentje een keer niet correct doorspoelde, had de eigenaar zelfs geïnsinueerd dat Ingrid het ding kapot had gemaakt.

'De foto's, het enige wat ze belangrijk vinden zijn die klotefoto's! Ze kunnen toch ook van het uitzicht genieten zonder zo'n plastic doos voor hun kop!'

Ik dacht er wederom het mijne van. Voor de meesten van die verwoede klikkers was Oia gewoon weer een mooie plek die ze aandeden en waarvan ze de naam goed wilden uitspreken. Die foto's waren het enige wat hun ervan verzekerde dat ze het nooit helemaal zouden vergeten. Over tien jaar zou zo'n foto een gevoel kunnen opwekken, een flakkering in het donker, en dan kon de bezitter zich heel even net zo voelen als toen hij daar was. Goh, dat was ik helemaal vergeten, zei iemand dan, het komt allemaal weer boven. Foto's waren een soort wondermiddel voor het geheugen. Ik dacht aan mijn foto's van Emma, die me op zich al zo dierbaar waren, maar die nog dierbaarder werden door de ontelbare andere beelden die ze in mijn geheugen losmaakten, allemaal anders, als bedeltjes aan een ketting.

Maar Ingrid had er, net als Eleni, behoefte aan zich te laten sussen. 'Ik weet wat je bedoelt,' zei ik toen ik haar vlak na de drukte van de lunch op haar werk opzocht. 'Stel je voor, al die foto's vol andere mensen die foto's maken. Als je erbij stilstaat, is het heel postmodern. Geef mij maar de foto's van vroeger, van vóór dit alles, in zwart-wit.' Ik dacht aan de foto's in het boek die Eleni me had laten zien, die van voordat de aardbeving het hele dorp in puin had gelegd.

'We zouden wat van die oude foto's te pakken moeten zien te krijgen om te verkopen,' zei Ingrid. 'Dan weten we tenminste dat die stumpers iets authentieks mee naar huis nemen. Jij weet toch alles van foto's, Rach, uit je vroegere leven?'

Mijn vroegere leven. Zo was ze mijn verleden gaan noemen, waarvan ik de details bleef verzwijgen. Het 'vroegere' leven, een subtiele variatie op het 'vorige' dat ze gebruikte wanneer ze over haar eigen verleden vertelde, en het was scherpzinnig opgemerkt, want Londen leefde echt nog in me, op een parallelle manier, en zij had de periode in Melbourne definitief afgesloten. Soms benijdde ik haar om de eenvoud van die zuivere breuk.

'Maar dan moeten we wel geld hebben, denk ik,' prevelde ze half in zichzelf.

'Ik heb een beetje geld,' zei ik. Ze keek met ernstige ogen naar me op.

'Maar ik niet.' Ze viste de fooien van die ochtend uit haar zak en hield ze in haar groezelige handpalm voor me op. 'Dit is alles.'

Ik grinnikte naar haar. 'Geeft niet. Weet je, ik vind het echt een goed idee. Er is verder niemand die oude foto's verkoopt, dus waarom zouden wij het niet doen? We delen het bedrijf en als we het ooit verkopen, krijg ik mijn investering terug. Gemakkelijker dan proberen een lening van de bank hier te krijgen.'

Oliver had een hartaanval gekregen als hij mijn terloopse aanbod had gehoord ('Een Australische, Rachel? Die zijn nog erger dan zigeuners!') en kinderen die knikkers ruilen op het schoolplein konden meer voorzichtigheid aan de dag leggen, maar het voelde goed, het voelde als de manier waarop de mensen hier altijd zaken hadden gedaan, althans voordat de cruiseschepen kwamen en de huizen werden gepimpt door investeerders van buiten het dorp die de moeite niet namen ooit de binnenkant te bekijken. Eleni zou het goedkeuren, daar was ik van overtuigd, evenals meneer Thessaloniki.

'Je meent het echt, hè?' riep Ingrid uit. 'Ongelooflijk! Onze eigen winkel!'

'Ja, en het zou ook een soort galerie kunnen worden.' Tot mijn verbazing zag ik het al helemaal voor me: een lichte, ruime zaal met zwart-witfoto's op ezels, waar de enige kleuren de wisselende schakeringen van de zee waren die door een glazen wand vielen.

Ingrid keek naar haar schort en plukte er iets groens af. 'O, mijn god, ongelooflijk dat ik niet meer de hele dag spinazie hoef te ruiken!'

Ik glimlachte. 'Laten we eerst maar eens zien of we iets te verkopen hebben voordat we zo ver gaan.'

17

We waren onmiskenbaar 'uit elkaar', Oliver en ik, maar in zijn brieven begon hij nog steeds niet over een scheiding, en ook stelde hij geen ultimatum dat een eind kon maken aan zijn periode van 'wachten' tot ik terugkwam. Hij schreef over zijn familie, zijn werk en het huis, alsof ik een lange zakenreis maakte en hij dacht dat ik verlangde naar de details van het dagelijkse leven thuis:

Het inbraakalarm is weer afgegaan en het duurde meer dan een uur voordat de politie contact met me opnam...

Ik ben naar de jaarlijkse liefdadigheidsveiling van Stiles-Gray gegaan, maar ik heb nergens op geboden...

Gwen en haar gezin willen van de zomer in Turkije gaan zeilen...
Het deed me denken aan een correspondentiemanie uit mijn jeugd, die me tot verwondering van mijn moeder vrijwel dagelijks brieven had opgeleverd uit Delhi, Mexico-stad en Hongkong, vreemde, droge verslagen vol ongerijmdheden, opgeschreven alsof ze onderdeel uitmaakten van het huiswerk Engels of voor een ander waren opgetekend: 'Vandaag is mijn cavia komen te overlijden. Bovendien heb ik een uitstekende film gezien.' Die afgemeten flarden klonken helemaal niet naar Oliver, maar ik wist niet of ik me nog wel herinnerde hoe hij had geklonken, zo vaak was zijn stem verloren gegaan in door Vanessa doorgegeven boodschappen of tot zwijgen gebracht door de sfeer die we tussen ons hadden laten neerdalen.

Soms miste ik hem, op een bepaalde manier. In het begin, vóór Emma, waren we goede reisgenoten geweest. Ik vroeg me af hoe hij het hier zou vinden, of we hier onder andere omstandigheden net zo gemakkelijk samen hadden kunnen zitten, in een van de dure hotels met uitzicht op de Caldera. Niet dat hij echt warmliep voor uitzichten; mooi, kon hij zeggen, dat was een leuk dagtochtje. Hij zou ook snel doorhebben dat het meeste eten hier van mindere kwaliteit was dan dat in de betere taverna's aan Charlotte Street of die tent aan Regent's Park Road waar we graag kwamen. En de wijn? Beter geworden, ja, dat zou hij kunnen toegeven. En er was in elk geval meer dan genoeg.

Eleni was dol op boeken. Toen ze eind jaren zeventig van het vasteland naar Santorini was verhuisd om bij Anatole te zijn, had ze dozen vol meegebracht. Het eiland begon toen na twintig jaar verwaarlozing net weer op te krabbelen, dankzij een door de overheid gesubsidieerd programma. Meer dan tweeduizend huizen waren door de aardbeving met de grond gelijkgemaakt of onbewoonbaar verklaard en het echtpaar vestigde zich in een van de weinige kapetanospita die betrekkelijk intact uit de strijd waren gekomen. Hun leven was een chaos, met twee jonge zoons die moesten worden opgevoed, een enorm pand dat opgeknapt moest worden en een geïmproviseerd bedrijf dat een pension omvatte, bardiensten vanuit de keuken en zelfs korte tijd een disco. In hun kleine leefgemeenschap werden vaardigheden net zo grif uitgewisseld als geld, en Anatole, die opgeleid was tot metselaar, werkte vaak aan andere panden in ruil voor de meubelen en andere onmisbare zaken die hij voor de kamers van zijn gasten nodig had. Het eigen verblijf van het gezin, dat uit drie kamers op de bovenste verdieping bestond, werd dan ook als laatste opgeknapt, wat aanleiding gaf tot veel onenigheid. Anatole klaagde dat Eleni's stapels boeken in de weg stonden, en als hij ze in een aanbouw opsloeg, vond hij ze even later stoffiger dan ooit op hun oude plek terug. Zo was het doorgegaan tot het uiteindelijk niet meer te harden was. Eleni had haar biezen gepakt en was met de kinderen naar vrienden op Kreta gegaan om af te koelen. Toen ze terugkwam, ontdekte ze dat haar man twee weken van zijn harde werk had geruild voor een schitterende kast van donker hout voor de boeken, met vitrinedeuren om ze tegen het stof te beschermen. Dat was het begin van de Ilias-bibliotheek geweest en sindsdien was er geen publicatie over de Cycladen uitgekomen zonder dat Eleni een exemplaar voor haar collectie had besteld.

Ingrid ging door met koffie serveren aan de vakantiegangers en hun ellendige vakantiekiekjes voor ze maken, en ik kreeg toegang tot Eleni's gekoesterde schat. Ik besteedde een paar lange dagen aan het bekijken van de illustraties om een redelijk idee te krijgen van de beelden die er bestonden. Ten eerste waren dat de beroemde foto's van de hand van bekende fotografen als Nelly's (Elli Souyi-oultzoglou-Seraidari), die het eiland voor het eerst in de jaren twintig had bezocht. De originelen werden bewaard in archieven in Athene of steden in Duitsland en Frankrijk. Aan de andere kant van het spectrum bevond zich het handjevol foto's dat ik herkende van de rijen reproducties die in elke winkel in Oia te krijgen waren, zelfs bij de kassa's van de supermarkt: de Goulas toen hij nog intact was, massief en vierkant, met daarachter de kerk van de Maagd Platsani; vanaf het water gemaakte overzichtsfoto's van Ammoudi; de vulkaan met zijn dikke, hoog oprijzende rookpluim. Deze foto's waren meestal genomen door zeelieden en reizigers, en bij de copyrightgegevens stond altijd een adres op het vasteland of in het buitenland.

Ik maakte bladzijden en nog eens bladzijden vol aantekeningen. Ik was van plan alle archieven en copyrighthouders in de boeken te benaderen om te vragen of ze ons afdrukken wilden laten maken en verkopen. Het Ilias had een computer en een fax op kantoor en Eleni liet me ook van die faciliteiten naar hartenlust gebruikmaken. Toen de reacties binnen begonnen te druppelen, met gegevens over vergoedingen (onbetaalbaar) en tijdsschema's (traag, zelfs voor iemand die amper wist in welke maand ze leefde), raakte ik er steeds sterker van overtuigd dat deze onderneming alleen kon slagen met plaatselijke hulp, op de manier van het oude Oia, zonder bemoeienis van Athene en de gewiekste fotografische instituten nog verder weg. Eleni, die het met me eens was, vertaalde mijn oproep, die overal in het dorp werd opgehangen, waarin ik de dorpsbewoners vroeg of ze informatie hadden over foto's van voor de jaren vijftig en of ze hun eigen afgedankte foto's wilden aanbieden voor een taxatie. We konden óf de rechten kopen voor een bedrag ineens, óf de foto's exposeren tegen een percentage van de winst bij verkoop.

Intussen schuimden Ingrid en ik de plaatselijke winkels en markten af. Een antiekzaak in de hoofdstraat had wat portretten van vrouwen en families in klederdracht, maar de assistente, die niet op de hoogte was van onze missie, bekende dat ze uit Athene kwamen. Zoektochten in het verderop gelegen Fira en toeristische trekpleisters als Perissa, Kamari en Purgos leverden wel een paar vondsten op, maar het was nauwelijks voldoende voor een begincollectie, laat staan een hele winkel.

'Weet je, misschien zou Nikos kunnen helpen,' zei Ingrid op een avond toen ik haar over mijn vorderingen vertelde. We hadden de gewoonte aangenomen elkaar dagelijks bij koffie en visanto verslag uit te brengen.

'Wie is Nikos?'

'O, een vent met wie ik de vorige zomer in Fira omging. Ik ben een keer in zijn ouderlijk huis geweest en daar hingen fantastische zwart-witfoto's, muren vol. Ze waren beslist oud, dat kon je aan de rare kleren zien.'

'Kun je hem bellen?'

'Ja, hoor. Ik probeer me alleen te herinneren of hij nou degene was die ging trouwen...'

Ik wendde de blik hemelwaarts. 'Nee, we hebben geen zin om per ongeluk de trouwfoto's van jouw ex-minnaar te verkopen, hè?'

'Leuk, hoor. Weet je, Rachel, ik verheug me er zo op dat jij straks weer in het zadel klimt...'

'Toe, Ingrid, dat vind ik zo'n rotuitdrukking. Het doet me aan de muilezels denken.'

'Tja, daar zullen we dan aan moeten werken.'

Om haar grijns niet te hoeven zien, boog ik mijn hoofd en legde onze ansichtkaarten op een keurig stapeltje, sprakeloos van verdriet. Ingrid, die niet doorhad dat mijn stemming was omgeslagen, vervolgde: 'Je kunt niet altijd alleen blijven, hoor.'

Ik had me misschien ontdaan van de idee van een huwelijksleven en in Oia het volmaakte stelletjesparadijs gevonden om mijn onthouding in na te streven, maar Ingrid had enthousiasme voor twee. Aan het begin van de zomer had ze de knapste obers er al uitgezocht. Als ze niet dezelfde dienst draaiden als zij, wachtte ze gewoon tot ze klaar waren in hun restaurant en ging dan met ze naar de Epik, een rumoerige bar in de buurt Lotza, het gevestigde trefpunt voor personeel en dorpsbewoners nadat de toeristen naar bed waren gegaan.

Het was tenslotte Griekenland, dus waren er weinig inheemse aanbidders zonder vrouw of vriendin 'thuis', in Athene of, riskanter, in Fira, en de eenzame mannelijke vakantiegangers waren dun gezaaid in dit oord voor pasgetrouwden, maar Ingrid wist ze te vinden, als ze door de mazen van het net glipten: in de goedkopere hotels aan de andere kant van het dorp, die op maar vijf minuten lopen van de vijfsterrenvilla's stonden, maar geen uitzicht hadden en dus maar een tiende kostten. Deze uitzonderingen konden Duits, Brits, Hollands of Amerikaans zijn; studenten die een jaar vrij hadden, rugzaktoeristen die eilanden van hun lijstje moesten strepen, kantoormensen die hier hun week in de zon vierden en dolenden die niet door hun werk naar huis werden geroepen. Heel af en toe raakte er een zo in de ban van Ingrid dat hij een weekje aan zijn vakantie in Oia vastknoopte, zijn toeristenonderkomen verliet en bij haar in Perivolos introk, en dan koesterde ze even de illusie van een leven samen.

Gedurende zulke intermezzo's kwam ze in haar lunchpauze wel eens bij me thuis langs om me over haar man van dat moment te vertellen. Ze gaf me iets lekkers wat ze op haar werk had gesnaaid, keek hoe ik at en praatte zelf.

'Ik blijf maar zeggen dat ik een cliché ben,' zei ze. 'Het is wel duidelijk dat ik liefde zoek, dankzij mijn geschiedenis van ouderlijke verwaarlozing, en dat ik lust voor liefde aanzie.'

Ik vroeg me glimlachend af wat ze die week weer had gelezen. 'Het is een valstrik waar je gemakkelijk intrapt,' viel ik haar bij. 'Weet je nog, die Amerikaan?'

'O, hou op, alsjeblieft!'

'En die Hollander...'

Ian, de Amerikaan, was altijd zo gespannen geweest dat ik hem ervan verdacht dat hij niet helemaal eerlijk was over zijn verleden (soort zoekt soort, misschien), en Karel, de Hollander, was vooral opgevallen doordat hij op elke vraag 'ja, zeker weten' antwoordde. Binnen een minuut of vijf had ik geleerd hem geen vragen te stellen waarop hij ja of nee moest antwoorden, maar zelfs op een vraag als 'hoelang blijf je in Griekenland?' luidde het antwoord: 'Ja, de hele zomer, zeker weten,' terwijl Ingrid openlijk naast hem zat te proesten.

Ik sprak me nooit uit over Ingrids minnaars, tot ik in de gaten kreeg dat ze iets had met een man die op huwelijksreis was. 'O, Ingrid! Hoe kun je?'

'Hoezo? Als hij nu al met een ander naar bed wil, is hij niet goed genoeg voor haar.'

'Maar dan is hij toch ook niet goed genoeg voor jou?'

'Ik ben niet degene die zo stom is geweest om met hem te trouwen, toch? Trouwens, het was maar voor één keertje, ze had die middag een afspraak in de schoonheidssalon. De rest van de vakantie wordt ze in liefde gesmoord, wees maar niet bang.'

Ik gaf het op. Die vent zat fout, niet zij, en ik had geen recht van spreken. Ik was zelf in dat 'vroegere' leven van me ook niet lelieblank geweest.

Op de ochtend dat Palmer voor de tweede keer in eigen persoon verslag kwam uitbrengen, was ik met bonzend hart en verkrampte maag wakker geworden. Ik had van Cat, Daisy en Emma gedroomd. Ze zwommen in het grote zwembad in Swiss Cottage, maar het water had de donkere diepten van de Caldera en ik had hulpeloos vanaf de duikplank toegekeken hoe zij wanhopige pogingen deden om niet te zinken. 'Kom eraf,' riep Emma. 'Kom eraf!' Telkens weer, en niemand leek haar kreten te horen, behalve ik, en het enige wat ik kon doen, was roepen: 'Maar ik kan niet zwemmen...'

Palmers nieuws ging toevallig écht over een ongeluk, al had het niets met zwemmen te maken: Cat had haar pols gebroken. Ze was van een soort schommelgeval in het plantsoen gevallen, een toestel dat ik eerlijk gezegd altijd al ongeschikt had gevonden voor een speeltuintje, meer iets voor een survivalkamp of een legertraining.

'Welke arm was het?' vroeg ik.

'De rechter.'

Cat was linkshandig; Emma en zij hadden wel eens met hun ellebogen tegen elkaar aan gestoten wanneer ze zaten te kleuren.

'Ze moet een paar weken in het gips, maar verder mankeert ze niets. Ze staat heel blij op de foto's. Ik heb ze voor je meegebracht.'

Op de foto's stond een stralende Cat met roze gips vol krabbels. 'Haar schoolwerk hoeft er niet onder te lijden. Als ze in de zomervakantie thuis wat wordt bijgespijkerd, is er niets aan de hand.' Palmers lage, een beetje gruizige stem had iets sussends dat regelrecht op mijn zenuwen leek in te werken.

'Ik ben blij dat ze niet veel pijn heeft gevoeld.'

'Ja, ze hebben haar meteen naar de spoedeisende hulp gebracht, zoals ik al zei, en daar heeft ze pijnstillers gekregen. Ze maken de röntgenfoto's meestal leuk voor kinderen, ze krijgen knuffelbeesten en zo.'

Ik zag mijn kans schoon om hem naar zijn onderzoeksmethodes te vragen en hij vertelde dat observatie in zijn 'bedrijf' vaak niet ingewikkelder was dan zijn auto (een onopvallend model, zei hij) ergens aan de overkant van het beoogde pand parkeren, met de neus naar de andere kant, zodat hij via de achteruitkijkspiegel kon kijken. 'Veel discreter, en het sluit de mogelijkheid van oogcontact uit.'

'Je laat het door een vrouw doen, zoals ik had gevraagd?'

'Ja, natuurlijk.' Zijn collega had vriendschap gesloten met een lerares van Moss Hamlet, en zodoende was zij degene die bij schoolhekken en achterdeuren op de loer lag. 'Voordat je het weet, gaan ze naar de middelbare school, dus daar moeten we straks gaan infiltreren.' Hij schoot in de lach. 'Zo klinkt het net alsof ik een FBI-agent ben, hè? Maar zo is het echt niet, het is veel gewoner.'

Ik glimlachte en verbaasde me erover hoe blij ik was hem te zien. 'Misschien ga ik hier binnenkort een winkel openen,' vertelde ik. 'Met mijn vriendin Ingrid. De volgende keer dat je komt, heb ik dus misschien iets te koop voor je.' *De volgende keer*: het was maar bij wijze van spreken, maar hij ontkende niet dat er een volgende keer zou komen.

'Ik moet het je nageven, hoor,' zei hij met een blik op de pot-

planten en regenboogkleurige kleden op mijn terras. 'Dit is een verdomd goede plek om je te verstoppen.'

Ik keek hem verbaasd aan. 'Ik verstóp me niet, Palmer. Ik ben
hiernaartoe gegaan omdat ik niet kon blijven waar ik was.' Ik zweeg
even. 'Na Emma.'

Hij knikte.

'Dit is nu mijn thuisbasis. Ik ben van plan hier te gaan werken,
zoals ik je net vertelde. Ik heb geen reden om me te verstoppen.'

'Al goed,' zei hij snel. 'Misschien werkt mijn brein gewoon zo.
Ik verwacht dat mensen meer geheimen hebben dan ze in feite hebben. Het risico van het vak, denk ik.'

Maar ik kon zien dat hij van mijn uitval was geschrokken, en ik
haastte me om het goed te maken. 'Vertel eens,' zei ik met een glimlach, 'Waarom is dit zo'n goede plek om je te verstoppen?'

Zijn blik gleed naar de Caldera. 'Ik weet het niet, het is een bijzondere plek, meer bedoelde ik niet. Zo ongerept. Het kan niet
beter.'

'Ik weet niet of het wel zo ongerept is. Sommige mensen hier
vinden dat het helemaal onder de voet is gelopen.' Als op afroep
klepperde een stoet muilezels voorbij op weg naar Armeni, aan de
andere kant van de baai van mijn huis, met een drijver in amazone-
zit die de zigzaggende koers naar beneden begeleidde.

Palmer grinnikte. 'Maar vergeleken bij Londen is het een suffe
boel.'

'Dat is waar. Daar zie je geen muilezels.'

Hij had kennelijk geen zin om me tegen te spreken en zweeg. Hij
was een buitenbeentje, het type waar ik in mijn vorige leven weinig
aandacht aan had besteed, maar hij had ook iets wat me op het eerste gezicht vertrouwd was; ook terwijl we moeizaam ons gesprek
voerden, was er een soort affiniteit tussen ons. Ik vroeg me af of het
met Emma te maken had, met het feit dat hij het wist. 'Ik kon niet
blijven waar ik was... na Emma', het was meer dan ik Ingrid of
Eleni ooit had kunnen bekennen. Misschien had hij toch gelijk wat
die geheimen betreft.

'Hoe is het met je kinderen?' vroeg ik. 'Je hebt een zoon en een
dochter, hè?'

Hij knikte. 'Matt en Zoe.'

'Hoe oud zijn ze?'

'Matt wordt in september vijftien en Zoe is bijna twaalf'.'

'Dus je hebt al jong een gezin gesticht?'

'Ja, vrij jong. Daardoor word je nogal snel volwassen. Zij zouden nooit zo jong kinderen willen krijgen als hun moeder en ik, ook al gaf je ze geld toe.'

'Ik was zesentwintig,' zei ik. 'Het voelde goed, maar ik weet dat sommige mensen me aan de jonge kant vonden. Mijn schoonmoeder zei dat het gestoord van ons was dat we ons leven opgaven. Zo zei ze het letterlijk.'

'Een vreemde manier van denken.' Hij vertelde dat hij de kinderen minder vaak zag dan hij zou willen, want ze woonden bij hun moeder, op een uur rijden van zijn huis in het oosten van Londen.

'Hoe heet ze, je ex-vrouw?'

'Tracey.'

Hij zei het zo nuchter, zo gevoelloos, met een onaangedaan gezicht, dat ik werd overmand door neerslachtigheid. In het verleden was ik heel goed geweest in het verzinnen van levens voor mensen die ik amper kende, tot voorbijgangers aan toe; ik verzon ingewikkelde verledens voor ze en kon zelfs de meubelen en spullen in hun huizen voor me zien, maar hoe ik mijn best ook deed, hem kon ik niet plaatsen, niet in een gezin, een huis, een context. Ik kon me alleen maar voorstellen dat hij in zijn geparkeerde auto in een vreemde straat zat.

'In welke buurt woon je?' vroeg ik.

'In Wanstead.'

'Woon je alleen? Heb je een tuin?'

Hij lachte verbaasd. 'Ja, inderdaad. Ik heb toevallig best groene vingers gekregen.'

'Goed zo.' Niet het huis van zijn gezin, dacht ik, met de schommel in de tuin en nog een zandbak van toen de kinderen klein waren; dat had zij gekregen, zoals dat meestal gaat bij een scheiding.

Hij keek me geamuseerd aan. 'Wil je verder nog iets van me weten? Je bent nu toch bezig.' Hij koos met enige zorg een andere houding, alsof hij zich ging onderwerpen aan de kritische blik van een deskundige op het gebied van lichaamstaal, en trok een komisch gezicht.

'Wat doe je in je vrije tijd?' vroeg ik ernstig. 'Je lijkt zo... toegewijd.'

'Ik weet het niet, wat iedereen doet, denk ik.' Hij betrapte zichzelf, zag ik. Ik vermoedde dat het hem te binnen schoot dat ik niet meer bij 'iedereen' hoorde, dat ik een ander referentiekader had. Maar het had even geduurd, zag ik, wat inhield dat mijn tragedie niet meer van mijn gezicht te lezen was. 'Ik zie de kinderen, natuurlijk, ik kijk tv. In de zomer ga ik wel eens naar een cricketwedstrijd. Ik ga eens iets drinken met vrienden...'

'En is er al een nieuwe vrouw op het toneel verschenen?'

Hij schokschouderde. 'Af en aan.'

Ik was nu bijna aan het vissen. Het kwam in me op dat ik hem misschien aan het beoordelen was voor Ingrid, maar dat sloeg nergens op; in gedachten had ik hen nooit samen voor me gezien. En het laatste waar zij behoefte aan had, was een man die zijn beroep had gemaakt van geheimzinnig gedoe.

Ik vroeg naar de kennis op Naxos, maar drong niet aan toen hij me zijn 'dat wil je niet weten'-blik toewierp. Hij vroeg mij niets over mijn persoonlijke omstandigheden, mijn scheiding van Oliver of mijn verdere plannen. Het hoefde niet, nam ik aan. Als hij meer vragen had, zou juist hij wel weten waar hij de antwoorden kon vinden.

Later keek ik naar de foto van Cat met haar pols in het gips – op de een of andere manier een symbool van onschuld en kwetsbaarheid – en besefte dat ze op dit moment waarschijnlijk zo werd vertroeteld als een patiënt zich maar kon wensen. Ze zou lekker voor de tv zitten met Jake en vanuit haar hoofdkwartier in de leunstoel frisdrank en wollige dekens eisen. Mariel had vermoedelijk vrij van haar werk genomen – de bedrijfsleider van de apotheek had meer begrip voor zulke dingen dan de meesten – en anders zou ze haar moeder hebben laten opdraven om voor haar dochter te zorgen en die van een gestage stroom traktaties te voorzien.

Ik wenste van ganser harte dat ik ook iets voor haar kon doen, maar vanuit Oia had ik weinig praktisch nut. Wat had ik gedaan als ik daar nog was geweest, vroeg ik me af, als haar peetmoeder, de vriendin van haar ouders en de moeder van het meisje dat haar beste vriendin was geweest? Ik zou haar voorlezen en met haar naar de bioscoop gaan, waar ik haar arm zorgzaam zou beschermen tegen de stoten van mensen die zich in en uit hun rij persten. Ik zou door haar haar woelen en haar warme chocolademelk met slagroom geven. Tegen haar zeggen dat ze weer helemaal beter werd, dat ze alleen een beetje geduld moest hebben. Ik verlangde ernaar die dingen te doen en tegen haar te zeggen, en Palmer kon dit niet bepaald voor me opknappen. Ik hoopte dus maar dat Oliver het nieuws in zijn volgende brief zou vermelden, of, nog beter, dat hij een brief van Mariel zou bijsluiten, zodat ik tenminste een kaart en een cadeautje naar de patiënt kon sturen. Intussen kon ik niet méér doen dan Palmer opdragen klaagbrieven naar de gemeente te sturen over dat gevaarlijke speeltoestel, zoveel als zijn kantoor maar kon schrijven.

Mariel zou zich wel afvragen wat haar nog te wachten stond, dacht ik. Zouden Toby en zij elkaar aankijken en zeggen: 'Eerst die botsing, toen dat gewonde been, en nu dit weer!' En dan waren al die babykwaaltjes er ook nog geweest. Dan zouden ze eraan denken en schuldbewust zeggen: 'Maar zij leeft nog, dat is het belangrijkste. Wat zou Rachel niet geven voor een kind met een gebroken pols?'

18

Toen een meisje in een minirok met lovertjes en een England-voetbalshirt vlak voor me over een muur leunde en braakte, stelde ik vast dat er niets boven een uitstapje naar Fira ging om je ervan te overtuigen hoe authentiek Oia nog was, hoe hard Eleni ook klaagde. Ik was een paar keer naar de hoofdstad gegaan om dingen af te handelen, maar ik was maar één keer gebleven om de oude buurt met winkels en cafés op de top van het klif te verkennen. Vervolgens had ik langzaam door de hoofdstraat gelopen, die bijna helemaal verstopt zat met toeristen en winkelpersoneel dat om hun geld wedijverde, en toen was ik regelrecht naar de taxistandplaats gegaan.

Ingrid moest naar de bank, dus liep ik alleen het centrum in. Toen ik in de smalle straat bijna omver werd gelopen door het uitgaanspubliek, onder wie het meisje dat zich nog bevrijdde van een hele nacht cocktails, voelde ik me nauwelijks gunstiger gestemd dan de eerste keer. Het was verdomme negen uur 's ochtends; wie wáren die mensen?

Nikos' familiebedrijf was gelukkig gemakkelijk genoeg te vinden. Het was een van de vele opzichtige warenhuizen in de passages achter het kabelliftstation. De bejaarde man achter de toonbank was duidelijk niet Nikos – Ingrid was niet zo kieskeurig, maar ik wist zeker dat ze niet viel op zeventigjarige mannen met haar in hun oren en donkergele nagels – dus drentelde ik als een gewone toerist door de winkel en voelde aan de poppen, puimstenen en onherkenbare muziekinstrumenten. Het enige wat de bizarre voorwerpen bond, was de mogelijkheid dat een gehaaste klant er een zou aanschaffen voor een achtergebleven vriend of collega. Er stonden de gebruikelijke rekken met ansichtkaarten, en de enige foto's lagen in een kartonnen doos, half verborgen in een hoek tussen de pistachenoten en de stukken olijfoliezeep. Sommige zaten in plastic hoesjes, stoffig en gescheurd, andere waren in versleten, vergeeld karton verpakt. De eerste foto kwam me meteen bekend voor: Fira vanaf het water gezien, voordat de kabelliften de stad verbonden met de baai beneden; het was een standaardfoto die overal op het eiland werd verkocht, die als reproductie net zo goedkoop in Oia te verkrijgen was en ook populair was als ansichtkaart.

Ik knikte naar de man achter de toonbank voordat ik door mijn knieën zakte en gedachteloos door de foto's bladerde: 'Aankomst in Ammoudi, jaren vijftig'; 'Goulas, 1951'; 'Nea Kameni, 1929' – het waren de beelden die we al in tientallen supermarkten hadden gezien. Jammer. Ingrid moest familieportretten hebben gezien, misschien recent gemaakt en in sentimentele sepiatinten afgedrukt. Er was een studio in Fira die zich in zulke dingen specialiseerde. Ik zou moeite moeten doen om mijn teleurstelling te verbergen wanneer ze kwam; ze liep over van enthousiasme voor onze onderneming.

Toen hield ik mijn adem in. De vijfde foto was er een die ik nooit eerder had gezien, een simpele opname van een kapetanospito in Oia met een elegante rij hoge ramen en smeedijzeren balustrades. Zelfs het papier kwam me onbekend voor; het had een vezelige, matte textuur die deed denken aan een smaak die van veel eerder dateerde dan de glanzende foto's die ik gewend was te zien. Ik ademde uit en bladerde door: een sobere, kubistische compositie van treden en daken, donkere hoeken schaduw afgezet tegen witte vlakken zonlicht; en toen de volgende: kinderen die met een bal speelden in een smalle doorgang, zich niet bewust van de camera. En het werd alleen maar beter: een schitterend tafereel van een maaltijd buiten aan het water, zo te zien in Armeni; schoeners, rijen diep in de haven, mensen die elkaar verdrongen aan de kust, misschien om de wijn van het seizoen in te laden; een donkere bergengte, met sterke zwart-witcontrasten in de rotswand; de verlaten kustlijn bij Kamari, lang voordat die deel ging uitmaken van de route van handelsreizigers; het labyrint van de doorgangen van Pyrgos onder een lucht met wervelende wolken...

Ik had de afgelopen weken honderden foto's bekeken, maar deze had ik geen van alle gezien. Ze lieten stuk voor stuk een ander Santorini zien dan dat achter de winkeldeur. Hoe waren ze in vredesnaam hier verzeild geraakt, begraven onder de kookboeken en rare poppen in glimmende kleren die kraakten als je ze aanraakte? Ik bekeek ze goed, ook de achterkant, maar ze waren niet gesigneerd en als ze al geprijsd waren, was het met schijnbaar willekeurige bedragen.

'Rach!' Ingrid dook naast me op. 'Sorry dat het zo lang duurde, er stond een hopeloze rij, je weet hoe ze zijn. Zó traag. Hoe gaat het hier? Heb je al iets gevonden?'

Ik vroeg me af of ze mijn oren kon horen suizen. 'Moet je zien, Ingrid, dit is ongelooflijk! Volgens mij zijn ze gemaakt met een 35 mm-camera, een Leica.'

'Is dat goed?'

'Het houdt in dat de fotograaf redelijk vooruitstrevend moet zijn geweest. En getalenteerd, zou ik zeggen.'

'Hoezo, wil je zeggen dat ze allemaal door dezelfde persoon zijn gemaakt?'

'Ik denk het wel. Ze hebben dezelfde sfeer.'

Ingrid pakte lukraak een foto, een straattafereel; het bijschrift luidde simpelweg 'Oia'. 'Ik herken die kerk niet, jij?'

'Het is de Sint-Joriskerk. Verwoest door de aardbeving. Er zijn vrij veel kerken verwoest.' Ik stond er zelf van te kijken hoeveel ik had opgestoken van het lezen, hoe vertrouwd het vroegere Santorini me was geworden door de boeken die ik in Eleni's bibliotheek had doorgenomen.

Ik ving de blik van de oude man. 'Weet u wie deze foto's heeft genomen?'

Hij haalde zijn schouders op, bracht zijn sigaret naar zijn droge lippen en nam een trek. Ik probeerde niet te denken aan wat jaren tabaksrook met onbeschermd fotopapier kan doen.

'Waar zijn de negatieven?'

Schouderophalen, trek van sigaret, starende blik. Een bijna onmerkbaar samenknijpen van de ogen.

'Ik denk dat hij geen Engels spreekt,' zei Ingrid, die het wel grappig vond.

'We willen ze allemaal kopen,' verkondigde ik brutaalweg.

Nu werd Ingrids glimlach minder toegeeflijk. 'Hé, wacht even. Ik kan beter vragen of Nikos voor ons wil tolken.' Ze richtte zich in het Grieks tegen de man, die met een zo kortaf, onwillig gemompel antwoordde dat ik de taal nooit had kunnen herkennen, laat staan de betekenis. Ten slotte kon Ingrid uit zijn gemompel opmaken dat Nikos aan de andere kant van de stad aan het inkopen was en pas over ongeveer een uur zou terugkomen.

'Laten we in de tussentijd iets gaan drinken.' Ze wees naar een koffietent aan de overkant van de straat. 'Kom op.'

'Moet dat echt? Kunnen we niet hier wachten?' Maar Ingrid pakte mijn arm, riep *adio* naar de oude man en even later roerde ik op de maat van mijn zenuwen in een cappuccino. 'Ingrid, als iemand ze nu eens onder onze neus vandaan kaapt?'

'Wees maar niet bang,' zei ze. 'Als ze echt iets waard waren, zouden ze toch allang weg zijn geweest?'

'Het gaat er niet om wat ze waard zijn, ze zijn gewoon zo mooi. We móéten ze hebben!'

'Ja,' zei Ingrid geduldig, 'maar we willen toch een winstgevend bedrijf hebben? Dan moeten we goedkoop inkopen. Als we straks teruggaan, probeer dan niet te laten merken hoe graag je ze wilt hebben.'

'Maar wie weet hoeveel meer er zijn geweest, zomaar in een la gestopt of in iemands koffer blijven zitten? Goddank dat jij je herinnerde dat je ze had gezien!'

Ze grinnikte. 'Ik heb je nog nooit zo nerveus gezien. Natuurlijk krijgen we ze wel, maak je niet dik. Ik denk alleen dat we ze via Nikos goedkoper kunnen krijgen. En we kunnen het nog bij anderen proberen voordat we weer naar huis gaan.'

Een diepe stem zong iets wat als 'Eng griet! Eng griet!' klonk. Ingrid sprong overeind en ik zag de blos op haar wangen toen ze een lange, aantrekkelijke man van voor in de twintig omhelsde. Hij had brede schouders, was lichtvoetig en verrassend bleek. Ik begreep dat dit de lokroep van de voormalige geliefde was. Ingrid, had hij gekoerd, Ingrid.

'Rachel, dit is Nikos. Nikos, dit is Rachel, over wie ik je aan de telefoon heb verteld.'

Hij nam me op zoals wel meer jonge eilandbewoners buitenlandse vrouwen taxeerden. Seks, geld of allebei? Ze praatten samen over de roosters van gezamenlijke kennissen tot ik mijn ongeduld nauwelijks meer kon bedwingen en lieten zich toen eindelijk de paar passen terug naar de winkel leiden.

Nu werden er een paar lage houten stoelen tevoorschijn gehaald, en toen sigaretten. Ingrid nam er een aan en hield Nikos' hand vast toen hij haar vuur gaf, waarna de onderhandelingen een aanvang namen. Ik luisterde stompzinnig. Toen ik eindelijk een vertaling te horen kreeg, was die verwarrend genoeg. De oude man bleek Nikos' oudoom Dimitris te zijn, en de fotograaf was een neef van zijn grootvader, die ook Nikos heette. 'Hij volgde lessen in Athene en blijkbaar onderhield hij een soort vriendschap met een fotograaf die hier in de jaren dertig of veertig naartoe was gekomen. Die emigreerde naar Amerika en Nikos senior verloor zijn belangstelling voor de foto's.'

Ik knikte. 'Zouden we erachter kunnen komen bij wie hij lessen heeft gevolgd? Dat zou de foto's waardevoller kunnen maken...'

Ingrid keek me streng aan. 'Het zal wel geen beroemdheid zijn geweest, als de familie die foto's zomaar van de hand doet.'

'Ik weet het niet,' zei ik. 'Ik wil niemand tekortdoen.'

Ingrid luisterde niet. 'Nikos, heb je er nog meer? Hoe zit het met die foto's die ik bij je thuis heb gezien?'

Ik maakte uit Nikos' verhaal in steenkolenengels op dat zijn familie de 'beste' foto's thuis bewaarde. 'De portretten en zo,' zei Ingrid. 'Onze fotograaf zal het wel druk hebben gehad.'

Ik deed mijn best om onverschilligheid voor te wenden.

'Dimitris zegt dat ze al jaren in die doos zitten. De toeristen kopen alleen ansichtkaarten van de vulkaan en goedkope sieraden.'

Ik keek om me heen. Een groep jonge, Britse meisjes besprak hun kater met het soort trots dat je van een olympische medaillewinnaar zou kunnen verwachten. 'Ik weet het, het was zo gaaf! Heb je haar op dat dak zien piesen?'

'Ja, ranzig. Ze zal er nog wel zitten.'

'Zouden de honden het opdrinken?'

'Hou op, dat is goor!'

'Oké,'zei ik tegen Ingrid. 'Ik denk dat die foto's beter af zijn bij de mensen die in onze winkel komen kopen.' *Onze winkel*, alsof hij al bestond. We moesten ons eerste pand nog bekijken.

Ingrid nam het over. Ze hield strak vast aan een openingsbod ver onder wat we hadden afgesproken per foto te betalen en kort daarop verscheen er als uit het niets een fles whisky en werd er geklonken.

Na afloop wachtte ik buiten in de schaduw, met de doos tegen me aangedrukt, en probeerde te ontkomen aan de avances van de winkeliers, eerst in het Grieks, vervolgens in het Duits – hé, lady, zocht ik iets wat me nog *schöner* maakte dan ik al was? 'Echte' minoïsche bedeltjes, misschien?

Toen Ingrid naar buiten kwam, was ze buiten adem. 'Sorry, Rach, ik moest even bijkletsen met Nikos. Ik was vergeten hoe sexy hij is. En hij is niet eens getrouwd, alleen maar verloofd! Is dat geen fantastisch nieuws? Ik heb hem uitgenodigd voor dat muziekfestival in het weekend. Ik hoop dat hij kan...'

Maar ik kon niet aan Nikos' burgerlijke staat denken, of hoe hij in Ingrids seksrooster gepast kon worden. 'Je hebt het fantastisch gedaan, Ingrid! Heel goed!'

'Beter dan jij,' beaamde ze. 'Jij bent veel te lief. Voortaan stuur ik jou vooruit om de goede waar uit te zoeken en dan ga ik er later wel in mijn eentje heen om het te kopen!'

'Ik wil gewoon op een, nou ja, ethische manier zakendoen, denk ik.'

'Wat bedoel je daarmee?'

Ze deed mijn uitleg snuivend af. 'Natuurlijk is dit ethisch. We verkopen een stel oenen die van niets weten toch mooie dingen terwijl we ze net zo goed met rotzooi kunnen afschepen?'

'Nou, ik geloof dat we ons motto al hebben,' zei ik met een lach.

Achter in de taxi verzonken we allebei in onze eigen gedachten. Ingrid dacht mogelijk aan Nikos, of de triomf van haar eerste onderhandelingen. Ik was er tevreden mee te voelen wat ik voelde, een soort aftreksel van opwinding, van blijdschap. Ik dacht terug aan de eerste keer dat ik van Oia naar Fira was gereden, niet lang na mijn aankomst op Santorini, toen ik een bezoek aan de bank niet langer kon uitstellen. Toen was er geen sprake van opwinding geweest. De taxi trok uit een bocht op, vlak bij de rand van het klif, en ik had me afgevraagd of we het contact met de grond zouden verliezen en een paar seconden gewichtloos naar voren zouden zeilen voordat de neus van de taxi een duik maakte en we naar beneden zouden storten. Ik had niets gevoeld, helemaal niets, heel anders dan toen Emma nog leefde: elke reis zonder haar, elk klein risico had me toen nerveus gemaakt. Veiligheidsgordels werden dichtgemaakt, ogen en voeten letten op de snelheidsmeter en alle veiligheidsmaatregelen werden in acht genomen. Ik zou door het vuur zijn gegaan, onder water hebben geademd, vleugels hebben gekregen, alles hebben doorstaan om bij haar thuis terug te komen.

Terug in Callidora legden we Nikos' foto's op de eettafel en vergeleken ze met de lijstjes die ik had opgesteld aan de hand van Eleni's boeken. Het duurde een paar uur en we vonden er niet één. Het waren allemaal originelen, zoals Nikos had gezegd, en dat er geen negatieven waren, maakte ze naar mijn idee van onschatbare waarde. Hoewel Nikos heel tevreden was geweest met het bedrag dat we hem hadden betaald, schreef ik hem om te bevestigen dat we de fotograaf zouden vermelden en dat we de verkoopgegevens zouden bijhouden. Eleni was bereid de foto's met ons te bekijken en ons te helpen de straten en landschappen te benoemen die wij niet herkenden, zodat ze allemaal een bijschrift konden krijgen. Ik wilde mijn klanten laten zien hoe de afgebeelde gebouwen tegenwoordig werden gebruikt, het verband leggen tussen die simpele, grijze huizen en de vakantievilla's of cafés die ze waren geworden, er een persoonlijk tintje aan geven voor de bewonderaars die geen tijd hadden om zelf op onderzoek uit te gaan.

Kort na ons bezoek aan Fira kregen we bericht van een oudere Santoriniaan die nu op Kreta woonde. Hij vertelde ons dat hij kortgeleden het scheepvaartmuseum de eerste keus had gegeven uit zijn bescheiden fotocollectie. De foto's die hij nog had, voornamelijk portretten, waren te koop, en van minstens de helft had hij de negatieven nog. We mochten er afdrukken van maken en die goedkoper verhandelen.

Er zat een foto bij van een vrouw met een lage haargrens, krachtige neus en brede mond. Het was een van de weinige foto's waarvan onze bron de herkomst niet wist; hij wist niet eens zeker of de vrouw wel een Griekse was. Ze deed me een beetje aan mijn moeder denken, en toen ik Eleni en Ingrid er samen naar zag kijken, voelde ik aan dat mijn spel afgelopen zou kunnen zijn. De bleke huid en blauwe ogen van mijn vader waren tot nu toe een handige afleiding geweest op Santorini, maar het donkere haar van de vrouw op de foto ging schuil onder een lichte hoofddoek en de schaduwen van haar gezicht werden iets opgebleekt door overbelichting. Ze leek op mijn moeder, ja, maar ze leek ook op mij, en die gelijkenis werd inderdaad snel opgemerkt.

'Ik heb het jullie nooit verteld,' zei ik achteloos, 'maar de familie van mijn moeder komt toevallig van Santorini.'

'Wát?' zei Ingrid verbluft. Ze legde het boek dat ze vasthield neer, liep op me af en liet haar blik over mijn blote armen glijden alsof ze verwachtte een waarmerk op mijn huid te zien dat de bewering bevestigde. 'Had je niet gezegd dat ze uit Londen kwam?'

'Daar is ze opgegroeid, maar ze is hier geboren en ze heeft hier tot haar tiende gewoond. Na de aardbeving zijn ze weggegaan.'

'Waarom spreek je dan geen Grieks?'

'Ik heb het nooit geleerd. Mijn moeder had alles verdrongen, denk ik. Ik ben nooit naar de Griekse kerk geweest of zoiets en we zijn nooit hier geweest, alleen maar naar Athene, en toen was ik nog zo klein dat ik er niets meer van weet. Mijn vader was van de anglicaanse Kerk, en heel vroom op zijn eigen manier. Misschien voelde mijn moeder zich mede daarom tot hem aangetrokken. Ze probeerde zich los te maken van haar eigen cultuur, denk ik, en ze wilde herinneringen daaraan vermijden. Haar zus was namelijk bij de aardbeving omgekomen.'

'Omgekomen bij de aardbeving? Hier? Wat verschrikkelijk!' riep Ingrid uit, en Eleni slaakte ook een kreet. 'Ik snap het niet, Rach. Al die tijd! Waarom heb je het niet eerder verteld?'

Ik beet op mijn onderlip tot het pijn deed. 'Ik weet het niet. Bij vlagen vergeet ik het zelf helemaal. Ik ben er niet zo mee bezig.' Wat klonk ik hardvochtig, met mijn onnatuurlijke gebrek aan belangstelling voor mijn eigen familie. En hoe kon die laatste opmerking iets voor hen betekenen zolang ik op geen enkele manier had laten doorschemeren wat me dan wél bezighield: Emma? Ik hield haar nog steeds voor hen achter. Ik wist niet beter of zij geloofden nog steeds dat ik uit Londen was weggegaan om aan mijn ongelukkige huwelijk te ontsnappen, en al hun pogingen om meer aan de weet te komen, waren beantwoord met een schouderophalen of een opmerking van de 'ik vergeet het liever'-soort. Het viel me in dat hoe minder ik hun beiden had prijsgegeven, hoe vriendelijker ze me hadden behandeld. Eleni had onderdak voor me gevonden, me gevoed en me tot lid van de gemeenschap gemaakt, en nu gaf ze me ook nog eens de beschikking over haar hele kantooruitrusting en haar plaatselijke contacten. Wat Ingrid betrof, hoe vaak was ze me niet in Callidora komen opzoeken met een karaf wijn, een punt warme taart in een servet of een beduimelde thriller waarvan ze hoopte dat ik hem nog niet kende? Ze had alles voor me over, en toch had ik haar nog niet eens verteld wie ik echt was.

'Het spijt me, het is stom van me, ik weet het...' begon ik, maar tot mijn verbazing knikte Ingrid alleen maar en ging verder me haar werk, blijkbaar bereid zich terug te trekken en er niets meer over te zeggen. Mogelijk wees ze zichzelf op de gevaren van het oprakelen van familiegeschiedenissen. Ze had zelf meer dan genoeg herinneringen die ze maar liever weggestopt wilde houden, vermoedde ik.

Eleni keek nog eens van de foto naar mij en zei toen: 'Ik wist het.'

'Wil je zeggen dat je die vrouw herkent? Ken je mijn familie van vroeger?' De gedachte joeg me angst aan; hier was ik nog niet aan toe.

'Nee,' zei Eleni, 'ik ken die vrouw niet. Ik ben pas naar Santorini gekomen toen ik met Anatole trouwde. Zijn familie woont in Fira.'

'Ken je de naam dan? Mijn moeder heette Vlachos voordat ze trouwde.'

'Nee.'

'Dan begrijp ik je niet.'

Ze haalde haar schouders op. 'Een zwaluw herkent een andere zwaluw.'

Ik gaapte haar aan. 'Is dat een Grieks gezegde?'

Ingrid trok een wenkbrauw op. 'Ik denk dat het een Eleni-gezegde is.' We lachten er samen om, dankbaar voor de lichtere toon.

'Een van de dorpelingen zou die vrouw kunnen herkennen,' zei Eleni, nog steeds ernstig, 'waneer jullie winkel open is. We zullen het afwachten.'

Ik knikte, gegeneerd omdat ik die twee zo'n ontoereikende verklaring had gegeven en nog had gelogen ook, want ik had wél aan mijn moeder gedacht, natuurlijk had ik aan haar gedacht, en dat had ik ook gedaan als de gezichten hier me niet soms aan haar hadden herinnerd. Wat nog onverwachter was, aangezien ik nooit had beseft dat ze een accent had, was dat ik haar stembuigingen herkende in die van Eleni en een paar andere vrouwen. Ze was nog jong geweest toen de aardbeving toesloeg en het dorp werd geëvacueerd, maar ze had de plaatselijke ritmes tot in haar volwassenheid bewaard. En de herinneringen had ze vast ook bewaard: de boten, de muilezels met hun bellen, de spelletjes op het dorpsplein, al die dingen die ik zelf had moeten ontdekken.

Ik dacht terug aan wat ze die laatste dag in Londen tegen me had gezegd: 'Jij bent je dochter kwijt, alsjeblieft, laat mij de mijne niet ook verliezen.' Een buitenstaander zou kunnen denken dat het naar manipulatie riekte, dat het melodramatisch was, maar voor mij was het een zeldzame uiting van emoties, echte emoties, van een moeder met wie ik pas echt omging sinds ik zelf moeder was geworden. Probeerde ik me van haar te distantiëren nu ik geen moeder meer was?

Laat mij de mijne niet ook verliezen.

Het was bijna twee jaar geleden dat ik in Londen bij haar deur had gestaan. Ik had haar zelfs nooit verteld dat ik bij haar was geweest: in onze relatie telde een klop op de deur alleen als er werd opengedaan. Als zij echt niet naar Oia kon komen, moest ik naar haar toe, besefte ik.

19

Mijn vader was rond Kerstmis gestorven en voor mijn moeder had zijn overlijden de kerstdagen voorgoed van hun kleur ontdaan. De kaarten, de slingers en de cadeautjes onder de boom hadden vanaf dat jaar allemaal een rouwrandje. Je kon opgepept en helemaal in kerststemming bij haar aankomen en een uur later beroofd van elke hoop weer weggaan.

Pas bij de derde sterfdag liet ik me overhalen aan die kerstrouw te ontsnappen. Olivers zus Gwen en haar man hadden samen met vrienden een chalet in Zermatt gehuurd en ze had ons uitgenodigd ook te komen. Toen ik mijn moeder daarna weer zag, was ze ijziger dan de Matterhorn. Mijn vader was dan degene geweest die zijn best had gedaan me het geloof bij te brengen, zij was veruit de vroomste. Opeens kon ik haar niet meer opbellen om dag te zeggen zonder het gevoel te krijgen dat ik een Judas was. Maar al voelde ik me schuldig omdat ik me aan onze gedeelde herdenking had onttrokken, het was ook een bevrijding voor me geweest, zeker toen ik de vakantiekiekjes van mezelf zag waarop ik stralend in een kabelbaan zat en lachte boven mijn fondue. Ik was vergeten dat ik er zo levendig uit kon zien. Ik dacht dat pap liever zou hebben gehad dat we met vreugde aan hem terugdachten, en dat zei ik ook tegen mam.

Ze perste haar lippen tot een dun, bloedeloos streepje. 'Er zijn verschillende soorten vreugde.'

Wat haar betrof, konden ze geen van alle zo aantrekkelijk zijn als verdriet, was mijn indruk. Het beviel me niet dat ik bij elke glimlach werd gewogen en te licht bevonden door die ene vrouw wier goedkeuring mijn recht had moeten zijn. Ze was nooit zo'n demonstratieve moeder geweest, zo'n knuffel- en aanhaalmoeder die ik bij vriendinnen de deur open had zien maken, maar nu ik volwassen was en plannen maakte voor een eigen gezin, vond ik haar koelte en haar pessimisme haast onvergeeflijk. Waarom bleef ze zo hardnekkig aan rampen denken? Ja, haar zus was onder beangstigende omstandigheden om het leven gekomen, maar mam was toch zeker jong genoeg geweest om terug te veren en het geluk te vinden? En pap, tja, dat hadden we zien aankomen, we hadden alle tijd gehad om afscheid te nemen en tegen de tijd dat hij doodging, hadden we onze rouw al bijna verwerkt.

Waar het op neerkwam, was dat we geen gezamenlijk doel meer hadden na zijn overlijden. Er was geen aanwijsbaar incident dat ons uit elkaar had gedreven, geen ruzie die de mijlpaal vormde, maar er was sprake van aanhoudende vijandigheid. Afstand was een beter woord. En zoals ik het zag, was zíj degene die die afstand tussen ons had geschapen. Onwillekeurig ging ik minder vaak bij haar op bezoek en nodigde ik haar vaker bij ons uit in de wetenschap dat ze de uitnodigingen waarschijnlijk zou afslaan, zodat het formeel gezien haar schuld was en niet de mijne, als we elkaar na maanden nog steeds niet hadden gezien. Ik maakte mezelf wijs dat het geen opzet was, dat ik het druk had met mijn verse huwelijk en mijn nieuwe huis, en dat mijn gebrek aan bereidheid om aan zo'n kille, woordeloze strijd mee te doen alleen te wijten kon zijn aan de manier waarop zij míj had geconditioneerd. Zij had míj alles geleerd over menselijke relaties, niet andersom.

Emma was onze redster. Alles werd anders toen zij kwam. Zij aanbad mijn moeder zoals ik dat had moeten doen, zoals ik dat ooit moest hebben gedaan. En mijn moeder bood haar kleindochter op haar beurt al die onvoorwaardelijke generositeit aan die mij naar mijn gevoel was onthouden. Rosemary was de glamoureuze grootmoeder van Emma, maar ze was ook als vanzelf de griezeligste, met haar plotselinge, harde lach en warme drankadem. Mijn moeder was de ontspannen, knusse oma, die met de chocolademelk en kleurboeken, die met de glimlach. In de volle achttien jaar van mijn eigen jeugd had ik mijn moeder nooit zo vaak zien glimlachen als in een paar uurtjes met Emma.

Nu was er geen sprake meer van sporadisch contact, we zagen elkaar regelmatig en gingen samen met vakantie, en door mijn nieuwe inzichten in hoe ze ooit voor mij had gezorgd, ging ik haar op een totaal andere manier waarderen. Ze zou het maar één keer over die moeilijke periode hebben die eraan vooraf was gegaan: 'Ik weet dat je altijd meer een vaderskindje was. Je zult hem wel missen.'

'Wij allebei,' zei ik. Ik bloosde van schaamte omdat ik ooit had geprobeerd haar weg te duwen. Ze was pas in de vijftig, maar al wees en weduwe. Ik was haar enige kind, haar enige alles, en toch had ik haar zonder Emma gemakkelijk kunnen verstoten.

Tegen Emma repte ze nooit met een woord over aardbevingen.

Londen, 23 december. De weerspiegelingen van kerstverlichting losten in de plassen op als kloddertjes cadmiumgeel in waterig bruin. De geur alleen was al opwekkend: een gecompliceerde grotestadsgeur van uitlaatgassen, gevangen in winterkleren, van wel duizend restaurants die hun aromatische warmte door de deuropening naar buiten lieten, en, nauwelijks waarneembaar, vleugjes feestelijk parfum op gewassen huid: het was zo vertrouwd als vroeger op zondag de geur van een lamsbout. Het maakte me blij om daar op dat moment te zijn, in die periode, wat er vroeger ook was gebeurd.

Desondanks kon ik niet beslissen of ik er goed aan had gedaan terug te komen.

Mijn moeder had haar best gedaan om me hartelijk welkom te heten, dat was duidelijk zodra ik binnenkwam en de schalen met mandarijnen en schoteltjes met noten zag, de echte kerstboom en de kaarten op de schoorsteenmantel.

'Mam, wat heb je het mooi gemaakt!'

'Ja, het is gezellig. Feestelijk.' Ze zag eruit alsof ze had gehuild. Ik had geweten dat dit de moeilijkste tijd van het jaar zou zijn. Kerstmis, de sterfdag van mijn vader, maar ook Emma's lievelingstijd, de lievelingstijd van elk kind. Nu zag ik ook het verdriet achter de kleinste keus: de roze en zilveren kerstballen die Emma drie jaar geleden voor mijn moeder had uitgezocht of de nieuwe, waar geen andere herinneringen aan kleefden dan die aan de rij in de winkel waar ze ze twee zaterdagen geleden had gekocht? Of misschien herinnerden de nieuwe haar nu aan de trieste gedachten die ze in die rij had gehad, toen ze zich afvroeg of ze dit allemaal wel zou overleven.

'Het spijt me dat ik zo lang heb gewacht voordat ik naar je toe kwam, mam. Ik moest me op iets nieuws richten, denk ik.'

Ze knikte. 'Je zult je slaap wel willen inhalen na die lange reis.' Ze zei het alsof ik in één ruk uit Australië was overgevlogen. Misschien had ze mijn lange afwezigheid zo gerechtvaardigd, door zichzelf wijs te maken dat de reis gewoon te lastig voor me was.

'Ik voel me eigenlijk prima.'

'Zal ik thee voor ons zetten?'

'Ja, graag. Het smaakt niet hetzelfde in... Nou ja, nee, toch? Kijk ik heb wat... walnotentaart...' Ik zweeg weifelend. Ik had het Griekse woord willen gebruiken, *karithopita*, want ik was mezelf aan het aanleren zoveel mogelijk Griekse woorden te gebruiken, maar toen ik mam vol afgrijzen naar de taart zag kijken, begreep ik dat ik daar voorlopig van af zou moeten zien. Zou het dan zo worden? Zou ik die hele week die ik had gepland hier wel kunnen uitzitten zonder de eierschalen onder mijn voeten te breken?

Maar na die eerste kinkjes in de kabel werd duidelijk dat er genoeg praktische aspecten aan deze hereniging zaten om ons af te leiden. Was het smalle bed in mijn oude kamer wel gerieflijk genoeg? De tijdklok van de boiler was verzet zodat we meer warm water hadden, dus ik kon in bad wanneer ik maar wilde. Ze had geen hele kalkoen voor eerste kerstdag, want we waren maar met zijn tweeën, maar ze had een compleet gevulde bout gekocht en ze had alles wat erbij hoorde. Er waren ook amandelen in chocola, al kan ze nooit onthouden of ik die nu wel of niet lustte. Enzovoort. Ik legde mijn eigen paar cadeautjes bij het stapeltje onder de boom en betastte braaf de pakjes met mijn naam erop. Op een van de pakjes stond helemaal geen naam, zag ik. Voor Emma, misschien, een manier om onze afwezige engel erbij te betrekken.

Ik voelde me al snel zelfverzekerd genoeg om een onderwerp aan te snijden waarover ik al had zitten piekeren sinds ik die ochtend in het vliegtuig was gestapt. 'Mam, ik hoop dat je het niet erg vindt, maar ik wil één ding nu meteen heel duidelijk stellen.'

Ze keek verbaasd op. 'Ja?'

'Je hoeft echt niet aan Oliver te vertellen dat ik hier ben.'

'Oliver? Weet hij het dan niet?'

'Nee,' zei ik gedecideerd, 'ik ben hier voor jóú, niet voor hem.'

Ze aarzelde. 'Ja, natuurlijk.'

Ik besefte meteen dat ik een fout had gemaakt, zoals zo vaak wanneer ik Emma voor het een of andere gevaar waarschuwde. Ik had haar alleen maar op een idee gebracht.

De rest van mijn verblijf hier zou ik op mijn hoede moeten zijn.

Kerstmis 1993, negen jaar na paps overlijden. We hadden er geen idee van dat het Emma's laatste kerstfeest zou zijn – hoe konden we ook? Oliver en ik hadden er een traditie van gemaakt haar een Groot Cadeau te geven met in ons achterhoofd het idee dat het van generatie op generatie zou worden doorgegeven (want we dachten natuurlijk dat we ooit grootouders zouden worden): een hobbelpaard, een poppenhuis, een bijzonder bijouteriekistje. Dat jaar wilde ik haar een schilderij geven. Ik snuffelde in de galerietjes rond het Brits Museum, wikte en woog over het onderwerp (iets wat ze nu mooi vond of iets waar ze als volwassene van kon genieten) en de lijst (zacht roze of klassiek gepolitoerd hout?). Uiteindelijk werd het een gezicht op een bootje in Cornwall in een directe, naïeve stijl die zowel kinderen als volwassenen aansprak. Emma was gek op water, kon goed zwemmen en had een paar keer met haar neefjes en nichtjes gezeild.

Oliver zei dat het een prachtig schilderij was, maar dat we ook een nieuwe fiets voor haar moesten kopen, want die stond boven aan haar verlanglijstje voor de Kerstman. We wisten allebei dat ze alles van haar lijstje en nog meer zou krijgen. Ik vroeg haar wat ze het leukst vond aan Kerstmis, los van de cadeautjes, natuurlijk. Ontbijt op bed, zei ze, dat pappie broodjes met bacon voor ons allemaal maakt. 'Niet alleen voor jou en mij, mammie, maar ook voor pappie zélf.' Ik had me schuldig gevoeld, want ze praatte als een kind van gescheiden ouders, alsof we niet samen onder één dak woonden. Ik haalde Oliver over de komst van de grootouders tot tweede kerstdag uit te stellen, en een hele dag lang waren we met ons drietjes. We stelden de zelfontspanner van het fototoestel in en namen een foto van onszelf, Emma in haar met bont afgezette elfenkostuum en Oliver en ik in feestelijke kleren die we voor elkaar hadden uitgezocht en pas die ochtend hadden uitgepakt. Emma zette de foto op de schoorsteenmantel in haar kamer, naast het nieuwe schilderij en een houten puzzel van haar naam.

Ik had sinds mijn kindertijd niet meer zoveel tijd alleen met mijn moeder doorgebracht, en afgezien van Oliver waren er nog andere lastige onderwerpen die elk gesprek verziekten. Het leek me onzin om het onderwerp Oia helemaal dood te zwijgen, dus liet ik haar kaarten zien en wees aan welke routes ik liep: naar Ammoudi, naar Armeni en langs het kustpad naar Imeroviglo, voorbij Perivolos.

'Waar woonde de familie?' vroeg ik, Phoena's naam met zorg vermijdend. 'Kan ik het huis hebben gezien zonder het te weten?'

Toen ze me aankeek, was haar blik hard. 'Ons huis is afgedankt. We zijn er nooit teruggekomen.'

'Maar er is zoveel opgeknapt, mam. Kijk, waar ik zit, daar worden overal weer skapha geopend...'

Maar haar onbehagen bij het zien van de bekende plaatsnamen was tastbaar, bijna alsof ze haar adem inhield tot de kwelling voorbij was, dus had ik geen andere keus dan de kaarten wegstoppen en het opgeven. Ik zei vrijwel niets over mijn plannen om een winkel te openen (het laatste waar zij behoefte aan had, was weer een bewijs van het feit dat ik wortel aan het schieten was), en in plaats daarvan praatten we over haar buren, hun familie en allerlei nieuwtjes. We keken vaak tv, uren- en urenlang.

Tijdens die paar dagen in Londen troostte ik haar vele malen op een manier waar ik zelf recht op dacht te hebben. Het lot moest tenslotte wel heel wreed zijn wilde een vrouw van in de dertig, een echtgenote en moeder, met Kerstmis alleen naar haar ouderlijk huis terugkeren. Toch wilde ik niet met mam wedijveren, want ik begreep haar verdriet om Emma beter dan wie ook. Rosemary had in een zeldzaam moment van helderheid iets tegen me gezegd dat me was bijgebleven: dat je van een nieuw kleinkind net zo innig en blijvend hield als van je eigen kinderen. Mijn moeders pijn om Emma was niet minder dan de mijne.

Er was nog iets, iets wat me niet eerder was opgevallen. Mijn botstructuur mocht dan de hare zijn, mijn geest was puur Headon, en ik deed haar continu met de kleinste opmerkingen of gebaren aan mijn vader denken. Ik had niet één geest meegebracht op mijn onwillige genademissie, maar twee.

Op de avond van de dertigste had ik het gevoel dat er iets in de lucht hing. Het kon komen door de manier waarop mam zich bewoog, schuchter, op de een of andere manier, alsof ze zichzelf lichter wilde maken, minder zichtbaar. Het al te discreet opruimen zette me ten slotte op het spoor.

Ik zuchtte, trok mijn jas aan en pakte mijn tas. 'Ik ga er even uit.'

Ze keek op. 'Ga je weg?'

'Ja. Moeten we nog iets uit de buurtwinkel hebben? Melk of zo?'

'O, nee, we hebben genoeg, je kunt rustig thuisblijven. Alle winkels zijn trouwens toch dicht...' Ze liep achter me aan naar de voordeur en keek paniekerig toe toen ik mijn handschoenen uit mijn zak haalde en ze aantrok.

'Ik kom wel terug als hij weg is, goed?'

'Wat? Rachel!'

'Tot straks, mam.' Ik koos een café uit met uitzicht op de verkeerslichten die de auto's uit het noorden tegenhielden voordat ze de straat van mijn moeder in reden, en wachtte tot ik zijn auto zag. Zijn profiel achter het stuur was donkergrijs, een silhouet bijna. Het was een koude avond en ik vermoedde dat hij zijn winterjas aanhad, die donkerblauwe van wol die ik de winter voor Emma's dood voor hem had uitgezocht. Het café was leeg en goedverlicht, dus hij had me in de hoek kunnen zien zitten, al was de afstand misschien te groot voor hem om me te herkennen. Ik boog voor de zekerheid mijn hoofd. Ik vond het bespottelijk dat ik me zo verstopte, maar het gevoel dat ik hem moest mijden was in Oia eerder sterker geworden dan afgenomen. En ik was er nog steeds niet aan toe om onder ogen te zien waarom. Ik kwam niet verder dan het besef dat ik duistere, gecompliceerde redenen had, die zo strak verweven waren met de gebeurtenissen rondom Emma's overlijden dat ik het een niet zonder het ander kon aanpakken. Nee, ik kon beter uit de buurt blijven.

'Ben ik hem misgelopen?' vroeg ik toen ik binnenkwam. De televisie stond aan, maar er stonden twee wijnglazen op de salontafel.

Mam draaide zich naar me om, woedend nu. 'Waar ben jij in vredesnaam mee bezig? Je bent geen tiener meer, hoor! Dit noem ik geen volwassen gedrag!'

Ik voelde dat er een puberale grijns over mijn gezicht trok. 'Mam, ik had het je gevraagd, ik had het je uitdrúkkelijk gevraagd! Waarom kon je geen respect hebben voor mijn verzoek?' Ik zweeg, want ik had niet verwacht dat mijn stem zo schril zou klinken. 'Hoor eens, kun je alsjeblieft accepteren dat ik zelf wil beslissen hoe ik met Oliver omga? We leven al heel lang niet meer samen, en we hebben elkaar trouwens in Oia gezien, zoals je weet, en dat maakte geen enkel verschil.'

'Maar dat is inmiddels al heel lang geleden,' ging ze ertegenin, 'dat was vlak nadat het was gebeurd. Het ergste is nu achter de rug, je kunt nu weer...'

'We komen niet meer bij elkaar terug,' onderbrak ik haar vertwijfeld. 'Echt niet!' Ik voelde me verslagen en gunde mezelf een glimp van hoe het vroeger was geweest, vóór Emma, toen mijn relatie met mijn moeder zo moeilijk had geleken dat ik het niet kon opbrengen eraan te blijven trekken. Dat ik haar eindeloos moest troosten was één ding, maar ik moest wel weten dat ze in haar hart aan mijn kant stond en niet altijd voor Oliver opkwam. Ik was Emma's moeder, wilde ik gillen, niet de zíjne!

'Ik zou het gewoon zo graag willen.' Ze wendde zich af en sloeg haar handen voor haar mond, want ze durfde haar vergeefse dromen niet hardop uit te spreken. Ze droomde ervan dat Oliver en ik weer bij elkaar zouden komen, dat we die vervelende vruchtbaarheidsconsulenten versteld zouden laten staan en nog een Emma zouden maken, een heel stel Emma's, zoveel dat de blijdschap de pijn om het verlies van het origineel wel moest overtreffen. Ze waren zo wanhopig en hol, die dromen van haar, dat ze weinig meer waren dan de clichés die je na een miskraam te horen krijgt: 'Je kunt er altijd nog een krijgen,' meestal in combinatie met: 'Je bent nog jong.' Alsof het niets voorstelt.

Ik vroeg me af of ze wist dat ik haar fantasieën voor haar had kunnen opzeggen, woord voor woord, noot voor noot.

Later vroeg ik: 'Hoe reageerde hij eigenlijk? Je kunt het me net zo goed vertellen.'

Ik zag aan haar gezicht dat ze Oliver evenmin iets had verteld, uit angst dat hij net zo weinig zin zou hebben om mij te zien als ik hem, of om hem geen valse hoop te geven. Hij heeft al genoeg doorgemaakt, laten we dat niet vergeten. Misschien dronken ze nog steeds zo af en toe iets samen en had hij deze afspraak niets bijzonders gevonden, maar toen hij eenmaal in de val was gelopen, moest hij toch sporen van mijn aanwezigheid hebben opgemerkt? Mijn vest, bijvoorbeeld, dat ik in de stoel had laten liggen, het vest dat hij me voor mijn laatste verjaardag in Londen had gegeven, van babyzachte, wijnrode kasjmier, al was ik er nooit achter gekomen wie het had uitgezocht, hij of Vanessa. Of had mam nog kans gezien mijn rommel op te bergen, de deur van mijn slaapkamer dicht te trekken en al mijn toiletspullen uit de badkamer te halen? Ik stelde me voor dat Oliver een glas sherry met haar dronk, een nootje aannam, beleefd converseerde met de vrouw die de grootmoeder van zijn dochter was geweest, en toen was opgestaan en zich had verontschuldigd met de woorden dat hij eens weg moest, dat hij nog werk moest inhalen.

Mam ging zitten en gebood me met haar blik hetzelfde te doen. 'Rachel, ik moet met je praten. Ik begrijp dit niet. Als die scheiding definitief is, moet je hem dat vertellen.'

'Ik kan het niet aan,' zei ik onomwonden. 'Ik ben er nog niet aan toe.'

'Maar je bent al een paar jaar weg, lieverd.'

De toon waarop ze het zei, herinnerde me aan de manier waarop ze tegen Emma praatte. *Het is te laat, lieverd, de winkel is al dicht, maar ik zal eens zien of ik nog iets lekkers in de keuken kan vinden...*

'Luister, Rachel, of jullie nu getrouwd blijven of niet, er zijn dingen die jullie samen móéten doen.'

'Nee, echt niet.' Ik smeekte haar met mijn ogen om begrip. Ze zuchtte. 'Dus hij heeft je niets geschreven over de rechtszaak? Hij heeft het mij ook nog maar net verteld.'

Ik schrok op. 'Wat voor rechtszaak?'

Ze zuchtte. 'Ik heb tegen hem gezegd dat jij zulke dingen hoort te weten. Het gaat jullie allebei aan.'

'Tegen wie heeft hij een rechtszaak aangespannen?' vroeg ik.

'De moordenaar, natuurlijk.' Ik was vergeten dat ze Morris 'de moordenaar' noemden, mam en Rosemary. De moordenaar uit Stonebridge Park, was de volledige versie. Dat hij ook was verongelukt, was niet genoeg voor hen geweest; ze hadden liever gezien dat hij de strop had gekregen.

Mam bette haar ogen met haar middelvingers en rechtte haar schouders, kennelijk vastbesloten sterk te blijven. 'Nou ja, niet tegen hem persoonlijk, natuurlijk, maar tegen de mensen van de verzekering. Ze zijn nu onderzoek aan het doen.'

'Aha.' Nu begreep ik de toon van Olivers brieven beter. Filosofisch was er net niet het goede woord voor, maar afstandelijk klonk hij zeker. Mensen die met geld werken, vinden altijd dat er iemand moet betalen; het had net zo goed het schoolbestuur kunnen zijn, of de buschauffeur. Ik vond het hartverscheurend dat hij zijn verdriet op die manier uitte, door deze poging een schuld te laten vereffenen die niet te vereffenen wás.

'Ik had liever dat hij het niet deed,' zei ik uiteindelijk. 'Zijn moeder zal zich wel ellendig genoeg voelen zonder zo'n slepende zaak, denk je ook niet? Herinner je je die brief van haar nog?'

Hij was vlak voor de begrafenis gekomen, vol flarden van zinnen met spelfouten, geschreven in een shocktoestand. Oliver en Rosemary hadden hem aan elkaar doorgegeven; ze hadden hem ongepast gevonden, herinnerde ik me, in hun vaste overtuiging dat dat mens minder aanspraak kon maken op verdriet dan wij, maar ik had er geen seconde aan getwijfeld dat zij hetzelfde voelde als ik: dat ze het middelpunt van haar wereld kwijt was en het nooit meer terug zou krijgen. Ik herinnerde me nu nog maar één

zin: *Wat hij ook heeft gedaan, ik zal altijd zijn moeder blijven.*
Mam knikte. Eindelijk stond ze aan mijn kant.

Ik zag de doos met twee kristallen cognacglazen op het aanrecht
staan, met nog een stuk kerstpapier aan de zijkant, voordat het me
opviel dat het cadeau zonder naam niet meer onder de boom lag.

'Rachel? Rachel! Hier!'

Het was vreemd Toby Challoner op Heathrow tegen te komen. Ik
speelde even met het idee weg te glippen, te doen alsof ik hem niet
had gehoord, alsof ik niet had gezien dat hij me zag. Ik had mijn bagage al ingecheckt, dus ik kon zo naar de vertrekhal zoeven en hem
uit mijn hoofd zetten.

Hij had geen last van mijn twijfels. Hij stak zijn instapkaart in
zijn borstzakje en riep me weer, luider nu, zodat de mensen om me
heen me aankeken alsof ze wilden zeggen: waarom zeg je niets
terug? Ben je soms doof?

'Rachel? Ongelooflijk! Ben je terug? Nee, je gaat zo te zien weer
weg.'

Ik liep glimlachend naar hem toe. 'Ja, ik ben de kerstdagen bij
mijn moeder geweest.'

'O, had toch iets tegen ons gezegd! We zijn de hele tijd thuis geweest.'

'Ik dacht dat jullie op wintͺ port gingen,' jokte ik.

'Nee, dit jaar pas in de voorjaarsvakantie. O, lieverd, kom hier...'
Hij beende op me af en trok me zo resoluut in zijn armen dat ik geen
tijd had om me te bedenken. Ik slaagde erin me slap te houden tot
hij een pas achteruit zette en mijn voorhoofd door mijn haar heen
zoende, zoals je met een zoekgeraakt kind doet dat snel is terugge-
vonden, een beetje in de war, maar verder ongedeerd.

Hij liet me los. 'Maar goed,' zei hij met een brede grijns, 'de kinderen hebben net een jong hondje als kerstcadeau gekregen, dus we
kunnen nog niet weg. Dat zou als dierenmishandeling aangemerkt
kunnen worden, en je weet dat Jen ons meteen zou aangeven bij de
Dierenbescherming.'

Ik voelde dat ik nu al vrolijker werd, als in een primitieve reactie
op zijn vriendelijkheid. Ik vergat even dat ik deze informatie in Pal-

mers volgende verslag zou aantreffen, op een manier die inbreuk maakte op de privacy van deze oude vriend. 'Een jong hondje? Wat spannend! Wat voor eentje?'

'Een zwarte labrador. Ze hebben hem Bertie genoemd, nota bene. God mag weten waar ze het vandaan hebben, maar niet uit P.G. Wodehouse, dat is zeker.'

'Het is een lieve naam. Het zal wel een stripfiguurtje of zoiets zijn.'

'Ik weet alleen dat het huis in rep en roer was toen ik wegging, en toen was het nog niet eens licht, maar ze zullen uiteindelijk wel tot bedaren komen.'

Ik had bewondering voor zijn bereidheid het allemaal heel normaal te laten klinken, alsof we elkaar gewoon een tijdje niet hadden gezien. Het was zijn manier om te zeggen dat hij zich niet beledigd voelde door mijn lange verwaarlozing, dat alles wat ik wilde doen vergeeflijk was, echt alles.

Hij keek naar de incheckbalie achter ons. 'Ga je terug naar Santorini? Oliver had ons verteld dat je daar zat. Ik weet nog dat je het er tijdens je studie al over had.'

Ik aarzelde voordat ik knikte. Natuurlijk had Oliver inmiddels aan zijn vrienden verteld dat ik op Santorini zat, als hij het niet al meteen had verteld. Hoe dan ook, ik was niet bepaald een beschermde getuige. Ik stond geregistreerd als inwoner van Santorini en iedereen kon mijn adres opzoeken. 'Ja, daar woon ik. Het is in deze tijd van het jaar trouwens vrij moeilijk om er te komen. Ik moet over Athene.'

Hij knikte. 'Het zal daar nu ook wel koud zijn, zeker?'

'Het valt wel mee. Ik zit beschut, en de meeste dagen is het nog zonnig. 's Nachts wordt het natuurlijk wel koud, maar ik heb verwarming. En de huizen zijn in de rotsen uitgehakt, dus het blijft er 's winters lekker warm.' Het viel me op dat ik hem meer over mijn verblijf had verteld dan mijn moeder me gedurende onze hele week samen had toegestaan.

'Waar ga jij naartoe?'

'Praag. Even snel op en neer, morgen weer terug.'

'Daar zal het wel echt koud zijn.'

'Ja,' beaamde hij, 'maar de cliënt slijt sterkedrank, een soort gif met tachtig procent alcohol, dus dat zal me wel warm houden. Hé, heb je nog tijd om koffie te drinken als we hier klaar zijn?'

Ik kon geen nee zeggen; een snelle blik op de monitor zou aangeven wanneer we moesten inchecken en bij Athene knipperde al VERTRAAGD bij de vluchtinformatie. Ik wilde ook helemaal niet weigeren; ik vond het leuk Toby te zien.

We gingen samen in de rij staan voor koffie en gebak en gingen op vastgeschroefde plastic stoelen zitten om het gloeiend hete brouwsel op te drinken. Ik weet niet of het door de B-kwaliteit instantkoffie kwam of door Toby's humeur, dat zelfs op dit uur onverwoestbaar goed was, maar ik stond mezelf die paar minuten met Toby toe terug te keren naar vóór Emma en de meiden, naar vóór Mariel en Oliver, terug naar die eerste jaren aan de universiteit, toen dingen die voor zorgen doorgingen dat absoluut niet waren en we net snel genoeg opgroeiden om te vermoeden dat dat het geval zou kunnen blijken te zijn.

Hij liet me een foto van Cat en Jake zien, omringd door een berg pakpapier. Op het eerste gezicht leek het alsof zij het zojuist uitgepakte cadeau waren.

'Oliver stuurt soms briefjes van Mariel mee. Ik schaam me omdat ik niet terugschrijf, maar ik vind het fijn om iets van haar te horen, klinkt dat heel erg?'

'Hé,' zei hij met vriendelijk gefronste wenkbrauwen, 'doe niet zo gek. Niemand verwacht iets van je, echt niet.' Zijn gezicht klaarde op. 'Maar Cat is blij met je verjaardagskaarten, en Daisy ook. Die buitenlandse postzegels, hè, dat geeft ze het gevoel dat ze volwassen zijn. Ze knippen ze uit en bewaren ze in een geheime schatkist. Je weet hoe ze zijn...' Hij probeerde die laatste opmerking in te slikken, maar ik glimlachte om hem te laten merken dat het niet gaf, dat ik niet wilde dat hij zelfcensuur toepaste. En ik wist inderdaad hoe ze waren.

'Ik denk veel aan de meiden.' Ik denk aan hen, kijk naar hun foto's en strijk met de zijkant van mijn duim over hun gezicht, ik volg hun leven. Ik keek naar Toby's gezicht, dat zacht was van medeleven; zou hij ook zoveel sympathie voor me hebben als hij van Palmer wist? Ik kon het hem met geen mogelijkheid vertellen, ik kon niet eens zinspelen op mijn bezigheden; elke vezel van mijn lichaam waarschuwde me ertegen. Wilde dat zeggen dat het verkeerd was?

'Rachel, gaat het wel? Je bent een beetje...'

'Niets aan de hand,' zei ik haastig. 'Wil je tegen Mariel zeggen, nou ja, zeg maar dat ik hoop dat het goed met haar gaat.'

'Dat zal ik doen.'

We moesten naar onze gates.

'Ze missen je, hoor,' zei hij bij het afscheid.

Pas toen hij weg was, vroeg ik me af of hij het over de vrouwen of over de kinderen had gehad.

20

Maxime du Camp, een van de eerste reisfotografen, definieerde het fototoestel als een 'precisie-instrument', en het was juist die precisie die mij ertoe aanzette de fotografie zo gemakkelijk van de hand te wijzen toen ik kunstgeschiedenis studeerde. In mijn optiek was schilderen pas echt het werk van de verbeeldingskracht, zowel die van de kunstenaar als die van de beschouwer. Wanneer je naar een foto keek, zag je alleen wat iemand anders vóór jou had gezien. Hij of zij had dan misschien de tijd genomen om het vast te leggen, maar daar bleef het dan ook bij. Fotografie was een product van de techniek, geen kunst.

Toen ik als beeldredacteur bij Pendant begon, veranderde ik zo ongeveer van de ene dag op de andere van gedachten. Ik werd dagelijks verrast door wat foto's vermochten, hoe ze tegelijkertijd het verleden konden reconstrueren en een toekomst konden beloven. Foto's maakten een diepere indruk op me dan schilderijen, konden me onverwacht in een stemming brengen die ik moeilijk kon afschudden. Nu begreep ik dat het effect van schilderijen voornamelijk passief was: ze susten en troostten, ze temperden, terwijl foto's mensen vaak aanzetten tot daden, tot wereldreizen, ontdekkingstochten.

Ik was verrukt toen Emma en de meiden zo tegen de tijd dat ze drie, vier jaar oud waren, het leuk begonnen te vinden om foto's te bekijken. Rond die tijd raakten ze ook gefascineerd door het idee dat ze baby's waren geweest; ze vonden het heerlijk om te raden wie wie was op de foto's en trokken grimassen om het gehuil van pasgeborenen na te doen. Wanneer ik mijn eigen fototoestel tevoorschijn haalde, poseerde Emma met haar speelgoed, dat ze heel precies rangschikte, waarna ze aangaf dat ze zelf klaar was door als een *infanta* van Velasquez te verstillen. Wanneer de foto's klaar waren, liet ze haar poppen zie hoe ze vereeuwigd waren en slaakte een kreetje bij elk exemplaar dat werd herkend. 'Nog eens laten zien, mam, nog eens!' Toen begreep ik wat het verschil was: met verf werken was voor Emma en haar vriendinnetjes aan de orde van de dag, maar fotografie, dat was een soort toverij.

Eleni moest het hele eind hebben gerend, want ze hijgde tegen de tijd dat ze bij Damiri's aankwam, met uitgestrekte armen, haar donkere krullen voor haar ogen en zo panisch alsof ze ons voor drijfzand wilde waarschuwen.

'Dames, jullie moeten meteen komen!'

Ingrid en ik keken elkaar geamuseerd aan. 'Wat is er dan? Heb je het hele eind gerend?'

'Een winkel! Ik heb jullie winkel gevonden!'

'Wat? Wáár?'

We namen niet eens de moeite om onze koffie op te drinken of binnen te gaan afrekenen, maar legden geld op een schoteltje en stormden achter Eleni aan, die het handjevol toeristen dat buiten liep te wandelen een glimlach ontlokte. Ingrid en ik raakten snel buiten adem, maar Eleni rende maar door, over het plein en de Marmara, langs de afslag naar Callidora.

'Eleni!' Ik was perplex. We waren nu bij het duurste stuk winkelstraat van Oia, waar de toeristen van het parkeerterrein naar de zonsondergang en weer terug werden geleid. Ingrid en ik hadden een tijd geleden al geconstateerd dat het ons budget te boven ging. We rekenden erop iets te vinden in het stillere deel van het dorp, of aan de verkeersweg, maar aangezien Eleni's eigen hotel hier stond, moesten we wel aannemen dat ze wist waar ze naartoe ging – en zo snel! Langs het oude gemeentehuis en de weverij, het marmeren pleintje waar in de zomer spontaan buitenmarkten werden gehouden en Lotza in, de kern van het toeristische gebied, waar een paar van de oudste cafés en bars dag en nacht klanten trokken. En toen... bleef ze staan, draaide zich om en wees: 'Hier!'

We bleven verbijsterd staan en volgden haar blik – naar beneden. Het pand stond onder straatniveau en had maar één raampje, dat nauwelijks zichtbaar was vanaf het pad. Boven de deur was met beverige hand geschilderd: *Geschenken, souvenirs, kamera film.*

'Kom mee naar binnen,' zei Eleni. 'Ik heb de sleutel, ik kan het jullie laten zien.'

Ingrid en ik keken elkaar weer aan, maar nu sceptisch, voordat we met haar mee de treden af liepen. We konden onze klanten gewoon niet zulke steile treden laten afdalen om binnen te komen, en dat ene vierkante raampje was het enige wat daglicht binnenliet om onze waren te etaleren en klanten te trekken. Bovendien leek het van buiten gezien te klein, en eenmaal binnen (de deur was aan de buitenkant afgesloten met een roestig hangslot) zag ik hóé klein het was. Er was beslist geen ruimte om de ezels op te stellen die ik voor me had gezien, en de muren waren ongelijk en verbrokkelden zo hier en daar, wat het moeilijk zou maken om foto's op te hangen. Maar zoals ik al van Callidora wist, waren vlakke muren moeilijk te vinden in de hyposkapha van Oia; die oneffenheid was voor veel mensen juist een groot deel van de charme.

Ik keek nog eens. Als we links stevige planken ophingen en daaronder consoletafels en staande lampen neerzetten, was er iets van te maken, op een bij elkaar geraapte, rommelige manier. Fatsoenlijke verlichting, nieuwe tegels op de vloer, een bureautje rechts, en die nis erachter zou ideaal zijn voor de opslag van verpakkingsmateriaal; er was zelfs genoeg ruimte voor een paar krukken (waarschijnlijk zou er vaak urenlang niets te doen zijn, ik had er geen idee van). Recht onder de straat was ook een verbazend grote opslagkelder, bijna zo groot als de winkel zelf, waar we onze voorraad en het inlijstmateriaal konden bewaren, een computer, een kluis misschien, als we ooit contant geld zouden aannemen...

'Kun jij je winkel al voor je zien?' vroeg Eleni, die opgetogen naast me stond.

Ik knikte, voelde dat mijn ogen vochtig werden en was blij dat het zo schemerig was. Ik voelde weer de adrenaline van die dag in Fira toen ik onze foto's voor het eerst had gezien en ook, dacht ik, dat smeltende gevoel van thuiskomen dat ik in Londen in de regen had ervaren. Dus zo was het nu: ik kon kleine speldenprikjes van plezier in het zwart voelen. Wat voelden ze nietig en broos in vergelijking met de grootsere, bijna traumatiserende schokken van vroeger: toen Oliver voor het eerst zei dat hij van me hield, toen we trouwden, de eerste keer dat ik ons huis in Compagne Gardens vanbinnen zag en de eerste keer dat ik Emma in mijn buik voelde bewegen...

Ik knipperde met mijn ogen en schudde de herinneringen af. Ik zag een halflege fles water op de vloer liggen. 'Wie zat hier eerst?' vroeg ik aan Eleni. 'Hij kan nog maar net weg zijn.'

'Ik ben hier wel duizend keer langsgekomen op weg naar de Epik,' zei Ingrid nadenkend, 'maar ik herinner me helemaal niets van wat hier zat. Een soort souvenirwinkel, kennelijk.'

Eleni gleed met haar vingers over het enige meubelstuk dat er nog stond, een wandrek onder het raam waarop twee gele sponzen, een puimsteen en een omgevallen toren zeepjes lagen te verstoffen. 'De huurder komt dit voorjaar niet terug uit Athene. Zijn zoon heeft schulden en zijn vrouw...' Ze zweeg en haalde haar schouders op op die alomvattende manier waarmee de Santorinianen zeiden: zo is het leven, de drama's van het leven, niets bijzonders.

'Hoe weet je dat?' vroeg Ingrid. 'Wie is de verhuurder?'

Eleni knipperde met haar zware oogleden en wierp ons haar breedste glimlach toe. 'Dat is het mooiste. Yannis.'

'Wie?'

'Yannis Frangidis. De neef van Anatole.'

'Iets zegt me dat je al een gunstige huur voor ons hebt bedongen,' zei ik met een lach.

'Ik heb het besproken, ja.'

'Eleni, je bent fantastisch!'

Het bedrag was lager dan de honderdduizenden drachmen die ik, zo was ik gewaarschuwd, moest verwachten voor een zo centraal gelegen locatie, wat volgens Eleni kwam doordat de winkel niet al te groot was en nu pas was vrijgekomen, slechts een paar weken voordat het nieuwe seizoen begon.

'Wat vind jij, Ingrid?' Ik ging alleen nog maar op mijn intuïtie af en ik was ervan overtuigd dat dit de plek voor ons was, een over-tuiging die alleen maar sterker werd toen ik achter Eleni aan naar boven liep en het dakterras zag, dat groot en verrassend onbespied was. Je kon het alleen via een buitentrap aan de voorkant bereiken, en het leek boven de Caldera te zweven, zo zonovergoten als het dek van een cruiseschip. Ik zag buitenexposities voor mijn geestesoog, drankjes in de avond. Nu kreeg ik echt mijn zee als achtergrond.

'Ingrid?'

Ze trok een bedenkelijk gezicht. 'Nou, ik denk dat de oudere toeristen die treden niet af willen, maar daar kunnen we iets op verzinnen, in elk geval een leuning en misschien een soort hellingbaan, als het mag. We zullen de voorkant moeten gebruiken om heel duidelijk te maken wat we verkopen, want door dat raampje zie je niet veel en ik denk niet dat de mensen zomaar naar binnen zullen lopen. We zullen het moeten voorkauwen, misschien met een foto buiten, in een vitrine misschien. De muur aan de straatkant is toch breed genoeg om wat werk te etaleren? Als het tenminste niet verboden is en als we het op de een of andere manier tegen diefstal kunnen beveiligen, en die opslagkelder is best goed, voor Oia... We zullen iets aan de verlichting moeten doen, natuurlijk...'

'Dus we nemen het?'

'Ja, ik vind dat we het moeten doen. Zeker weten.'

'*Yes!*' juichte Eleni en we omhelsden elkaar op het dak, een beetje wankel van opwinding, en de omhelzing werd een rondedans.

Het duurde natuurlijk niet lang of die euforische momenten maakten plaats voor een reeks pijnlijke besprekingen. Eleni trad als tolk op tot we een Engelssprekende notaris hadden gevonden die ons kon helpen met ons huurcontract en onze aanvraag van een *tamio embosom*, de vergunning die winkeliers van het plaatselijke gilde moesten krijgen. Ik zette mijn handtekening op talloze formulieren en documenten, zonder aandacht te besteden aan de schimmen van Oliver en mijn moeder. Uiteindelijk was mijn handtekening de enige, want Ingrid was als Australische onderworpen aan strengere bepalingen voor een visum. Ik vroeg me zelfs af of ze wel in Griekenland mocht werken, maar ik zei tegen haar dat het niet uitmaakte, dat de winkel hoe dan ook van ons samen was, en dat meende ik.

Andere winkeliers, vrienden van Eleni en Anatole, lichtten ons in over de eisen die de belasting stelde, de huidige regelingen voor belastingvrij winkelen voor toeristen en de strenge wetten die voor onze boekhouding golden. Die moest al ter inzage liggen voor inspecteurs voordat de winkel openging, kregen we te horen, en daarna kon er wekelijks gecontroleerd worden. Niet dat we al een kassa hadden, maar we waren van plan een beautycase met hangslot te gebruiken tot onze kassa uit Athene aankwam.

Tot dan toe had onze kostbare voorraad onverzekerd en nauwelijks verborgen in een nis bij mijn bed gelegen. Nu moesten die bergen afdrukken opgeplakt en ingelijst worden. Ingrid slaagde er met hulp van Anatole in een goede prijs af te spreken met een glazenier in Fira en kreeg van haar kunstenaarsvrienden in het dorp het adres van een winkel die het stugge, crèmekleurige karton kon leveren dat we wilden gebruiken. We leerden onszelf passe-partouts snijden met een stanleymesje (een precies werkje waar Ingrid beter in bleek te zijn dan ik). We hadden voor het grootste deel van de voorraad een klein formaat uitgezocht, 13 x 18 cm, klein genoeg om verpakt in handbagage te passen. Grotere stukken, zoals de originelen van Nikos, zouden we op een dramatisch groot formaat inlijsten en opsturen voor het geldende Griekse pakkettarief.

Het was mijn taak materiaal voor de lijsten te vinden. Ik wist dat ik hout wilde, maar dat dreigde een kostbaarder aspect van de onderneming te worden dan de foto's zelf, want Santorini produceerde zelf geen hout, dus voorraden moesten geïmporteerd worden uit Ios, Kreta of Rusland. Eleni was weer onze redster in de nood; ze kende de leerling van wijlen de botenmaker in Armeni, een jonge man die Dymas heette, die het botenhuis nog gebruikte voor reparaties en heel af en toe om in opdracht een nieuwe boot te bouwen. Wie wist wat er nog in die lange, smalle loodsen aan het water aan vergeten voorraden lag? Ze zou ons aan elkaar voorstellen.

Hoewel het pad dicht bij mijn huis begon, was ik nog maar een paar keer naar Armeni gelopen, de oude haven van Oia waar de schepen ooit hadden aangelegd. Tijdens de wandeling hield Eleni me telkens staande en dan spoorde ze me aan naar het kloppen van de hamer beneden te luisteren en me een tijd voor te stellen toen zulke geluiden aan alle kanten klonken: 'Toen Oia nog leefde.' Toen had het ritme vastgelegen, jaar in, jaar uit, reparaties in de winter, uitvaren in de lente. Iedereen wist wat er zou komen, voor zover iemand daar iets van kon weten.

En wist ik wel dat *armena* mast en tuigage betekende? 'Nu maakt niemand dat nog zelf in Armeni. Het is verschrikkelijk.'

'Het is nu bijna griezelig verlaten,' zei ik, 'maar ergens vind ik dat ook wel mooi.'

Dymas was een man van weinig woorden, die niets van de maniertjes van zijn dorpsgenoten had overgenomen om met toeristen en buitenlanders om te gaan. In tegenstelling tot de meeste andere mensen verkocht hij geen kaartjes. De omgekeerde boot op de bok voor hem was waarschijnlijk zijn laatste klus, bekende hij; misschien zou hij binnenkort werk gaan zoeken als bouwvakker (dit ontlokte Eleni veel neerbuigend gesnuif: onzin, als het zover kwam, zou ze zelf een vissersboot bij hem bestellen). Natuurlijk mochten we de oude resten hout hebben, zei Dymas schouderophalend, niemand kon er iets mee, en het museum had alle oude zeekaarten en andere interessante documenten al verworven.

Terwijl Eleni en hij in het Grieks babbelden, volgde ik een paar toeristen naar het andere uiteinde van het strand, waar ze naar het op de kiezels aangespoelde wrakhout keken. Elk stuk, vertelde de man de vrouw in het Engels, had een unieke kleur gekregen door verf, water, zout en lucht, en elk stuk had gedurende zijn werkende bestaan menige dreun gekregen en de zon doorstaan.

'Ongelooflijk, als je er goed over nadenkt. Ik bedoel maar, hoeveel jaren heeft dat hout in zee gedreven?' Zijn stem werd luider van enthousiasme, wat me aan Bob deed denken, en ik voelde een glimlach aan mijn mondhoeken trekken.

'Zouden we dit ook kunnen gebruiken, denk je?' vroeg ik aan Dymas. Ik keek gefascineerd toe toen hij het hout van me aannam en zijn duimen over de nerf liet strijken alsof hij al die lagen verf en zout als een soort braille kon lezen.

'Ik denk dat het heel geschikt is,' vond Eleni. 'Dit hout is mooi van zichzelf. Er hoeft amper nog een foto in.'

Toen ik de volgende dag terugging met mijn lijst met afmetingen, had Dymas al een voorbeeldlijst voor me gemaakt van het wrakhout. Ik beloofde ter plekke alle toekomstige opdrachten aan hem te geven, zo lang hij ze maar wilde aannemen. Ik was absurd blij toen hij glimlachte, en de herinnering aan zijn glimlach sterkte me voor de klim terug omhoog.

Lieve Rachel, ik heb nieuws voor je dat je zou kunnen verrassen...
Ik had me afgevraagd of Oliver nog wel iets van zich zou laten horen na mijn kinderachtige gedrag bij mijn moeder, al had hij dat misschien niet helemaal doorgehad, maar zijn brieven waren blijven komen, zo regelmatig als het getij. En hoe oprecht ik me ook had verzet tegen mams pogingen ons te herenigen, ik vond het prettig om zijn brieven te krijgen, het infuus van (voorheen) onbelangrijke nieuwtjes. De draad tussen ons was zo dun als spinrag, maar ik was er nog niet aan toe die te breken.

Ik heb er eerder niets over gezegd omdat ik je niet wilde belasten met informatie die je droevig zou kunnen maken, maar ik heb via de rechtbank smartengeld geëist van de erfgenamen van Darren Morris, een tijdrovend proces dat nu achter de rug is. Het was eigenlijk betrekkelijk eenvoudig (er is natuurlijk nooit twijfel geweest over de schuldvraag), gewoon een kwestie van onderhandelen over een schikking met de verzekeringsmaatschappij. Jij zult wel vinden dat ik het geld onrechtmatig heb verkregen...
Niet onrechtmatig, Oliver, je had het gewoon helemaal niet moeten krijgen, *onterecht* verkregen. Toen ik doorlas, zag ik dat hij het bedrag – dat me naar adem deed snakken – aan mij wilde geven. Er was geen discussie mogelijk, schreef hij, en daar legde ik me graag bij neer. Ik verkeerde niet in een positie om mijn trots te laten gelden: ik moest Palmer betalen en nu was de winkel er natuurlijk ook nog.

'Kom op,' zei Ingrid. 'We móéten een beslissing nemen.'
'Ja.'
We zaten naast elkaar op de lage muur tegenover onze winkel. Aan Ingrids voeten stond het blik verf dat we hadden gekocht om de naam van onze winkel op de net witgekalkte gevel te zetten. De

verf was knalblauw, voller dan het klassieke lichte eilandblauw. Het enige probleem was dat we nog steeds geen naam hadden.

'Galerie of Archief Oia of zoiets officieels zal wel niet mogen.'

'Maar dat vind ik ook te plechtig,' zei Ingrid. 'Het zou de klanten kunnen afschrikken. We moeten iets hebben wat een beetje romantisch klinkt, misschien een Grieks woord.'

'Geen naam van een godin, alsjeblieft.'

Ze trok een lelijk gezicht. 'Mee eens. Wat was die oude naam voor Oia die we op de kaarten in het museum hebben gezien?'

Ik dacht na. 'Pano Meria?'

'Ja, maar hoe hadden ze het ook alweer gespeld, aan elkaar en met een accent op de "e"... Panomeréa?' Ze schreef het op een envelop en liet het me zien.

'Dat is mooi.'

We schilderden de letters boven de boogdeur en hoog op de gevel. Ingrid ontwierp een stempel en besteedde vele uren aan het opschrijven van mijn bijschriften in een prachtig gestileerde cursiefletter. Aangezien ik haar vaardigheid met het stanleymes al had gezien, had haar volleerde schoonschrijfkunst me niet mogen verbazen, maar ik stond ervan te kijken. Op de een of andere manier had ik haar artistieke ambities uit het verleden altijd afgedaan als niet meer dan dat.

'Ik heb de vulpen gewonnen bij een kalligrafiewedstrijd van school. Ik oefende op mijn kamer. Het is een van de weinige dingen uit Australië die ik nog heb. Die pen en mijn paspoort.'

Ik zag haar de pen pakken en ertegen tikken om de inktstroom op gang te brengen. 'Heb je nooit heimwee?'

'Nee,' zei ze gedecideerd. 'Absoluut niet. En nu al helemaal niet meer.' Ze gedijde in Oia, dat zag een kind. Haar nieuwe begin bracht haar succes, maar hoe zat het met mij? Ik modderde door, vulde mijn dagen en probeerde mezelf op alle mogelijke manieren doelen te stellen. Dat was Panomeréa toch ook? Iets om de dag door te komen, om mijn hart te vullen, mijn equivalent van Olivers rechtszaak. Een tijdrovend proces.

Het zou kunnen, maar toch was het meer dan ik ooit had gehoopt te bereiken.

21

Ik klaagde niet toen Palmer bij zijn volgende bezoek weinig officieel nieuws te melden had, en ik stribbelde niet tegen toen hij voorstelde deze keer een paar nachten in het Ilias door te brengen. Ik
verheugde me juist op onze ontmoeting en bedacht nieuwe plekken
die ik hem kon laten zien, plekken die ik had ontdekt tijdens mijn
wandelingen of waar Eleni of andere dorpelingen me over hadden
verteld.

Ik ging met hem naar Finikia, het naburige dorp, op een paar minuten lopen in het binnenland, waar de hoofdstraat, die de *potamos*
(rivier) werd genoemd, uitliep in smalle stegen en de kerk was verweerd tot een prachtig zalmroze. Ik liet hem ook een nieuw strand
zien dat ik voorbij Ammoudi bij Kantharos had ontdekt, waar vroeger een leprozenkolonie was geweest. De *louviariki* stonden nu uitgehold en door de wind gestriemd boven het water.

'*Louva* betekent lepra,' vertelde ik. Ik probeerde nog steeds
Griekse woorden te leren, want ik schaamde me continu voor mijn
onvermogen op zakelijk gebied en voor het feit dat van ons beiden
alleen Ingrid zich goed kon redden, al woonden we even lang op
Santorini. 'En *kantharos* betekent zuiver. Ze werden hierheen gebracht om gezuiverd te worden.'

'Arme stumpers,' zei Palmer. Hij stond met zijn ene hand in zijn
zak en de andere boven zijn ogen tegen de zon om zich heen te kijken. Toen hij zich omdraaide, zag ik dat hij was afgevallen rond zijn
middel. Daardoor leek hij behendiger, sterker.

Ik ging hem voor naar het strand, een prachtige, fonkelende sikkel van vulkanisch steen met op de achtergrond de kliffen van puimsteen die door de wind in duizenden piekjes waren gegeseld. Je hoorde het knarsen van de stenen onder de druk van de aanrollende golven, en als ze zich terugtrokken, zag je hoe steil het strand afliep, veel steiler dan je zou verwachten. We legden onze spullen dicht bij het water en zagen een andere groep aankomen, die een meer afgelegen plek zocht om hun handdoeken uit te spreiden. Je kon zien dat die mensen zich onbevreesd voelden, dat ze opgewonden waren door hun avontuur op het randje van de wereld.

'Weet je,' zei Palmer, 'als we nu onder de louviarika zijn, moeten we exact hetzelfde zien als de lepralijders destijds zagen.'

'Ze kregen vaak het beste uitzicht,' zei ik droog. 'Dan hoefden ze niet naar zichzelf te kijken.'

Hij grinnikte. 'Toch moet het zwaar zijn geweest om over zee uit te kijken. Ik vermoed dat het voornamelijk zeelieden waren.'

'Ja. Daar had ik nog niet bij stilgestaan. Wat wreed.' Ik zweeg. 'Wat is er?'

'Niets, eigenlijk, ik dacht alleen, als je alle mensen bij elkaar optelt die hier door de eeuwen heen jong gestorven zijn... de zeelieden, de leprozen, de slachtoffers van de aardbevingen... Hun aantal moet in geen verhouding staan tot de bevolking. Ik bedoel, wat ís dit voor oord?'

Hij knikte.

'Mijn tante is hier omgekomen, zie je. Bij de grote aardbeving van 1956.'

'O ja?' Iets aan de manier waarop hij het zei, maakte dat ik me afvroeg of hij het al wist, of ik het al eerder had verteld.

'Ik weet er eigenlijk niets van, ik bedoel van de manier waarop ze is omgekomen. Geraakt door vallend gesteente, denk ik. Ik heb alle boeken erover gezien, maar er lijken maar weinig ooggetuigenverslagen te zijn, niet in het Engels, althans.'

'Maar er moeten nog mensen uit die tijd in leven zijn, zo lang is het niet geleden. Kun je je vriendin niet vragen of ze je kan helpen? Die vrouw in mijn hotel?'

'Eleni? Ja, vast wel, maar ik wil niet spitten. Dat geeft me het gevoel dat ik het achter de rug van mijn moeder om doe.' Ik grinnikte naar hem. 'Dat zal wel hypocriet klinken, in aanmerking genomen wat ik met Mariel en Jen doe.'

Zijn ogen vernauwden zich iets. 'Die zijn geen familie.'

'We waren wél familie, wij drieën.' Ik verbaasde me over mijn felheid. 'Zo voelde het tenminste. Ik had met niemand zo'n hechte band als met hen.'

'Dus je hebt nog steeds geen contact gehad?'

'Mariel schrijft me soms, maar ik schrijf niet terug. Ik zou het ze niet kwalijk nemen als ze me gewoon opgaven. Toen ik in Londen was, die keer dat ik jou heb aangenomen, dacht ik Jens auto te zien bij de begraafplaats waar Emma ligt. En ik weet dat ze weten dat ik met Kerstmis in Londen ben geweest, want ik kwam op de terugweg Mariels man op de luchthaven tegen, maar ik kon het gewoon niet aan om ze te zien, met de meiden, op al onze oude plekjes...' Ik brak amechtig mijn vreemde stroom bekentenissen af.

'Ben je in Londen geweest?' vroeg Palmer verbaasd. 'Nog een keer, bedoel ik?'

'Ja, bij mijn moeder. Zij wil niet hierheen komen.'

'Waarom niet?'

Ik had het niet verwacht, maar ik vertelde hem alles, te beginnen bij mams verhuizing naar Londen na die eerste familietragedie, en toen de kanker van mijn vader, waardoor zij voortijdig weduwe was geworden, maar het klonk allemaal zo triest, alsof er nooit plaats was geweest voor blijdschap. 'Het klinkt allemaal wel tragisch, hè, maar er zijn ook genoeg vrolijke momenten geweest door de jaren heen, met pap, en later met Emma, natuurlijk. Het was moeilijk voor haar om eerst haar man en toen haar kleindochter te verliezen.'

'Het was ook moeilijk voor jou om eerst je vader en toen je dochter te verliezen.'

'Ja.'

Lang nadat we allebei zwegen, voelde ik dat hij nog naar me keek, zo aandachtig alsof er nog steeds iets te luisteren viel. Hij was volkomen roerloos; als je zijn ogen niet kon zien, zou je je kunnen afvragen of hij in slaap was gesukkeld. Ik had de indruk dat zijn werk zoveel anonimiteit van hem vergde, zoveel onopvallendheid, dat hij zichzelf had ontdaan van elk gebaar, elke uitroep, tot hij een punt had bereikt waarop hij zich alleen nog met zijn ogen uitte. Die leken op dit moment iets tussen medeleven en verlangen uit te drukken, een intieme mengeling. Het was duidelijk dat er iets tussen ons was veranderd, zo vrijelijk praatte ik met hem. En het was een opluchting om een paar van mijn geheimen te delen. Ik draaide mijn heupen iets naar hem toe. Onze kleren fladderden in de bries en in een opwelling wilde ik hem aanraken, hem bedanken dat hij me geloofde, hem kussen, misschien zelfs. Een lachwekkende, meisjesachtige opwelling. Ik zag stukken touw tussen de kiezels, trok eraan en zag dat het alleen knopen waren; de rest was afgesneden of -gesleten.

Ik keek weer naar het water. 'Maar goed,' zei ik, 'het doet er toch niet toe hoe je gaat, of hoe oud je dan bent? Of het nu een ziekte is, verdrinking of gewoon ouderdom... het is allemaal zinloos, wie je ook bent en waar je ook bent.' Ik lachte gegeneerd. 'Sorry, ik klink als een soort existentialistische tiener, hè?'

'Het is niet zinloos,' zei hij ernstig. 'Ik dacht toevallig net het tegenovergestelde. Alles lijkt hier juist zo beláden.'

Ik knikte. 'Waarschijnlijk bedoelde ik dat ook. Dit alles gaat om iets wat veel groter is dan wij. Weet je, dat gevoel krijg ik ook wanneer ik voorbij Perivolos loop. Alles strekt zich voor je uit, de vulkanen en Therasia, er is zo weinig land in vergelijking met de zee. Het is alsof we ons wanhopig vastklampen, alsof ons lieve leven ervan afhangt.'

'Het lieve leven, ja.' Hij volgde mijn blik en knikte, alsof onze overeenstemming te vinden was in wat we zagen, niet in de woorden die uit onze mond kwamen. Het zonlicht was waziger dan anders, waardoor de metalige kleuren in het water overheersender werden. Ik heb gelijk, dacht ik, er is hier echt troost te vinden, in de zee en in de lucht en in de manier waarop ze tot een immens, glad wezen versmelten. Meer troost zou ik niet vinden.

Palmer keek me weer aan. 'Toch vind ik dat we allemaal op onze eigen manier best belangrijk zijn,' zei hij.

De zon bezorgde me hoofdpijn en maakte mijn ogen moe. Ik deed ze dicht en wist even niet meer waar ik was.

'Je doet het fantastisch, hoor,' hoorde ik hem zeggen. 'Je bent op de goede plek.'

Ik tuurde door mijn wimpers naar hem. 'Tussen de leprozen en dode zeelieden, bedoel je?'

'Tussen de Ingrids en de Eleni's,' zei hij.

Het was Palmers werk opmerkzaam te zijn en onwillekeurig vroeg ik me af wat hij die middag bij Kantharos aan mij had gezien. In de tijd dat ik hier woonde, had ik maar zelden een blik in de spiegel geworpen, en dan nog alleen maar om te controleren of ik geen scheurbuik had. Ik had geen scheurbuik. Er was trouwens geen passpiegel in Callidora, alleen een kleine boven de wastafel in de badkamer, maar sommige winkels en cafés hadden spiegels waaraan niet te ontkomen was en ik wist dat ik was vermagerd en dat mijn haar er onverzorgd uitzag. Ik had er niets om gegeven; zoals ik afstand had gedaan van al mijn trots op mijn sociale vaardigheden, had ik me ook weinig zorgen gemaakt over wat de mensen van mijn uiterlijk zouden denken.

Nu leunde ik naar voren en bekeek mezelf eens goed. Ik had een overvloed aan nieuwe lijntjes in mijn gezicht, en het waren niet de lachlijntjes die iemands persoonlijkheid zichtbaar maken, maar de neerwaartse lijntjes van het huilen die de persoonlijkheid juist verbergen. Mijn hele voorhoofd zat vol horizontale en verticale groeven, een doolhof dat je bijna met je vingertop kon natrekken. Dat is iemands patroon, had mijn vader ooit gezegd toen ik vroeg waarom mijn grootouders 'krassen' in hun gezicht hadden. 'Hoe ouder je wordt, hoe dieper je patroon wordt, want je leert steeds meer.' Tja, mijn patroon was onomkeerbaar.

Ik kamde met mijn vingers door mijn haar en drukte de golven plat in een benadering van mijn vroegere bobkapsel. Nu zag ik de grijze haren die overal langs mijn scheiding ontsproten. De highlights waren lang geleden al uitgegroeid en mijn haar was blond genoeg om het grijs te maskeren, maar het haar zonder pigment was grover. Gek, die natuurlijke afkeer van grijs worden, alsof je aarde vol wormen vindt. Je trok je in een reflex terug voordat je er dieper in dook om naar ergere dingen te zoeken.

Toen inspecteerde ik mijn wenkbrauwen. De ooit keurige boogjes waren dikker en, zoals Jen het zou noemen, weerbarstig geworden. Het deed me denken aan die keer dat ik bij Bob en haar thuis had gezeten en zij een pincet uit haar tas had gepakt en een haar van het puntje van Bobs neus had geplukt, zo snel en secuur dat ik mijn ogen niet meteen had kunnen geloven. Ik verwachtte dat hij boos zou worden, maar hij had gekraaid van het lachen. 'Geen plaats voor ijdelheid in dit huis,' had hij gezegd, en die opmerking was me de rest van de dag bijgebleven.

Ik bedacht weer hoe prettig ik me had gevoeld bij Palmer, dat het iets meer was geweest dan vertrouwdheid of zelfs aantrekkingskracht: een gevoel van verwantschap. Hoe puberaal het ook voelde om te proberen het te verwoorden, hij leek me gewoon te kénnen.

Ik volgde de koers van een veerboot over het kanaal tussen Santorini en Therasia, een zo heilig traject dat de eilandbewoners er een beschermheilige aan hadden toegekend, en vroeg me af of hij op die boot zat.

Ingrid had me 'onder één hoedje zien spelen', zoals zij het noemde, met een man die ze niet kende, en ze vroeg me ronduit of het mijn man was geweest.

'Nee, nee, dat was Oliver niet.'

'Die andere vent dan over wie je het wel eens hebt, Simon?'

Ik keek op. 'Simon? Praat ik over hem? Nee, die was het niet. Palmer heeft eigenlijk met geen van beiden iets te maken.'

'Palmer? Wat een vreemde naam.'

'Het is zijn achternaam.'

'Waarom noem je je vriend bij zijn achternaam?' vroeg ze.

'Ik weet het niet. Iedereen noemt hem zo. En trouwens, hij is niet echt mijn vriend.'

Ze trok zichtbaar geboeid een wenkbrauw op. 'O nee? Wat is hij dan precies?'

Ik zag dat ze het niet zou opgeven en voelde me alsof iets in me werd ontgrendeld; ik had net mijn hart uitgestort bij Palmer, misschien was het tijd om Ingrid ook eens ontboezemingen te doen. Ze had er lang genoeg op gewacht. 'Weet je, Ingrid, nou ja, Palmer en ik hebben een zakelijke overeenkomst.'

'O ja?' Ze onderdrukte een kakelende lach. 'Dat klinkt leuk. Wat voor "zakelijke overeenkomst"?'

'Het is een lang verhaal.'

'Ik ga nergens heen,' zei ze, en ze voegde er wrang aan toe: 'Zoals je inmiddels wel geraden zult hebben.'

'Goed dan.'

We hadden de winkelruimte schoongemaakt en zaten nu met een verkoelend drankje op ons dakterras, op de stoelen met gerafelde biezen zittingen die de vorige huurders hadden laten staan. Het middaglicht gloeide en de lucht was zuiver hemelsblauw. Ik stond op het punt mijn laatste geheimen op te geven en ik vond het zowel lachwekkend als schandalig dat ik de ware reden voor mijn aanwezigheid hier zo lang voor mijn vriendin verborgen had kunnen houden.

Ik haalde heel diep adem. 'Palmer is privé-detective.'

'Shit, heb je problemen?'

'Nee. Hij houdt gewoon een oogje op twee kinderen in Londen die ik ken.'

'Ik kan je niet volgen.'

'Het ene meisje is mijn petekind en ik ben de wettige voogd van het andere. Ik was heel goed bevriend met hun moeders.'

'Was? Waarom nu niet meer?'

'O, Ingrid, het is nogal ingewikkeld. Ik weet niet of je het wel wilt horen, het is bijna te veel om te bevatten...'

'Probeer het maar,' zei ze vriendelijk.

Ik zweeg even. 'Ik had zelf een dochtertje in Londen, net zo oud als die meisjes.' Ik wendde mijn blik af, maar ik voelde dat ze haar adem inhield en hoopte dat ik niet zou gaan zeggen wat ik ging zeggen. 'Vlak voordat ik hier kwam, is ze bij een verkeersongeluk om het leven gekomen. Daarom ben ik hier gekomen... Ik kon daar niet blijven. Ik kon daar niet leven zonder haar.'

'Nee!' Ze nam mijn hand in haar handen. Ik voelde de zon in de huid van haar vingers, die droog en warm was. 'O, Rachel, ik wist dat er iets moest zijn.'

'Omdat niemand vanzelf zo depressief wordt, bedoel je?'

'Ik wíst het. Ik dacht dat het iets met je man te maken had, maar dit... O, mijn god, en je hebt er al die tijd niets over gezegd...'

'Ik weet het.' Ik probeerde er een grapje van te maken. 'Eerst ben ik half Grieks, nu ben ik weer in het geniep moeder... Je zult je wel afvragen wat ik nog meer te verbergen heb.' We konden er geen van beiden om lachen.

'O, Jezus, al die tijd. Is het zoals ze zeggen, alsof er iets van je wordt geamputeerd?'

Dat werd beweerd, maar een kind is geen lichaamsdeel. Emma was alles voor me geweest, ze had me zelfs meer gemaakt dan wat ik was, meer dan ik mocht zijn. Ouders stoppen zoveel energie in hun streven hun kinderen te vormen tot de mensen die ze van hen willen maken dat ze verbaasd zijn als ze tot de ontdekking komen dat de kinderen hén vormen. 'Het is meer alsof, ik weet het niet, alsof je leeg bent vanbinnen. Daarom kan ik geen normaal enthousiasme opbrengen voor dingen. Er leeft niets meer in me, helemaal niets. Ik kan het niet anders beschrijven.'

Ze trok haar stoel dichter naar de mijne en zo zaten we schouder aan schouder als geliefden naar de zonsondergang te kijken. 'Toch wel, Rachel, er leeft nog wel iets in je, natuurlijk wel. Je geeft nog steeds om mensen, dat straalt ervan af.'

Ik schudde mijn hoofd en klemde mijn lippen op elkaar om de tranen tegen te houden. Ingrid volgde mijn vochtige blik naar het eiland Therasia, het dorp op het klif dat we geen van beiden hadden bezocht, alsof we Oia allebei ver genoeg vonden.

'Hoe heette ze?'

'Emma,' fluisterde ik. 'Emma Jane.'

'Mag ik misschien een foto zien?' vroeg Ingrid. 'Ik bedoel, het hoeft niet, als je...'

'Nee, het is goed. Hier.' Ik pakte de foto uit mijn tas en gaf hem aan haar zonder er zelf naar te durven kijken. Ik kende hem trouwens al pixel voor pixel: Emma op de schommel in Mariels tuin, met haar armen recht, haar lichaam achterover gekromd en haar voeten naar voren alsof ze de lens wilde intrappen. Tussen haar heup en de ketting zat haar pop Lucy, die door de schommelbeweging zo ver was verschoven dat ze bijna viel; op de volgende foto zou Lucy ontbreken.

Ingrid hield hem in het licht alsof het een dia was.

'O, wat is ze mooi, ze lijkt sprekend op jou, hè?'

Die tegenwoordige tijd zou ooit een stroom zinloze hoop bij me hebben losgemaakt; nu was het een sprankje kleur, zo'n bloem in het uitgedroogde zwarte zand, 'zeenarcissen', werden ze hier genoemd.

Ingrid schudde haar hoofd alsof ze kwaad was op zichzelf. 'Shit, het spijt me van al die dingen die ik over mijn moeder heb gezegd. Ongelooflijk dat ik zo tactloos ben geweest, god, wat moet je wel niet hebben gedacht...'

Ik keek haar bezorgd aan. 'Je hebt niets verkeerds gedaan, Ingrid. Het is je goed recht om haar te bekritiseren. Háár liefde hoort onvoorwaardelijk te zijn, niet de jouwe. Neem dat maar van me aan.'

'Onvoorwaardelijke liefde,' zei Ingrid, die nog steeds naar Emma's gezicht keek. 'Ik ken die uitdrukking, maar ik zal wel nooit echt hebben geweten wat ermee wordt bedoeld.'

We zwegen minutenlang. Ingrid drukte de foto tegen haar buik alsof ze zo meer van Emma in zich op kon nemen. En toen begon het schuifelen achter ons, het zuchten en het gemompel van de toeristen die over de Marmara naar de Goulas liepen; het zonsondergangsritueel kwam er weer aan. Over een uur, als de lucht doorweven was met roze en oranje, zouden stelletjes elkaar in dromerig silhouet beschouwen. Ze zouden ons zien, al op onze plek, en ons benijden om onze eigen loge voor de grootse vertoning.

'Het spijt me dat ik het je niet eerder kon vertellen,' zei ik. 'Ik vind het vreselijk. Hoe langer ik wachtte, hoe onmogelijker het werd. Maar ik denk dat het goed voor me was dat de mensen hier het niet wisten. Het heeft het draaglijker gemaakt, maar ik ben blij dat jij het nu weet.' Ik wist dat ze zou aanvoelen dat ik hoopte dat zij het namens mij aan Eleni zou vertellen. Ik vroeg me af wat onze vriendin zou zeggen, of ze het nog eens zou zeggen:

Ik wist het.

22

Lieve Rachel,

   Ik hoop dat het goed met je gaat. We hebben van Oliver ge-hoord dat je een soort fotogalerie hebt geopend op Santorini, wat fantastisch nieuws is. Je hebt het er nooit over gehad dat je dat zou willen, maar nu je het hebt gedaan, is het zo logisch als wat. Gefeliciteerd!

   Je zult blij zijn te horen dat Cat en Daisy veel belangstelling hebben voor kunst. Ze zitten op een nieuwe middagclub die uit-stapjes organiseert naar musea, en misschien gaan ze ook een schoolreisje naar Parijs maken.

   Lieve groeten van Jen. Het gaat momenteel niet zo goed tussen Bob en haar. Sommige dingen veranderen nooit, helaas.

   Ik denk aan je, zoals altijd,
liefs,
Mariel

Oppervlakkig gezien was dit briefje niet anders dan de handvol an-dere die Oliver de afgelopen jaren had doorgestuurd. De toon was hartelijk, maar niet sentimenteel; het nieuws over de meisjes be-stond uit korte, opgewekte mededelingen, geen mijlpalen; en elke zin was doordrongen van Emma's aanwezigheid, al werd ze nooit rechtstreeks genoemd.

De boodschap was deze keer echter niet in de brief vervat, deze keer niet. De envelop was de boodschap, want Mariel had los van Oliver geschreven, wat inhield dat ze mijn adres had. Of, nauwkeuriger gezegd, ze liet me merken dat ze mijn adres had. De brief was zo ongeveer een aankondiging van een bezoek.

Terwijl we ons voorbereidden op de opening van Panomeréa, kregen ook de dorpelingen die tot nog toe niets hadden vermoed te horen dat er een nieuw bedrijf zou komen, en elke dag kwam er wel iemand met foto's, landschappen van wie niemand meer wist wanneer ze waren genomen, portretten die niemand in de familie kon thuisbrengen. Mijn pogingen om de foto's te authenticeren waren amateuristisch, ik ging op weinig meer af dan mijn intuïtie, maar ook die werkwijze voelde natuurlijk aan.

Ingrid regelde dat Manfred, de Oostenrijkse kunstenaar die zijn schilderijen in een boetiek bij het grote plein verkocht, ons een paar van zijn foto's kwam laten zien. Hij had ze tot nog toe als een privé-project beschouwd en ze nog nooit te koop aangeboden. Het waren beelden in zwart-wit die uit elke tijd konden stammen en op geen enkele manier gearrangeerd of gestileerd aandeden: druivenplukkers, gebogen over hun manden; rijen vissers met hun gebogen ruggen naar het water; details van de nog niet gerenoveerde huizen in het dorp, een raamkozijn, verweerd en grijs, treden, ruw en afgesleten, een kerkklok, bleek en geoxideerd tegen de diepere tint van de lucht. Bang dat ik onze regel dat we alleen foto's van het 'oude' Santorini in voorraad zouden nemen met voeten trad, liet ik Eleni beslissen. Ze complimenteerde Manfred met zijn scherpe blik voor het traditionele beeld en we plaatsten meteen een bestelling.

De houten lijsten van Dymas waren zo mooi als ik had gehoopt en er waren er geen twee hetzelfde. Soms was het wrakhout gladgeschuurd, soms zaten er nog bladdertjes oranje en blauwe verf in de grijs geworden nerven. Ik vond het prachtig, want dit was de kleur van het water en de zeelucht; de echte kleuren van Santorini, van vóór de komst van het roze en de pasteltinten. We lieten de foto's per muilezel bezorgen, zodat Dymas ze ter plekke kon opplakken en inlijsten. De toeristen maakten foto's van de muilezels die over de Marmara naar de diepte klepperden en Eleni stond met een voldane glimlach op haar gezicht voor het Ilias toe te kijken.

Binnen schilderden we een citaat van Nelly's op de muur, een uitspraak die ze had gedaan tijdens een bezoek aan het eiland, nu zeventig jaar geleden: 'Waar ik me ook wend of keer, zie ik een foto voor me'. In mijn ambitieuzere momenten dacht ik graag dat Panomeréa de schakel zou worden tussen pioniers als Nelly's en de kiekjesmakers op de heuvel die vonden dat de zon verkeerd stond.

Dymas schonk ons een stuk gebruikt hout ter grootte van een halve deur waarop Ingrid informatie kalligrafeerde over de materialen en de herkomst van de foto's, waarna we het aan de buitenmuur hingen.

'Het zal wel gejat worden,' zei ze terwijl ze het iets hoger hing, zodat het vanaf de straat goed te lezen was. Haar vriend de icoonschilder, die een atelier bij de Goulas had, hing een bord op wanneer hij aan het werk was: *Gelieve de kunstenaar niet te storen*. Het bord verdween en hij had een tweede opgehangen: *Gelieve dit bord niet te stelen*. Toen dat ook was verdwenen, was hij ertoe overgegaan zijn deur op slot te doen.

We gingen in april 1997 open, op de dag dat de eerste chartervliegtuigen Engelsen en Duitsers aanvoerden voor het seizoen en de eerste cruiseschepen hun Amerikanen afzetten. Ik kocht zelf het eerste stuk, dat ik boven mijn eettafel wilde hangen als blikvanger (blikvangers, ze hadden me ooit geobsedeerd; Oliver had een keer gezegd dat de belasting er een aftrekpost van zou moeten maken). Hoewel ik het voordeel had gehad dat ik een selectie van mijn lievelingsfoto's had kunnen lenen die allemaal een tijdje boven de eettafel hadden gehangen, had ik nog steeds geen keus gemaakt toen het tijd was om de deur open te gooien en het bordje 'open' op te hangen. Ik liep langzaam door de winkel en bekeek elke foto afzonderlijk. Wat stonden ze stevig op de marmeren tafelbladen, met hun door de zee verweerde houten lijsten en geharde glas, en wat waren ze desondanks kwetsbaar; er was weinig voor nodig om ze te vernietigen.

'Dit is het ideale moment voor een aardbeving,' zei ik tegen Ingrid. 'Moet je al dat glas en marmer zien!'

'Hé, je mag de goden niet verzoeken.'

Uiteindelijk koos ik een strandgezicht bij Kamari, een en al romige lucht en staalgrijze zee. Ik was er één keer geweest sinds ik hier woonde en het zag er nu heel anders uit, met die rijen en nog eens rijen ligstoelen. De foto straalde een immense verlatenheid uit voor zo'n kleine afbeelding; het leek alsof de schaal in alle opzichten was verkleind, behalve in dat van de sfeer. Ik keek toe hoe Ingrid hem voor me inpakte, het bonnetje stempelde en de gegevens in ons verkoopboek noteerde. Het voelde als winkeltje spelen met Emma, met haar piepkleine kassa en het plastic boodschappenmandje voor speelgoedgroente ('Dat wordt dan tweeduizend pond en zesendertig pence.' 'Zo veel? Voor een paar worteltjes?' 'Ja. Dit is een heel bijzondere winkel, hoor.').

'Hoe voel je je nu?' vroeg Ingrid. 'En zeg nou niet dat je je hebt bedacht en je geld terug wilt.'

Het was een grapje, maar ik zag dat ze een fatsoenlijk antwoord verwachtte.

'Ik voel me trots,' zei ik. 'Heel trots, op ons allebei. En op Eleni. Ik vind dat we het fantastisch hebben gedaan.'

'Ik ook.' Ze zag er niet anders uit dan anders met haar hemdjurk, winterse bruin, sandalen en onberispelijk gelakte teennagels, maar in mijn ogen had ze een gedaanteverwisseling ondergaan en was ze nu van top tot teen de artistieke expat die ze had willen worden toen ik haar leerde kennen. Ze leunde achterover tegen het bureau. 'Zal ik jou eens iets zeggen? Ik heb het gevoel dat we écht iets moeten verkopen voordat ik het kan geloven, aan een échte toerist.'

'Een van die mensen die je altijd tot waanzin dreven in het café?'

'Precies. Iemand in een T-shirt met het opschrift I LOVE SANTORINI, met een uitroepteken. Iemand die nog liever van een klif zou springen dan een olijf eten.'

Ik schoot in de lach. 'O, ik denk dat je het wel mag geloven voordat het zover is.'

Anatole was de volgende klant; hij kocht een foto van een klokkentoren in Oia met in de verte het wazige silhouet van Therasia; toen koos Ingrids vriend Alexandros een uitzicht op Ammoudi voor zijn grootouders, die daar nog aan het water woonden. Manfred kocht een Nikos waar hij zijn oog op had laten vallen en Ingrid zei gevat dat ze Nikos junior zou vragen een foto van hém te kopen.

Toen kwam er een vrouw binnen die we niet kenden. Ze keek rond, pakte een kleine foto van Manfred van vrouwen aan het werk in een wijngaard en liep ermee naar het bureau. Ze viste haar creditcard uit haar tas. Schlier, heette ze. Toen ze ons gastenboek tekende, zagen we dat ze in Frankfurt woonde.

'Adio!'

'Adio!'

'Is het nu echt?' vroeg ik aan Ingrid.

'Ja. Dankzij Frau Schlier uit Frankfurt is het nu echt.'

Op de eerste zaterdag dat we open waren, gaven we een borrel op het dakterras. Het was Ingrids idee (het begon me al op te vallen dat de goede ideeën meestal van haar kwamen). Onze buurtgenoten kwamen uit hun winkels en achter hun hotelbalies vandaan om het met ons te vieren, bekende en onbekende expats meldden zich en kletsten de hele avond in het Engels en Eleni voegde zich bij ons toen al haar gasten van die avond waren aangekomen en ingecheckt. Ze vertelde ons dat de foto die Anatole had gekozen nu boven haar balie hing en dat er al twee gasten iets over hadden gezegd. Ingrid opperde dat we alle gasten van het Ilias korting konden geven.

'Eleni,' zei ik, verwarmd door wijn en zon, 'we willen je zeggen dat we jou als de derde oprichtster van Panomeréa beschouwen.'

'Nou en of,' beaamde Ingrid. 'Zonder jou was het nooit gelukt, hoor. Dan hadden we nog steeds alleen maar een voorraadje leuke foto's in Rachels slaapkamer gehad!'

'En als het ooit van de grond komt, tja...'

Eleni wees het allemaal schouderophalend van de hand, maar we konden zien dat ze in haar nopjes was. Toen Ingrids aandacht werd opgeëist door een groep nieuwe gasten, haar vroegere collega's van het café, zag ik dat Eleni het bord bij de deur, dat we naar boven hadden gebracht, rechtzette, een pas achteruit deed en het las alsof ze het voor het eerst zag: *Alle foto's in deze winkel zijn originele werken of afdrukken in beperkte oplage.* Ze had ons die ochtend een schitterend boeket gestuurd. Er was geen bloemist in Oia, de mensen gaven elkaar hier bloemen uit eigen tuin, dus ze moest zich hebben uitgesloofd om bloemen uit Fira te laten komen.

'Eleni?'

'Ja?'

'Ik zat te denken, toen ik hier net was, toen ik net in Callidora zat, toen vond ik telkens bloemen op mijn terras.'

Ze keek verbaasd op over die verandering van onderwerp en wierp een snelle blik op Ingrid, die het nog druk had met haar vrienden. 'Om je welkom te heten, misschien?'

'Misschien. Ik vond het vreemd dat ze daar zomaar werden neergelegd, dat niemand bij me aanklopte of een briefje neerlegde of zo. En ik heb nooit begrepen waarom er altijd basilicum bij zat. Is dat iets van Santorini?'

'Ja.' Ze sloeg haar ogen neer. 'Basilicum is heel belangrijk in onze godsdienst. Je kunt het ook zien in de versieringen van de iconen in de kerken. Wij geloven dat het uit de eerste druppels van het bloed van Christus is gegroeid.'

'O?'

'Wij geven het bij wijze van condoleance. *Zoi se sas.*'

'Zoi se sas? Wat betekent dat?'

'Leven voor jou. Leven voor je familie. We zeggen het wanneer je een dierbare hebt verloren.' Ze sloeg haar arm om mijn middel en gaf me een kneepje. 'Misschien konden ze aan je zien dat je iemand had verloren. In een dorp als Oia, nee, op dit hele eiland, is niemand die niet weet hoe dat voelt.'

Ik dacht aan de gunsten, de goedheid die me was geschonken, maar nooit hardop uitgesproken. Ik dacht aan de verlaagde huur die ik Christos betaalde en de verrassend lage huur die Anatoles neef vroeg, en aan die eerste levensmiddelen bij mijn deur in de tijd dat er weken voorbij konden gaan zonder dat ik verder kwam dan mijn terras. Onder onze voeten, op het bureau in de opslag, lag het nieuwste verslag van Palmer. Er stond nog steeds elke maand PROJECT PEETMOEDER boven, alsof het iets vriendelijks met de beste bedoelingen was, maar een klein stukje verwijderd van de petemoei met het toverstafje en de pompoen die een koets werd.

Nee, als iemand een goede petemoei had gekregen, was ik het wel.

'Dank je, Eleni,' zei ik.

23

*De tiende verjaardag van Subject B werd gevierd met vriendinnen,
onder wie Subject A, in de plaatselijke bioscoop en pizzeria. Subject A bleef logeren en werd de volgende ochtend door haar moeder
opgehaald...*

*De ouders van beide subjecten hebben hun kind inmiddels opge-
geven voor het vervolgonderwijs. De uitslag wordt begin april verwacht...*

Ouders zeggen vaak dat het opgroeien van hun kinderen hun
eigen veroudering lijkt te versnellen, waarmee ze domweg bedoelen dat het het aantal mijlpalen onderweg vergroot. Het is geen punt
om je eigen verjaardag onopgemerkt voorbij te laten gaan, maar je
weet dat je precies vijf, zes of wel tien jaar ouder bent geworden
wanneer je een taart met kaarsjes die geteld moeten worden om-
hooghoudt, één voor elk jaar sinds het schepsel dat naast je staat in
een ziekenhuiswiegje lag, sinds je elke schijn van gemoedsrust die
je nog had vaarwel zei.

Nu had ik zelf geen kalender meer, maar werd mijn tijd afgemeten aan de mijlpalen van Cat en Daisy, zowel de gerapporteerde als
die in mijn gedachten: niet alleen verjaardagen, maar ook kerst- en
paasfeesten, schooltoneelstukken en sportdagen, nieuwe passies
(popmuziek) en vergeten favorieten (ballet), ruzies en bijzondere
vriendschappen (soms met jongens!); allemaal onvoorstelbare
hoogtepunten.

Toch werd ik vooral geboeid door de lichamelijke veranderingen.
Inmiddels was de puberteit begonnen. Cat groeide Daisy boven het

hoofd, veulenachtig en bleek, alsof ze niet alleen de maat van haar schooluniform ontgroeide, maar ook de stijl en kleur. Het contrast tussen grof en verfijnd in haar trekken was sterker dan ooit: die weerbarstige bos haar van haar vader, en zijn wenkbrauwen, krachtige, asymmetrische lijnen die haar iets onbeschaamds gaven (wat elke docent vast zou ergeren); maar de lichtbruine ogen en smalle neus van haar moeder vormden de scheiding tussen die woeste wenkbrauwen en de brede, volle mond met iets grotere tanden dan je zou verwachten, waardoor haar glimlach breed en overheersend werd.

Ik twijfelde er niet aan dat Daisy, die minder spectaculair op de foto's stond, het aantrekkelijkst was voor leeftijdsgenootjes. Haar gezicht werd omlijst door zacht golvend blond haar en haar kleinere lichaam kreeg al vrouwelijke rondingen. Palmer schreef dat ze geliefd was en nog slim ook; ze zou haar tijd op Moss Hamlet waarschijnlijk als de beste van de klas afsluiten. Er was echter nog geen broertje of zusje te bekennen. Bob hield zijn poot kennelijk stijf.

Het was onmogelijk om de foto's te bekijken zonder in een reflex naar Emma te zoeken. Haar gezicht was gewist van het officiële portret, zij was de niet-persoon, het meisje dat er niet meer was. Hoe zou zíj gegroeid en veranderd zijn? Zou ze inmiddels meer op Oliver zijn gaan lijken? Wat zou zij hebben willen worden als ze groot was? Terwijl haar vriendinnetjes van vroeger langere armen en benen kregen, en donker haar, terwijl hun volwassen trekken steeds dichter aan de oppervlakte kwamen, als een volwassen gebit dat op het punt staat door het tandvlees te breken, bleef Emma altijd hetzelfde. Bij het zien van die foto's had ik mijn eigen leven zonder bedenken willen ruilen voor een glimp van haar zoals ze er nu uit zou zien, en het verdriet sloeg hard toe, zoals zo vaak, als een klap op warme huid.

Toen Panoméréa klanten van over de hele wereld begon aan te trekken, dus ook uit Engeland, nam ik me voor mijn afspraak met Palmer extra goed geheim te houden, vooral wat Ingrid betrof. We ontmoetten meer Britten dan me lief was en een van haar fantastische talenten was haar vermogen zich details te herinneren van gesprekken die ik allang vergeten was: 'Waar woonde dat leuke stel uit Londen ook alweer, Rachel? In Richmond?' 'Weet je nog, die vrouw die zei dat ze had moeten verhuizen om haar zoon op die topschool te krijgen?' Ze zou gemakkelijker dan je dacht aan Jens buurvrouw kunnen vertellen hoe Daisy's toelatingsexamen was gegaan, of aan een collega van Toby dat Cat naar de opticien was geweest. Nee, ik mocht niet uit het oog verliezen dat ik een onbekende had ingehuurd om de kinderen van mijn vrienden te bespioneren. Hoe sterk ik er ook van overtuigd was dat mijn motieven goed waren, ik was verstandig genoeg om in te zien dat mijn gedrag moeilijk te verklaren was voor de buitenwereld. Het zou vreemd kunnen overkomen, een beetje onfris, zelfs. Ik mocht er niet van uitgaan dat iemand anders dan Palmer het zou begrijpen.

Het onderwerp kwam natuurlijk zelden ter sprake. Ik haalde de pakjes zelf af en bekeek en bewaarde ze in Callidora. Het gevaar school in de periodes kort nadat Palmer zelf op bezoek was geweest, want dan was Ingrid vastbesloten haar nieuwsgierigheid te bevredigen. Ik kon het haar nauwelijks kwalijk nemen: ik was zenuwachtig voor zijn komst, maar vaak merkbaar opgetogen na zijn vertrek. Het was echter een tegenstrijdig soort opgetogenheid, deels te danken aan zijn verzekering dat de meiden het goed maakten en deels aan mijn opluchting omdat zijn bezoek voorbij was en mijn sociale verplichtingen er weer op zaten. En er was nog een derde deel: het bijzondere plezier dat onze tijd samen me gaf, en Ingrid zou Ingrid niet zijn als ze zich niet aangetrokken voelde tot complotten van zo'n persoonlijke aard.

'Ik weet dat je hebt gezegd dat hij privé-detective was, maar waarom moet hij helemaal hierheen komen? Volgens mij wil hij een oogje op jóú houden.'

Ik trok een wenkbrauw op. 'Stel je niet aan. Zo vaak is hij hier niet geweest. Hij heeft een kennis op Naxos, dus het zal wel goed uitkomen, denk ik.'

'Ja, vast. Hoezo, een "kennis"? En waarom moedig je hem aan, als ik vragen mag?' Ze kreeg een inval en zette grote ogen op. 'O, mijn god, natuurlijk, hij is een soort vaderfiguur! Je hebt altijd gezegd dat je zo'n goede band had met je vader.'

Ik vond het niet echt grappig en ging ertegenin. 'Ze lijken in niets op elkaar, Ingrid. Pap was heel enthousiast en vatte de dingen serieus op; Palmer blijft altijd onaangedaan.' Het kwam er iets te vlot uit, en het was niet eerlijk tegenover Palmer. 'Trouwens, volgens mij is hij nog geen tien jaar ouder dan ik, dus hij kan met geen mogelijkheid een vaderfiguur zijn.'

'Wil je zeggen dat je niet weet hoe oud hij is?'

'Nee, natuurlijk niet. Het gaat me niets aan.'

Ze trok een gezicht. 'Waar praten jullie dan over, jullie saampjes?'

'Dat heb ik toch gezegd? Hij brengt me het nieuws over de meiden.'

'Daar hoeft hij dat hele eind niet voor te reizen. Begrijp me niet verkeerd, ik vind het fantastisch dat het dikke mik is tussen jullie...'

'Het is geen "dikke mik", Ingrid, niet op die manier.'

Ze leek mijn verweer alleen maar grappig te vinden. 'Nou, dan heb ik nog één vraag: weet hij dat je nog steeds getrouwd bent?'

Ik haalde mijn schouders op. 'Dat ben ik toch niet echt meer?'

'Nee?'

'Het gaat hem niets aan of ik getrouwd ben of niet.'

'Oké, ik begrijp het.' Ze schakelde weer plotseling om, zoals ik inmiddels van haar gewend was, en trok een peinzend gezicht. 'O, Rachel, denk je dat je er ooit klaar voor zult zijn?'

'Waarvoor?'

'Je weet wel, een nieuwe relatie?'

Wat moest ik daarop zeggen? Het was heel lang niet bij me opgekomen dat er een eind zou kunnen komen aan mijn huwelijk, zelfs niet toen het verstrikt was geraakt in overspel. Mijn relatie met Oliver was heel lang overschaduwd door mijn grootste zorg: Emma. De herinnering aan de tijd toen hij nog de begeerlijkste was, de hoofdrol vertolkte op mijn podium, was nu bijna schilderachtig. Hij was van de ene dag op de andere langs de zijlijn gezet (net als Toby, en zelfs Bob, in zekere mate) en had een nieuwe rol gekregen als een soort oudste kind dat zich moest aanpassen aan het schema van het jongste. Ik had altijd aangenomen dat Mariel en Jen het net zo zagen, maar nu vroeg ik me af of ik niet de enige was geweest. Mijn huwelijk was ten slotte het enige dat was stukgelopen.

Mijn gedachten keerden terug naar Palmer, naar Ingrids vraag. Ik vond het nog steeds gemakkelijker om van onderwerp te veranderen dan een persoonlijke vraag eerlijk te beantwoorden. 'Over vaderfiguren gesproken, Ingrid, je zegt nooit veel over jóúw vader. Woont hij nog in Australië?'

Nu was het haar beurt om haar schouders op te halen. 'Ja, ik denk het wel. Hij is weggegaan toen ik nog klein was en ik heb nooit geprobeerd hem te vinden. Ook zo'n nietsnut. Hij is alleen met mijn moeder getrouwd omdat ze zwanger was. Ik vraag me af waarom ze die moeite hebben genomen. Weet je, waarschijnlijk zou ik hem niet eens herkennen als hij hier nu binnenkwam... Idioot, hè?' Ze dacht even na. 'Nee, ik denk niet dat hij nog in Melbourne zit. Hij kwam oorspronkelijk ergens uit de buurt van Darwin. Hij zou nu overal kunnen zitten, denk ik.'

'Misschien vindt hij jóú op een dag?' Ik kon mijn tong wel afbijten. Uitgerekend ik hield haar een sprookjesachtige afloop voor, alsof ik die haar kon geven, alsof Ingrid alleen maar haar gulden haar over de rand van het klif hoefde te hangen of haar vader klom al omhoog, de knappe prins, de redder in de nood.

Uiteindelijk bleek hij in een Mercedes met airco te arriveren, wat veel praktischer was. Niet Ingrids vader, natuurlijk, maar hij was beslist oud genoeg om ervoor door te kunnen gaan. Toen ik opkeek en hem in onze deuropening zag staan, met zijn handpalmen vlak tegen de kozijnen (dichter kon je bij Panomeréa niet bij een dramatische entree komen), was het eerste wat ik dacht dat hij me uit mijn huis kwam gooien. In de paar seconden die we nodig hadden om elkaar te begroeten, zag ik al voor me hoe ik dakloos op een matras in de opslagkelder lag terwijl Callidora wekelijks een nieuw verliefd stelletje huisvestte. En ik kon er geen bezwaar tegen maken, want er was me een gunst verleend, maar moest het nu gebeuren, nu de winkel elke vrije seconde van elke dag opeiste?

'Zo, mevrouw Freeman, ik zie dat Oia niet stilstaat, een galerie maar liefst, heel mooi...'

'Hallo, meneer Kafieris. Eigenlijk is het maar een winkeltje...'

'Zeg toch Christos. En u bent te bescheiden; dit is meer dan een winkel, lijkt me.'

Hij keek om zich heen en ik gaf toe aan de verleiding hem aan te gapen, want dit was een andere Christos dan de verregende filosoof van de vorige keer. Deze man zag er duur en onberispelijk verzorgd uit; zijn weelderige zilvergrijze haar en bruine huid boven het zwarte maatpak waren oogverblindend, glamoureus; hij leek op een mediterrane ex-tennisser die nu model was voor een Milanees modehuis. Hij was ook arrogant, dat sprak duidelijk uit zijn gedrag, maar toch lukte het hem niet goed om de grijns te verbergen van een jochie dat terug was in zijn geboortedorp en wist dat er lekkernijen konden wachten.

'Hoelang zijn jullie al open?'

'Iets meer dan een jaar. Aanvankelijk liepen de zaken niet zo goed, maar de locatie helpt, natuurlijk.' Ik zag Ingrid rechts van hem uit de opslag komen. Haar haar zat een beetje warrig en er hing een bladder opgedroogde verf over haar ene oor. 'Mag ik je voorstellen aan mijn compagnon, Ingrid Sullivan?'

'Compagnon... aangenaam...'

'Ingrid, dit is mijn huisbaas, Christos Kafieris.'

Christos bekeek haar zeer nauwkeurig en nadat hij haar een hand had gegeven, drukte hij zijn handen tegen zijn dijen alsof hij bang was ze anders niet thuis te kunnen houden. Toen gaf hij de strijd op, plukte de verf uit haar haar, legde de bladder in haar handpalm en sloot haar vingers eromheen. Zij op haar beurt streek haar zongebleekte manen met haar vrije hand glad en likte bijna langs haar lippen. Het was duidelijk dat ze zich op het eerste gezicht tot elkaar aangetrokken voelden. Ik deed alsof ik niets merkte en zette de beleefdheden voort, maar het deed gekunsteld aan.

'Gaan de zaken goed, Christos?'

'Daar kom ik straks achter,' zei hij terwijl hij een overdreven handgebaar maakte, alsof hij twee even zware lasten woog. 'Ik heb hier vanmiddag met de burgemeester afgesproken. Mijn leven ligt in zijn handen.'

'Dat klinkt riskant,' zei Ingrid, die haar hoofd schuin hield. Het puntje van haar tong was zichtbaar tussen haar tanden, zag ik geamuseerd. Ik had haar wel duizend keer zien flirten, maar nooit zo weloverwogen.

'Riskant? Natuurlijk is het riskant, dit is Oia.' Ingrid liet haar lach door de ruimte tinkelen en hij beloofde later terug te komen om onze collectie goed te bekijken, en nu hij toch bezig was, stelde hij voor de volgende avond met ons beiden uit eten te gaan. Ik wist zeker dat hij dat nog niet van plan was geweest toen hij langskwam en schrok toen hij de Zwarte Parel noemde, veruit het duurste restaurant van Oia.

'Heel vriendelijk van je,' zei ik.

'Welnee. Ik ben benieuwd te horen hoe deze onderneming is ontstaan.'

Je bent benieuwder naar Ingrid, dacht ik, en ik onderdrukte een glimlach.

De Zwarte Parel zat in een kapetanospito aan de hoofdstraat, niet ver van het Ilias. Ik was er ontelbare malen langsgekomen, maar pas nu ik er binnen was, zag ik hoeveel allure het had. Intieme hoekbankjes met kussens met lovertjes, serveersters op kittige hakjes, aroma's die zo mysterieus versmolten dat je amper kon zeggen uit welke ingrediënten ze waren opgebouwd: het was volmaakt voor dat idyllische laatste avondmaal. En er was natuurlijk uitzicht op de zonsondergang: de lucht had vlammende strepen die avond, een schilderij van Turner, en de zee leek leeg zonder de oorlogsschepen.

Christos klapte de wijnkaart dicht en keek ons stralend aan. 'Champagne, lijkt me,' zei hij. De schaduw van de smeedijzeren balustrade achter hem wierp een behangpatroon op het stucwerk.

'Heb je iets te vieren?' vroeg ik. Ik was blij dat ik mijn enige mooie jurk had aangetrokken, een zwarte hemdjurk. Ik hoopte maar dat de manier waarop hij mijn lichaam omsloot, verborg hoe ouderwets hij moest zijn, al die jaren na aanschaf.

'Wíj hebben iets te vieren,' zei hij.

'Goh,' zei Ingrid. 'Ik zou niet weten wanneer ik voor het laatst champagne heb gedronken. Je bespreking met de burgemeester was zeker een succes, Christos?'

'Nou en of!' Zijn voorstel, vertelde hij, was de bouw van een complex luxe villa's in Perivolos op de ruïnes die Manfred voor Panomeréa had gefotografeerd. Christos had er jaren over gedaan om de bureaucraten om te praten, maar nu had hij het voor elkaar en zijn plannen waren die ochtend officieel goedgekeurd. Het was zijn bedoeling zijn tijd eerlijk te verdelen tussen Thessaloniki, waar zijn bedrijf zat en zijn familie woonde, en Santorini, waar hij was geboren. De faciliteiten in zijn huis in de buurt Sideras zouden uitstekend voldoen tot hij een kantoor op de bouwplek had. Kenden we zijn huis toevallig? Het was dat lichtgroene met de witte luiken, slechts een paar straten achter het Ilias. We kenden het. Het was een mooie, neoclassicistische villa, een van de voornaamste woningen van het dorp, met buitenpleisterwerk zo glad als een net geglaceerde taart en een veranda met glanzende marmeren tegels in een dambordpatroon. Het effect was des te opvallender doordat de kapetanospita aan weerszijden door de aardbeving waren verwoest; van allebei restte alleen nog de ruïne van de benedenverdieping, die niet meer gerenoveerd kon worden.

'Mijn huis heet De Zwaluwen. Ik ga het hotel De Zwaluwsuites noemen.' Christos brak een broodstengel doormidden alsof hij het concept wilde demonstreren.

'Leuk,' zei Ingrid. 'Hoeveel suites komen er?'

'Een stuk of twintig, heel exclusief, heel beschut. Het wordt een echt onderduikadres.' Om de een of andere reden keek hij mij aan terwijl hij het zei. Ik keek zo strak mogelijk terug. Wat had hij die dag gezegd, toen hij me voor het eerst kwam opzoeken? *Vertel me je verhaal.* Tja, als hij van plan was terug te keren naar Oia, zou hij het snel genoeg te horen krijgen, vermoedde ik.

Ingrid liet zich een vuurtje door hem geven met een zilveren aanstekertje dat een bevredigende klik gaf toen hij het dichtklapte. 'Heb je altijd al in het hotelwezen gezeten, Christos?'

Hij schokschouderde bescheiden. 'Sinds mijn vijfentwintigste ongeveer. Ik werkte eerst voor een zakenman in Athene, heel beroemd in Griekenland, een van de eersten hier die een hotelketen opzetten. Toen besloot ik het zelf te proberen. Het is altijd mijn droom geweest hier in Oia een hotel te openen.'

Hij vertelde ons dat hij economie had gestudeerd in Londen, wat zijn onberispelijke Engels verklaarde. Hoe hij daar vanuit Oia terecht was gekomen, legde hij niet uit, maar ik begon te begrijpen hoe blij de studenten in Londen geweest waren dat het hem was gelukt. Zijn charisma werkte als een magneet op omstanders. Telkens wanneer hij zijn kin hief en lachte, draaiden hoofden zijn kant op, en wanneer hij een begroeting riep of opstond om iemand aan een andere tafel, of zelfs op straat, een klap op de rug te geven, volgden alle ogen hem. Het werkte aanstekelijk: zelfs wanneer hij zich verontschuldigde en even met iemand anders ging praten, werd mijn blik naar hem toe getrokken. Ingrid gedroeg zich intussen onverstoorbaar, maar het was duidelijk dat ze als een blok voor hem was gevallen. Ze had de hele avond bijna geen hap gegeten en keek me regelmatig aan alsof ze wilde zeggen: 'Ongelooflijk toch, hoe fantastisch hij is? Dat gelóóf je toch niet?'

'Waarom heb je er eigenlijk zo lang mee gewacht?' vroeg ik. 'Als je altijd al van een hotel hier hebt gedroomd?'

Zijn ogen werden donker. 'Vijanden.'

'Vijanden?' riep Ingrid theatraal uit. 'Die heb je toch niet, Christos? Kijk dan hoe blij iedereen is je te zien!'

Maar hij vertelde verder over zijn familiegeschiedenis zonder erop in te gaan. 'Mijn vader werkte hier in de sokkenfabriek, van acht uur 's ochtends tot tien uur 's avonds, als jongen al.'

'Ging hij niet naar school?'

'Niet naar de middelbare school, dat is twee uur per muilezel naar Fira. Stel je voor! Ook als het regent dat het stort!'

'Ik vind zijn manier van praten zo leuk,' fluisterde Ingrid me toe toen hij na het hoofdgerecht even was weggeglipt om met weer een oude vriend te praten. 'Een perfect Brits accent, maar met kleine foutjes en grappige uitdrukkingen. Hij lijkt wel een dichter.'

'Ja.' Ik vroeg me af of hij een getrouwde dichter was.

Ingrid zorgde natuurlijk dat ze er snel achter kwam. 'En, Christos, heb je je vrouw bij je? Gaat ze je helpen met de bouw van De Zwaluwsuites?'

Hij trok een gekweld gezicht en haalde jongensachtig zijn schouders op. 'Ik heb wel een vrouw gehad,' zei hij, 'maar ik heb haar een tijdje geleden aan haar moeder teruggegeven.'

Ze lachten allebei verrukt, en toen bood Christos zijn excuses aan voor alle onderbrekingen van de maaltijd. 'Ik ben nu klaar met praten, ik beloof het. De rest van de avond ben ik geheel de uwe, dames.'

'Wil je dan niet met ons praten?' vroeg Ingrid pruilend.

'Nou, misschien wel,' zei hij terwijl hij terecht haar lippen bewonderde. Ze leunden iets dichter naar elkaar over en ik weerstond de verleiding om hun hoofden die laatste paar centimeter te duwen, dan was het maar gebeurd. Ik concludeerde dat ze beter af waren zonder mij, sloeg de door de ober aangeboden koffie af, zei dat ik doodmoe was en liet die twee samen achter. Ik kon alleen maar bewondering hebben voor Ingrids uithoudingsvermogen, want zij draaide ook sokkenfabrieksdiensten; ze was altijd in beweging en was er als serveerster op geconditioneerd elk rustig moment in de winkel te vullen met taken die van pas zouden kunnen komen wanneer het storm liep. Ze werkte twee keer zo hard als ik, maar ze was dan ook nog jong, hield ik mezelf voor, nog in de twintig. Zij had haar hele leven nog voor zich.

Christos verraste me door zich aan zijn woord te houden en een paar dagen later terug te komen om onze collectie beter te bekijken. De restanten van Nikos' collectie, die nog steeds onze trots was, liet hij zo goed als links liggen; hij gaf de voorkeur aan een serie foto's van Manfred die we net hadden gekocht, ongerijmde details die zijn kunstenaarsblik hadden getrokken: een driehoekig gevarenbord dat waarschuwde voor vallende rotsblokken, een mededeling in krom Engels: BOOTREIZEN NAAR VULKAAN, een open hek – allemaal in zwart-wit, natuurlijk, en allemaal met die abstracte banen zee, land en lucht op de achtergrond. Christos had gelijk: deze foto's waren precies goed voor dure hotelkamers, met precies de grillige details die het soort kritische (en welgestelde) reiziger zouden aanspreken dat Christos wilde aantrekken.

Hij stelde voor dat Panomeréa de nieuwe villa's exclusief van wanddecoratie zou voorzien en belde meteen zijn binnenhuisarchitect om zijn beslissing door te geven.

Over Callidora zei hij alleen: 'Misschien moet ik je huur verhogen nu ik je help meer winst te maken. Stel je voor, iemand uit Oia die Britten en Australiërs betaalt voor foto's van zijn eigen land!'

'Hé,' ging Ingrid er met blozende wangen en flirtzieke ogen tegenin, 'Rachel heeft ook Grieks bloed, hoor!' En voor ik kon ingrijpen, haalde ze de foto van de vrouw met de lichte hoofddoek van de muur en duwde hem in zijn handen. 'Kijk, vind je niet dat ze op elkaar lijken? We denken dat dit een voorouder van haar zou kunnen zijn. Haar tante, misschien.'

'Ingrid! We weten best dat dat niet zo is.' Ik probeerde de foto van Christos af te pakken, want het laatste waar ik behoefte aan had, was hem mijn stamboom uiteenzetten, maar hij hield hem stevig vast.

'Ja,' zei hij mij aankijkend, 'ik vind ook dat er een gelijkenis is.'

'Wedden dat jíj wel weet wie het is?' hield Ingrid vol. 'Ik kreeg laatst de indruk dat jij iedereen hier kent.'

'Het is belangrijk om bij te houden wie er nieuw zijn aangekomen,' zei hij instemmend, en ik meende een knipoogje op te vangen.

'Maar goed, Oia heeft baat bij ons,' zei ik tegen hem, vastbesloten me niet van de wijs te laten brengen door de foto of hun geflirt. 'Hoe meer mooie foto's er de wereld in worden gestuurd, hoe meer mensen het met eigen ogen zullen willen zien. Misschien komen ze wel naar een van jouw nieuwe villa's.'

'Ik plaag je maar,' zei hij, en ik geneerde me voor mijn ernst. 'Dit is het goede soort bedrijf voor Oia. Mijn gelukwensen, dames.'

'Dank je.' Ik was tegen wil en dank blij dat hij de winkel goedkeurde.

Hij veegde wat stof van het glas en gaf me de foto terug. 'Weet je waarom die dame ons volgens mij zo bekend voorkomt?'

'Nou?'

'Het is toch duidelijk? Ze lijkt op Santa Irini van de iconen.'

Ik glimlachte. 'Jouw lieftallige beschermheilige? Ja, het zou kunnen, maar ik weet niet of ze in de derde eeuw al over de verworvenheden van de fotografie beschikten.'

Ingrid snoof. Christos leek blij te zijn met mijn poging tot humor en speelde het spelletje graag mee. 'Nee, je moet je vergissen. Wij zijn de Grieken, wij doen alles het eerst!' Toen hij de foto weer aan zijn haakje bij de deur hing, viel zijn oog op een Nikos van het klooster bij Pyrgos. 'Jullie kennen het verhaal van Profitis Ilias zeker wel?'

We schudden allebei enigszins beschaamd van nee.

'Maar het is zo'n leuk verhaal om aan je klanten te vertellen! Jullie hebben Eleni er toch zeker wel naar gevraagd? Haar hotel is immers naar hem vernoemd?'

'Vertel het nou maar gewoon,' zei Ingrid narrig.

Hij grinnikte plagerig naar haar. Ik begon al te wennen aan hun wisselwerking. 'Nou, Ilias kwam uit een klein vissersdorp, maar hij reisde het hele eiland af op zoek naar een plek die zo ver verwijderd was van zijn eigen leven dat de mensen zelfs de roeispaan die hij over zijn schouder droeg niet herkenden.'

'Een echte roeispaan? Hij was niet goed bij zijn hoofd,' zei Ingrid met een lach.

'Ja, dat zullen ze toen ook wel hebben gedacht. Overal waar hij kwam, vroeg hij de dorpsbewoners of ze wisten wat het was en dan antwoordden ze natuurlijk: "Een roeispaan, idioot!" Toen kwam hij in de bergen, op die plek van de foto, Pyrgos, en de mensen daar wisten niet wat het was. Toen heeft hij daar dus zijn kerk gesticht.'

'Ik kan het maar moeilijk geloven,' zei Ingrid. 'Er is geen plek op het eiland zonder uitzicht op zee, en anders kun je lopend naar een plek die wel over zee uitkijkt.'

'Ik denk dat het erom gaat dat hij mensen zocht die niets van dat leven wisten.'

Ik voelde dat Christos langs haar heen naar mij keek, maar hij probeerde niet mijn blik te vangen. Ik wist dat hij uit mijn zwijgen zou opmaken dat ik hem begreep. Hij had over Emma gehoord, dat maakte hij me duidelijk; hij had gehoord dat ik niet over haar had gepraat en hij wilde me vertellen dat hij begreep waarom, dat ik hem nooit een verklaring zou hoeven afleggen.

Toen hij weg was, zei Ingrid langs haar neus weg: 'Goh, ik ben blij dat ik laatst niet met hem naar bed ben gegaan. Dan had het kunnen voelen alsof hij me betaalde, snap je, nu hij die bestelling heeft geplaatst?'

Ik lachte er onwillig om. Ik kon niet ontkennen dat zijn verschijning in ons leven mij net zo opfleurde als haar. Het gaf me dezelfde roes die ik me herinnerde uit de eerste tijd met Oliver. 'Het was anders een uitstekende beloning geweest. Heb je wel gezien hoeveel het in totaal wordt?'

Ingrid knipoogde. 'Ik ben het net aan het boeken.'

Vanaf dat moment noemden we onze mysterieuze vrouw Santa Irini.

24

'Mammie?'

'Ja, snoes?'

'Soms vind ik jou niet lief.'

'O? Waarom niet, lieverd?'

'Als ik moet huilen.'

'Als ik je een standje geef, bedoel je?'

'Ja. Dan doe je gemeen tegen me.'

Die onbevangenheid in haar stem; die treurige ogen, nog een beetje rood van het huilen om de een of andere vermaning. Had ze op het behang getekend of had ze de luiken van haar poppenhuis getrokken? Had ze de stelen van de tulpen in de vaas op het tafeltje in de hal geknakt? Ze was drie. Ze was zo vaak stout dat ik had geleerd alleen in te grijpen bij ernstige overtredingen. Kies je strijd met zorg, zei Mariel vaak. Zij was onze voorhoede: Cats avonturen gingen altijd een paar maanden vooraf aan die van de andere twee en waren minstens twee keer zo gewaagd.

Ik verstrengelde mijn grote vingers met haar kleine. 'Ja, schat, daar zeg je iets. Het is niet leuk om op je kop te krijgen, maar het hoort bij mijn werk. In een gezin moet je regels hebben, snap je?'

Ze snoof. 'Wie maakt die regels dan?'

'Ik. En pappie.'

Argwanende stilte. 'Maar ík wil zeggen wat de regels zijn.'

'Weet ik, maar wij zijn ouder dan jij. Wij zijn grote mensen.'

'Als ik groot ben,' zei ze, 'maak ik de regels. Als ik zes ben.'

'Als je zes bent. Goed dat is dan afgesproken.'

Later, toen ze zes was, zei ik dat ze zelf een regel mocht instellen. Ze dacht er een eeuwigheid over na en zei toen: 'Nou, je mag geen bladeren eten.'

Ik bedwong mijn lach. 'Dat is waar. Dat is een heel goede regel. Nog iets? Is er niets waar pappie en ik ons thuis aan moeten houden?'

Ze dacht weer na, maar nu een stuk minder lang. 'Ik weet het al! We mogen niet van andere mensen houden. Alleen van elkaar.'

Ik had het idee dat kinderen worden geboren met het vermogen ons hart te breken.

Subject A is toegelaten op Meisjesschool Greencroft per september 1999...:

Subject B is toegelaten op de St. Jude's School (gemengd) per september 1999...

Toen ik Palmers verslag doornam, zei het plotselinge bonzen van mijn hart me dat er iets niet klopte. Ik las de regels nog eens, voor de zekerheid, en voelde dat de paniekschakelaar in mijn binnenste werd overgehaald. Gingen Cat en Daisy na Moss Hamlet ieder naar een andere school? Wat had dat te betekenen? Ze móchten niet gescheiden worden, dit moest een vergissing zijn.

Voor het eerst belde ik Palmer op zijn kantoor in Londen.

'Ik maak me ongerust. Er moet iets gebeurd zijn.'

'Goed,' zei hij geduldig, 'laten we alle mogelijkheden doornemen. Zouden de meisjes er zelf voor kunnen hebben gekozen?'

'Natuurlijk niet, je kunt aan die foto's zien dat ze nog steeds elkaars beste vriendin zijn. Trouwens, Mariel en Jen zouden ze niet zelf laten kiezen, niet op die leeftijd.'

'Zouden zij het dan misschien zo willen?'

'Nee, beslist niet.' Nog los van al het andere was Greencroft veruit de beste school van de twee, en tevens de natuurlijke bestemming van meisjes van Moss Hamlet. Nee, Mariel zou St. Jude's nooit boven Greencroft hebben verkozen.

'Tja, er is geen toelatingsexamen geweest,' zei Palmer. 'Zou de postcode het probleem kunnen zijn? Ik herinner me zo'n soort toestand van toen mijn zoon naar de middelbare school ging.'

'Palmer, je weet waar ze wonen! Ze wonen maar een paar straten bij elkaar vandaan, ze zijn bijna buren. Zo hebben we Jen ook leren kennen.'

Ik hoorde zijn Zippo openklappen, en toen inhaleerde hij en blies uit. 'Goed, ik zal het onderzoeken.'

Hij belde me de volgende dag terug. 'De ouders van Catherine hebben haar opgegeven voor Greencroft, maar ze is niet toegelaten. Kennelijk zit ze toch iets verder van de poort. Ze gaan er daar vanuit dat je naar school moet kunnen lopen, heb ik me laten vertellen, dus ze rekenen niet hemelsbreed. Cat staat negentiende op de wachtlijst.'

'Negentiende? Belachelijk!'

'Er waren veel te veel aanmeldingen. Vijf voor elke beschikbare plek.'

Het kon maar een paar straten schelen, maar zo was het systeem. Nu herinnerde ik me dat ik iets had gelezen over kinderen die driehoog woonden en volgens de normen buiten de zone vielen, terwijl degenen op de begane grond wel in aanmerking kwamen. Onwillekeurig bedacht ik dat mijn eigen huis, mijn oude huis, nog verder van de school stond. Emma zou ook niet toegelaten zijn. Daar gingen onze grapjes dat de drie meiden zij aan zij zouden afstuderen in Oxford, waarna ze gedrieën op het vliegtuig naar Harvard zouden stappen. En dan te bedenken dat ik tijd had verspild aan het beramen van strategieën om Oliver over te halen Emma met haar vriendinnen mee te laten gaan in plaats van haar naar een particuliere school te sturen; we hadden nog jaren te gaan, waar had ik me druk om gemaakt? Ik had toen van mijn tijd met haar moeten genieten, zoals ze toen was, toen ik haar nog had!

'Palmer, wat kunnen we doen?'

Mijn stem klonk schril van spanning en ik hoorde hem het soort sussende geluidjes maken dat je ook bij de dierenarts kunt horen. 'Stil maar, geen paniek, er is een oplossing voor.'

'Hoe dan?'

'We moeten gewoon iemand binnen het systeem zien te bereiken. Jij bent de rectrix van Greencroft zeker nooit tegengekomen? Jackie Ratcliffe, heet ze.'

'Nee, ik vrees van niet.'

'Jammer.' Hij nam nog een trek van zijn sigaret. 'Je kunt altijd geld schenken, als ze daarvoor openstaat. Scholen gaan er vaak op in.'

'Smeergeld bedoel je? Dat kunnen ze toch niet maken?'

'Ik heb geleerd geen enkele mogelijkheid uit te sluiten.'

'Ik moet erover nadenken,' zei ik. 'Het moet anders kunnen, er moet iemand zijn die iets kan doen.'

Ik bleef de hele dag een gevoel van naderend onheil houden. Ik kon nauwelijks eten, slapen of aan iets anders denken, wat nergens op sloeg, want geen van beide meisjes liep werkelijk gevaar. Wat zou Ingrid lachen als ik het haar vertelde: een school, wat een onbenullig probleem! Was dat maar de grootste zorg van háár moeder geweest. Ik vond het echter noodzakelijk dat Cat en Daisy de reis uit hun kindertijd samen voortzetten, waar hun bestemming ook lag. Ik stelde me voor dat ik me net zo zou voelen als ik te horen kreeg dat een van beide gezinnen naar de andere kant van de wereld ging emigreren. Nee, wat ik me ook had ingebeeld over mijn rol als behoedster, dit was de kern: ik móést Cat en Daisy bij elkaar houden.

Maar hoe? Ik mocht met een gerust hart aannemen dat Mariel alle normale wegen om zich tegen de beslissing te verzetten inmiddels zou hebben bewandeld. Ze zou dat mens van Ratcliffe zelf hebben opgebeld en haar best hebben gedaan om haar te paaien. Als zij het niet voor elkaar kreeg, hoefde ik het niet meer te proberen.

Wat dan?

Midden in de nacht schoot het me te binnen. Simon. Preciezer gezegd: Simons vader. Hij was inmiddels gepensioneerd, maar ik herinnerde me dat hij onderwijsinspecteur was geweest. Als ik iemand kende die als kruiwagen kon dienen, was hij het wel. De gedachte verbaasde me. *Als ik iemand kende...* Ik kende bijna niemand meer in Londen. Zelfs mijn zoektocht naar foto's en opdrachten voor de winkel had niet tot een fax of e-mail naar Londen geleid.

Ik hees me op mijn elleboog op en jubelde in het donker. E-mail, natuurlijk! Ik zou Simon een e-mail sturen, dan kon ik alles zeggen wat nodig was zonder terug te krabbelen, in huilen uit te barsten of de vraag te krijgen waarom ik zoveel jaren had laten verstrijken zonder ook maar iets van me te laten horen. Die jaren zeiden mij niets, maar hij zou zich vast gekwetst voelen. Zou hij begrip voor me kunnen opbrengen? Zou hij zelfs maar reageren?

Ik herinnerde me glashelder op welk moment ik had besloten me door Simons verliefdheid, die al tien jaar duurde, op het verkeerde pad te laten brengen. We dronken een borrel na het werk, wat op zich al een concessie was, want normaal haastte ik me naar huis om bij Emma te zijn, en het leek of ik waar ik maar keek vrouwen zag die me herinnerden aan hoe ik was geweest: zorgeloos, begeerd, zelf begerend. Vrouwen als Charlotte. Opeens was ik bang dat ik was afgeschreven of, nog erger, mezelf had afgeschreven. Simon daarentegen was een toonbeeld van onbeteugelde seksualiteit: zijn haar was lang in zijn nek, hij was nog bruin van een vakantie waarin hij geen kleine kinderen uit de zon had hoeven houden, en bij de kleinste hint van een flirtzieke aanmoediging krulden zijn mondhoeken ondeugend op; hij had ook promotie gekregen, en die extra macht bleek hem goed te staan.

Hij nam me mee naar zijn piepkleine flat aan Warwick Avenue, het soort vervallen, met boeken behangen onderkomen dat ik zelf had kunnen huren als ik niet met Oliver was getrouwd, en we deden het op de bank. Ik was dronken en willig, hij was vooral stil, alsof hij bang was dat het geluid van zijn stem mijn aandacht kon vestigen op een verschrikkelijke persoonsverwisseling. Het gevoel van onbekende huid na een aantal jaren huwelijkstrouw was zowel een schok als een genot voor me. Nu ik toch had besloten over de schreef te gaan, zou ik ervan genieten ook. Simon leek onthutst en voelde zich heel schuldig, en ik kuste zijn voorhoofd liefdevol. Gek genoeg had ik niet het gevoel dat ik Oliver had bedrogen – hij was begonnen, als we kleinzielig gingen doen – maar Emma. Ik zou nog altijd uren voordat haar vader uit kantoor kwam de oppas naar huis sturen, maar ik had wel degelijk iets gevaarlijks in gang gezet, en iedereen wist dat kinderen het grootste slachtoffer waren van echtelijke twist. Nee, stelde ik mezelf vol overtuiging gerust, Charlotte had ons gezin niet kapotgemaakt en dat zou Simon ook niet doen.

Ik had alleen gezorgd dat beide partijen weer even sterk waren (om een uitdrukking van Oliver te gebruiken). Toch was het vreemd om mijn fatsoenlijke voetstuk onder me te voelen wankelen. Veel onverwachter was het zweempje opluchting dat ik voelde, als ik heel eerlijk was, opluchting omdat ik mezelf niet meer hoefde te zien als de volmaakte echtgenote, de echtgenote die geen blaam treft.

Kort nadat ik aan mezelf had toegegeven dat de slippertjes met Simon waren uitgegroeid tot een verhouding, zei ik tegen hem: 'Je moet je er door ons niet van laten weerhouden iemand anders te blijven zoeken, hoor, een echte relatie.'

Hij keerde me zijn gezicht toe, dat hij nauwgezet in de plooi hield. 'Je gaat nooit bij Oliver weg, hè?'

Ik deed mijn best om hem aan te kijken. Het was pijnlijk, maar in zekere zin waardeerde ik het dat hij er niet mee had gewacht. 'Ik zou Emma nooit bij haar vader kunnen weghalen. Ze ziet hem toch al zo zelden.'

Simon dacht even na en zei toen: 'Dat lijkt me redelijk.'

Ik mocht van geluk spreken dat ik die sportieve man in mijn leven had, al was het niet echt sportief van mij dat ik zíjn leven ingewikkeld had gemaakt door de rollen opnieuw te verdelen. Ik wist dat hij een echtgenote nooit op zo'n manier zou bedriegen. Simon had veel vriendinnen gehad sinds ik met hem samenwerkte, maar niet één was blijvend; ik hoopte maar dat ik niet degene zou worden die hij niet te boven kon komen. Ik suste mezelf met het idee dat hij me minder snel zou idealiseren nu hij mijn ware, gebrekkige persoonlijkheid van zo dichtbij kon meemaken.

Hij was de laatste met wie ik naar bed was gegaan en de enige aan wie ik had laten weten dat ik uit Londen wegging. Mijn eigen stem klonk net zo iel en blikkerig als de stem die ik via het telefoontoestel op zijn bureau hoog boven Pimlico Road hoorde.

'Je zult iemand anders moeten zoeken, Simon.'

'Hè?'

'Voor mijn baan. Ik weet niet of ik wel terugkom.'

Ik was even bang dat hij het zou zeggen, datgene wat ik niet van hem wilde horen: *Ik ga met je mee, laat me met je meekomen, dit is onze kans*, zoiets beangstigends en ondenkbaars.

'Ik ben altijd hier,' zei hij in plaats daarvan. *Ik ben altijd hier.* Nu dacht ik weer aan die woorden.

De volgende ochtend nam ik de vroege bus naar Fira. We waren hier niet helemaal afgesneden van de beschaving – Santorini was de maan niet, al gaf het vvv-kantoor hoog op van de kraterachtige landschappen – en internet had ons bereikt in de vorm van een 'cybercafé' in de hoofdstad. Ingrid en ik hadden een e-mailaccount genomen voor zakelijke doeleinden, al was het nog altijd praktischer om met faxen te werken, aangezien Oia nog geen internetverbinding had (het was slechts een kwestie van tijd, zei Eleni, en het enige probleem was dat we het over de Gríékse tijd hadden). Simons e-mailadres was gemakkelijk af te leiden uit het contactadres dat op de website van Pendant stond. Als ik de standaardprocedure volgde, kon ik met een reeks muisklikken zijn postvak hebben bereikt wanneer hij zijn computer die ochtend aanzette, aangenomen dat hij nog bij Pendant werkte.

Het kostte me meer dan een uur om de korte boodschap te verwoorden:

Lieve Simon,

Ik weet dat het heel lang geleden is en dat dit je moet overdonderen. Ik woon tegenwoordig op Santorini en het gaat goed met me, beter dan ik ooit had gedacht. Ik denk veel aan je en hoop dat jij het ook goed maakt.

Simon, ik hoop dat je het me niet kwalijk neemt dat ik je op deze manier benader, maar ik moet je om een gunst vragen. Ik vroeg me af of je vader een goed woordje zou kunnen doen voor mijn petekind op haar school...

O, wat klonk ik beschaafd, wat klonk ik beleefd. Ik voegde Cats gegevens toe en probeerde me Simons gezicht voor te stellen bij het lezen van mijn bericht. Zou hij wit wegtrekken en naar zijn sigaretten reiken, of zou hij terugdenken aan ons samenzijn en blozen (hij bloosde een beetje, wat ik aandoenlijk had gevonden)? Zou hij terugdenken aan hoe het was geweest op kantoor, waar we erom moesten denken dat we elkaar niet aanraakten op die bezitterige manier die geliefden eigen is? Of zou hij denken: Rachel, welke Rachel? O, díé Rachel.

Laat het me weten als je ooit hier in de buurt komt.

Die laatste regel wiste ik; te vrijblijvend, daar was hij te goed voor.

Ik hoop echt dat we elkaar in de toekomst weer zullen ontmoeten. Dat lijkt me leuk.
    Liefs, Rachel

Drie dagen later kreeg ik antwoord.

Lieve Rachel,
    Pap heeft misschien niet meer zoveel invloed (je weet toch dat we tegenwoordig een Labourregering hebben?), maar ik zal hem je verzoek doorgeven en vragen of hij zijn best wil doen.
    Hier bij Pendant gaat alles goed.
    Ik wil jou ook graag zien.
    Liefs, Simon.

Hoeveel zinnen had hij gewist voordat hij 'verzenden' aanklikte?

Ik hoorde niets meer van hem, maar korte tijd later meldde Palmer dat Catherine nu boven aan de wachtlijst van Greencroft stond. De aanmeldingen werden een paar maanden van tevoren in behandeling genomen en meestal vielen minstens vijf van de negentig toegelaten kinderen af doordat hun ouders zich bedachten of gingen verhuizen.

'Ze is zo goed als binnen,' zei Palmer blij.

'Ik hoop het.' Ik wilde nog geen victorie kraaien. 'Ik moet er niet aan denken dat ze gescheiden worden.'

'Dat gebeurt niet. En je hebt gedaan wat je kon.'

'Maar ik...'

'Ik meen het, je hebt er echt alles aan gedaan. Nu niet meer piekeren, hoor.'

Ik deed mijn ogen dicht, tot zwijgen gebracht door zijn onderbreking, die niets voor hem was. 'Goed dan.'

'Mooi zo. Niet meer aan denken.'

Het gekke was dat ik Palmers stem hoorde, maar Simons gezicht voor me zag.

25

Mijn moeder had altijd geweigerd iets te vertellen over de gebeurtenissen op die dag in 1956 die haar zuster het leven hadden gekost en haar ouders ertoe hadden aangezet Oia te ontvluchten, maar ze praatte wel over het jaar daarop, toen ze bij familie van moederskant in Athene woonden. Ik herinnerde me één gesprek in het bijzonder. Ik was een jaar of tien en ik zat in de keuken aan de radio te prutsen, een gele transistor die naast de broodtrommel op het aanrecht stond, toen mijn moeder begon te vertellen over de eerste keer dat ze een radio hoorde, in Athene, kort na de aardbeving.

'We hadden geen radio op Santorini. Ik dacht dat er een mannetje in zat. Dat dachten we allemaal. Toen hoorde ik een vrouwenstem en ik dacht dat zij er ook in zat!'

'Wat stom,' zei ik honend.

'Tja, weet je, we woonden toen met zoveel mensen bij elkaar, *yiayia* en *papu*, mijn oom en tante en mijn neven en nichten, allemaal vluchtelingen van Santorini. We zaten de hele dag op elkaar geropt in die kleine kamers, dus het leek me goed mogelijk dat er iemand in een radio paste!'

'Moest je naar een andere school?' vroeg ik. Ik stelde me voor dat ik van mijn eigen school werd gehaald en naar een vreemde school moest waar niemand me kende.

'Ja, natuurlijk, ik kon toch niet meer naar mijn oude school? Iedereen wist dat mijn zusje was omgekomen en ze waren allemaal bang me van streek te maken. Ik was heel eenzaam. Ik denk dat yiayia en papu zich zorgen om me maakten.'

Ze nam de radio van me over en draaide zelf aan de knop, zonder erop te letten welke zenders er langskwamen. 'Ik weet ook nog dat mijn moeder met me naar de bioscoop in Athene ging. Ik had natuurlijk nog nooit een film gezien. Ik vroeg honderduit: hoe kon dat, hoe deden ze dat?'

Ik lachte. 'Net als met de radio,' zei ik. 'Je dacht dat er mensen achter het doek waren.'

'Net als met de radio, ja. Maar mijn moeder zei alleen maar de hele tijd: "Sst!". "Stil, Alysa. Niet zoveel vragen, straks denken de mensen nog dat we barbaren zijn."'

'Wat zijn dat, barbaren?'

'Mensen die van niets weten. Maar we wísten ook van niets. Er waren zoveel soorten fruit en groente die ik nog nooit had gezien! Op Santorini hadden we alleen sinaasappels van Naxos en onze eigen tomaten. We leefden heel geïsoleerd, weet je. Toen gingen we naar Londen en ik ben hier ook heel lang verdrietig geweest.'

Ik begon al ongedurig te worden, want ik was niet gewend aan dit soort confidenties uit haar mond en wilde graag meteen door naar de gelukkige afloop. 'En toen leerde je pap kennen.'

Ze glimlachte. 'Ja, ik leerde pap kennen, en ik kreeg jou.'

'Dus nu ben je gelukkig.'

Ik zei het alsof ik een feit constateerde, als een verwerping van het voorafgaande zelfs, maar mijn moeder antwoordde alsof het een vraag was geweest waarop verschillende antwoorden mogelijk waren. 'Ja,' zei ze na enig nadenken. 'Nu ben ik gelukkig.'

'Alstublieft, mevrouw, het is niet goed dat u hier bent.'

Ik keek op naar het gezicht boven me: jong, Grieks, niet ouder dan veertien, met angstige ogen, heel knap. 'Het spijt me,' zei ik met een glimlach, 'ik wilde alleen...' Ik richtte me op uit de hurkzit waarin het meisje me had aangetroffen. We waren op het dorpskerkhof, een aangename, ommuurde ruimte vol verse bloemen, zelfs in de winter. Ik was er talloze malen langsgelopen, maar dit was de eerste keer dat ik naar binnen was gegaan, heen en weer had gelopen en systematisch alle graven had bekeken. Achter het meisje had zich een groep gevormd, dus kennelijk zou er iemand begraven worden. Er waren veel mensen, wat misschien niet verrassend was, aangezien veel van de mensen die hier werden begraven plaatselijke hoogwaardigheidsbekleders waren geweest. Sommige graven waren groot en voornaam en huisvestten de resten van hele families. Er waren niet alleen bloemen, maar ook foto's in gouden of marmeren lijsten waarop dames met kant en parels te zien waren en besnorde kapiteins in uniform, verwachtingsvol en vrolijk glimlachend, alsof ze op het punt stonden naar een diner-dansant te gaan. Dom van me dat ik het ongerijmd vond: alsof je liever foto's zou zien die op iemands sterfbed zijn gemaakt.

'Alstublieft,' zei het meisje weer gespannen. 'Mijn grootmoeder vraagt of u weg wilt gaan.'

Ik hees een beetje geschrokken de band van mijn tas over mijn schouder en keek om me heen. Afgezien van het gezelschap van het meisje was ik de enige hier. 'Natuurlijk, ik wil niet storen. Ik ga al weg.'

Toen ik langs hen heen liep en hun zwarte kleren in de bries zag fladderen (het was een ongewoon stormachtige dag, zelfs voor de winter) dacht ik onwillekeurig aan een zwerm kraaien. Ik werd me plotseling pijnlijk bewust van de vrolijke kleuren van mijn eigen kleding en was dan ook niet verbaasd toen een paar hoofden zich afkeurend mijn kant op draaiden. Vooral de vrouw naast wie het meisje haar plaats innam leek zich beledigd te voelen. Dat moet de grootmoeder zijn, dacht ik, of de overgrootmoeder. Ze kraste vanonder de voile van haar hoed haar grieven naar de man aan haar andere kant. Ik ving haar blik om haar met mijn ogen duidelijk te maken dat het me speet. Haar gezichtsuitdrukking veranderde op slag. Ze wierp me geen blik van herkenning toe, zoals ik had verwacht, ze keek zelfs niet verwijtend, maar als iemand die – er was echt geen betere beeldspraak – een geest heeft gezien. Ik vroeg me af wie ze kwam begraven; haar man, misschien, of een broer. De data op de grafstenen getuigden van lange levens – veel inwoners van het dorp waren ouder dan negentig of zelfs honderd geworden.

Phoena leek er echter niet bij te liggen. De namen waren in Griekse hoofdletters gebeiteld, die ik niet kon lezen, maar ik had zorgvuldig de jaartallen bekeken, en er was er niet één van langer dan tien jaar geleden. Waar zou Phoena nu zijn? Yiayia en papu zouden het eiland nooit hebben verlaten zonder hun dochter te rusten te leggen. Pas nu viel het me in dat haar lichaam misschien nooit was gevonden, dat het in de rotsen was verzonken tot een projectontwikkelaar als Christos het op een dag toevallig opgroef.

Toen ik terugliep, dacht ik aan de manieren waarop de kinderen van deze gemeenschap door de eeuwen heen aan hun ouders ontnomen waren. Ziekten hadden hun deel geëist, natuurlijk, net als goddelijk ingrijpen; piraten hadden meisjes ontvoerd voor de harems van moslimleiders en dan was er nog de *devshirme* waarover ik in een geschiedenis boek van Eleni had gelezen, een belasting die de Turken hun Griekse onderdanen hadden opgelegd, die inhield dat christelijke kinderen werden afgevoerd om tot de islam bekeerd te worden en in het leger van de sultan te dienen. Mijn tante Phoena was net achttien geweest toen ze stierf, toen het leven voorgoed veranderde voor háár moeder. Yiayia had haar jongste dochter natuurlijk nog, mijn moeder Alysa, maar Phoena was haar oogappeltje geweest. Mijn moeder moest zowel gedurende Phoena's leven als na haar dood in de schaduw van haar zus hebben geleefd, besefte ik nu. Misschien hadden mijn vader en zij er daarom voor gekozen het zelf bij één kind te laten.

Ik was in mijn jeugd nooit op het idee gekomen ernaar te informeren, zo druk had ik het met erover te klagen.

Zonder ook maar een rudimentaire kennis van het Grieks had het geen enkele zin om verder te zoeken naar de stoffelijke resten van mijn tante. Ik besloot Eleni in te schakelen. Ik kwam bijna elk dag wel langs het Ilias en het duurde niet lang voordat ik het onderwerp ter sprake kon brengen. 'Waarom liggen er alleen mensen op het kerkhof die de afgelopen tien jaar zijn overleden? Waar is iedereen die eerder is gestorven?'

Ze keek op van haar gastenschema, duidelijk in een poging mijn stemming te peilen. 'O, dat systeem in Oia is zo vreemd! Je mag maar een jaar of drie blijven liggen, en dan worden de beenderen opgegraven en gewassen. Ze worden in houten kisten in de kapel gestopt, allemaal op elkaar gestapeld, kisten en kisten vol.'

Daar moest Phoena dus zijn.

Ze keek me aan en haar blik werd milder. 'Er zijn lijsten in het stadhuis waar je het nummer van je familie kunt opzoeken, dus...'

'Nou, als je er toch een keer bent...'

Ze tikte met haar pen op de blocnote die voor haar lag. 'Je moet elk jaar betalen, zie je, een soort huur. Anatole en ik noemen het de bottenbelasting.' Ze grinnikte in zichzelf.

'Dan moet er iemand voor mijn tante betalen. Mijn moeder, denk ik, of een familielid in Athene.'

'Natuurlijk, anders worden ze niet bewaard. Onze buurman had een keer niet betaald voor de beenderen van zijn moeder en toen wilden ze ze weggooien. En hij had die botten zelf gewassen, met zijn eigen handen!'

'Echt waar?' Ik huiverde bij de herinnering aan het lichaam dat ik zo kort tevoren naar het graf gedragen had zien worden. Een gruwelijk idee dat de kist werd geopend en het skelet eruit gehaald; een eeuwenoud kustritueel, vermoedde ik. 'Wat gebruiken ze ervoor? Zeewater?'

'Wijn,' verbeterde Eleni. 'Je hebt toch zeker wel gemerkt dat alles op Santorini met wijn wordt gedaan?' Ze wierp een blik op de lobby en vervolgde zachter: 'We hebben nu een gast, ze heeft zoveel noten op haar zang, ik zou haar hoofd wel met wijn willen wassen! Daar is het goed voor!'

'Eleni, zulke dingen mag je niet zeggen!' Ik was bang dat ze op een dag een van haar dreigementen ten uitvoer zou brengen. 'Er wordt vanmiddag iemand begraven,' vervolgde ik. 'Een grote uitvaart, zo te zien.'

'Ja, meneer Gaitis. Ik heb de stoet gezien.'

De naam zei me niets. Ik knikte en draaide me om, maar toen verraste ze me door eraan toe te voegen: 'Hij was een slecht mens.'

'Een slecht mens? Nou, vandaag leek hij veel vrienden te hebben.'

Eleni schudde haar hoofd. 'Als je het mij vraagt, gaan ze het vanavond vieren.'

Christos verdiende zijn geld met hotels, maar wijn was zijn passie. Hij zag Ingrid en mij een keer visanto drinken en moest lachen toen hij ontdekte dat we niet eens wisten dat die naam een verbastering was van *vin santo*, 'wijn van Santorini'. Hij stond erop ons naar de plaats van herkomst te brengen, de plaatselijke wijngaarden die we wel vanaf de weg hadden gezien, maar nooit hadden bezocht. De wijnranken, die in het droge zomerklimaat alleen door dauw werden gevoed, groeiden in droge, kronkelige nesten; de nieuwe ranken werden met de oude vervlochten tot een beschermend omhulsel voor de druiven binnenin. Het plukken gebeurde eind augustus, en dan werden de druiven in de grote *kofinia* gelegd, de manden die we van Manfreds foto's herkenden.

Christos vond het zo schandalig dat onze kennis van Santorini ophield bij Oia (ik had me met Palmer nooit verder dan op loopafstand van het dorp gewaagd en Ingrid en ik gingen alleen naar Fira voor zaken) dat hij ons meesleepte naar de archeologische opgravingen bij Akrotiri en het oude Thera, naar het Profitis Ilias-klooster en naar de kleine dorpen in het binnenland die we elke dag op onze foto's zagen, maar nooit zelf hadden bezocht.

Tijdens dat eerste etentje hadden we natuurlijk wel gemerkt dat hij plaatselijk in hoog aanzien stond, maar nu bekend was dat hij de gemeenschap veel nieuwe werkgelegenheid bracht, werd hij ook nog eens een held. Alle deuren gingen voor ons open, de gewone sluitingstijden voor de toeristen waren niet meer van toepassing en we kregen wijn aangeboden in plaats van koffie.

Pas nu Christos me erop wees, begon ik het ritme van het leven hier echt te begrijpen. Toen de zomer plaatsmaakte voor de herfst, vestigde hij onze aandacht op de tekenen van het seizoen die wij altijd maar half hadden opgemerkt: de zwermen vogels die naar het zuiden trokken nu het koeler werd; de katten, die in de zomer goed werden gevoed door de toeristen, maar 's winters weer roofdieren werden; het toegenomen geblaf van de straathonden die er 's zomers zo fotogeniek uitzagen op hun geleende door de zon verwarmde daken, maar nu aan hun lot werden overgelaten. Aanvallen door groepen wilde honden, muilezels of varkens waren geen zeldzaamheid.

'We hadden het probleem ooit opgelost,' begon Christos, en Ingrid en ik gingen zitten voor weer een van zijn verhalen. 'Jaren geleden. Om te voorkomen dat de dieren zich voortplantten, lieten we een dierenarts komen die ze, hoe zeg je dat...?'

'Castreerde,' zei Ingrid voldaan.

'... ja, hij castreerde de mannelijke dieren. Er werd ook eten voor ze neergezet, zodat ze niet hoefden te stelen.'

'En toen?' vroeg ik.

'Het ging goed tot er wandelaars uit Fira kwamen. De honden volgden ze naar Oia. Een hele optocht.' Hij gebruikte zijn vingers om een rij honden op het pad langs het klif aan te geven. 'Toen de wandelaars teruggingen, bleven de honden en toen begon het weer van voren af aan.'

Hij vertelde ook dat er een lavatunnel onder het smalste stuk van het eiland liep, vlak achter Finikia. Als er weer een aardbeving kwam, zou de tunnel kunnen instorten en dan kon Oia afbreken en een eiland op zich worden, net als Therasia.

'Geen honden meer,' zei Ingrid.

'Geen busladingen Amerikaanse toeristen meer,' zei Christos.

Ik lachte. 'En voor ons allemaal geen klanten meer, dus laten we maar duimen dat het niet gebeurt.'

'Wat je zegt. Zo, wie heeft er zin om iets te drinken in het oudste café van Oia? Waar alle beroemde kapiteins zich vroeger bezatten?'

'Ik!' riep Ingrid.

Ik moest mezelf erop wijzen dat ik soms een uitnodiging moest afslaan om Ingrid en hem samen te laten zijn zodat hun relatie kon opbloeien, want het begon een echte relatie te worden. Dat maakte ik tenminste op uit Ingrids vreemd ontoeschietelijke reacties als Eleni en ik haar ermee plaagden. Het definitieve bewijs werd geleverd toen Andreas, de jongste zoon van Eleni en Anatole, voor een paar maanden naar huis kwam. Hij verdeelde zijn tijd tussen zijn ouders en het huis van een vriend bij de Goulas. Hij was knap, sportief en charmant, precies het soort man waar Ingrid zich vroeger op zou hebben gestort, maar dat deed ze nu niet. Wanneer Christos terug moest naar Thessaloniki of in Athene of een van de andere Europese steden zat die zijn tijd en aandacht opeisten, was ze angstvallig trouw. Ze zei het niet en ik probeerde het niet uit haar te trekken, maar het was duidelijk dat ze verliefd was.

26

De moeder van Subject B begaf zich naar boekwinkel Drabble's aan West End Lane. We konden nagaan wat ze had aangeschaft: Lonely Planet: Santorini...

De moeder van Subject A ging naar het huis van Subject B en bleef daar drie uur voordat ze weer naar huis ging...

Het eerste wat in me opkwam: ze weten van Palmer. Ze moeten erachter zijn gekomen dat ik de meiden in de gaten laat houden en nu komen ze het me voor de voeten gooien. Kwam het door de toestand met de school? Had Mariel achterhaald hoe haar dochter boven aan de wachtlijst was gekomen? Simon en zij hadden elkaar in het verleden wel eens gezien, maar ik kon me niet herinneren of we het in haar bijzijn ooit over zijn vader hadden gehad. Had ik een rampenplan klaarliggen? Eerlijkheid, alleen maar eerlijkheid. Misschien begrijpen ze het wel; ik begin over ons pact...

Toen wees ik dat allemaal van de hand. Nee, dit is een geplande reis, geen emotionele opwelling, anders zouden ze geen reisgidsen kopen. Ze komen hier omdat ze Olivers verzoek lang genoeg hebben gerespecteerd, ze hebben gewacht tot ik uit mezelf terugkwam en dat heb ik niet gedaan, dus nu komen ze me overhalen, me weer opeisen. Een paar jaar is niets voor échte vriendinnen.

Ik zag hen voordat ze mij zagen. Het was een vrijdag, laat in de middag en buiten het seizoen, dus moesten ze in het vliegtuig uit Athene hebben gezeten dat om twee uur op Santorini landde. Ze stonden met weekendtassen bij het Ilias, waar ze vermoedelijk naartoe waren verwezen door de taxichauffeur, want het was het dichtstbijzijnde hotel dat nog open was.

Ik zag ze naar binnen gaan, het ene hoofd inktzwart, het andere die gebrande kopergoude tint. Toen ze samen bij de receptie stonden, zoekend naar een bel om zich heen kijkend, zwierf een paar handen naar het kopergoud en begon te vlechten.

Ik wachtte een paar minuten en drentelde toen achter hen aan het hotel in. De receptie was weer leeg, dus Eleni moest met hen naar hun kamer zijn gegaan – ze waren vermoedelijk de enige gasten. Hoeveel tijd zou ik hebben voordat ze hun bagage hadden uitgepakt en op zoek gingen? Het deed er eigenlijk niet toe, want ik werd nergens verwacht. De winkel was open en zou dat tot na zonsondergang blijven, maar het was stil buiten het seizoen, zodat we niet allebei op onze post hoefden te zijn; Ingrid en ik hadden daarom een rooster ingesteld, zodat we allebei tijd hadden om een luchtje te scheppen en boodschappen te doen. Ik ging op dit uur vaak een wandeling maken.

'Rachel, hallo!' zei Eleni, die nog een beetje rood zag van de inspanning die de onverwachte gasten met zich mee hadden gebracht. 'Ik heb nieuwe gasten, net aangekomen! Engelsen. Ik zal ze naar Panoméra sturen, goed? Na de zonsondergang, misschien.'

Ze liep weer weg om op te ruimen voor de nieuwelingen. Ik probeerde me te concentreren op de muziek die me tegemoet zweefde, plaatselijke, instrumentale muziek; ik onderscheidde de viool en de luit en toen, veel eerder dan ik had verwacht, Engelse stemmen. Ze waren nu vlakbij, onder aan de trap, op weg naar de verzonken lobby waar Eleni de tijdschriften op een stapel legde. Mariel had een hoed in haar hand met een popart motiefje en een slappe rand, waaronder de gids net zichtbaar was. Jenny droeg een spijkerbroek en een regenjas met ceintuur. Ze waren allebei geen spat veranderd.

'Neem me niet kwalijk, daar zijn we weer, we vroegen ons af... We zijn op zoek naar een vrouw die Rachel Freeman heet. Ze woont in een huis dat... Callidora heet?' Het was Jenny's stem, vriendelijk, ernstig, een tikje onzeker over de uitspraak.

'Callidora, zegt u?' Eleni aarzelde en keek toen over Jenny's schouder door het boogportaal mijn kant op. Haar blik dwaalde naar de open deur: dit was mijn kans om te verdwijnen en haar intuïtie zei haar dat ik dat moest doen. Ze bleef de drang houden me te beschermen en dat vond ik lief van haar, maar ik woonde hier nu, ik had hier een bedrijf. Ik was niet meer dat huilerige, nerveuze wezen dat ze zo snel mogelijk had gewaarschuwd dat Oliver was aangekomen.

Ik hield mijn adem in alsof ik op het punt stond een baantje onder water te zwemmen en zei: 'Jenny! Mariel! Hier ben ik al. Ik zag jullie net aankomen en ik...'

'Rachel!' Ze draaiden zich allebei om, met allebei dezelfde geschrokken gezichtsuitdrukking. Nu zag ik het verschil. Ze zagen er veel ouder uit dan in mijn herinnering; de jaren die ik dacht te hebben gewist, kwamen weer tot leven in de gezichten tegenover me; jaren vol ontzetting, zorgen en schuldgevoelens. Daar was het weer, wat ik ondraaglijk had gevonden, waar ik voor was gevlucht: de weerspiegeling van mijn eigen verdriet. Opeens zag ik Jen op de dag van het ongeluk voor me. Haar lijden was zo rauw geweest, zo primitief dat ik me ervan had moeten afwenden alsof het een reflectie van mezelf was.

'Goh, ik voel me een beetje overdonderd...' Ik onderwierp me fatsoenlijk aan hun omhelzingen. Dit waren mijn beste vriendinnen geweest, altijd aanwezig in mijn wereld, in Emma's wereld.

'Mijn hemel,' zei Mariel. 'Ongelooflijk dat je hier echt al die tijd al zit! Het lijkt gewoon niet mogelijk...'

Jenny was al bijna in tranen. 'We waren zo vaak bijna naar je toe gekomen, sinds ze...' Ze brak haar zin af en haar betraande ogen werden groot, alsof ze bang was dat ze zich al had versproken, '... sinds je weg bent.'

Ik knikte. 'Zijn jullie via Athene gekomen?'

'Ja, er schijnen geen rechtstreekse vluchten vanuit Londen te zijn, het seizoen is nog niet begonnen, denk ik.'

'Heb je ze niet bij je? De kinderen, bedoel ik?' Ik keek om me heen alsof ik koppen wilde tellen, zoals vroeger met de meiden.

'Nee,' zei Jenny schutterig, 'we dachten... Nou ja, met school en zo.' Maar ze kon haar gedachten niet verborgen houden. Na al die tijd dachten ze nog steeds hetzelfde als toen: dat ik zou instorten bij de aanblik van de speelkameraadjes van mijn overleden dochter, dat ik me aan hen zou vastklampen en ze bang maken, ze met me meeslepen naar de rand van de afgrond.

'Gelukkig maar,' zei ik luchtig, 'want er is hier weinig te doen voor kinderen, hè, Eleni?'

Eleni knikte onzeker.

'En het is heel steil, zoals jullie vast al wel hebben gezien, helemaal niet geschikt...'

Ik zag de twijfel in hun ogen, alsof ik hun bangste vermoedens had bevestigd: ik klonk veel te opgewekt, opdringerig zelfs, als een vertegenwoordiger van het vvv-kantoor. Wat ze ook hadden verwacht, dit was het niet.

'Rachel?' zei Eleni, die kennelijk hoorde hoe gekunsteld mijn toon was en me weer een ontsnappingskans wilde bieden. 'Moet je niet terug naar je werk?'

Mariel en Jenny keken van haar naar mij. 'O ja, je winkel,' zei Jenny. 'Hoe is het daarmee?'

'Goed,' zei ik met een dankbaar knikje naar Eleni. 'Jullie krijgen hem nog wel te zien, maar Ingrid is er nu, mijn compagnon, dus ik hoef niet op stel en sprong terug. Willen jullie zien waar ik woon?'

De veelbetekenende blik die ze uitwisselden, was onmiskenbaar. Ik voelde wat ze dachten: het is dus waar, ze woont hier écht. Ze is al die tijd van vlees en bloed geweest.

Toen we afscheid namen van Eleni, gaf ze een kneepje in mijn hand en zei 'dag' alsof ik naar de galg werd gebracht.

'Het is goed,' fluisterde ik terug, 'echt.'

Ik leidde hen door het hotel terug naar het zonlicht. De smalle doorgangen en verraderlijke treden gaven ons een excuus om niet met elkaar te praten, en toen we een paar minuten later bij mijn terras aankwamen, waren ze allebei verbaasd.

'Woon je hier?' vroeg Mariel verrukt. 'Je zit overal middenin.' Ze liep naar de muur van het terras en leunde over naar het klif. 'Wat heerlijk om elke dag zo'n uitzicht te hebben. Al die ruimte!' En het zag er ook idyllisch uit, mijn nieuwe domicilie met het blauwgeschilderde hek, de ligstoelen en de gevlochten kleden op de tegels met het traditionele vlekkerige patroon om het verblindende zonlicht te breken. Ja, het was ongelooflijk bekoorlijk in de middagzon; precies het plaatje dat ik vroeger zou hebben uitgezocht voor een reisgids of een boek over tuinarchitectuur.

'Aan deze kant van het dorp zijn we afgeschermd van de noordenwind,' zei ik, 'dus de zon schijnt hier lekker warm, zelfs 's winters.'

'Hm, wat zalig om de zon te voelen,' zei Jenny, die haar gezicht naar de stralen hief. In Londen was het ongetwijfeld somber weer en niets in Palmers verslagen duidde erop dat Daisy en zij nog weg waren geweest sinds de vakantie die Palmer en ik voor het gezin hadden georganiseerd. Mariels gezicht stond plotseling bezorgd en ik keek haar vragend aan. 'Het verbaast me dat je niet bang bent hierboven, Rachel, zo vlak bij de rand. Je weet wel, gezien je hoogtevrees.'

Ik trok een komisch gezicht. 'Daar ben ik blijkbaar van genezen.'

'Echt waar? Hoe kan dat?'

'Ik weet het niet, maar zodra ik hier aankwam, was het over.'

Ze kneep argwanend haar ogen tot spleetjes. 'Ik snap het niet.'

'Nee, ik stond er zelf ook van te kijken, maar ik ben er nu aan gewend. Ik kan zó over de muur leunen, het doet me niets.' Ik sprong naar de terrasmuur om het te bewijzen en strekte mijn arm uit naar de zee in de diepte. 'Bizar, hè?'

Mariel maakte aanstalten om nog iets te zeggen, misschien om een diagnose te stellen, posttraumatische dit-of-dat, maar ze bedacht zich en keek om zich heen, zoekend naar iets anders om een opmerking over te maken. 'Er zijn hier wel veel kerken, hè?'

'Ja,' zei ik, 'daarom heet het hier ook Monastiri. Oia is beroemd vanwege de kerken. Hier nemen ze al die foto's, zie je, die typische Griekse-eilandfoto's met die blauwe dakkoepels.'

'Zijn de mensen hier dan zo godsdienstig?' vroeg Jenny, die hoopvol een pas naar voren zette. Ik dacht aan haar eigen kerkbezoek. Palmer maakte er nog steeds regelmatig melding van. Het was dus gebleven, haar toewijding aan een nieuw geloof. Zíj kon tenminste nog troost putten uit een plaatje van een kruis.

'De meeste kerken zijn nu privé-bezit en permanent gesloten,' zei ik, 'behalve op de naamdag van hun eigen heilige, dan gaan ze open en is het feest.'

'O.' Het was helemaal niet wat ze in gedachten had gehad.

Toen ik de deur openmaakte en ze mijn spelonk in loodste, zag ik dat ze zich niet meer op hun gemak voelden, gestrand in de soberheid. Ze keken beleefd mompelend om zich heen. Na het zonnige, kleurrijke terras voelde het hier kil en eenzaam. Afgezien van die ene ingelijste foto van Kamari uit Panomeréa waren er geen versieringen, niet van die accenten die mijn huis in Londen een persoonlijk tintje hadden gegeven, geen mooie stukken die waren gevonden in Parijse antiekwinkeltjes of hoge kristallen vazen met langstelige rozen. Geen kinderschoenen en schooltassen...

'Lekker simpel,' zei Mariel, en Jen knikte instemmend. Ik leefde met ze mee, echt waar; wat konden ze anders zeggen? *Goh, Rachel, wat een perfecte plek om te rouwen?* Ik dacht aan hun eigen huizen, Mariels ordelijke rijtjeshuis met van etiketten voorziene lades en een vleug in de vloerbedekking van de stofzuiger; Jens overvolle appartement waar alles op struikelafstand lag en legers knuffeldieren om ruimte vochten met Bobs computerapparatuur.

'Gebruik je dit als kantoor?' vroeg Mariel en ze reikte naar de stapels grote enveloppen in de nis bij mijn bed. Ik schrok me wild: Palmers verslagen! En het bovenste zat niet in een envelop. Tussen de witte vellen papier was nog net een stapeltje foto's zichtbaar.

'Ja, het loopt een beetje door elkaar,' zei ik snel en ik deed de luikjes voor de nis dicht. Mariel stapte nietsvermoedend achteruit. 'Goed, ik zal jullie de keuken laten zien...' Ik mocht niet denken aan de informatie in die enveloppen, of aan het gezicht dat Mariel en Jen zouden trekken als ze ook maar een blik op een van de verslagen wierpen; mijn intuïtie klopte, ze zouden het nooit begrijpen.

Jenny vocht in de deuropening tegen de hik, die zo erg was dat haar borstkas zwoegde, zodat het leek alsof ze elk moment in tranen uit kon barsten of moest overgeven. Ik zag haar naar de planken met etenswaren in het keukentje kijken: een tweeliterblik olijfolie, grote potten gedroogde kruiden, pakken koffie.

'Dus je woont hier al die tijd al?'

Ik merkte dat ik haar minder gemakkelijk in de ogen kon kijken dan Mariel. 'Ja, al heb ik eerst een paar weken in het hotel gezeten. Nu huur ik dit voor onbepaalde tijd. Hebben jullie het uitzicht door het raam gezien? Dat is de vulkaan. En alles onder water tussen hier en daar is ook vulkaan.'

Jenny keek gehoorzaam naar het vierkant kabbelend blauw. Het verbaasde me niets dat ze minder gretig op mijn toeristische gebabbel inging dan Mariel; ze had nog steeds die kenmerkende eerlijkheid. 'Voor onbepaalde tijd? Wil je zeggen dat je nooit meer terugkomt? Maar hoe moet het dan met... iedereen thuis?'

Ik hoorde Mariel achter de deuropening hoorbaar haar adem inhouden, waar ik uit opmaakte dat ze niet van plan waren geweest zo snel ter zake te komen. Jaag haar niet op, waarschuwde ze haar vriendin met haar ogen, denk erom dat het al een schok voor haar is om ons te zien. Jenny hikte weer.

Ik keek van het ene gezicht naar het andere. 'Daar is niemand meer,' zei ik zacht. 'Het spijt me, dat kwam er verkeerd uit, wat ik bedoel, is... Nou ja, daar is niemand die het niet zonder mij kan redden.'

'Dat is niet...' begon Jen, maar Mariel sneed haar soepel de pas af. 'We begrijpen het, natuurlijk begrijpen we het wel.'

'Hoe ís het eigenlijk met Cat en Daisy?' vroeg ik zonder enige inleiding, alsof het vanzelf sprak dat ik aan hen dacht. 'Ze zijn al groot, zeker?'

Mariel, die ongetwijfeld doorhad dat ze nu in een op hol geslagen trein zat, besloot het bij praktische mededelingen te houden: 'Cat heeft het ene koutje na het andere. We zijn met haar naar de dokter gegaan om haar amandelen te laten nakijken. Die van Toby zijn geknipt toen hij zo oud was als Cat nu.'

Ik wilde het over haar gebroken pols hebben, de toestand met de schoolkeuze, al die gebeurtenissen van de afgelopen jaren die ik van een afstand had gevolgd, maar dat kon natuurlijk niet. 'Ben je nog steeds bij dokter Williams?'

'Ja, die deelt nog altijd de griepprikken uit.'

De praktijk aan Broadhurst Gardens, de wachtkamer met het hobbelpaard. Constant heeft een hobbelpaard, zonder kop en zonder staart, daarmee rijdt hij de wereld rond... 'zomaar in zijn blote kont,' zong Emma toen ze nog een peuter was. Soms lachten andere patiënten erom.

'In deze tijd van het jaar krioelt het in de wachtkamer van de be-jaarden,' vervolgde Mariel. 'In de apotheek ook, ik weet niet waar ze allemaal vandaan komen.'

Het was een geslaagde poging om ons subtiel weer op het goede spoor te krijgen, maar Jen week er meteen weer van af. 'Ze hebben het nog steeds over Emma, de meiden. Soms, als we naar foto's kij-ken of ergens naartoe gaan waar we niet meer zijn geweest sinds...'

Sinds wat? Ik glimlachte geforceerd en probeerde haar met mijn gedachten te dwingen het hardop te zeggen.

'Wij allemaal, we missen haar allemaal, ze is nog altijd...' Weer kon ze haar zin niet afmaken. Wat voor cliché ontging haar deze keer? vroeg ik me af. Opeens voelde ik woede opkomen.

'Wat wilde je zeggen, Jen? Sinds ze voor altijd ging slapen in de hemel? Ze zal nooit écht weg zijn? Haar geest blijft bij ons?'

Jen, die zich bedreigd voelde door de onverwachtheid waarmee ik mijn tanden liet zien, deed een stap achteruit, door de deur de boog zonlicht in. Ze struikelde bijna over het kleed, dat was opge-kruld in de bries, en ze keek overdreven geschrokken naar beneden, alsof ze op een haar na over de rand van het klif was getuimeld. Toen keek ze diep gekwetst naar mij. Ik vond het ergerlijk dat ze dacht het recht te hebben zich gegriefd te voelen door mijn woede, dat ze zichzelf enig belang toekende in dit alles. Wat kwamen ze hier na al die tijd dóén? Ze kwamen toch niet alleen om me te ver-tellen hoeveel verdriet zíj nog steeds hadden omdat mijn dochter door een voorruit was gevlogen en op het hete asfalt was gesmakt? Om te zeggen dat ze wisten hoe ík me voelde? Het was me nu dui-delijk dat Eleni terecht haar bedenkingen had gehad tegen dit weer-zien, want het bezoek maakte me volslagen overstuur. Door zichzelf naar mijn nieuwe wereld over te plaatsen, waren ze er op de een of andere manier in geslaagd míj naar huis te trekken. Het zou nog maar een paar weken, of dagen, sinds Emma's dood kunnen zijn.

Mariel hield het hoofd koel, ging tussen Jen en mij in staan en keek van het ene ontdane gezicht naar het andere. 'Zullen we ergens iets gaan drinken? We zijn bekaf van de reis en het lijkt me lekker om in de zon te zitten.'

Opeens schaamde ik me. 'Natuurlijk,' zei ik. Waarom viel het me zo zwaar om hun aanwezigheid hier te accepteren? Mocht ik me niet gelukkig prijzen dat ze genoeg om me gaven om me te komen opzoeken, dat ze nog steeds zoveel om me gaven? Ik probeerde helder te denken, te bedenken wat er van me werd verwacht. 'Willen jullie al eten, of is het nog te vroeg? Een late lunch, wat vis, misschien? Ik loop rond deze tijd wel eens naar de haven van Ammoudi. Daar kun je aan het water eten.'

'Dat klinkt prima,' zei Mariel gedecideerd. 'Ja toch, Jen?'

Jen knipperde met haar ogen, nog steeds beledigd. 'Ja, goed.'

27

Ik ging hen voor over de Marmara, langs het Ilias naar Panoméréa, waar ik het tweetal buiten liet wachten terwijl ik de trap af wipte om Ingrid over mijn plannen te vertellen (ik was nu blij dat de treden naar de winkel zo steil waren, want ze deden geen van beiden een poging me te volgen). Gelukkig was Manfred er ook net, zodat Ingrid me niet met al te veel vragen kon ophouden, en binnen de kortste keren was ik weer weg. Ik zag dat Mariel en Jenny de open taverna onderweg opmerkten, en een café met een glas ouzo en een hoog glas met schuimige koffie op de tafel achter het raam om ons naar binnen te lokken, maar ik liet me niet vermurwen. Kennelijk wilde ik hen straffen met een zware wandeling. Was dat het? Of wilde ik mezelf de tijd gunnen om tot bedaren te komen vóór het onvermijdelijke kruisverhoor?

'Wauw!' riepen ze uit toen we bij de ruïne van de Goulas aankwamen, die zonder de toeristen op de een of andere manier nog ruïneuzer leek. 'Ongelooflijk! Moet je al die lucht zien!'

'Hier komt iedereen naar de zonsondergang kijken, in de zomer, tenminste. De Venetianen hadden hem als wachttoren gebouwd, maar hij is door de aardbeving ingestort en daarna gesloopt.'

Ze knikten zwijgend. Misschien wilden ze niet over rampen praten, zelfs niet als het natuurrampen waren.

'We gaan hierlangs naar het water.'

'Over dat zigzaggende pad?'

'Ja, er loopt ook een weg achter het dorp langs, maar het voetpad is...' Ik maakte mijn zin niet af. 'Leuker' was niet het juiste woord.

We daalden in stilte af. Ik kon me niet voorstellen wat voor gesprek er in het verschiet lag en deed wanhopige pogingen hun gedachten te lezen, niet de mijne. Hoeveel gesprekken moesten ze samen hebben gevoerd sinds die dag, gesprekken die begonnen met: 'Stel dat...'? 'Stel dat Cat die dag wagenziek was geweest...' 'Stel dat de bus aan de achterkant was geraakt, waar Daisy zat...' Hun prachtige kleine meisjes waren er alleen dankzij de gratie Gods, maar hoe harder ze hun best deden hun opluchting te verbergen, hoe meer ze het leken uit te stralen.

'Wat is het nog warm,' zei Mariel toen we een plaatsje aan het water kozen, 'zelfs in deze tijd van het jaar. Ze zullen hier nog wel goede zaken doen.' Ze had zich dus voorgenomen over koetjes en kalfjes te blijven praten, althans voorlopig.

'Ja, we hebben tot nu toe geboft deze winter,' was ik haar ter wille. 'Het heeft amper geregend. Dat was vorig jaar wel anders.' Ik sloeg de spijskaart open. 'Goed, je hoeft niet echt iets uit te kiezen, we krijgen toch gewoon wat ze vanochtend hebben gevangen, maar wat dachten jullie van een salade? Of fava, de plaatselijke specialiteit? Het is echt heerlijk.'

'Doe maar, ik vind alles goed,' prevelde Jenny.

'Bestel jij maar,' viel Mariel haar bij.

Toen de ober water en stokbrood had gebracht, ging ik weer in de aanval. 'En, hoe is het met Oliver? Ik neem aan dat jullie nog met hem omgaan?' Ik probeerde te vergeten dat de meeste ontmoetingen, zo niet alle, in Palmers verslagen waren vermeld.

Mariels blik werd zachter toen ze over mijn vraag nadacht. 'Hij zégt dat het goed met hem gaat, maar... Rachel, dat is eerlijk gezegd een van de redenen waarom we zijn gekomen. We maken ons zorgen om hem. Ik denk dat hij nog altijd hoopt dat je terug zult komen, zie je.'

Ik voelde de frons in mijn voorhoofd. 'Nee toch zeker? Na al die tijd...' Ik zag hun gespannen gezichten en voelde me schuldig. Ze verdienden beter. 'Hij schrijft me nog,' zei ik. 'Een brief per maand ongeveer. We hebben altijd contact gehouden.'

'Goed,' zei Jen met een knikje. Ze zweeg even, keek Mariel aan en zei toen: 'Hij gaat met me mee naar de kerk. Ik denk dat het goed voor hem is.'

'O?'

'Ja, daarom vroeg ik naar de kerken hier. Je zou kunnen merken...'

'Dat betwijfel ik,' onderbrak ik haar. 'Je vergeet dat ik met de kerk ben opgegroeid, Jen. Míj hoef je niet te bekeren.'

'Dat is niet wat ik...' Ze slikte de rest van de woorden bedremmeld in.

Ik keek weer naar Mariel. 'Ik zou denken dat hij inmiddels wel verhuisd zou zijn, het is zo'n groot huis voor iemand alleen. Het was al te groot voor ons drieën.'

Ze knikte triest.

'Kom je er nog vaak?' Heb je Emma's kamer gezien, ben je gaan kijken of er nog iets van haar over was?

Jen legde het verband kennelijk ook, want ze zei: 'Hij vroeg of we wilden komen, kort erna...' – ik trok het me weer te sterk aan dat ze eromheen draaide – '... hij dacht dat de meiden misschien iets van Emma wilden hebben.'

Ik herinnerde me de foto van Cat met Emma's pop en slikte iets weg. 'Dat was een goed idee, al denk ik dat ze dat speelgoed allang ontgroeid zijn.'

'Kijk eens, dames!' We schrokken allemaal op van de montere mannenstem: de ober. Hij kwam de vis brengen, die reusachtig en geblakerd op een ovale schaal lag, en pas toen hij de schaal op tafel zette, schoot me te binnen dat Jen vegetarisch was. 'Wil jij iets anders?'

'Nee, ik heb genoeg aan salade en aardappels.' Ze deed haar best om zich geen martelaar te voelen, zag ik, ze wees zichzelf erop dat háár leven niet onherstelbaar was verwoest; wat deed éten er in vredesnaam toe? Ik kon me er opnieuw niet van weerhouden mijn woede op haar te richten. Zie je nou, wilde ik snauwen, we hebben jouw principes al die jaren strikt geëerbiedigd, maar het lichaam van een vis is niet zo waardevol als dat van een kind, toch? De vangst van vandaag is morgen weer vergeten, nietwaar?

Ik wendde me weer tot Mariel en bood haar de eerste keus aan.

'Het ziet er zalig uit,' zei ze.

'Dat kunnen jullie met geen mogelijkheid samen op,' zei Jenny gepikeerd.

Ik ving Mariels blik en zag tot mijn genoegen dat haar ogen twinkelden, want ik wist dat zij zich ook herinnerde hoe Cat en Emma samen aten: ze maakten hun hele bord leeg en vroegen dan om meer. 'We hebben nog stééds honger!' Daisy daarentegen was altijd kieskeurig geweest als het om eten ging.

'Zo, wat vind je van die rechtszaak?' vroeg Mariel, die mij de schaal doorgaf en haar vis van de graat trok. 'Houdt Oliver je op de hoogte?'

Hij hield hén in elk geval wel op de hoogte, dacht ik verbaasd. 'Die jongen is dood,' zei ik effen, 'dat vind ik ervan. Het zou voldoende moeten zijn.' Ik voelde aan dat ze dit niet hadden verwacht; vooral Jen leek verbijsterd. Het streven naar vergelding was kennelijk heel natuurlijk in situaties als die van Oliver en mij, heilzaam zelfs. Ik dacht aan Jen en haar scalpels, mocht Bob ooit van het rechte pad afwijken; hoe ver zou ze niet willen gaan als het om Daisy's leven ging? Of was dat allemaal veranderd nu ze de Heer had gevonden?

'Ik heb het geld van de verzekering gekregen,' vervolgde ik. Het ergerde me dat ik het nodig vond een verklaring af te leggen. 'Jullie weten vast wel dat Oliver wilde dat ik het kreeg. Ik heb een deel in de winkel gestopt.'

Mariels vragende gezicht klaarde op. 'O, niet het proces tegen Morris. Dat ging toch alleen om smartengeld? Ik bedoel de nieuwe zaak, de civiele zaak tegen die jongen van Lockley. Nou ja, ik zeg wel nieuw, maar het sleept al tijden.'

Ik zette grote ogen op. 'Lóckley?'

'De jongen die naast de bestuurder zat,' verduidelijkte Jen. 'Andrew Lockley.'

'Ja, dat weet ik ook wel,' zei ik ongeduldig. 'Ik heb toevallig een brief van hem gekregen.'

'O ja? Wanneer?'

'Jaren geleden.'

'Wat stond erin?'

'Dat het hem speet.' Ik had niet de neiging Jen meer te vertellen; ze gedroeg zich alsof ze zelf deel uitmaakte van een team juristen.

'Hm. Tja, dat zal ongetwijfeld door de verdediging worden aangevoerd.'

'De verdediging? Waar moet hij zich tegen verdedigen? Er is hem nooit iets ten laste gelegd door de politie.' Ik probeerde me te herinneren of er in de weken na het ongeluk iets over Lockley was gezegd, en zo ja, wat dan. Ik wist niet beter of hij was vrijuit gegaan. 'Ik weet zeker dat er niet genoeg aanwijzingen waren om hard te maken dat hij medeplichtig of wat dan ook was.'

'Dat klopt,' zei Mariel, 'dat heeft de politie gezegd. Maar dit is een civiele zaak, geen strafproces. Oliver betaalt alles zelf.'

'Ik begrijp niet...'

'Het onderzoek door de verzekeringsmaatschappij heeft allemaal dingen boven water gehaald die de politie jou niet heeft verteld, of die toen niet bekend waren. Zoals dat Lockley wist dat Morris die dag zou rijden en hij hem toch heeft opgejut te blowen en ecstasy te slikken.'

'Hij gaat niet naar de gevangenis of zo,' mengde Jen zich in het gesprek, 'maar het zou toch fantastisch zijn als het recht zegevierde?'

Fantastisch? 'Niet echt,' zei ik ijzig en ik keek Jen aan tot ze haar ogen neersloeg. 'Wat is er nou "fantastisch" aan de vraag of Morris drugs had gebruikt of Lockley, of wie wie had opgejut of wat je ook maar beweert? Ze waren er geen van beiden op uit iemand te vermoorden, en Morris was al helemaal niet van plan zelfmoord te plegen, toch? Het was een ongeluk.'

'Ja, maar...'

'Natuurlijk,' onderbrak Mariel haar met een snelle blik haar kant op. 'Rachel heeft gelijk, het maakt niets uit. Het spijt me, we dachten dat je het wel wist. Oliver heeft het er heel druk mee, dus we gingen ervan uit dat hij je er wel over had verteld.'

Ik had Oliver dus onderschat. Het ging hem helemaal niet om het geld, het ging hem erom iemand de schuld te geven onder het mom dat er recht gedaan moest worden (dankzij Jen had hij zelfs God aan zijn kant!). En het ging hem om het werk, uiteraard. Ik had kunnen raden dat die simpele eis tegen Morris niet tijdrovend genoeg zou zijn, niet voor iemand wiens vermogen zich uit de wereld terug te trekken en zich op het Werk te concentreren legendarisch was. Zelfs na Emma's dood was hij op de hoogte gebleven, had hij zich uren achter elkaar in zijn werkkamer afgezonderd met zijn fax en zijn computer. Tja, en wat kon er arbeidsintensiever zijn dan een proces? Lange dagen, de schuldvraag, een stapel bankbiljetten verloren of gewonnen: beter dan welk medicijn ook. Perfect.

Maar er was nog iets, iets wat alleen ik kon weten. Zolang Olivers juridische strijd duurde, zouden de mensen om hem heen haar naam blijven gebruiken, die in verklaringen schrijven, in documenten invoeren; ze zouden hem tijdens hun getuigenverklaringen noemen. Het was een manier om haar bij zich te houden. En dat kon ik tenminste wél begrijpen.

Op de terugweg transpireerde Mariel amper, dus die zorgde kennelijk nog steeds dat ze fit bleef, en Jen was weliswaar buiten adem, maar wilde onder geen beding klagen, want dan riskeerde ze weer een verbale afranseling van me. Het begon al donker te worden en toen we het Ilias hadden bereikt, keken ze me allebei opgelucht aan.

'Kunnen we je morgen weer zien?' vroeg Mariel. 'Ik bedoel, alleen als je vrij kunt nemen van je werk, hoor.'

Ik keek naar haar uitgeputte gezicht en glimlachte zo hartelijk mogelijk. 'Ja, natuurlijk. Zal ik 's ochtends naar het hotel komen? Dan kan ik jullie een fatsoenlijke rondleiding geven.'

'Je hoeft niet...'

'Nee, ik doe het graag. Jullie zijn dat hele eind hierheen gekomen.' *Voor niets.* De woorden hingen onuitgesproken tussen ons in. Ik wist dat ze straks zouden huilen, Jen woedend, overlopend van gekwetste trots en verbijstering, en Mariel op haar ingehouden kiezen-op-elkaar-manier. Ze zouden elkaar troosten en dan om beurten naar huis bellen om te horen hoe het met de kinderen was. Ze zouden een tijdje op hun bed blijven liggen, naar de foto's kijken die ze in hun handtas hadden meegenomen en zich verheugen op de heerlijke eerste knuffels bij hun thuiskomst.

En ik krulde me ook op, met gedachten aan míjn kind. Onze hoofden naast elkaar op het kussen, haar zachte huid, haar zachte haar, haar zachte adem. Een en al zachtheid.

28

Natuurlijk worden ze vriendinnen, had Jen gezegd. *Ze zullen altijd elkaar hebben.* Had ik dat gezegd of Mariel? Het deed er niet toe, we hadden het allemaal gemeend, daar ging het om.

Drie meisjes, drie moeders, drie vaders. We leefden zo dicht op elkaar dat het misschien gek was dat we maar één keer als groep van negen met vakantie waren gegaan. Naar de Algarve, een villa met zwembad en huishoudster en sprinklers die de onberispelijke gazons rondom weelderig hielden. Het duurde een paar dagen voordat we ons aan elkaar hadden aangepast en een paar kwesties werden helemaal niet opgelost. Oliver, die gewend was in alle rust een boek te lezen en zich nauwelijks met de gang van zaken in huis bemoeide, dreef Jenny tot waanzin. Wist hij dan niet dat het onbeleefd was om jezelf iets in te schenken zonder te vragen of er nog iemand iets wilde drinken? En waarom besteedde hij geen aandacht aan de kinderen, terwijl we hier juist voor hén waren? Bob, die het grootste deel van de tijd een onvermoeibaar enthousiasme had, verbaasde iedereen door plotseling zonder reden somber te worden. Toby, die bekendstond als een hypochonder, had de neiging magische momenten te verpesten door over buikgriep te klagen.

'Je weet toch hoe hij is,' zei een van ons dan, en het was waar, inmiddels wisten we alle drie haarfijn hoe de mannen van de andere twee waren, die we bijna net zo goed kenden als onze eigen man. Zonder erbij na te denken noemden we hen vaak in één adem, als groep, net als de meisjes.

Het was geen doorslaand succes, die vakantie. Twee weken is

lang als het om de gezondheid van drie kinderen gaat. Cat liep een oorontsteking op, Daisy raakte uitgedroogd en lag een etmaal aan een infuus op de kinderafdeling van het plaatselijke ziekenhuis. Er waren problemen met graatjes in de sardines en pijnlijk tandvlees door de enorme ijslolly's waar ze met alle geweld op moesten sabbelen. We wilden dat ze met ons mee aten, dus meden we de kindermenu's en moesten uren wachten tot de *cataplana* was afgekoeld of de gazpacho opgewarmd ('Ik lust geen koude soep. Nee!'). Een uitstapje voor de volwassenen naar Monchique in de heuvels was een stap te ver, wat te verwachten was geweest. De meiden verveelden zich en lieten hun schouders hangen op een manier die een voorbode leek te zijn van puberale lusteloosheid. 'Ik heb een vakantie nodig om van deze vakantie te bekomen,' zei Bob en we knikten alsof het niet al een miljoen keer door andere ouders was gezegd.

Toch waren we soms ook allemaal gelukkig: ijskoude rosé voor ons, frisdrank voor de meiden; een gelukzalig uur als een bus van het naburige complex de kinderen meenam naar de tennisbaan (waar ze zich vooral achter elkaar verstopten om de ballen uit de automaat te ontwijken). We struikelden over elkaar in onze ijver om foto's te maken, want elke bezigheid was in drievoud fotogenieker: de meiden die een ijsje aten, op een rijtje op een trap zaten, katten opjoegen, aan de rand van het zwemband stonden met hun armbandjes om en buiken naar voren en in zee op de schouders van hun vaders reden. En de geniale inval van Mariel om drie busjes bellenblaas tevoorschijn te toveren toen ze niets meer leuk vonden – ze had ze achtergehouden voor als de nood echt aan de man was.

Oliver en ik hadden de kamer boven in het huis met aan twee kanten uitzicht op de tuin. Ik weet nog dat ik Emma op een avond in bed stopte en toen ik de luiken sloot, de twee andere stellen elk uit hun eigen raam zag hangen, Bob en Jen hand in hand en Mariel en Toby met hun armen om elkaar heen. Ik wist niet eens of Oliver er wel was, want die had zich aangewend naar het dorp te lopen om een biertje te drinken zonder iemand iets te zeggen. Dus terwijl de twee stellen hun lieve woordjes uitwisselden, of dat verbeeldde ik me althans toen ik op hen neerkeek, wisselde ik de mijne met mijn dochter uit.

'Ik hou van je, snoes.'

'Ik hou ook van jou, mammie.'

'Welterusten.'

'En als ik bang ben?'

'Ik bescherm je, wees maar niet bang. Je hoeft nooit bang te zijn.'

Ik sprak met ze af dat ze de volgende dag naar Panoméréa zouden komen. Ingrid had de vorige middag maar twee klanten gehad en vond het best om nog een middag alleen te zitten met de administratie en een boek dat ze wilde uitlezen. Toen ik Mariel en Jen aan haar voorstelde, was ze zo discreet dat het bijna op onverschilligheid leek. Ik wierp haar een dankbare blik toe en hoopte maar dat de anderen het niet zagen.

'We komen nog terug om iets te kopen,' zei Mariel beleefd terwijl ik probeerde Jen en haar naar buiten te loodsen.

'We gaan naar Armeni,' voegde ik er over mijn schouder aan toe. Ik moest er niet aan denken dat het weer zo'n dag zou worden als de vorige, maar ik gedroeg me niet anders dan elke willekeurige expat die het leuk vindt om gastvrouw te spelen voor vriendinnen.

'Je bent sneller beneden dan weer boven,' zei Ingrid vriendelijk. 'Het is een zware tocht, meiden, ik hoop dat jullie een fles water bij je hebben?'

Deze keer wisten ze wat hun te wachten stond – Mariel had zelfs haar pumps voor sportschoenen verruild – en ik voelde dat ze zich schrap zetten voor elke mogelijke nieuwe gril waarmee ik hen kon verrassen, los van die gedwongen klauterpartijen over het klif. Ze dachten dat ik hen op de proef stelde, dat ik hun geduld en vertrouwen wilde testen, en hun nieuwe strategie was het gebruiken van de locatie om greep te krijgen op de oude ik. Vooral Mariel was er goed in; ik kreeg het gevoel dat ze de vorige avond over het eiland had gelezen.

'Dus dit is een oude haven, maar de veerboten gaan naar Athinios, hè?'

'Ja,' zei ik. 'Vlak aan de andere kant van Fira. Tot voor kort legden ze hier aan. Het schijnt een mooi schouwspel te zijn geweest, al die mensen die aan wal sprongen en over het klif omhoog klauterden.'

We rustten uit in de schaduw vlak boven de nederzetting, waar we neerkeken op het kleine kerkje en de gewelfde daken van de gebouwen langs het donkere kiezelstrand. Vandaag leek het of er nooit een mens was geweest. Ik vertelde dat er ooit zeven scheepswerven waren geweest daar beneden en dat er nu nog maar één botenhuis open was, en dat zelfs dat – waar Dymas werkte – nog maar sporadisch werd gebruikt. Ik wees naar de struiken die zich aan de rode rotswand vastklampten; naar de steiger waar de toeristen op hun boten stapten; naar de eenzame figuur die met zijn roller hoog boven zijn hoofd de bovenste verdieping van een gebouw met lange, trage stroken wit kalkte. Toen richtte ik mijn blik op het water en zei: 'Het spijt me dat ik geen afscheid van jullie heb genomen voordat ik wegging. Had ik het maar wel gedaan, maar ik dacht dat een brief volstond. Ik denk dat ik niet wilde dat iemand het me uit mijn hoofd zou praten.'

Daar sloegen ze steil van achterover, natuurlijk. Ik stond zelf ook versteld van mijn plotselinge bekentenis.

'Het leek gewoon zo radicaal,' zei Mariel zacht.

'Het voelde vast goed,' vulde Jen aan, die vandaag vergevingsgezind was. Toen begonnen ze door elkaar heen te praten:

'We gingen naar je huis. Oliver zei alleen maar dat je weg was. Hij was helemaal in shock.'

'Het leek wel of hij in trance was of zo.'

'We wisten niet of hij bedoelde dat je vermist was of wat dan ook...'

'Ik heb Alysa gebeld, ik vond het verschrikkelijk om haar lastig te vallen, maar we waren zo ongerust...'

'Toen kwam je brief...'

'De mijne kwam de dag daarna pas...'

'... maar toen wisten we tenminste dat je érgens was.'

Dat ik nog leefde, bedoelden ze. Ze moesten bang geweest zijn dat ik in de verleiding was gekomen Emma achterna te gaan terwijl ik nog te overstuur was om te bevatten waar ze was. Een pot pillen, een brug over de Theems; ze hadden erover nagedacht hoe krankzinnig van verdriet ze zelf in mijn plaats waren geweest. Ze dachten dat ze het wisten.

Mariels lippen beefden een beetje van emotie. 'We hadden veel eerder willen komen,' zei ze. 'We kregen je kaarten voor de meiden, natuurlijk, maar we moesten Oliver beloven dat we niet zouden gaan. Hij wilde ons je adres niet eens geven. We begrepen er niets van...'

'We hebben Bob op internet naar je laten zoeken. Hij is ervan bezeten, kent de gekste websites...'

'Toby vond dat we moesten gaan, maar toen hij je die keer op het vliegveld had gezien, zei hij dat we toch beter konden wachten...'

'We hadden tegen je moeten zeggen dat we kwamen, maar we hadden geen telefoonnummer. We wisten niet eens of we je wel zouden kunnen vinden...'

Het was belangrijk voor ze me dit te kunnen zeggen, me over hun eigen trauma's te vertellen, de open plekken in te vullen. Ze misten de tijd toen we nog een team waren en precies van elkaar wisten wat we uitspookten. Ik hoorde het allemaal geduldig aan en vroeg toen: 'Wanneer gaan jullie terug?'

Ze waren weer perplex. 'Morgenochtend vroeg,' zei Mariel, die zich weer als eerste had hersteld, 'maar als je wilt dat we blijven, kunnen we een andere vlucht nemen. Waarom kom je niet met ons mee, Rach? Er zijn vast nog wel stoelen. Kom gewoon een paar dagen bij ons logeren om te zien hoe je je voelt.'

Ik schudde mijn hoofd. 'Ik kan niet weg. Ik heb de winkel.'

'Maar je vriendin kan toch voor je inspringen? Ingrid zei dat het zo stil was, er kunnen niet veel klanten zijn in deze tijd van het jaar...'

Ik ging er niet op in en ze wisten wat dat betekende.

Het was te vroeg om te lunchen, maar we konden iets te drinken krijgen bij de taverna aan de kade. Yorgos, de eigenaar, een vrolijke man met een verweerd gezicht en kloofjes in zijn onderlip, ontdekte de nieuwe gezichten en sloeg toe: 'Willen jullie een rondvaart maken? De boot vaart nog elke dag.'

'Ik vrees dat we morgen vertrekken,' zei Mariel beleefd.

'Kaarten geen probleem, mijn zoon kapitein.'

'Dat zegt hij altijd,' zei ik met een glimlach, '"mijn zoon kapitein". Het is een soort motto.'

Ze keken elkaar weer aan met die blik die zei: ze kent iedereen, hè? Ze is hier echt thuis.

Toen Yorgos was weggesloft om onze drankjes te halen, vroeg ik naar Jake, die net jarig was geweest. Ik dacht aan het lieve jochie met krullen dat op de foto's naast de meiden stond. De nieuwe derde. Hij was nu vijf en zat al op school. Bijna zo oud als Emma toen ze stierf.

'Het is een schatje,' zei Mariel glimlachend. 'Zo goedgehumeurd. Weet je, het is echt waar dat jongens gemakkelijker zijn.'

'Je mist hem zeker wel?'

Ze sloeg haar ogen neer en roerde in haar koffie. 'Ja, maar het is goed voor Toby dat hij wat tijd met hem kan doorbrengen.'

'Cat zal hem wel helpen.'

'Ja, ze mag graag de baas spelen.' Ze zweeg even. 'Zoals je weet.'

Ik keek op. *Zoals je weet*: daar lag de boodschap in besloten. Ik kende Mariel sinds haar en mijn twintigste, ik kon net zo goed tussen haar regels doorlezen als een simultaantolk. Hoe mislukt deze missie ook was, ze was niet van plan me te laten verdwijnen, ze zou onze band niet laten breken. Dat vermogen van haar om iets uit te zitten was er nog steeds. Vier, vijf jaar was niets, wat haar betrof, desnoods kon ze ook vijftig jaar wachten.

Ik wendde me tot Jen. 'Je hebt geen tweede kind gekregen?'

Zij sloeg haar ogen ook neer, spijtig dat ze geen koffie had om in te roeren; haar limonade was zonder ijs of rietje geserveerd, dus prutsen zat er niet in. Ze zag er geagiteerd uit, alsof ze begreep dat ik een nieuwe verklaring van haar eiste, een betere dan die uit het verleden. Maakte Emma's overlijden geen verschil voor haar? Dat was toch wat ik eigenlijk vroeg?

'Ik vind gewoon dat we het ons niet kunnen veroorloven,' zei ze ten slotte. Ze nam een slok limonade. 'Bob ziet het nog steeds niet zo zitten, hij moet veel moeite doen om aan opdrachten te komen...'

'Hij is namelijk voor zichzelf begonnen,' schoot Mariel haar te hulp. 'Tijden geleden al. Misschien heeft Oliver het je verteld? Het was kort na je vertrek.'

'Ik heb zoiets gehoord,' zei ik achteloos. 'Dus het is geen succes geworden?'

Jen schudde haar hoofd. 'Niet echt. En we hebben in het begin ontzettend veel geld in zijn uitrusting gestopt.'

'Wat jammer.'

'Maar goed, als we nog een kind willen, moeten we een groter huis hebben en dat zie ik er niet van komen.'

'Je zou meer ruimte nodig hebben,' viel Mariel haar bij.

'Daisy wordt ouder, het leeftijdsverschil zou te groot zijn...' Jen bleef maar bedenkingen opperen en Mariel bleef haar maar redden.

'Ze zitten net op de middelbare school,' veranderde Mariel subtiel van onderwerp. 'De toelatingsprocedure was nog een heel gedoe.'

'O ja?' zei ik. De adrenaline gierde door mijn lijf. Ik wist niet of ik mezelf vandaag wel kon vertrouwen. Ik voelde me onvoorspelbaar. 'Ze zitten zeker op Greencroft?'

Ze knikte. 'Cat was bijna niet toegelaten. Het was een nachtmerrie, eerlijk gezegd.'

'O?' Ik liet haar het naadje van de kous vertellen over een crisis die ik al had beleefd en intussen kon ik me er niet van weerhouden Emma in het grijs en rood van Greencroft voor me te zien, net als Cat en Daisy. Ze was dol geweest op school, vanaf de eerste dag al. Ik herinnerde me dat ik haar een keer van de kleuterschool kwam halen. Ik was de laatste moeder die aankwam. De juf besloot haar gebruikelijke verslag met de woorden: 'Ik zou het niet moeten zeggen, mevrouw Freeman, maar Emma heeft iets heel bijzonders.'

'Dank u wel...'

'Nee, het is echt waar. Ze heeft een soort... allure over zich'

Zei ze dat tegen alle moeders? Hoorde het bij het oudermanagement, dat mogelijk een kunst was die je je in haar branche eigen moest maken? Hoe dan ook, we dachten allemaal dat onze eigen kinderen heel speciaal waren; waarschijnlijk was dat hoe de soort in stand bleef.

Voordat we aan de klim terug naar het dorp begonnen, ging ik met Jen en Mariel naar het eind van het strand om ze het drijfhout te laten zien dat de inspiratie was geweest voor de inrichting van onze winkel. 'Is het niet prachtig? Moet je zien hoeveel lagen blauw erop zitten, het moeten er wel drie of vier zijn. En daaronder zit oranje. Je zou het zelf nooit zo kunnen krijgen, hoe je het ook probeerde. Kunnen jullie je voorstellen hoe lang dat hout in zee heeft gedreven?'

Verbaasd door die lange toespraak bukten ze zich gretig om te kijken. Jen bevoelde haar stuk hout behendig, alsof ze een voetzool op eelt inspecteerde, en voor het eerst sinds hun aankomst voelde ik mijn hart naar haar uitgaan. Wat hadden de meiden genoten als ze hun teennagels vijlde en paars met glittertjes of zachtroze lakte, kleuren die werden gekozen uit haar carrousel vol potjes. Ze ging altijd fantastisch met de meiden om; Emma had haar aanbeden. Ik glimlachte bij de herinnering, maar Jen keek een andere kant op.

De terugweg vorderde traag, want we bleven bij elke bocht staan om naar het uitzicht te kijken. Ik wees Callidora aan de overkant van de baai aan. ''s Zomers kun je het gemakkelijker vinden door de bougainville. Het is net een knalroze vlag, je kunt het vanaf halverwege Fira al zien.'

Ze hadden de strijd opgegeven, wist ik. Toen we de hoofdstraat bereikten, alle drie zwaar hijgend, liep Jen door naar het hotel met het excuus dat ze uitgeput was. Mariel liep met me mee naar mijn huis, waar ik ons een glas visanto inschonk. Voor het eerst voelde ik me schuldig, echt schuldig, zowel voor mijn zwijgen sinds ik hier woonde als voor mijn bedrog met Palmer. Want dat was het toch, bedrog? Misschien was het tijd dat ik het beestje bij de naam noemde.

'Ik ben teruggeweest in Londen, wist je dat?' De bekentenis was een manier om mijn schuldgevoel te verlichten, al was het maar even. 'Ja, Toby heeft het je natuurlijk verteld. Ik ben meer dan eens teruggeweest. Ik moet wel. Mam wil niet hier komen.'

Mariels ogen vulden zich met medeleven. 'Denkt ze er nog steeds hetzelfde over?'

'Ja, ik denk niet dat ze ooit zal bijdraaien. Ze beantwoordt mijn kaarten en brieven niet eens. Het is alsof haar haat tegen Santorini haar niet toestaat het woord op een envelop te zetten. Het is fobisch geworden.'

'Wat jammer. Arme Alysa. Misschien zou het helpen als je haar nieuws over haar familie kon vertellen? Heb je iemand opgespoord in je tijd hier?'

Ik schudde mijn hoofd. 'Na de aardbeving is de hele familie naar het vasteland gegaan.'

'En die zus die is omgekomen? Ligt die hier begraven?'

'Dat ben ik aan het uitzoeken, maar ik kan haar graf niet vinden. Maar je hebt gelijk, als ik haar kan laten zien dat ik zo geïnteresseerd ben dat ik onderzoek heb gedaan, stelt ze zich misschien een beetje open. Het is wel krankzinnig, want zij is degene die de antwoorden op mijn vragen heeft.'

'Het is lastig,' beaamde Mariel. 'Je wilt haar niet nodeloos van streek maken.'

En opeens wist ik het. Na al die tijd wist ik eindelijk waarom ik hierheen was gegaan. Ik vond het niet jammer dat mijn moeder het niet kon opbrengen me hier op te zoeken, integendeel, ik had deze plek juist gekozen omdat ik wíst dat ze niet zou komen. Haar gezelschap joeg me angst aan, en niet alleen omdat haar verdriet het mijne vergrootte. De waarheid was dat elk moment dat ik haar oud zag worden, er een was dat Emma mij niet oud kon zien worden. Hier in Oia, waar de vrouwen en hun stemmen een beetje op haar leken, was ik bij mijn moeder zonder echt bij haar te hoeven zijn. Die kerstbezoekjes, tja, die waren wel het minste wat ze verdiende, maar voorlopig was het ook alles wat ik haar te bieden had.

Vroeger zou ik dit inzicht prompt hebben toevertrouwd aan Mariel, die intelligente, wijze, trouwe vriendin van me, maar nu kon ik het niet. Het bleef in mijn mond steken. Ik zei dus maar: 'Het rommelt hier nog wel eens, maar nooit meer zo erg als in 1956.'

Ze keek naar de donkere eilanden in de Caldera. Vulkanen én aardbevingen, zag ik haar denken, jezus, wat een oord; geen wonder dat Alysa niet terug wil. 'Stel je voor, nooit weten wanneer de volgende toeslaat,' zei ze uiteindelijk.

'Hier weet je tenminste dat het kan gebeuren.' Hier wist je tenminste wat het gevaar was en trof je je voorbereidingen. Als hier de boodschapper met het verschrikkelijke nieuws kwam, was het nooit echt onverwacht.

Mariel, die naar me keek en wist dat ze zich per ongeluk op onkies terrein had begeven, deed het tegenovergestelde van Jen, met haar panische aftochten, en koos voor doorstomen. 'O, Rachel, weet je wel zeker dat je hier beter af bent? Je hebt de ergst denkbare tragedie doorgemaakt, het ergste wat er bestaat! Wij vinden gewoon dat je nu thuis zou moeten zijn, bij je familie en vrienden.'

'Ik heb hier vrienden,' zei ik. 'Ik ben al heel lang weg, hoor.' Het was verschrikkelijk om haar aan te kijken en de tranen in haar ogen te zien.

'Ik kan het niet aan,' zei ze onomwonden. 'Ik kan het niet aan wat er met Emma is gebeurd. Ons lieve, lieve meisje...'

Ik knikte en klemde mijn kiezen op elkaar om mijn gezicht in de plooi te houden.

'Ik denk steeds aan haar op de dag van haar geboorte, toen zijn we naar het ziekenhuis gekomen, weet je nog? Ze was zo piepklein, zo'n muisje...' Ze snikte nu openlijk. 'Toby en ik, en Jen ook, onze gevoelens voor jou zullen altijd hetzelfde blijven, hoor. We zullen het nooit vergeten, nóóit.'

'Ik weet het.'

Ik pakte haar hand en zo bleven we een tijdje zwijgend zitten.

'Ik ben een beetje te streng voor Jenny geweest, hè?' verzuchtte ik. 'Ze werkt me gewoon op mijn zenuwen met haar gezeur over de kerk. En het is duidelijk dat Oliver een speciaal project voor haar is.' Terwijl ik het zei, besefte ik al hoe onredelijk ik was. Jen had alleen maar aan hem gedacht, voor hem klaargestaan toen zijn vrouw dat niet deed. En ze had het net zo goed voor mij gedaan als voor hem.

Mariel, die haar tranen had gedroogd, zei: 'Ze is zichzelf niet momenteel. Bob en zij, nou ja, het is een wonder dat ze nog bij elkaar zijn. Ze waren bijna uit elkaar gegaan, weet je, ongeveer een jaar na jouw vertrek.'

'Wat was er dan?'

'Ze zou bij ons komen logeren, een soort proefscheiding, maar toen kwam hij met die droomvakantie aanzetten. Het leek wonderen te verrichten, trouwens. We waren allemaal opgelucht, maar langzamerhand is het allemaal weer zo geworden als daarvoor, erger, waarschijnlijk. Ze zouden niet bij elkaar moeten blijven, maar ik denk dat ze denken dat het nog moeilijker wordt als ze uit elkaar gaan. En ze hebben Daisy, natuurlijk.'

'Wat een vreselijke situatie.'

Mariel knikte. 'Ze heeft er goed aan gedaan niet meer kinderen te nemen, hoor.'

Ik dacht weer: wat bezielde je? Hoe kon je ingrijpen in de natuurlijke loop van een relatie? Het enige wat ik ermee had bereikt, leek het, was dat ik Daisy had veroordeeld tot een leven zonder broertjes of zusjes.

Ik knikte. 'Wil je tegen haar zeggen dat het me spijt?'

'Natuurlijk, maar dat hoef je niet te zeggen, ze begrijpt het wel.'

'Mariel?'

'Ja?'

'Ik denk de laatste tijd vaak aan die belofte die we hebben gedaan...'

'Belofte?'

'Over de meiden, jaren geleden. Het pact.'

'O, dat.'

'Ik vind het verschrikkelijk dat ik er niet voor ze ben. Ik ben ook nog eens Cats peetmoeder, ik zou een plek in haar leven moeten hebben, haar begeleiden, dingen voor haar doen!'

'O, Rachel, zeg dat nou niet. Je hebt contact met haar gehouden, dat is het belangrijkste. Verjaardagskaarten, een kaartje met Kerstmis, dat is voldoende, tot jij meer kunt opbrengen.' Geduldige Mariel. Ze praatte alsof er geen jaren, maar maanden voorbij waren gegaan.

'Ik wilde alleen tegen je zeggen dat ik het niet ben vergeten. Als er iets gebeurt, tja, dan zou ik wel iets doen...'

'Natuurlijk!' Ze zuchtte. 'O, god, we hebben je toch hopelijk niet van streek gemaakt door zomaar bij je op de stoep te staan?'

'Nee,' zei ik gedecideerd, 'het was heel fijn om jullie te zien.'

'Echt?'

'Ja.' Ik wist dat het fout was, maar ik was moe en ik vond dat ik genoeg had gedaan, ik was haar tegemoetgekomen en nu kon ik mezelf toestemming geven om me weer te distantiëren. We praatten nog wel een uur, maar de rest was als een gesprek door de brievenbus van een dichte deur.

De volgende ochtend gingen ze weg.

29

Hoewel ik al vaak bij Christos was geweest sinds we bevriend waren geraakt en Ingrid een relatie met hem had gekregen, verheugde ik me nog steeds op elk bezoek, domweg omdat hij zo'n mooi huis had. Aangezien dit nu eenmaal Oia was, was het naar de zee gebouwd en had je naar drie kanten een onbelemmerd uitzicht. Het kostte me geen enkele moeite me voor te stellen hoe de oorspronkelijke bewoners over de daken naar de kerk van Irini op het topje van Therasia hadden gekeken voordat ze hun blik naar het noorden wierpen, zoekend naar een glimp van zeilen aan de horizon.

De binnenmuren waren van rood vulkanisch gesteente en de vloeren van dezelfde houten planken waarvan eertijds de schepen werden gebouwd. De meubelen waren een combinatie van het traditionele Santorini – houten zitkisten, spiegels met vergulde lijst en beschilderde kasten – met geïmporteerd antiek. De plaatselijke geweven kleden die je in elk huis in Oia zag, lagen hier naast dicht geweven, bont gekleurde oosterse tapijten.

Eleni had me op het idee gebracht naar hem toe te gaan. Terwijl ik me had beziggehouden met mijn bezoek uit Londen, had zij in het stadhuis in het dodenregister en begrafenisgegevens gespit. Mijn tante, een van het handjevol mensen die bij de aardbeving waren omgekomen, was door vallende stenen in haar borst geraakt en had nog vierentwintig uur geleefd voordat haar longen bezweken en ze haar strijd moest opgeven.

'Ze heeft het niet getroffen,' stelde Eleni vast.

'Dat is één manier om het te stellen.' De feiten bevestigd te horen door een buitenstaander was een onverwachte opluchting, alsof ik mijn moeders versie van haar familiegeschiedenis nooit echt had geloofd.

Dankzij de dood van de oude Gaitis was er nog wat informatie boven water gekomen; er waren verschillende dagboeken uit zijn familie aan het museum in Fira geschonken en Eleni had een enkele verwijzing naar mejuffrouw Phoena Vlachos mogen lezen. Er stond dat Phoena op de vlucht van het centrum van het dorp naar het water was geraakt door de stenen. Waarschijnlijk was ze ongerust op zoek geweest naar mijn moeder en mijn grootouders.

Ik fronste mijn voorhoofd. 'Waarom zou Phoena genoemd worden in een dagboek van de familie Gaitis?'

Eleni schokschouderde. 'De familie zal je tante wel hebben gekend. Misschien heeft ze voor die mensen gewerkt, ze waren heel rijk. Ik heb veel andere namen gezien. Het is niets geheimzinnigs.'

Het enige vreemde was dat haar resten niet in het dorp leken te zijn. Ze had geen kistje met beenderen, geen bottenbelasting.

'Ik heb alle lijsten bekeken en niets gevonden.'

'Nou, dan zijn we klaar.' Ik vroeg me af of het opmerkelijk genoeg was om aan mijn moeder te vertellen, zodat het gesprek heropend kon worden; ik vermoedde van niet.

'Heb je Christos naar al die dingen gevraagd?' vroeg Eleni.

'Ja, maar hij kan zich Phoena niet meer herinneren.'

Ze schokschouderde. 'Maar Gaitis herinnert hij zich vast nog wel.'

Het geluid van voetstappen op gepolitoerd hout riep me terug naar het heden. Christos, in vrijetijdskleding, een beetje gespannen rond de mond. 'Rachel, waarom ben je niet in de winkel? Is er iets?'

'Nee, Ingrid heeft het net van me overgenomen. Ze zei dat je thuis was en ik vroeg me af of ik je even snel een paar dingen mocht vragen.'

'Natuurlijk. Ik ging net koffie zetten, loop maar door naar de binnenhof.'

We gingen buiten in de schaduw zitten. Hier was geen uitzicht op zee, maar het was een van mijn meest geliefde plekjes in Oia, helemaal beschut en altijd koel, zelfs in de warmste maanden. 'Eleni zei dat ik nog eens met je moest gaan praten over mijn tante die bij de aardbeving is omgekomen.'

Hij knikte plechtig.

'We hebben net ontdekt dat ze niet hier begraven is en ik wil haar graag vinden om haar de laatste eer te bewijzen. Ik blijf maar denken dat je mijn familie wel móét hebben gekend, Christos, mijn moeder en mijn tante. Mijn moeder is maar een paar jaar ouder dan jij. Alysa Vlachos.'

Hij schudde zijn hoofd. 'Het spijt me, maar ik herinner me er niets van. Ik was nog heel klein, nog geen vijf. Ik herinner me alleen de kinderen van mijn eigen leeftijd. Degenen van ons die bleven, speelden na de aardbeving samen in de verwoeste huizen.' Hij stond op. 'Ik zal je een foto laten zien...'

Hij kwam terug met een vergeelde foto van soldaten die toezicht hielden op de sloop van de Goulas. 'Volgens mijn vader was niet elk gebouw zo vernield dat het gesloopt moest worden, maar toen de burgemeester bezwaar maakte, kreeg hij een klap in zijn gezicht!' Ter illustratie gaf Christos zichzelf een pets op zijn wang en kromp theatraal in elkaar.

'Ongelooflijk! Op die foto lijkt iedereen zo kameraadschappelijk met elkaar om te gaan.'

'Tja, een foto is maar een momentopname, nietwaar? En dit is lang geleden, het zal niet zomaar een kiekje zijn geweest. Vermoedelijk is het een geposeerde foto.'

'Je hebt gelijk.'

'Je moeder zal je vast wel verteld hebben over die man die in zijn deuropening lag, op de... hoe heet het?'

'De drempel? Nee, wat was er dan?'

'Toen de soldaten kwamen om zijn huis te slopen, gooide hij zich op zijn drempel en riep: "Over mijn lijk!"'

Ik moest wel denken aan wat mijn moeder had gezegd over een terugkeer. Over mijn lijk. Het was een trieste symmetrie. 'En mocht hij toen blijven?'

Christos knikte. 'Zijn huis staat er nog steeds. Hijzelf is natuurlijk dood, zoals de meeste mensen uit die tijd.'

Ik dacht aan Eleni's tip. 'Heette die man Gaitis?' vroeg ik.

Christos' gezicht betrok en hij tikte met zijn vingers tegen de foto. 'Hoe ken je die?' vroeg hij nors.

Ik knipperde verbaasd met mijn ogen. 'Ik ken hem niet. Ik denk het niet, tenminste. Hij zou wel eens in de winkel geweest kunnen zijn, natuurlijk, zoals de meeste dorpelingen. Nee, ik zag toevallig zijn begrafenisstoet en toen vertelde Eleni me wie hij was. Ze zei dat hij een slecht mens was geweest.' Uit mijn mond klonk het zo bespottelijk dat ik in de lach schoot. 'Nou ja, je weet hoe ze is.'

Christos ergerde zich aan mijn oneerbiedigheid. 'Ze had gelijk. Mijn vader was tegen hem. Hij sloeg munt uit Oia, hij heeft ons dorp in stukken verkocht.'

'Hoe bedoel je?'

'Zo ging het na de aardbeving.' Hij keek weer naar de foto. 'Toen ze de huizen sloopten, kregen ze per kubieke meter betaald, dus sloopten ze meer dan nodig was. Gaitis was erbij betrokken. En hij was lang niet de enige, o, nee. En daarna kocht hij grote delen van het dorp omdat het heel goedkoop was. De skapha voor mijn hotel waren vroeger van hem. Hij wilde ze niet zelf renoveren, maar hij wilde ze ook niet verkopen.'

Christos was zo langzamerhand woedend en ik had er spijt van dat ik dit allemaal was komen oprakelen. Ik had alleen zijn humeur bedorven, en ik was niets over Phoena aan de weet gekomen. 'Tja, er zijn tenminste nog mensen in Oia die weten hoe het vroeger was. Mensen die de waarheid kennen.'

Zijn gezicht klaarde op. 'Dat is waar, maar het zijn er elk jaar minder.' Hij keek me aan met een dapper, jongensachtig glimlachje. 'En wanneer wij er niet meer zijn, wie zal het dan nog weten?'

'Weer zo'n geheimzinnig pakketje?' vroeg Ingrid vanuit de deuropening achter me. Ik zat aan het provisorische bureau in ons ondergrondse 'kantoor' met de post van die week voor me. Bij wijze van uitzondering had ik Palmers verslag op weg naar de winkel afgehaald, niet op de terugweg. 'Ja, gewoon zijn maandelijkse verslag. Niets bijzonders.'

'Ik denk dat hij in zijn eentje de Griekse posterijen in stand houdt.'

Ik ging niet op haar sarcasme in. 'Ik ben zo klaar, ik probeer alleen die stapel rekeningen weg te werken.'

'Haast je niet. Ik wacht wel tot je klaar bent.' Maar ze bleef in de deuropening staan. 'Nog iets spannends?'

'Nee, het gewone werk. We moeten Manfred binnenkort betalen. Het is zo'n lieverd, hij stuurt nooit een aanmaning, en ik ben altijd te laat.'

'Nee, van je vriend Palmer, bedoel ik.'

'Ik dacht het niet.' Ik legde zijn verslag boven op de stapel en deed alsof ik mijn blik over de woorden liet glijden; ik schaamde me te diep om Ingrid te vertellen dat de verslagen nog wel kwamen, maar dat ik ze niet meer las.

Het bezoek van Mariel en Jen, en vooral het laatste gesprek met Mariel, had het effect gehad van een warme lamp op een raam met ijsbloemen, en ik gruwde van wat ik nu door het glas kon zien. Het idee dat ik het recht zou hebben me met het leven van de meiden te bemoeien, dat ik de taak van hun moeders beter aankon dan zijzelf! In de jaren dat we gescheiden waren, was het me op de een of andere manier gelukt een essentieel detail te vergeten: dat ze dol waren op hun eigen kinderen. Zelfs hier op Santorini waren ze geen moment zonder Cat, Daisy en Jake geweest. Ze wáren hun kinderen. Ik had me vaak voorgesteld hoe zij zich zouden voelen als hun kind ze werd afgenomen, maar ik had er amper bij stilgestaan hoe ik het zou vinden als iemand die ik niet kende, of het nu een man was of een vrouw, Emma overal volgde, haar rapporten bekeek, stiekem foto's van haar nam en ingreep in de natuurlijke loop der dingen – mijn maag draaide zich om bij het idee. Wat een afschuwelijke inbreuk op de privacy. Ik kon niets anders doen dan me terugtrekken.

Wat het iets minder erg maakte, was dat ik tijdens het krankzinnige gedoe ook was vergeten hoe het was om een kind te zijn, om op het randje van de puberteit te balanceren. Vanaf mijn negende ongeveer had ik alles wat ik belangrijk vond geheim gehouden voor de vrouw in de slaapkamer naast de mijne. Ik had alleen informatie laten doorsijpelen via mijn vader wanneer het mij zo uitkwam; hoeveel kans had een onbekende die op straat met een opschrijfboekje stond te loeren gehad om iets over me aan de weet te komen? Cat en Daisy werden overladen met veel subtielere raadselen dan Palmer of zijn collega's konden doorgronden, en er zouden er nog veel meer komen. Ja, we waren erin geslaagd het logistieke komen en gaan bij te houden, maar we zouden nooit de gedachten van de meiden kunnen binnendringen, in de verste verte niet, daar was ik nu van overtuigd.

'Had ik het al verteld?' zei Ingrid, die nog steeds niet weg was. 'Iemand wilde de foto van Santa Irini kopen! Een van die oude weduwes bij de windmolen.'

Ik keek op. 'Echt waar?' Ik moest bekennen dat het nieuws een dilemma voor me was. Ik vond het fantastisch dat we de foto hadden verkocht, maar ik vond het jammer dat Irini met haar zware wenkbrauwen en zachte gezicht niet langer over ons zou waken. 'Goh, dat is goed nieuws! Gefeliciteerd. Heb je haar korting moeten geven?'

Ingrid trok een pruillip. 'Maak je een geintje? Ik heb gezegd dat ze niet te koop was.'

Mijn mond zakte ervan open. 'Waarom niet? Ze hangt hier al jaren en trouwens, we hebben de hele maand nog niets duurs verkocht.'

'Het gaat prima,' zei Ingrid. 'En trouwens, ze hangt niet eens in de winkel. De klant zag haar in de opslag.'

'Daar lag ze alleen omdat we waren vergeten haar terug te hangen nadat jij haar weer eens met alle geweld aan iemand wilde laten zien! Natuurlijk is ze te koop.'

'Maar het is toch duidelijk dat het je overleden tante is? We kúnnen haar niet verkopen. Dat zou hetzelfde zijn als, nou ja, je grootje verkopen.' Ze kreeg een inval. 'Rachel, dát zou het kunnen zijn! Het is niet je tante op die foto, maar je grootmoeder!'

Ik zuchtte. 'Ingrid, het is helemaal niemand van mij! Je mag er gerust van uitgaan dat ik tenminste weet hoe mijn grootmoeder eruitzag. Ik heb haar honderden keren gezien.'

Ingrid stak teleurgesteld haar onderlip naar voren.

'Hé, ik weet dat het leuk was om op zo'n raadsel te broeden, maar ik vind dat we ons er nu maar eens bij moeten neerleggen dat het niet mijn tante is en ook geen ander familielid, dood of levend. Er kan niemand op Santorini meer over zijn die niet ooit in de winkel is geweest, en niemand had ook maar enig idee.'

'Het is slechts een kwestie van tijd,' zei Ingrid. 'Iemand moet iets weten.'

Ja, dacht ik, mijn eigen moeder. En ik zou niet lang meer hoeven wachten voordat ik mijn pogingen om haar uit haar tent te lokken weer kon hervatten; over iets meer dan een maand ging ik de kerstdagen weer bij haar doorbrengen.

'Ze was er best boos over,' kwam Ingrid op de weduwe terug. 'Het was gek, maar ik kreeg het gevoel dat ze speciaal op die foto uit was. Ze keek niet echt naar de andere en dook welbewust de opslag in, ook al had ik het touw ervoor gehangen.' Ze huiverde. 'Ik krijg er de griezels van, die oude weduwes. Weet je, ze blijven altijd in het zwart lopen.'

'Tja, als ze terugkomt, zullen we haar haar zin moeten geven,' zei ik. Ik richtte mijn blik weer op mijn papieren. 'Heb je haar tenminste gevraagd of zíj wist wie het was?'

Ingrid schoot in de lach. 'Eerlijk gezegd was ze zo oud dat ik me afvroeg of ze wel wist wie ze zélf was.'

Toen stond ze opeens vlak achter me. 'Mag ik eens zien? Ik heb nog nooit zo'n fameus verslag gelezen. Volgens mij zijn het eigenlijk liefdesbrieven... *Mijn liefste Rachel*... Nee, dat klinkt niet goed, hij heeft vast een koosnaampje voor je, pippeling of zoiets.'

'Pippeling?' Ik lachte, maar opeens bonsde mijn hart tegen mijn ribben. 'Wacht even...' Terwijl Ingrid op de achtergrond stond te kletsen, hadden mijn hersenen op de een of andere manier de woorden op het papier voor me gevonden en zelfs iets van Palmers verslag gelezen. 'O, mijn god.'

'Wat is er? Rachel, wat is er?'

'Niets.'

'Kijk niet zo raar!' riep Ingrid uit. 'Wat is er?'

'Ik geloof het niet.' Wat ik me ook had voorgenomen, nu lag er een nieuwtje voor me dat ik niet zomaar weer uit mijn hoofd kon zetten: de moeder van Subject A had de echtelijke woning verlaten met medeneming van Subject A. Jen was bij Bob weg.

Het was binnen een paar dagen na haar terugkeer van Santorini gebeurd. Mariel had gelijk gehad: Jen was niet alleen gekomen om de confrontatie met míjn demonen aan te gaan. De huur van de flat in Fairhazel Gardens, waar ze hadden gewoond zolang ik ze kende, was opgezegd. Ze waren er een paar maanden na de geboorte van Daisy ingetrokken, nadat ze eerst in een eenkamerflat aan Camden Road hadden gewoond. De laatste verhuisdozen moesten nog uitgepakt worden toen Mariel en ik er voor het eerst op bezoek kwamen. Bob zat er nu de opzegtermijn alleen uit en Jenny en Daisy woonden voorlopig bij Mariel en Toby. Van de ene dag op de andere zaten de meiden niet meer alleen bij elkaar op school, maar woonden ze ook in hetzelfde huis.

Ik vergat mijn voornemen op slag, pakte de telefoon en belde Palmer op zijn kantoor.

Hij schraapte zijn keel. 'Ik had al zo'n gevoel dat je iets van je zou laten horen.'

'Het lijkt me vrij ernstig.'

'Ze hebben wel vaker problemen gehad,' merkte hij op.

'Niet zo erg. Nu is het echt voorbij.'

'Goed, als je zeker weet dat het te laat is voor relatietherapie...'

'Ik denk niet dat dat erin zit. Ik wil alleen maar zeker weten dat Daisy een dak boven haar hoofd heeft.' Het is de laatste keer dat ik me ermee bemoei, dacht ik, ik zorg dat Daisy een huis heeft en dan zeg ik het tegen Palmer.

'Wat wil je doen?' vroeg hij.

'Nou, ik heb een idee. Zeg het maar als je het belachelijk vindt...'

Ik nam de feiten door. Jen en Daisy konden niet eeuwig bij Mariel en Toby blijven. Ik herinnerde me de indeling van het huis van de Challoners net zo goed als die van het mijne: ze hadden drie slaapkamers, een voor hen en een voor elk van de kinderen, wat betekende dat Daisy bij Cat moest slapen (stond het stapelbed er nog, vroeg ik me af, dat beukenhouten bed met bloemen erop gesjabloneerd?) en Jen zou wel op de bank in de woonkamer slapen, tenzij ze het stapelbed met Daisy deelde en Cat bij haar broertje in het derde slaapkamertje op zolder was ondergebracht. Hoe dan ook, het kon niet lang zo blijven. Waar wilde Jen heen? Haar ouders en haar twee broers woonden in het zuidwesten van Engeland, maar ze had geen hechte band met hen, voor zover ik het me herinnerde, en bovendien dacht ik niet dat ze Daisy van haar nieuwe school zou willen halen; ze zou haar vast een beetje vastigheid willen bieden.

Het geld moest het struikelblok vormen als ze zich ergens wilde vestigen. Ik nam in gedachten de verslagen van jaren door: niets had er in de loop der tijd op geduid dat de kansen waren gekeerd – had Palmer zelfs niet onlangs vastgesteld dat Bob achter was met de huur? En hij had meer dan eens gemeld dat ze 'diep in het rood stonden' op hun gezamenlijke rekening. Spaargeld kon je verbergen, natuurlijk, maar waarschijnlijk had Jen het niet.

Mijn plan bestond er dan ook uit dat Palmer woonruimte in de buurt zou zoeken, die op naam van zijn bedrijf zou huren en dan voor minder dan de marktwaarde aan Jen zou verhuren. De huur mocht niet zo laag zijn dat het te mooi leek om waar te zijn, maar wel zo laag dat iemand die in deeltijd werkte het bedrag kon opbrengen. Hij zou zeggen dat de eigenares voor lange tijd overzee werkte, dat ze de juiste huurder belangrijker vond dan de winst – dat had Christos ook tegen mij gezegd. Jen zou erin trappen, hoopte ik, zij was degene die in naastenliefde geloofde. Bovendien was het allemaal volkomen waar.

Palmer vond een appartement in Canfield Gardens, dicht bij de plek waar Oliver en ik hadden gewoond toen we net naar die buurt gingen. Het was op de bovenste verdieping (hun oude huis had een eigen tuin gehad), maar alle bewoners hadden toegang tot een gezamenlijke tuin zo groot als een plantsoen en het was vlak bij zowel de school als de Challoners. Het was gedeeltelijk ingericht en pas geschilderd, dus je kon er zó in: ideaal. Het was ook duur, maar ik schatte dat de rest van het smartengeld van Morris genoeg zou zijn om het verschil tussen de huur die ik betaalde en de huur die Jen mij betaalde op te vangen, in elk geval tot Daisy achttien werd. Palmer bood de vraagprijs, tekende het contract en haalde de sleutels op. Toen hing hij een advertentie bij de plaatselijke kiosk en zette er een in de krant. *Apt. met 2 slpk. in Canfield Gdns, eigenaar overzee zoekt geschikte huurder, lage huur, contract voor onbepaalde tijd.*

Van de rond de veertig reacties die hij de eerste dag kreeg, was er niet één van Jen. De tweede en derde dag reageerde ze evenmin. Op de vierde dag duwde hij een flyer door de brievenbus van de Challoners. Op de vijfde dag belde ze op.

'Morgen komt ze het huurcontract tekenen,' vertelde Palmer me. 'Ze zouden er vóór de kerstdagen moeten kunnen wonen.'

'En de verhuurder weet dat hij alles via jouw kantoor moet regelen, nooit rechtstreeks met Jen? Ze mag er nooit achter komen hoe hoog de huur echt is...'

'Ja, dat weet hij, maak je geen zorgen.' Hij zweeg even. 'Zal ik je eens iets geks vertellen?'

'Nou?'

'Ik begin te begrijpen waar het om gaat, dat peetmoederproject van jou. Het geeft je een goed gevoel, hè, zulke dingen voor mensen doen?'

Ik haalde diep adem. 'Palmer, ik moet je spreken. Hierna... Nou ja, luister, ik ga met Kerstmis naar mijn moeder. Kunnen we dan iets afspreken?'

'Ja, natuurlijk, wat had je in gedachten?'

'Zou ik je een keer 's avonds in een café in de buurt van je kantoor kunnen ontmoeten?'

Ik schreef de gegevens op die hij me gaf en verbrak de verbinding. Ik voelde me onverwacht emotioneel, en niet alleen vanwege Jen. Ik kon niet meer om het feit heen dat als ik een eind maakte aan Palmers verslagen, ik het contact met hem ook beëindigde.

30

Op de ochtend van mijn vertrek naar Londen kreeg ik een brief van Oliver met daarin zijn eerste – en enige – verwijzing naar de civiele zaak tegen Andrew Lockley. Hij had gewonnen, begreep ik, en hij had een krantenknipsel over de zaak bijgesloten:

> Gisteren is Andrew Lockley schuldig bevonden 'op gerede grond' zoals dat voor de civiele rechtbank heet, en medeplichtig verklaard aan het overlijden van de zesjarige Emma Freeman. De epische, kostbare strijd die Freeman in bepaalde kringen tot een held heeft gemaakt, zou een veel grotere groep tot voordeel kunnen strekken: de nabestaanden van alle slachtoffers van een misdrijf.

Ik kon er niet blij om zijn. Ik dacht alleen voor de zoveelste keer aan die begraafplaats in het noorden van Londen met de kale, zwarte bomen en het voorbijzoevende verkeer. Ze hoorde er niet. Ze had de tijd niet gekregen om ons duidelijk te maken waar ze dan wel hoorde. Misschien was ze net als ik uiteindelijk hier gaan horen. Ik vroeg me vaak af wat ze zou hebben gevonden van mijn nieuwe huis, van ons oude huis, wat haar vooral zou zijn opgevallen. Kinderen kijken op een heel eigen manier, die niet alleen bepaald wordt door hun lagere gezichtspunt, maar ook door de behoefte van de ongevormde geest om beelden te herleiden tot het bekende; zij zagen de vreemde draai die aan vertrouwde gewoontes werd gegeven, de schooltassen in olijfbomen, de bergjes ijs in het vriesvak. Hier? De

koepeldaken van de kerken en het uitzicht over de Caldera waren
haar waarschijnlijk niet opgevallen, maar wel het feit dat taart hier
met een piepkleine theelepel werd geserveerd, zodat zelfs volwassen mannen nuffige eters werden; of de honden en katten en hoe ze
om aandacht vochten en naar elkaar grauwden wanneer de restaurants vol zaten en er kliekjes te halen waren. Ze zou hebben ge-
smuld van Christos' verhaal over de rij honden die de wandelaars
langs de rand van het klif volgde. Ze zou het hem hebben laten vertellen tot ze het uit haar hoofd kende.

Ja, Emma zou het hier leuk hebben gevonden.

Het was al heel lang geleden dat we samen plekjes hadden ontdekt ('Mam, zullen we op verkenning uitgaan?'), maar soms kreeg
ik aan het strand nog wel eens een huivering van herkenning bij de
glasheldere herinnering aan zonnige dagen samen, vakanties met
warm zeewater en weidse luchten; hoe we samen uit het park of van
het strand kwamen met zilte lippen en wangen die gloeiden van de
zon, duizelig en suf van een overbelichte wereld.

Na het betrekkelijke succes van mijn eerste bezoek aan mijn moeder was ik een tweede en een derde keer teruggegaan, tot het een
vanzelfsprekendheid werd. Mam leek het prettig te vinden, alsof ze
minder had verwacht en wel zo wijs was een gegeven paard niet in
de bek te kijken (al moest ik mijn geschenken in de aankomsthal
van de luchthaven kopen om te voorkomen dat ze spullen van Santorini in haar huis kreeg).

Deze keer was het onvermijdelijk dat we het over de zaak-Lock-
ley zouden hebben. Mam had haar eigen verzameling krantenknipsels en ze had zich, zo ontdekte ik tot mijn genoegen, er nu bij neergelegd dat de kwestie was afgedaan. Ze informeerde ook naar Bob
en Jen; ze was mijn oude vriendinnen niet uit het oog verloren en
wilde graag over de scheiding praten.

'Ik ben nooit zeker van hem geweest,' zei ze. 'Er zat altijd iets
niet goed tussen die twee.' Dat had ze nooit over Oliver en mij gezegd, niet één keer.

'Sommige relaties kunnen gewoon geen stand houden,' zei ik.
'Als de druk van buitenaf te zwaar is, lukt het soms niet.'

Ze zei niet wat ik haar zag denken, dat je de druk van buitenaf – zoals een proces aanspannen tegen medeplichtigen aan de dood van je dochter – samen moest doorstaan, dat dat de enige manier was om erdoorheen te komen.

Ik besloot meteen over Phoena te beginnen. 'Mam, niet boos worden alsjeblieft, maar ik heb iets van Santorini meegebracht dat ik je wil laten zien.'

'Wat dan?'

Ik bedwong mijn zenuwen, haalde de foto van Santa Irini uit mijn handtas en pakte hem uit. Nu het moment van de onthulling daar was, leek het gezicht op de foto minder op dat van mijn moeder dan ik had gedacht. Ik voelde me een beetje belachelijk. 'We vroegen ons af of dit Phoena zou kunnen zijn? Of misschien een ander familielid?'

Ze keek met een ruk op. 'Wé?'

'Ingrid en ik. De vriendin met wie ik de winkel heb.'

'Aha.' Tot mijn verwondering hoorde ik opluchting in haar stem.

Ze wilde de foto niet meteen aanpakken, maar toen grinnikte ze alleen maar, tot mijn verbazing. 'Ik weet niet wie dit is, maar haar vader is vast geen zeeman geweest, zoals de mijne. Zulke dingen waren alleen weggelegd voor de kapiteins, lieverd, hun vrouwen en dochters.' Maar natuurlijk, dacht ik, ik had het kunnen weten. Papu was zeeman geweest, net als zijn vader en grootvader voor hem, en hij had dus niet in een positie verkeerd om zo'n portret te kunnen betalen. Dit had nooit iets met onze familie te maken kunnen hebben gehad.

'Ik wilde het er gewoon op wagen. We staan voor een raadsel. Niemand in Oia herkent haar.'

Mam keek me aan alsof ik achterlijk was. 'Omdat ze niet uit Oia komt, natuurlijk.'

'Denk je dat het ergens anders vandaan naar Oia is gestuurd?'

'Natuurlijk, door haar ouders, lijkt me.'

'O.' Santa Irini was dus door haar ouders voorgedragen voor een huwelijk met iemand uit Oia, en de logische conclusie was dat ze was afgewezen. Vanwege haar koppige gezichtsuitdrukking, misschien, of omdat haar bruidsschat niet toereikend was.

'Ze heeft geluk gehad,' vervolgde mam. 'Als ze met iemand uit Oia was getrouwd, had het haar dood kunnen worden.'

Ik besloot mijn voordeel te doen met haar uitzonderlijke toeschietelijkheid. 'Weet je er nog iets van, mam? De dag van de aardbeving?'

'Ik was al twaalf, hoor,' zei ze met een diepe frons in haar voorhoofd. 'Natuurlijk weet ik het nog.'

'Hoe ging het? Ik bedoel, hoe begon het?'

Ze keek me onderzoekend aan, alsof ze me taxeerde, net als toen ik klein was. Ze wilde het wel vertellen, maar alleen als ze dacht dat ik volwassen genoeg was om te horen wat ze te zeggen had. Ik keek haar recht in de ogen. Ik ben volwassen genoeg, dacht ik verbeten, vergeet niet dat ik ook heb geleden. Ze zuchtte toen ze tot dezelfde conclusie als ik leek te komen.

'Het was vroeg in de ochtend. Een uur of vijf. Yiayia maakte me wakker en we keken samen naar buiten. Ik zag helemaal niets, alleen maar stof, overal dicht, rood stof, en mijn moeder drukte me zo stevig tegen zich aan dat ik bijna geen lucht meer kreeg. Het was een ontzettend lawaai. Grote klappen en gerommel, als donder die uit de zee kwam. Het ging de hele dag door.'

'Wat is er met Phoena gebeurd?'

'Dat wisten we niet meteen. Ze was niet thuis. Eerst dachten we alleen aan de buurman; zijn vrouw schreeuwde dat hij gewond was en wij renden erheen om te helpen. Hij had zijn arm gebroken, er waren rotsblokken van bovenaf op gevallen. Ik zag ook een vrouw met een gebroken been. We gingen allemaal naar het strand, maar het water ging op en neer, begrijp je, het rees en daalde. Beangstigend.' Ze omklemde de armleuning van de bank alsof het een reddingsboot was en deed haar ogen dicht. Ik wist niet of ze het beeld in haar hoofd wilde wissen of scherpstellen.

'Waar woonden jullie?'

'Niet ver van de toren, maar we gingen meteen weg, mijn moeder en ik. Mijn vader duwde ons in de boot van zijn vriend, met zijn familie, en we zeilden naar Perissa.'

'En papu?'

'Die bleef achter om Phoena te zoeken. Mijn moeder huilde de hele reis, en toen we aan land gingen en ze de tenten en marine-schepen met voorraden zag, raakte ze nog erger van streek. Ik denk dat het toen tot haar doordrong dat het echt een zware ramp was.'

'Ik heb foto's gezien,' zei ik knikkend. 'Al die schepen aan de horizon, het leek wel oorlog of zo.'

'Het was nog erger, die dag, want we kenden de vijand niet.'

Ik knikte weer. 'Weet je, ik heb naar Phoena's graf gezocht, in Oia. Ik was ongerust vanwege de bottenbelasting.'

Mam keek me niet-begrijpend aan. 'Wát voor belasting?'

'Voor de beenderen, om haar beenderen in de kerk te bewaren, maar ze stond niet op de lijst.'

'Waar heb je het over?' Haar stem klonk schril en ik was even bang dat ze over haar toeren zou raken, maar toen grinnikte ze weer vreugdeloos. 'Maar Phoena is in Athene begraven, Rachel, we hebben haar lichaam meegenomen. In Oia is niets waar jij je ongerust over hoeft te maken. Er is niets meer van onze familie.'

Behalve ik, dacht ik met een onverwacht gevoel van machteloosheid. Ik had genoegen moeten nemen met haar verhaal, wist ik, en misschien kwam het door mijn teleurstelling over de foto, misschien kwam het doordat ik had gehoopt dat deze reis een eind zou maken aan ál mijn raadsels, al mijn bedrog, maar ik zei zonder erbij na te denken: 'Er is meer, hè, mam? Iets over Phoena wat je voor me verzwijgt. Hoe is ze gestorven? Waarom was ze niet thuis, zoals alle anderen?'

'Nee, niets,' zei ze, maar ik had gelijk. Ze zag er geagiteerd uit en keek me verwijtend aan, alsof ik haar met net een vraag te veel had verraden.

'Vertel, mam. Wat het ook is, ik wil het weten.'

Ze stak haar handen op. 'Rachel, het gaat er niet om wat jij wilt weten! Zou je eens één keertje aan een ander kunnen denken?'

'Wat?' zei ik. Ik snakte naar adem. 'Ik denk toch aan een ander? Ik denk aan Phoena. Waar hadden we het volgens jou dan over?' En voordat ik me kon bedwingen, was ik weer vijftien en stormde ik de kamer uit en rende de trap op naar mijn slaapkamer.

De aanblik van mijn open koffer en de stapels enveloppen die erin gerangschikt lagen, leidde me zo af dat ik meteen kalmeerde.

Ik had de foto's niet meegebracht, die kon ik niet afstaan, maar de verslagen had ik bij elkaar gezocht en meegebracht naar hier, allemaal.

Subject A is niet naar school gegaan; haar moeder heeft opgebeld om door te geven dat ze keelpijn had...
    Subject A en B zijn door de moeder van Subject B afgezet bij de Fairhazel Dansschool...
    Subject B is naar de afdeling botbreuken van het Royal Free Hospital gebracht, waar haar gips is verwijderd...
    Subject A heeft haar achtste verjaardag in het zaaltje van de kerk gevierd. Haar vader heeft een goochelvoorstelling gegeven...
    Subject A en B zijn na school naar de Franse Club gegaan en daarna naar huis gebracht door een onbekende...
    Subject B is tijdens het steltlopen op het schoolplein gevallen, maar heeft geen verwondingen opgelopen...
    Subject A en B zijn met hun ouders naar de kerstliederendienst in de Allerheiligenkerk geweest...

Ik wist niet hoelang ik had zitten lezen toen er op mijn deur werd geklopt. 'Rachel? Mag ik binnenkomen?'
    Mam. Ze duwde de deurkruk naar beneden en kwam met een boetvaardig gezicht binnen, maar toen ze me in de kussens op het bed zag zitten, omringd door vellen en nog eens vellen papier, bleef ze stokstijf staan.
    'Wat is dat allemaal?'
    Ik had kunnen liegen, zeggen dat het zakelijke documenten waren en ze bij elkaar vegen, maar ik plaats daarvan zei ik onomwonden: 'Dat zijn verslagen.'
    'Verslagen?'
    'Ja. Van een privé-detective. Hij stuurt me elke maand een verslag uit Londen.'
    'Waarover?' Ze pakte er een en tuurde er niet-begrijpend naar. 'Wie is Subject A?'
    'Daisy,' zei ik, 'en Cat is subject B.'
    Ik wist wat ze ging zeggen en ik was bereid overal in mee te

gaan, behalve het voorstel de beide gezinnen op te biechten wat ik had gedaan. Opbiechten dat ik iets verkeerds had gedaan. Opbiechten, dat woord uit mijn kindertijd. Je moet het opbiechten, Rachel, en dan zei mijn vader: 'Als je niet toegeeft wat je hebt gedaan, kun je toch ook geen vergeving krijgen?'

'Ik hou ermee op,' zei ik bij voorbaat. 'Dat is ten dele waarom ik hier ben gekomen. Ik heb een afspraak met die privé-detective gemaakt en dan ga ik hem vragen ermee op te houden.'

Ze bleef maar vellen papier pakken, het ene na het andere, en als ze een paar regels had gelezen, pakte ze het volgende. Ten slotte zei ze: 'Ik ben blij dat je dit hebt gedaan.'

'Hè?'

'Ik ben er blij om.' Ze knikte met grote stelligheid. 'Nu begrijp ik het beter.'

'Wat?'

'Ik kon al die tijd maar niet begrijpen waarom het je niets leek te kunnen schelen.'

Ik liet mijn ogen naar de duizenden regels glijden. *Subject B heeft haar moeder naar het park vergezeld...*

'Maar het kon je wel degelijk iets schelen, hè?'

Ik keek haar aan. 'Natuurlijk wel. Nog steeds.'

31

Palmer en ik hadden afgesproken op mijn derde avond in Londen, die vóór kerstavond. Onze ontmoetingsplaats, een groot café op een hoek met enorme ramen aan de straatkanten, zat veel voller dan ik had verwacht, maar we wisten een plekje aan het eind van de bar te bemachtigen, achter een houten scherm. Het was een rokerige nis, heel anders dan de rest van het café, met kasten vol in leer gebonden boeken in de stijl van een victoriaanse bibliotheek; toen ik beter keek, zag ik echter dat de boeken verticaal doormidden waren gesneden omdat ze anders niet op de ondiepe planken pasten.

Palmer grinnikte en trok een wenkbrauw op. 'Zou dat kunst zijn, denk je, of bijzonder slechte planning?' Zijn haar was opvallend veel langer dan de laatste keer dat ik hem had gezien, waardoor hij er heel anders uitzag – nonchalanter, aantrekkelijker. Ik vroeg me af wat hem ertoe had gebracht minder secuur om te gaan met het uiterlijk dat hij de buitenwereld liet zien. Een vrouw, wellicht. Die gedachte maakte dat ik me vreemd ontmoedigd voelde.

'Wat wil je drinken?'

Ik zag op een bord staan dat er bisschopswijn was en bestelde een glas. Toen ik hem aan de bar zag staan wachten, bedacht ik dat ik hem nu al jaren kende, maar me nooit had afgevraagd hoe oud hij was. Eén blik was vaak al genoeg voor me geweest om te zien wat er maand na maand aan het uiterlijk van de meiden veranderde, maar misschien was dat het juist: veranderingen vielen alleen op als je ze op foto's zag, als het bewijs in de tijd bevroren voor je lag. Van Palmer had ik geen foto's.

'Je ziet er goed uit,' zei ik toen hij mijn glas voor me op tafel zette en tegenover me ging zitten.

'Jij ook.' Ik voelde me onverwacht verlegen toen hij zijn blik over mijn bovenlichaam liet glijden. Ik had een donkerrood tricot topje aan, een onmisbaar lichtgewicht kledingstuk voor Oia in de winter, maar veel te flodderig voor Londen, en de vetersluiting van de hals was losgeraakt. Het voelde verkeerd om hem hier te ontmoeten, in Londen, buiten de vaste tijden om, zoals wanneer je in het weekend op straat een docent tegenkomt: de gevestigde rollen gelden niet meer en het mogelijke bestaan van anderen komt aan het licht. Dat gevoel had ik in Oia nooit gehad, ook niet tijdens de lange middagen waarop we de meiden vergaten en over onszelf vertelden. In Oia hadden we bij elkaar gepast.

Ik deed mijn mond open, maar aarzelde. Ik had me voorbereid op wat ik ging zeggen, maar besefte nu pas dat ik geen idee had hoe hij zou reageren. 'Palmer, ik wilde je spreken omdat ik denk dat het tijd is om het Project Peetmoeder af te sluiten.'

Hij keek me een paar seconden aan, sloeg zijn ogen neer en knikte. 'Goed.'

Ik nam een grote slok wijn, die walgelijk zoet was. 'Ik was een beetje gek, nou ja, dat zul je wel gemerkt hebben. Al die trammelant omdat de meisjes naar dezelfde school moesten, terwijl het me niets aanging.'

'Ik weet eigenlijk niet of ik dat wel met je eens ben. Dat met die scholen was heel goed van je.'

'Ja, maar een ander meisje is haar plek kwijtgeraakt, nietwaar? Door mijn schuld.'

'Je kunt niet de hele wereld redden. Het is vanzelfsprekend dat jij je op je dierbaren richt.'

Ik knikte en genoot even van het idee dat de meiden mijn dierbaren waren. 'Toch moet het ophouden. Ik zou het verschrikkelijk vinden als ze er ooit achter kwamen.'

Hij leek te denken dat ik zijn betrouwbaarheid betwijfelde, want hij antwoordde ongewoon defensief: 'Alles wat we voor je hebben gedaan is honderd procent vertrouwelijk, dat zou je moeten weten.'

'Natuurlijk,' zei ik snel, 'dat bedoelde ik niet. Ik wilde alleen zeggen dat ik me er schuldig over voel en, o, gewoon stóm, denk ik.'

'Dat kan gebeuren. Je bent de enige niet.' Hij bracht zijn bierglas naar zijn mond en weer zag ik iets wat me onbekend voorkwam, ongerijmd bijna; in Oia dronken we altijd wijn, of bier uit de fles. Plotseling voelde ik me onzeker, alsof het me moeite kostte hem thuis te brengen.

'Hoe zit het met Jenny's appartement?' vroeg hij. 'Mag ze daar blijven wonen?'

'Ja, zeker. Zolang ze maar wil. We kunnen Daisy niet weer ontwortelen. Ze heeft een moeilijke leeftijd. Wil je dat voor me blijven regelen? Zeg het maar als er iets gebeurt.'

'Ja, goed.'

'Maar ik denk dat we het voortaan moeten houden bij geld op hun verjaardag, zoals elke normale peetmoeder zou doen.'

Hij grinnikte. 'Dat lijkt me een verstandig compromis.'

Ik had mijn wijn nog maar half op, maar er zat alleen nog maar een laag afgekoeld bezinksel met suiker in het glas. Ik zette het neer. Ik kon het niet opbrengen me in het gedrang aan de bar te begeven om iets anders te halen. Ik vroeg me af wat ik nog kon zeggen, maar een rumoerige uitbarsting aan de andere kant van het scherm maakte het voeren van een gesprek onmogelijk. Nu viel het me pas op dat alle andere bezoekers in grote groepen waren gekomen, kerstborrels van collega's, waarschijnlijk. Ik herinnerde me de tijd van vóór Emma, een agenda vol afspraken, soms verschillende op een avond. Hoe had ik al die mensen zoveel te zeggen kunnen hebben? Het leek alsof dat alles iemand anders was overkomen.

'Hoe gaat het verder met je?' vroeg ik.

Hij schokschouderde. 'Zijn gangetje, zoals anders. Het nieuwe jaar levert vaak nieuwe cliënten op, zoals je je vast wel kunt indenken. Mensen houden zich nog in tijdens de feestdagen en dan komen ze, *baf,* bij zinnen en doen iets.'

'Echt waar? Is het zo seizoensgebonden?'

'Ja, het komt door die hooggespannen verwachtingen tijdens de feestdagen. Uiteindelijk komen de meeste persoonlijke problemen daarop neer, is me opgevallen, dat mensen niet goed omgaan met elkaars verwachtingen.'

Het beviel me niet dat ook in dit café de relaties van de mensen om ons heen alleen maar een kwestie van aftellen tot de breuk waren. Die afspraak van ons begon een beetje vreugdeloos aan te doen, heel anders dan ik had verwacht.

'En je kinderen...' Ik zweeg even. 'Hoe is het met ze? En je tuin...'

Hij glimlachte. 'Je maakt je wel erg druk om mijn tuin. De tuin maakt het best. Er is 's winters meer te doen dan je denkt.'

'Ja, dat weet ik nog. En de kinderen?'

Hij knipperde met zijn ogen, en voor het eerst die avond had ik het gevoel dat ik door zijn terughoudendheid heen was gebroken. 'Nou, ik ben flink geschrokken, toevallig...'

'Hoezo? Wat bedoel je? Is er iets met ze gebeurd?'

'Nee, ze maken het goed, alleen dreigt mijn ex-vrouw naar Glasgow te verhuizen. Ze heeft er familie.'

'Wanneer zou dat gaan gebeuren?'

'Ergens in het nieuwe jaar.'

Nu zag ik wat er die avond echt anders aan hem was; het had niets te maken met zijn uiterlijk, maar met zijn uitstraling. Hij verborg het goed, maar hij had de uitstraling van een gedoemde. Hij moest tobben over de verhuizing, hij liet zijn feestdagen erdoor verzieken. *Mensen houden zich nog in tijdens de feestdagen en dan komen ze,* baf, *bij zinnen en doen iets.* Ik kon me niet voorstellen hoe erg het moest zijn om zo machteloos te staan ten opzichte van zo'n cruciale beslissing, om geen inbreng te hebben in beslissingen die bepalend waren voor het welzijn van je kinderen. Het was een ander soort lijden dan het mijne, maar net zo goed pijnlijk. Wat kon het leven ons allemaal toch wreed behandelen. Als iemand mij morgen zou vertellen dat het allemaal een misverstand was, dat Emma nog leefde en dat Oliver met haar was verhuisd (naar Glasgow – vlakbij), dat we niet door een goddelijke gril, maar door menselijk ingrijpen waren gescheiden, dat ze bij nader inzien net zo hard groeide als Cat en Daisy, zou ik in de wolken zijn. Ook al kreeg ik haar nooit meer te zien, dan zou ik nog altijd gelukkig zijn. Toch was er voor Palmer, die in een aanzienlijk gunstiger positie verkeerde dan ik, niets meer dan bodemloze wanhoop, met alleen het vooruitzicht op meer verdriet.

Kennelijk was hij zich ook bewust van het verschil, want hij zei: 'Zo erg is het niet. Matt studeert al en Zoe gaat over een paar jaar ook het huis uit. Ik zeg telkens tegen mezelf dat het niet uitmaakt waar ze hun thuisbasis hebben.'

'Precies. Ze kunnen hun vakanties doorbrengen waar ze maar willen. Misschien krijg je ze zelfs vaker te zien. En misschien krijgen ze later werk in Londen. Gaat Matt je opvolgen?'

Palmer schudde zijn hoofd. 'Hij heeft al gezegd dat hij daar geen zin in heeft. Hij zal wel hebben gezien wat het met mij heeft gedaan.'

'Wat bedoel je?'

'Nou, in het begin zal het wel spannend zijn, iets om je vrienden op school te vertellen, dat je vader detective is, zoiets wat je anders alleen op tv ziet, maar ik spoor niet bepaald grote treinrovers of seriemoordenaars op. De kinderen hebben allebei door dat mijn werk het gezinsleven heeft verwoest.'

'Waar er twee vechten...' begon ik, maar hij legde me het zwijgen op. 'Ik was de hoofdschuldige. Ik was te jong om te beseffen dat die jaren voorgoed verloren zijn.'

Hij keek me aan en zijn ogen leken zachter te worden, opaak te worden onder mijn blik. Ik dacht aan Oliver met al zijn schuldgevoelens. 'Maar jullie kunnen nog jaren samen doorbrengen, daar gaat het maar om.'

'Niet als de kinderen zo kwaad op me zijn dat ze me niet meer willen zien.'

'Moed houden,' zei ik, maar hij hoorde me niet, want het gezelschap aan de andere kant van het scherm verspreidde zich naar onze kant en omsingelde ons in een niet te stuiten golf van welwillendheid. Iemand helde te ver over en viel tegen Palmer aan, en iemand anders hield vliegtickets in de lucht en joelde: 'Val d'Isère, we komen eraan!' Bij die woorden ging er een gejuich op. Ik keek naar de gezichten, stuk voor stuk rood en gezwollen door de drank. Het voelde alsof ik midden in een rugbywedstrijd was beland.

Ik keek weer naar Palmer, die duidelijk ook weg wilde. Nu we het zakelijke gedeelte hadden afgehandeld, had hij geen zin om mij hier in zijn privé-leven te laten wroeten, zich te laten ontfutselen hoe vaak hij zijn kinderen mocht zien en – godbetert – hoe het met zijn tuin was. Dit waren de feiten: ik had hem betaald om iets voor me te doen en nu was het klaar. Hij was gesteld geraakt op Santorini en op mij, en ik op hem, maar daar moest het bij blijven.

'Zo, we moesten maar eens...'

Hij leunde naar voren. 'Rachel,' onderbrak hij me, 'mag ik je nog iets vragen voordat je weggaat?'

'Natuurlijk.' Ik voelde de blijdschap door mijn lichaam stromen en dacht: hij wil me blijven zien, en ik hem ook. Ik wil het ook! Ik kon mijn glimlach niet bedwingen.

'Ik heb me altijd afgevraagd, nou ja... Waarom ben je nooit van hem gescheiden?'

Mijn glimlach bestierf me op de lippen. 'Je bedoelt...'

'Van Freeman. Je echtgenoot. Je hebt het nooit echt uitgelegd.'

Ik keek hem perplex aan. Niet alleen was dit de laatste vraag die ik van hem had verwacht, het was ook het laatste waar ik over na wilde denken. Ik zag aan zijn ogen dat hij het niet begreep, het niet kón begrijpen. Waar zijn kinderen ook waren, ze leefden nog, en zolang dat zo bleef, zou hij het nooit kunnen bevatten. Ik wílde niet eens dat hij het kon begrijpen.

'Het is moeilijk uit te leggen, Palmer. Ik weet niet of ik dat wel kan.'

Het bleef even stil en het leek alsof zijn ogen leeg werden, totaal uitdrukkingsloos. Meteen daarop hoorde ik een andere stem in mijn hoofd, die die van Palmer en mij overstemde, een stem die ik niet direct kon thuisbrengen. *Je gaat nooit bij Oliver weg, hè?* Het was de stem van Simon, die lieve Simon. Waarom moest ik daar plotseling aan denken, terwijl ik al jaren bij Oliver weg was?

'Eh... houden we contact?' vroeg ik.

Hij knikte. 'Uiteraard. Ik zal je elk jaar de afschriften van de huur van de flat sturen.'

'O ja.' Vraag of hij ze komt brengen, zei ik tegen mezelf, doe er iets aan, het is nog niet te laat.

Maar hij keek niet eens meer naar me. Ik had hem teleurgesteld. De wanhoop daalde in verschrikkelijke, koude vlagen over me neer. 'Ik zal een definitieve afrekening laten opstellen van Project Peetmoeder, en zeg het maar als we nog iets voor je kunnen doen. We kunnen altijd tijd voor je vrijmaken.'

'Dank je.' Ik pakte mijn jas van de rugleuning van mijn stoel. 'Ik moest maar weer eens terug naar mijn moeder.'

'Ja. Tot ziens.'

'Tot ziens.'

Ik zoende hem op beide wangen, zoals ik ook deed wanneer hij in Oia aankwam en weer wegging. Ik maakte mezelf wijs dat dit niets anders was.

Nog voordat ik de deur opentrok en de koude lucht voelde die langs mijn benen waaide, wist ik wat ik ging doen. Ik ging hem naar zijn huis volgen. Ik wilde zien hoe hij een sleutel in een slot stak, een ganglamp aandeed en thuis was, ergens waar hij zichzelf niet hoefde te beperken tot dat anonieme, onopvallende personage dat hij de buitenwereld liet zien. Ik herinnerde me wat ik bij onze eerste ontmoeting had gedacht: dat hij het gezicht had van een karakteracteur. Toen was ik getroffen door zijn gelaatstrekken, maar het was meer gebleken; het was ook zijn lichaamstaal, zijn stille tred, de sympathieke knikjes, de maniertjes die misschien geoefend waren en tijdens liveoptredens werden bijgeschaafd tot er niets meer aan te verbeteren viel. Ik wilde zeker weten dat hij ergens zijn oorspronkelijke versie kon zijn, zijn ware zelf.

Ik zette mijn muts op, trok mijn handschoenen aan, wikkelde mijn sjaal twee keer om mijn nek en stopte de uiteinden stevig in de kraag van mijn jas. Lichtjes knipperden en stemmen verhieven zich, dwingend en schel. Overal waar ik keek, leken mensen om taxi's te ruziën. Kennelijk was er een chronisch tekort. Hoe moest ik dit aanpakken? Als Palmer met zijn eigen auto was, zou ik nooit een taxi kunnen oppikken op precies de tijd en plaats die nodig waren om hem te volgen. Zou ik een personenauto kunnen aanhouden en de bestuurder geld kunnen bieden om hem te volgen? Doe niet zo idioot, riep ik mezelf tot de orde, het is geen halszaak. Als je hem niet kunt volgen, ga je gewoon naar huis.

Op hetzelfde moment kwam hij uit het café. Hij knoopte zijn jas dicht, zette zijn kraag op, keek naar links en liep weg. Ik wachtte een paar seconden en liep toen achter hem aan. Mijn voetstappen dreunden in mijn wollen muts, weergalmend en dreigend, als geluidseffecten die na de opnames aan een film zijn toegevoegd. Mijn wangen waren niet alleen rood van de kou, maar ook van schaamte (een privé-detective volgen, nota bene, alsof je de medische symptomen van een arts denkt te kunnen diagnosticeren!). Ik begon weer over taxi's te piekeren, maar tot mijn verbazing stak hij over naar station Victoria en liep de treden naar de ondergrondse af. Ik haastte me achter hem aan; we werden al door wel honderd mensen gescheiden. Eenmaal binnen begreep ik niet hoe de kaartautomaat werkte en moest ik de goede munten bij elkaar zoeken, en ik was nog maar net op tijd boven aan de roltrap om te zien naar welk perron beneden hij ging: de Victoria Line, in noordelijke richting. De Victoria Line, die me nauwelijks nog bekend voorkwam, al had ik er jarenlang dagelijks mee gereisd. Het perron was bomvol en toen de trein kwam, stapten er net zoveel mensen in als uit. De coupé, die naar alcohol en hamburgers rook, lag bezaaid met krantenkaternen. Iemand had flarden kerstpapier van een haastig geopend cadeautje laten liggen, en die werden nu in de groeven van de vloer getrapt. Ik voelde paniek opkomen in de benauwde ruimte en richtte mijn blik op de kaart van de ondergrondse op ooghoogte. Palmer had gezegd dat hij in Wanstead woonde, in het oosten van Londen aan de Central Line. Hij zou op Oxford Circus moeten overstappen. Nog twee haltes.

Maar hij stapte na één halte al uit. Ik zag hem langs mijn raam lopen en kon nog maar net uitstappen voordat de deuren dichtschoven. Zonder te letten op de verontwaardigde gezichten van de mensen die ik opzij had geduwd, rende ik over het perron achter Palmer aan. Green Park; wat was daar te doen? Een bezoekje? Nog een cliënt die was overvallen door schuldgevoel? Ik gleed op de roltrap achter hem naar boven. Ik had geen flauw idee hoelang ik deze bespottelijke missie nog wilde voortzetten. Ik kon hem met geen mogelijkheid naar weer een café volgen en daar de avond uitzitten zonder dat hij me zag. Boven aan de roltrap verbaasde hij me nog eens door niet naar de uitgang te lopen, maar op een andere roltrap naar beneden te stappen; hij ging naar het perron van de Jubilee Line.

Misschien was hij verhuisd. Hij was niet op het idee gekomen het me te vertellen, want zo ging dat tussen ons, we wisselde wel ditjes en datjes uit, maar de hoofdzaken werden niet benoemd. Ik glipte weer in de coupé naast de zijne. Deze was minder vol en ik kon een zitplaats bemachtigen. Ik leunde achterover en legde mijn warme handen op de plastic armleuningen. Dat voelde al beter. Toen drong het met een schok tot me door dat dit mijn vroegere trein van Pendant naar huis was. Terug naar Emma, haar ophalen bij Mariel of Jen of, als het mijn beurt was, regelrecht naar school om alle drie de meiden op te halen, en dan moest ik erom denken dat ik pakjes sap of appels voor ze had. Ze wilden altijd iets eten zodra ze uit school kwamen, en dat verslonden ze voordat ze hun nieuws van de dag vertelden. Het was dus vanzelfsprekend dat we niet meededen aan de massale uittocht op station Baker Street, maar via St. John's doorreden naar Swiss Cottage. Nu dacht ik te weten hoe het zat: hij was helemaal niet verhuisd, hij wilde alleen de meiden nog een laatste keer zien, het nieuwe appartement van Daisy; hij wilde zeker weten dat ze onder de pannen waren voordat hij de zaak afsloot, zoals ik ook die laatste voldoening nodig had te zien dat híj onder de pannen was. Een formele afsluiting van onze overeenkomst, een mooie symmetrie. Het leek me overigens niet waarschijnlijk dat hij ze te zien zou krijgen, want het was allang bedtijd geweest, of althans de bedtijd die ik me herinnerde, acht uur. Ik keek op mijn horloge. Het was nog niet eens negen uur; waarschijnlijk bleven ze op deze leeftijd veel langer op, met warme chocolademelk en tv. Misschien zaten ze naar een kerstfilm te kijken; moesten ze hun uiterste best doen om in slaap te vallen, zo vlak voor Kerstmis.

Buiten stak hij niet over, wat ik zelf zou hebben gedaan, maar nam College Crescent, liep langs Buckland Crescent en naar... Belsize Park. Ik volgde hem ontzet. Nu begreep ik het. Het ging hem niet om Daisy's nieuwe onderkomen of de meiden. Het ging hem om mij. Hij wilde een laatste blik werpen op míjn huis, Olivers huis.

Het huis was in duisternis gehuld, op de gloed van een ganglamp na die door het glas-in-lood van de voordeur viel en een lamp achter het raam van de gang boven – die lamp werkte op een tijdschakelaar, herinnerde ik me, en bleef de hele nacht aan voor het geval

Emma wakker werd, moest plassen en de weg niet kon vinden. Hoe vaak had ik niet gedacht aan Oliver alleen in ons grote huis, dat de hele dag leegstond als hij werkte, waarna hij in het donker terugkwam, als het stil was op straat en alleen zijn gordijnen nog niet dicht waren? Hoe vaak had ik me niet afgevraagd of Andy nog elke donderdag in de tuin kwam werken en of Jacinta nog twee keer per week kwam schoonmaken? Een groot deel van haar tijd was opgegaan aan het opruimen van Emma's speelgoed en boeken, en het strijken van haar schoolblouses. Wat was er nu nog te doen? Een wijnglas om af te wassen, een paar oude kranten die weggegooid moesten worden? Waarschijnlijk waren er hele kamers waar weken achtereen geen mens kwam.

Palmer bleef schuin tegenover ons huis in de schaduw staan. Ik bleef ook staan en keek strak naar mijn oude voordeur. Beelden van haar in dat huis zweefden door elkaar heen: hoe ze door de keuken danste terwijl ze een aardbei at, hoe ze over me heen klom en apengeluiden maakte, hoe ze in de deuropening van onze slaapkamer opdook, zonder iets te zeggen het dekbed optilde en bij ons kroop, hoe ze rillend op de badmat stond te wachten op de warme handdoek die ik haar gaf... Vanuit het niets hoorde ik de stem van Christos in mijn hoofd: 'En wanneer wij er niet meer zijn, wie zal het dan nog weten?' Dat vond ik het ergste, het idee dat wanneer mijn pijnlijke lijf en dat van Oliver deze wereld verlieten, er niemand meer zou zijn die aan haar dacht. Zouden Daisy en Cat zich hun eerste vriendin nog herinneren wanneer ze volwassen waren, wanneer ze zelf een gezin hadden? Dachten ze nu nog wel eens aan haar?

Het werd me te veel. Het idee dat ik weer een jaar of zelfs maar een maand zonder haar zou moeten uitzitten... Ik had me nog nooit zo kapot gevoeld, zo uitgeblust. Ik voelde dat mijn benen het bijna begaven, maar toen hoorde ik een kreunend geluid, richtte me op en keek. Palmer was tegen de muur gezakt, met zijn hoofd in zijn handen, alsof hij op de een of andere manier mijn pijn voelde.

Toen vielen er gele lichtbundels op het asfalt en remde er een taxi vlak voor me, waaruit een vrouw stapte. Ze liep zonder me een blik waardig te keuren naar het hek van het huis waarbij ik stond en een moment lang vroeg ik me af of ik er wel echt was.

'Zoek je een taxi?'

De chauffeur riep me. Ik liep traag naar de stoeprand, boog me over naar het open raampje en fluisterde: 'Ja, graag.'

'Waar moet je heen, meid?'

'Ealing.'

'Spring er maar in. Wat is het koud, hè?'

Toen we wegreden, durfde ik niet door de achterruit te kijken. Ik kon het niet aan om het huis van mijn dochter te zien, verlicht maar leeg. Ik kon het niet aan om Palmer daar te zien staan, met zijn hoofd in zijn handen, of me afvragen hoelang hij wilde wachten.

Deel IV

I don't have plans and schemes
And I don't have hopes and dreams
I don't have anything
Since I don't have you.

The Skyliners, 1959

32

Oia, een paar jaar later

Ik had Oia nog nooit zo mooi gezien als die ochtend toen Christos me in Callidora kwam opzoeken. Het was nog vroeg en de Caldera leek zilverig en stil te slapen, met een oppervlak vol putjes. Er zweefde zelfs een ijle mist boven Perivolos, alsof de goden die hadden opgeroepen om het beeld compleet te maken, en de skapha daar, in de rotswand gepropt en daardoor al half verborgen, waren nu helemaal onzichtbaar.

Christos wist dat ik al op zou zijn, want ik had zo mijn vaste gewoontes – koffie en yoghurt aan mijn terrastafel voordat ik om half-acht naar de winkel ging – maar die had hij ook, en zijn vakantie-huisjes bekijken hoorde daar niet bij.

'Alles goed met Ingrid?' Het leek het eerste te zijn wat in ons opkwam wanneer we elkaar onverwacht zagen zonder dat zij erbij was.

'Ja, heel goed, er is alleen een kleinigheid.'

Ik ging naar binnen om koffie voor hem in te schenken. Toen ik hem de kop aanreikte, zag ik dat hij me de 'kleinigheid' nog niet wilde vertellen. 'Hoe staan de zaken in De Zwaluwsuites?'

Hij fleurde op. 'De zaken gaan uitstekend, dank je. Heeft Ingrid het je niet verteld? We zitten van juni tot de tweede week van oktober helemaal volgeboekt.'

'Wauw, Christos, geweldig. Goed gedaan.'

De nieuwe villa's waren schitterend, en ook als ik niet bevooroordeeld was geweest, had ik dit complex het mooiste gevonden van alle accommodaties voor pasgetrouwden. Christos' bouwvakkers hadden de rots als beeldhouwers bewerkt en een complex gecreëerd dat bij de gratie gods aan het klif leek te hangen (wat waarschijnlijk ook zo was). Er was een restaurant met terras aan het zwembad, een kelder waar wijn kon worden geproefd en een doolhof van beschaduwde paden en verborgen nissen die zo waren ontworpen dat een wandeling over het terrein bij elke stap intiemer werd. Ik had de gastenverblijven natuurlijk ook gezien, waar foto's uit Panomeréa waren gecombineerd met nautische parafernalia en snuisterijen van het eiland. Het personeel had geleerd nooit nee te verkopen, de zonsondergang stelde maar zelden teleur en het gastenboek stond vol juichkreten.

Christos was echter niet gekomen om over zijn zakelijke triomfen te pochen. Hij dronk zijn koffie met grote teugen en keek op zijn horloge. 'Gisteravond was er een Brit in de Epik die je zocht.'

Ik zette mijn kop neer. 'O. Een toerist?'

'Ik denk het.'

'Maar je kende hem niet?'

'Nee. Een stem uit het verleden?'

Ik knikte. 'Wie weet. Hij kwam uit Londen, zei hij?'

'Ja, ik dacht het wel.'

Natuurlijk. Deze Brit moest wel uit Londen komen, het moest iemand uit mijn vroegere leven zijn. Het moest Oliver zijn. Jaren nadat hij had beloofd op me te zullen wachten, vond hij het nu eindelijk welletjes. En gelijk had hij. Bijna tien jaar! Het was geen doen. Toch was het idee dat hij hier was gekomen om de scheiding officieel te maken nauwelijks minder verontrustend dan toen ik hier net woonde en Eleni naar mijn terras was gerend om me te waarschuwen; ze had gedacht dat hij me sloeg.

Ik huiverde. Het licht mocht dan volmaakt zijn, het was fris. Ik overwoog een vest te pakken. 'Hoe zag hij eruit, die man? Mijn leeftijd?'

'Jonger, denk ik. Een jaar of dertig. Niet erg lang. Zwart haar.'

'O?' Dat kon Oliver niet zijn, en dat had Christos vast ook begrepen. Wie was het dan? Simon, Toby, Bob? Die konden net zomin als Oliver verwachten dat ze nog voor dertig konden doorgaan. Iemand die nu dertig was, moest in mijn vroegere leven in Londen een tiener zijn geweest, maar voor zover ik me herinnerde, had ik er geen studenten gekend. Toen herinnerde ik me met een schok de enige andere Londenaar die me hier had weten te bereiken: Andrew Lockley. *Als ik die dag in juli ongedaan kon maken...* Hij was toch niet door berouw hierheen gedreven? Of, nog erger, door wraakzucht? Had Olivers proces zijn leven verwoest? Niet aan denken, suste ik mezelf, hij kan het niet zijn. Er zijn jaren verstreken sinds die brief, sinds die rechtszaak. Hij is ons al finaal vergeten, en gelukkig maar.

'Rachel?' Christos zette een stap naar me toe.

'Tja, ik ben niet moeilijk te vinden,' zei ik uiteindelijk. 'Wie het ook is, hij kan altijd naar de winkel komen.' Ik haalde mijn schouders op alsof het me niets kon schelen, en Christos knikte, opgelucht dat hij het spelletje mee kon spelen. Zijn taak zat erop, hij had de boodschap doorgegeven, in eigen persoon nog wel, niet via Ingrid. Maar dat was juist wat me zorgen baarde: hij wist dat ik Ingrid binnen het uur in de winkel zou zien, maar toch was hij me zo snel mogelijk komen waarschuwen, alsof hij die onbekende als een soort bedreiging zag.

'Ga je later nog met Ingrid naar de kapel kijken?' vroeg hij.

'Ja, ik verheug me erop. Ik ben altijd benieuwd geweest naar die privé-kapellen.' De piepkleine familiekapel die aan Christos' huis was aangebouwd, was meestal alleen op de naamdag van zijn heilige open, in maart, maar in juni zou hij nog een keer ontsloten worden voor een bruiloft. Ondanks Christos' status en de plaatselijke fascinatie voor zijn romance met 'de Australische' zou het een stille bruiloft worden, want Christos was al eens in Oia getrouwd. Hoewel zijn vrouw permanent met de kinderen in Thessaloniki woonde, zou het geen pas geven om haar in haar geboortestad al te publiekelijk in te ruilen.

Hij knikte. 'Zo, ik moet weg, maar hou me op de hoogte van die man. Als je mijn hulp nodig hebt, sta ik voor je klaar.'

'Dank je, ik zal je alles vertellen. Het stelt vast niets voor.'

Toen hij kwiek als altijd de treden op liep, dacht ik aan de ontwikkeling die onze relatie door de jaren heen had meegemaakt.

Eerst was er dat instinct geweest om over Ingrid te moederen dat er nog steeds in zekere mate was, vervolgens was ik hun chaperonne geweest en waren we ook nog drie vrienden, niet verdeeld door een romance, maar sinds hun verloving voelde ik me meer als hún dochter, zoals ze elke man prezen die ook maar een beetje huwbaar was en hem met een nadrukkelijke vormelijkheid bij onze bezigheden betrokken, als ouders die hun kind willen koppelen; zoals ze souvenirtjes voor me meebrachten uit plaatsen die ze samen hadden bezocht. Af en toe dacht ik met heimwee terug aan de tijd toen het nog Ingrid en ik was geweest, voordat Christos erbij kwam, en dat deed met weer denken aan de begintijd van Toby en Mariel, toen Oliver er nog niet was geweest. Toch keek ik vooral naar de toekomst, zoals iedereen die iemand heeft verloren uiteindelijk leert te doen.

Het huwelijksaanzoek dat Christos Ingrid had gedaan, was al opgenomen in de folklore van Oia, of zo leek het mij althans, want ik had elk moment van de veroveringscampagne die eraan vooraf was gegaan meegemaakt en moest er vele malen over vertellen aan de drommen mensen die hen geluk kwamen wensen en belust waren op een ooggetuigenverslag. Ingrid zelf had geen actieve rol gespeeld in het offensief; ik kon me zelfs niet heugen dat ze ooit de wens had uitgesproken getrouwd te zijn. Nee, die rol had Eleni met verve gespeeld. Op een gegeven moment kon ik Christos en Eleni niet meer samen zien zonder haar gelobby uit de eerste hand mee te maken. Soms hield ze lange tirades in het Grieks die ik (goddank) niet kon volgen, maar het kon ook bij een losse opmerking blijven, wanneer we met een groep zaten te eten en Ingrid even naar de wc ging. Er was één keer in het bijzonder die me altijd weer deed glimlachen bij de herinnering: we waren bij Christos thuis iets aan het drinken en Eleni had de koe al bij de horens gevat voordat ze haar eerste glas leeg had. Christos hoorde haar een tijdje aan en maakte Anatole en mij aan het lachen door haar met zijn ex-vrouw te vergelijken. Opeens pakte Eleni een schaal met snoep van het buffet en gooide de snoepjes als confetti de lucht in. 'Kijk!' riep ze. 'Dit is wreed! Je hebt zelfs de *koufetta* al!'

Christos proestte het uit. 'Die heeft Ingrid in Fira gekocht. Ze heeft geen idee wat het is.' Anatole vertelde me dat het gesuikerde amandelen waren, die traditioneel bij bruiloften werden uitgedeeld.

Terwijl Christos en ik over de vloer kropen om het lekkers op te rapen, probeerde de lijdzame Anatole zijn vrouw tot zwijgen te brengen. Hij vertaalde zijn woorden voor mij: 'Eleni, ik heb toch gezegd dat Christos op de sneeuw wacht?'

'Sneeuw?' herhaalde ik verbaasd. 'Hier in Oia? Dan kun je lang wachten, Christos.'

'Nee, het heeft één keer gesneeuwd, jaren geleden. Het komt minder vaak voor dan de aardbevingen, dat is waar, maar het kan.' Hij vertelde dat Ingrid sneeuw had gezien in Engeland en er zo verrukt van was geweest dat ze het er nu, jaren later, nog steeds over had. Daarom vond hij dat het volmaakte aanzoek dit 'magische element' moest bevatten. Hij zou nog één winter wachten, en als de goden hem dan weer niet gunstig gezind waren, zou hij genoegen moeten nemen met een skivakantie. Terwijl hij praatte, welden de tranen in mijn ogen op. Hij had hele seizoenen gewacht op het perfecte moment! Dit vond ik typerend voor de aard van de eilandbewoners: hun optimisme, hun liefde voor het theatrale, gecombineerd met het uithoudingsvermogen van de zeeman.

En toen had het gek genoeg echt gesneeuwd. Niet lang, toegegeven, maar wel zo lang dat Christos van zijn kantoor op de bouwplaats in Perivolos naar Panomeréa kon komen, waar Ingrid en ik de voorjaarsschoonmaak hadden gestaakt om met open mond door het raam naar buiten te kijken.

'Ingrid, kom je even boven?'

Ik zag vanuit de deuropening hoe ze zich bij hem op het marmer voegde en sneeuwvlokken in haar handen ving tot hij haar handen pakte en zei: 'Ingrid Sullivan, wil je alsjeblieft de nieuwe mevrouw Kafieris worden?'

'Ja, hoor,' giechelde Ingrid.

Het was Valentijnsdag. De dorpsbewoners vonden het niet meer dan terecht. Natuurlijk kon een zo romantisch toeval, als iets uit een film, alleen hier plaatsvinden. Waar anders? Voor wie anders, als het niet de dorpelingen van Oia waren?

'Goddank,' riep Eleni uit toen ik me met het nieuws naar haar toe haastte. 'Eindelijk, eindelijk dan toch.'

'Godsamme,' zei Ingrid. 'Is het hier echt zo donker of ligt het aan mij?'

'Ben je hier dan nog nooit geweest?'

'Ik ben niet bepaald het spirituele type, toch?'

We tuurden om ons heen in de schemerige kapel. 'Goed, maar je woont hier al een eeuwigheid. En dan te bedenken dat je anders zo snel bent.'

Ze lachte erom. Het was waar dat ze bijna net zo lang met Christos verloofd was geweest als Eleni op zijn aanzoek had gewacht. Telkens als iemand haar ronduit vroeg of ze al een datum hadden geprikt, antwoordde ze kortaf: 'Nee, te druk.' Ik hoorde er een echo van Jenny in, de manier waarop ze haar kinderwens afdeed: 'Nee, geen geld,' dus niemand was opgeluchter dan ik toen de datum eindelijk bekend werd gemaakt. Een vrijdag in juni, de periode waarin Cat en Daisy eindexamen deden.

Er waren natuurlijk complicaties en er moesten uitstapjes naar Athene worden gemaakt vanwege haar paspoort en de andere administratieve rompslomp die Ingrid moest afwikkelen voordat ze kon trouwen. Ze had zich zelfs moeten laten dopen in de Griekse Kerk, en bij die ceremonie was ze echt met haar hoofd in een vat met water ondergedompeld. Ze had zich uitgesloofd om te voorkomen dat Eleni en ik het gebeuren zouden bijwonen en de geruchten over een clandestiene foto waren nog steeds niet met bewijs geschraagd.

Ik glimlachte bij de herinnering. 'Ik moet toegeven dat ik bang was dat Eleni van Anatole zou scheiden en hém zou dwingen met je te trouwen als het nog lang zo doorging!'

'Ik weet het, maar we hebben de winkel, en De Zwaluwsuites... Het houdt nooit op, hè? En trouwens, zo belangrijk is het niet voor me, dat boterbriefje. Als we maar bij elkaar zijn.'

Ik knikte vol bewondering, want niets was belangrijker voor mij geweest toen ik eenmaal verliefd was geworden en mijn lot aan dat van een ander had gekoppeld: het huwelijk. Ik had niets van Ingrids onafhankelijkheid gehad. Voordat ik in Oia kwam, had ik nog nooit alleen gewoond.

'Nou, wat vind je ervan?' vroeg ze. 'Laten we de deur wijd open zetten, dan valt er wat licht binnen.'

Het licht viel in warme, gele wolken naar binnen en ik keek om me heen. Ingrid had gelijk, de kapel was sober, maar ook stil en vredig, en er was een prachtig altaarscherm met houtsnijwerk. Mijn oog viel op een icoon van een heilige te paard. 'Dit moet die icoon zijn die volgens Christos in Rusland is geschilderd, in de achttiende eeuw of zo. Ongelooflijk dat er zulke schatten in die kapellen worden opgesloten en dat geen mens ze ooit mag zien.'

'Nou, maak maar geen plannen om ze te bevrijden,' zei Ingrid met een lach. 'Als we probeerden ze in Panomeréa te verkopen, zouden we alleen maar opgepakt worden. Laten we de religieuze spullen maar voor ons museum bewaren.'

'O, ja.' We hadden het er de laatste jaren wel eens over dat we een museum zouden kunnen openen in Oia, een onhaalbare droom, leek me, maar wel een prettige. Het deed me denken aan de opwinding toen we net plannen maakten voor de winkel, toen elk gesprek tussen ons begon met: 'Zou het niet fantastisch zijn als...' Ingrid nam het idee echter serieus. Zij was nu de leidende en bepalende kracht van Panomeréa. Zij was degene die de miniaturen had ontdekt die we nu naast de foto's verkochten, exquise schilderingen op glas in de traditionele Theraanse technieken, het werk van een Britse kunstenaar die ze in Akrotiri had gevonden. En zij was ook degene die foto's was gaan inkopen die in de nasleep van de aardbeving waren gemaakt, een periode die we aanvankelijk te gruwelijk hadden gevonden voor onze verzameling. Ze had het weer bij het rechte eind gehad, want in de context van onze complete collectie werden de beelden positief, een eerbetoon: de kameraadschap van de militairen die de schade opnamen; priesters die muziek maakten tussen het puin van een ingestorte kerk; en een die bijzonder goed verkocht, van een groep nonnen in Fira die de schade aan hun klooster bekeek. Het dak was ingestort, maar hun kappen zaten nog onberispelijk op hun plaats.

We waren zo langzamerhand ervaren zakenvrouwen, Ingrid en

ik. We pikten de stelletjes op hun eerste avond er zó uit, met hun grote ogen van die gloeiende roze horizon, die in winkels snuffelden, maar te vol waren van de zonsondergang om zich echt op iets te kunnen concentreren. De mensen op hun laatste avond manoeuvreerden er behendig tussendoor; zij hadden vlak voor hun vertrek in de gaten wat ze wilden hebben en dat was uitstekend nieuws voor de winkels – ook die met hun nepschilderijen. De laatste wandeling naar de Goulas voor de zonsondergang, het laatste diner... Er was maar één ding dat hun heerlijke ervaring kon afmaken, en dat was een aandenken, het ideale souvenir. Ja, de laatste avond, na de zonsondergang, dan deden de winkels goede zaken, en wij vormden geen uitzondering. De mensen kwamen blij met het leven naar ons toe, koopgraag van de wijn, en ze vertrokken met pakjes onder de arm.

'Ik zit te denken,' zei Ingrid half tegen mij en half tegen de heilige op de kapelmuur voor haar. 'Wie komt er aan mijn kant van de kerk te zitten?'

Ik sloeg mijn arm om haar middel. 'Waarschijnlijk is dat hier de gewoonte niet, gaat het niet zo officieel, zeker niet in zo'n gehucht. We gaan gewoon door elkaar heen zitten. En trouwens, je hebt mij toch?'

Ze glimlachte dankbaar naar me. 'Weet ik, maar jij bent de enige. Eleni kent Christos al veel langer dan wij.'

'Ja, Anatole en hij hebben samen in Fira op de middelbare school gezeten, hè? Wat dacht je van Alexandros?'

'Die zit nog in Athene. Hij kan niet weg, zo midden in het seizoen.'
'Nikos?'

'Ha! Die zou nooit mogen komen, niet eens aan de leiband.' Nikos was inmiddels getrouwd en vader van een tweeling, dochters, en zijn vrouw had hem elk contact met Ingrid verboden, wat geen verrassing mocht heten. 'Dat is jaren geleden, godsamme.'

'Wat dacht je dan van Manfred? Hij is meer jouw vriend dan die van Christos, toch? Als ik het me goed herinner, hebben wij ze aan elkaar voorgesteld, die keer toen Christos zijn eerste grote bestelling deed.'

'Ja, en Christos heeft hem onder onze neus weggekaapt! Hij

heeft hem toch naar Kreta gestuurd?' Manfred was kortgeleden op pad gestuurd om foto's van Knossos en andere plekken te maken voor Christos' hotels op het vasteland. Ingrid en ik hoopten er ook een paar te kunnen kopen voor een nieuwe afdeling van de winkel die 'Voorbij Santorini' moest gaan heten. 'Hij maakt wel onze trouw-reportage, dat heeft Christos hem speciaal gevraagd.'

'Goed,' zei ik, 'ik geef het op. Iedereen houdt van Christos. Hij is het zout van de wereld, zoals hij zelf zou zeggen. En als iemand dat zou moeten kunnen waarderen, ben jij het wel.'

Ze glimlachte, maar ik zag dat de kwestie nog niet van de baan was. 'Trouwens, Rach, ik wilde je nog iets vragen.'

'O?' Ik liet me niet om de tuin leiden door haar terloopse toon, zeker niet toen ik haar kritische speurdersblik zag.

'Nu niet boos worden...'

'Waarom zou ik?'

'Maar we vroegen ons af... Wil je Palmer ook uitnodigen voor de bruiloft?'

'Palmer?' Ik probeerde mijn verbazing in te tomen. Het had lang geduurd voordat mijn vriendinnen waren opgehouden over Palmer, maar ik dacht dat het onderwerp eindelijk was afgesloten. 'Ik dacht het niet, Ingrid, ik heb geen contact meer met hem.'

'Waarom niet?'

Ik voelde de teleurstelling als een knoop in mijn maag, zoals al-tijd wanneer ik aan de avond van ons afscheid dacht. 'Ik krijg die verslagen niet meer. Hij beheert alleen nog iets voor me, en dat laat hij aan een assistent over.' Toegegeven, ik had gehoopt dat hij dat administratieve klusje zelf zou afhandelen, als een excuus om de verbinding tussen ons open te houden, maar dat had hij niet gedaan.

Ingrid knikte. 'Ik heb het nooit willen zeggen, maar ik vond het een beetje raar, dat gespioneer.'

'Ja, ik kan me voorstellen dat het zo overkwam.'

'Maar dat wil nog niet zeggen dat we hem niet voor de bruiloft kunnen uitnodigen, toch? Hij is nog steeds een van je beste vrienden.'

'Ingrid, ik heb hem in geen jaren gezien. Hoe kun je hem dan een van mijn beste vrienden noemen?'

Ze keek me even vertwijfeld aan, maar bedacht zich toen, misschien omdat ze mijn verborgen pijn aanvoelde, en zei meelevend: 'Wat jammer, Rachel. Het was duidelijk dat jullie het goed met elkaar konden vinden. Het straalde ervan af. Als ik aan die hele periode denk, het opzetten van ons bedrijf, de kennismaking met Christos, denk ik ook aan hem.'

'Ik ook,' flapte ik eruit.

'We moeten hem echt uitnodigen.'

Ik voelde dat mijn onbehagen naar de oppervlakte sijpelde. 'Doe dat nou maar niet, alsjeblieft. Hij heeft het vast te druk.'

'Hoezo? Hij heeft toch tijd genoeg om het te regelen?' Ze keek me afwachtend aan, met haar handen nog net niet in haar zij, en ik besefte dat ik iets zou moeten doen wat ik nooit eerder had gedaan, niet hardop: mijn relatie met Palmer benoemen, de relatie buiten ons peetmoederproject. Die relatie *erkennen*.

'Ik weet dat het gek klinkt,' zei ik omzichtig, 'maar die vriendschap van ons, nou ja, hij nodigde zichzelf altijd hier uit, hij kwam als zijn werk het toeliet. Ik heb hem nooit gevraagd te komen.'

'Wel een beetje ouderwets,' meesmuilde Ingrid. 'Alles van de man laten uitgaan.'

'Je zegt het alsof we verkering hadden.'

'God, nee. Hofmakerij lijkt me een beter woord. Verkering is iets te gewaagd voor jullie tweeën, dat zou te snel kunnen leiden tot...'

'Ingrid!' legde ik haar zo streng mogelijk het zwijgen op. 'We hadden geen verkering en er was geen sprake van hofmakerij of wat dan ook. Ik heb je toch verteld dat ik dat allemaal achter me heb gelaten? Ik ben blij voor Christos en jou, heus waar, maar zelf hoef ik geen relatie meer.'

'Maar je bent nog zo jong!' ging Ingrid, wier geduld op was, ertegenin. 'Bespottelijk! Hoe kun je op jouw leeftijd de seks al voor gezien houden?'

'Ik ben al in de veertig, hoor.'

Ze zuchtte. 'Nou en? Je bent toch nog lang geen ouwe bes?'

'Je klinkt net als ik wanneer ik het tegen mijn moeder heb. Nou ja, niet dat gedeelte over seks, natuurlijk. Maar goed, dit is niet bepaald de plek om zulke dingen te bespreken... Moet je al die afkeurende blikken van de muren zien!'

We liepen lachend naar buiten, de zon in, en begonnen aan de korte wandeling door de passages terug naar de winkel. We hadden nu hulp in de paasvakantie en het zomerseizoen, maar het kwam nog steeds maar zelden voor dat we overdag samen weg konden. Andere winkeliers riepen en zwaaiden naar ons. Een werknemer van De Zwaluwsuites kwam langs, samen met een man die een kar vol bomen in potten bij zich had, en maakte een praatje met ons over de voorbereidingen voor Pasen die hem aan het werk hielden. Een andere bekende nodigde ons uit voor de opening van een nieuw café. Het weer zat mee en samen met de hartelijkheid gaf het me het gevoel dat ik een koninklijke rijtoer maakte. Alleen merkte ik vrij snel dat ik de enige was die op de vriendelijkheid reageerde. Ingrid was stil, wat bij mij alleen maar het vermoeden kon wekken dat me meer lastige vragen over Palmer te wachten stonden.

'Wat ik me afvroeg,' zei ze bedachtzaam, 'vind je dat ik mijn moeder moet vragen?'

'Hè?' De kwestie-Palmer had de hele tijd onder de oppervlakte geborreld, op het punt uit te barsten, maar dit kwam zo onverwacht dat ik stokstijf bleef staan en haar met grote ogen aankeek. Ik had geen idee wat ik moest zeggen. 'Je móéder?'

Ze knikte en kneep haar ogen dicht tegen de zon. 'Ja. Haar vertellen dat ik ga trouwen en haar uitnodigen, misschien. Christos zegt dat we haar reis kunnen betalen en dat ze bij ons mag logeren en zo.'

Ik stond nog steeds perplex tegenover haar. Ze hadden het dus al besproken; het was al bijna in kannen en kruiken.

'Rachel?'

'Sorry, lieverd, maar ik sta met mijn mond vol tanden. Ik heb je nog nooit zoiets horen voorstellen.'

'Ik heb ook nog nooit een bruiloft voorbereid. Het heeft me aan het denken gezet, ik weet niet, maar iedereen begint vol goede moed, hè? Zij vast ook, lang geleden, voordat ik werd geboren. Misschien moet ik haar een kans geven. Ik bedoel, wil ik haar echt de rest van mijn leven niet meer zien?'

'Maar het is zo lang geleden...'

'Elf jaar,' onderbrak Ingrid me. 'Ik heb haar elf jaar niet gezien.

Stel je voor! Meer dan tien jaar in het leven van je kind...' Ze slikte de rest van haar zin in en trok het ontzette gezicht dat ze altijd trok wanneer ze per ongeluk iets over een scheiding tussen ouders en kinderen zei.

'Het is lang,' beaamde ik snel. 'Heb je er wel bij stilgestaan dat ze een nieuw gezin zou kunnen hebben, een heel nieuw leven?' Dat zou natuurlijk ook voor Palmer kunnen gelden, een gedachte die me in de loop der tijd herhaaldelijk had gekweld, en ik knipperde met mijn ogen om hem te verjagen, zoals altijd. 'Weet je nog wel waar je haar kunt bereiken?'

'Ik denk dat ik haar wel kan vinden, we hebben altijd het internet nog. Tegenwoordig kun je iedereen toch vinden? En de bruiloft is pas over drie maanden.'

Als Ingrids moeder zich nog herinnerde dat ze een dochter hád. Als ze nog leefde. Ik hoopte het, ik hoopte dat het goed zou komen.

'Maar stel dat ze geen spat is veranderd,' zei Ingrid somber, 'stel dat ze nog steeds dronken over straat zwiert? Het zal wel, want ze heeft al die jaren nooit naar me gezocht. Als je mijn naam, of de jouwe, in de zoekmachine invoert, krijg je de site van De Zwaluw-suites als eerste zoekresultaat, met de link naar onze homepage. Ons e-mailadres staat erbij. Iedereen kan ons vinden.'

Haar ogen werden dof van teleurstelling en mijn hele hart ging naar haar uit. Ze had een succes van haar leven gemaakt, een moeder kon zich geen betere dochter wensen, en toch had die moeder haar gewoon laten gaan, het contact laten verwateren al voordat Ingrid naar de andere kant van de wereld trok, en nooit een poging gedaan haar te vinden. Ik begreep niets van die verwaarlozing, op geen enkel niveau.

'Ik zou er nog maar even over nadenken als ik jou was,' zei ik omzichtig. 'Het is jóúw dag. Jij mag dan de indruk hebben dat alles om Christos draait, maar die mensen zijn nu ook allemaal jouw vrienden. Als jij hier niet hoort, hoort niemand hier.'

'Ja, je hebt gelijk.' Ze sloeg haar armen om zich heen alsof ze haar bovenlichaam wilde warmen, hoewel het warm was voor de tijd van het jaar, februari, en we pal in de zon stonden. Haar blik viel op de hoge stapel opgevouwen kleden in de etalage van de weverij, alle kleuren van de regenboog, en ze keek er zo gefascineerd naar alsof ze ze nooit eerder had gezien. Ik dacht opeens aan Emma die regenbogen tekende met viltstiften.

'Zelfs al nodig ik haar uit, dan heb ik het nog niet voor het zeggen, hè? Ze moet zelf willen komen.' Ingrid liep naar de etalage en stak haar hand uit alsof ze verwachtte de kleden door het glas heen te kunnen aanraken. 'Zij heeft het altijd voor het zeggen gehad.'

De kleuren werden plotseling wazig en ik wendde mijn blik af.

33

Pasen naderde, maar het was nog betrekkelijk stil in Oia en ik hoefde niet lang te wachten voordat ik ontdekte wie die geheimzinnige
man was over wie Christos het had gehad. Ik zat in het café tegenover de winkel koffie te drinken en de boekhouding door te nemen
ter voorbereiding op een bezoek van de belastinginspecteur later die
middag toen ik voelde dat er iemand naar me keek. Ik keek onopvallend opzij en zag een knappe man van in de dertig met een voor-
uitstekend voorhoofd en groene ogen. Was er ook maar een schijn
van een gelijkenis met de foto's die ik me uit de plaatselijke kranten herinnerde, die chagrijnig kijkende jongen van negentien die op
een zonnige middag in juli opeens de rol van medeplichtige aan de
moord op een kind opgedrongen had gekregen? Mijn hartslag zei
me dat het Lockley niet kon zijn, maar dit was wel degelijk de man
die Christos had gesproken. Hij droeg de gewone toeristenkleding,
maar de rekwisieten klopten niet: hij had geen partner naast zich en
geen bier voor zich, geen reisgids en geen fototoestel, alleen een ap-
paraatje in zijn hand dat om de paar seconden piepte, waarop hij
zijn voorhoofd fronste en met zijn duimen de toetsen bewerkte. De
rest van de tijd keek hij naar mij. Ik zat met mijn rug naar de straat,
terwijl hij erop uitkeek, en toen ik me omdraaide, zag ik door de
open deur aan de overkant een stukje van Ingrid, die zich uitrekte
om een lijst af te stoffen. Ik vroeg me af hoelang die man daar al op
zijn post zat en dacht heel even aan Palmer en zijn achteruitkijkspiegel.

'Ken ik u?' vroeg ik minzaam.

'Bent u toevallig Rachel Freeman?'

'Inderdaad.'

'De Rachel Freeman die getrouwd is met Oliver Freeman?'

'Waarom vraagt u dat?'

'Nou...' Zonder iets te vragen trok hij zijn stoel tegenover de mijne en leunde kameraadschappelijk naar me over. 'Ik zal open kaart spelen, mevrouw Freeman. Ik ben Jason Cheatle, een freelancejournalist uit Londen.'

'Journalist?'

'Ja. Ik heb de opdracht gekregen een bijdrage te leveren aan een speciaal supplement van de *Telegraph* over de wisselingen binnen het kabinet, de nieuwe orde en zo. Profielen van alle hoofdrolspelers, de échte spelers, bedoel ik, niet de ministers.'

'O?' Ik begreep totaal niet waarom hij me dit vertelde, maar probeerde vriendelijk te blijven kijken. Hij praatte op een manier die ik me van mensen in Londen herinnerde: wel charmant, maar niet in staat zijn gedrevenheid te maskeren, zijn passie voor zijn werk. Hij zou snel genoeg ter zake komen; voor hem niet de uitgesponnen sages van de eilandbewoners, de anekdotes die een aanloop vormden voor een alledaags verzoek.

'Uw man komt er natuurlijk ook in voor. We dachten er zelfs aan zijn profiel als omslagartikel te brengen...'

Ik beantwoordde zijn blik hartelijk, maar ik had nog steeds geen idee waar hij het over had. 'Meneer Cheatle, ik begrijp niet goed wat ik...'

'Zeg toch Jason, alstublieft.' Hij krabde boven zijn oor. 'Ik wilde gewoon wat over zijn achtergrond praten, meer niet. Wat hem tot zijn nieuwe, openbare rol gebracht kan hebben, begrijpt u, na al die jaren in de financiële wereld. Het zou iets te maken kunnen hebben met de dood van uw dochter...'

'Wat?' We keken elkaar strak aan, zonder met onze ogen te knipperen. 'Ben je helemaal uit Londen gekomen om me over mijn man uit te horen?'

'Toevallig ben ik met mijn vrouw op vakantie, maar toen de krant ontdekte dat u hier woonde, vroegen ze me u in Oia op te zoeken om te zien of we een babbeltje konden maken. Ik hoop dat u dat wilt.'

'Ik heb niets te melden.' Ik raapte snel mijn spullen bij elkaar en zocht in mijn zakken naar kleingeld. Verdomme, ik had alleen maar tien euro bij me, dus ik zou op mijn wisselgeld moeten wachten. Was ik toch maar naar het Ilias gegaan, maar ik was bang geweest dat ik daar met Eleni aan het roddelen zou raken en dat we allebei niet meer aan werken toe zouden komen.

De verbijstering op Cheatles gezicht maakte snel plaats voor wanhoop. 'Mevrouw Freeman, Rachel, een paar snelle vragen kunnen toch geen kwaad? U bent toch nog getrouwd? U bent nooit van hem gescheiden, waarom niet?'

'Het spijt me, maar ik moet echt weg.' Ik wenkte Naida, de serveerster, en mimede: *Kan ik later afrekenen?*

'Prima.' Ze wuifde me weg en richtte haar aandacht weer op het buffet, waar een stel in wandeluitrusting geen keus kon maken uit de taartjes.

'Mevrouw Freeman, alstublieft!'

Hij was van zijn stoel gesprongen en ik verwachtte half en half dat hij achter me aan zou komen, me bij mijn mouw grijpen en me met kracht tegenhouden, maar toen ik veilig in de winkel was en door het raam keek, zat hij weer met zijn mobiele telefoon aan zijn eigen tafeltje.

Ons kantoor, de voormalige opslagruimte, bevond zich recht onder de Marmara en dus vlak onder de plek waar die Cheatle zat. Ik pakte meteen mijn laptop en belde in. Het leek een eeuwigheid te duren voordat de internetverbinding tot stand kwam en ik 'Oliver Freeman' in de zoekmachine kon invoeren. Ik keek perplex naar de lijst met resultaten. De naam leverde honderden sites op, de meeste in Groot-Brittannië: de BBC, *The Times*, Channel 4...

Ik begon te lezen, heen en weer klikkend tussen de pagina's. Olivers carrière had inderdaad een nieuwe wending genomen. Hij was nu beleidsadviseur op regeringsniveau en stond in de belangstelling vanwege een controverse over trustfunds voor kinderen. Het was een grof schandaal, zoveel stond vast. Alleen was Oliver niet de schuldige, maar de troubleshooter, de held. Het woord 'kruistocht' viel keer op keer.

Hoeveel respect ik ook had voor Olivers capaciteiten, de ommekeer was zo onwaarschijnlijk dat ik heel even een simpele persoonsverwisseling vermoedde: was er wellicht nog een Oliver Freeman? Maar nee, op de volgende pagina die ik bekeek, stond een foto van hem waarop hij een kantoorgebouw van het parlement verliet. Hij was iets steviger dan ik me herinnerde en een stuk grijzer, maar hij was het onmiskenbaar. De foto begeleidde een artikel over een persconferentie die hij had gegeven en maakte melding van zijn bijzondere inzicht in de bedoelingen van de minister van Financiën. Ik klikte weer: een profiel dat in een van de zondagskranten was verschenen. Hierin werd een lang geleden uit het oog verloren echtgenote genoemd die 'tegenwoordig een anoniem bestaan leidt op het Griekse eiland Santorini'. Tja, daar zou Jason van de *Telegraph* weinig aan kunnen toevoegen, vreesde ik.

Ik klikte weer een site aan en liet mijn ogen over de woorden struikelen:

Hoewel Freemans carrière benijdenswaardig is, schijnt zijn privé-leven minder gezegend te zijn. Hij trad in 1986 in het huwelijk met Rachel Headon, maar de echtelieden leven gescheiden sinds de tragische dood van hun dochter bij een verkeersongeluk in 1994 (hij won later een civiele procedure tegen een van de betrokken automobilisten, Andrew Lockley, destijds een geruchtmakende zaak). Freemans nieuwe vlam schijnt een vroegere boezemvriendin van zijn echtgenote te zijn.

Ik hield op met lezen. Een 'vroegere boezemvriendin', wat kon dat in godsnaam betekenen? Ik scrolde naar beneden, maar er was geen tekst meer, alleen een omkaderde advertentie voor een stationcar.

'Rachel?' riep Ingrid vanuit de winkel. 'Meneer Frangidis van de belastingdienst is hier.'

'Ik kom!'

Ik sloot geagiteerd de browser af en pakte mijn paperassen. Pas toen viel het me in dat ik me niet kon heugen wanneer Oliver me voor het laatst had geschreven.

Ik herinnerde me wel iets anders, of, preciezer gezegd, ik zag het met andere ogen. Toen ik de laatste keer mijn kerstcadeautjes had uitgepakt bij mijn moeder, had ze me een kaart gegeven die door de post was bezorgd. De gewone kerstwens met een besneeuwd dorp, het soort kaart dat in een grote doos met verschillende kaarten wordt verkocht. Hij kwam van Bob. Onder zijn naam had hij een PS gekrabbeld: *Ik neem aan dat je weet wat er gaande is. Bel je me?*, gevolgd door een mobiel nummer. Hij zocht bondgenoten na de breuk met Jen, had ik aangenomen, en daar was hij knap laat mee, want ze waren toen al jaren uit elkaar. Misschien dacht hij dat ik van niets wist, had hij zich Jens mislukte missie herinnerd om me terug naar Londen te krijgen, en mogelijk had ze zich zelfs beklaagd over mijn onvriendelijkheid. Toen had hij mijn naam in een oud adresboek gevonden en zich afgevraagd of ik nog voor zijn kant te winnen was.

Ik had medelijden met Bob gehad omdat hij dacht zo weinig vrienden te hebben dat hij een beroep moest doen op een oude kennis als ik, een vriendin van Jen met wie het toch al nooit had geklikt; maar ik was niet van plan na al die tijd nog eens partij voor hem te kiezen. Het was een vreemde kaart, maar geen gedenkwaardige, en ik had hem bij de andere op de schoorsteenmantel gezet en uiteindelijk weggegooid. Het volgende dat ik van hem hoorde, in een briefje van Mariel waarin ze me bedankte voor Cats verjaardagscadeau, was dat hij een nieuwe vriendin had en bij haar was ingetrokken in haar flat in het zuiden van Londen. Ook dit had me niet wezenlijk geboeid, want het tweede nieuwtje in die brief was dat Mariel Simon was tegengekomen en dat ze van hem had gehoord dat hij met iemand van Pendant ging trouwen (ik had opeens aan dat jonge meisje gedacht dat ik een paar weken voor het eind had ingewerkt, Helen of Harriet of zoiets).

Nu vroeg ik me af of Bob geen andere bedoeling had gehad. Kon 'wat er gaande was', waarvan hij 'aannam' dat ik het wist, niet het eind van Jenny's relatie met hem zijn, maar het begin van die met Oliver? Nee, dat sloeg nergens op, Oliver en Jen hadden zich nooit tot elkaar aangetrokken gevoeld, de combinatie van hun namen rolde niet eens lekker over je tong. Onmogelijk. Ik twijfelde er niet aan dat ik het allemaal vergeten zou zijn, dat ik Cheatle, Bob en het hele gedoe uit mijn hoofd had gezet als ik geen ander nieuws had gekregen. Een paar weken later stuurde Palmers kantoor me niet het gebruikelijke huuroverzicht van Jens appartement in Canfield Gardens, maar het bericht dat de huurster had opgezegd.

Ik was alleen in de winkel toen ik besloot hem te bellen. En toen ik het besluit eenmaal had genomen, wilde ik het ook meteen ten uitvoer brengen en slaakte ik een zucht van ongeduld naar de gebogen rug van een klant die te lang na sluitingstijd bleef hangen. Er was de hele dag geen mens in de winkel geweest en die man moest uitgerekend nú boven de doos met losse afdrukken komen treuzelen, met een gefronst voorhoofd alsof hij eeuwenoude codes ontcijferde. Op de valreep een cadeautje voor zijn vrouw, vermoedde ik, iets wat ze eerder tijdens hun vakantie samen hadden bewonderd, waarna ze later spijt hadden gekregen dat ze niet ter plekke een foto hadden gekocht. Een klassieke gang van zaken die ik al wel duizend keer had gezien. Normaal zou ik begripvol en behulpzaam zijn geweest, zonder op de tijd te letten, maar die avond wilde ik dat hij de knoop eens doorhakte en vertrok. Ten slotte kwam hij naar het bureau met de gekozen foto's en een massa vragen waarop hij antwoord wilde. Ik pakte in, stempelde, gaf hem een tasje, liep met hem mee naar de deur en draaide het bordje ANOIKTO/OPEN om.

Ik wist het nummer niet meer uit mijn hoofd. 'Met Rachel, Rachel Freeman.'

'Ráchel?'

'Er is vorige maand iemand uit Londen hier geweest,' flapte ik er meteen uit. 'Een journalist.'

Ik hoorde hem zijn adem inhouden. 'O?'

Ik knipperde mijn tranen weg. 'Oliver schijnt tegenwoordig een hele beroemdheid te zijn. En hij heeft een relatie met de moeder van Subject A, heb ik begrepen.'

'Dat heb je "begrepen"?'

'O, kom op, Palmer,' barstte ik geagiteerd los, 'als ík het al in de kranten heb gelezen, moet jij het toch zéker weten? Waarom heb je het me niet laten weten? Eén telefoontje! Eén brief! Je had toch minstens een briefje bij het overzicht van Jen kunnen doen.' Ik klonk zo goed als hysterisch. Al had ik nog zo mijn best gedaan, ik had geen minder geschikte manier kunnen bedenken om het contact met hem te hernieuwen.

'Rachel, rustig, alsjeblieft.'

Ik drukte de telefoon pijnlijk hard tegen mijn oor. Ik vond het moeilijk om alleen maar zijn stem te horen, laag, gruizig en bezorgd. Het was een leven geleden dat ik hem had laten solliciteren in een sjofel hotel in het westen van Londen, en toen had ik verondersteld dat ik hem nooit meer zou zien. Ik was alleen maar dankbaar geweest, herinnerde ik me, dat hij niet zo erg was als die andere detective, die met de zalvende stem die dacht dat ik een wantrouwige, wraaklustige echtgenote was. Het was ook een leven geleden dat ik hem in het noorden van Londen op straat had laten staan, er bijna net zo zeker van dat hij daar niet hoorde te zijn als dat ik hem nooit mocht laten weten dat ik hem daar had gezien. Was dat de reden voor dit lange zwijgen? Het risico niet durven nemen, het risico hem te vernederen, hem naar zijn gevoelens te vragen, mezelf naar de mijne te vragen?

'Ik heb zijn naam in de kranten gezien,' zei Palmer. 'Hij zit in de een of andere selecte regeringscommissie, toch?'

'Dat kan me niet schelen!' riep ik uit. 'Het gaat om Jenny en hem!'

'Aha. Heb je ons bericht gekregen dat ze de huur van het appartement heeft opgezegd? Is dat het?'

'Natuurlijk is dat het, Palmer! Ik heb de online-krantenartikelen ook gezien, en Bob schijnt het al meer dan een jaar te weten! Hij heeft me een briefje gestuurd, maar ik had niet door waar hij op doelde. God mag weten hoelang dit al speelt.'

Het bleef lang stil. 'Wat wil je nu van me, Rachel?'

'Ik wil gewoon...' Ik wist het niet, ik had geen idee wat ik van hem wilde.

'Rachel?'

De verbinding was slecht geworden, alsof er honderd omleidingen tussen zaten, en ik zuchtte gefrustreerd.

'Hoor eens, ik wil niet bot zijn, maar het is mijn taak niet meer je op de hoogte te houden van het leven van je vroegere vrienden.' Ik meende iets scherps in zijn stem te horen dat nieuw voor me was. 'En ik zou eraan kunnen toevoegen dat het ook nooit mijn taak is geweest je op de hoogte te houden van het leven van de volwassenen.'

'O, hou toch op,' riep ik uit. 'Je weet zoveel over mij, mijn situatie... Vind je niet dat ik een tip verdiende? Om het van een verslaggever te moeten horen...' Tot mijn afgrijzen begon ik te huilen. Mijn ogen en neus dropen, en ik griste een tissue van het bureau om mijn neus te snuiten.

'Hé,' zei hij, en nu hoorde ik medeleven in zijn stem, 'maak je niet druk. Misschien had ik contact met je moeten opnemen. Ik zal wel hebben gedacht dat iemand anders het je zou vertellen. Maar Freeman is niet zo bekend als jij schijnt te denken, hij is uit het niets opgedoken. Het is puur toeval dat ik iets over hem in de krant heb gezien.'

Dat profiel zal daar een eind aan maken, dacht ik. Daarna kent iedereen hem. 'En toen Jen de huur kwam opzeggen, heeft ze je toen een nieuw adres gegeven?'

Het bleef even stil voordat hij het toegaf. 'Ja. Belsize Park. Je oude huis.'

De beelden dansten door mijn hoofd. Palmer aan de overkant van de straat, met zijn hoofd in zijn handen, Daisy in haar slaapkamer, dansend op haar schoenen met lovertjes, Oliver en Jen achter het slaapkamerraam vlak voordat ze de luxaflex lieten zakken... 'Waar haalt hij de tijd vandaan met die nieuwe functie?' Ik lachte bijna hardop om mijn eigen vraag, want waar had hij de tijd vandaan gehaald om iets met Charlotte te beginnen? Waar had ik de tijd voor Simon vandaan gehaald? En zonder kinderen had je alle tijd van de wereld, zoals ik elke ochtend weer besefte als ik mijn ogen opende, het licht door het waaierraam zag vallen en door de zon werd uitgedaagd al die uren licht te vullen. Het zou moeilijker voor Jen zijn om tijd voor hém te maken.

'Hoe zou Bob erachter zijn gekomen?' vroeg ik me hardop af.

'Ex-partners houden elkaar vaak met argusogen in de gaten, nietwaar?' Hij liet de opmerking even in de lucht hangen en vervolgde toen: 'Ze kan het hem natuurlijk ook zelf hebben verteld, als ze een goede verstandhouding hebben.'

Dan moest het serieus zijn, dacht ik, tussen Oliver en haar, iets waar ze zich allebei op wilden vastleggen. 'Wanneer gaan Daisy en zij verhuizen?'

'De opzegtermijn is twee maanden, dus ze zullen er nog wel een paar weken blijven. Zodra ik het weet, zal ik het aan je laten doorgeven. We hebben de verhuurder natuurlijk ook op de hoogte gesteld.'

'En dan gaan ze bij Oliver wonen?'

'Ja.'

Oliver en Jen. Ik kon het nog steeds niet geloven. Het was net zo onvoorstelbaar als dat ik verliefd zou worden op Bob, een combinatie die per definitie niet deugde, nog los van de kwestie van het overspel. Al kon dit nauwelijks overspel worden genoemd, nam ik aan. Ik was bijna tien jaar geleden bij Oliver weggegaan; hij was me niets schuldig, en al helemaal geen trouw. En Jen? Tja, die dacht minder aan mij dan ik aan haar. Zij had mij niet jarenlang laten observeren; zij had nooit verslagen gekregen over mijn dagelijkse bezigheden. Na dat ene, onproductieve bezoek met Mariel toen ik haar zo onredelijk had behandeld, had ze me waarschijnlijk zo snel mogelijk uit haar hoofd gezet. En de brieven die ik nog van Mariel had gekregen, nu ja, ik wist niet eens of Jen daar wel van op de hoogte was, laat staan dat ze er zelf iets aan bijdroeg.

En nu ging ze mijn oude huis overnemen. Zou Oliver zich er wel van bewust zijn hoe gênant die opvolging was? Zou hij mijn laatste spullen weghalen voordat hij het sein gaf dat de hare naar binnen konden worden gedragen? Misschien had hij ze lang geleden al weggedaan, een andere verhuiswagen, nog een meevaller voor de plaatselijke kringloopwinkel.

Opeens voelde ik me zielsalleen. Ik hoorde Palmer een trek van zijn sigaret nemen en stelde me voor hoe de rook langzaam uit zijn mond en neusgaten kringelde. 'Ze hadden geen slechter moment kunnen uitkiezen voor Daisy,' zei ik in een wanhopige poging het gesprek te rekken, hem aan de lijn te houden, mezelf wijs te maken dat hij hier bij mij was, niet daar in Londen.

'Hoezo?'

'Ze moet binnenkort eindexamen doen. Het is te ontwrichtend, zo'n verhuizing en alles. Ik vind het heel egoïstisch van Jenny dat ze niet wacht.' Het ontging me niet dat ik zo verongelijkt klonk als een klein kind.

'Misschien vindt ze dat ze lang genoeg heeft gewacht.' Hij zweeg weer en nam nog een paar trekken van zijn sigaret. Je zou er eens mee moeten stoppen, dacht ik onlogisch, voordat het je dood wordt.

'Misschien.' Mijn stem sloeg weer over. Het was fout, wist ik, om hem zomaar uit het niets te bellen, om hem hiermee te belasten. Ik had niet eens gevraagd hoe het met hem ging, hoe zíjn leven eruit- zag. Iets in mij was bang voor het antwoord dat hij zou kunnen geven.

'Hé, moet ik iets voor je doen?' vroeg Palmer na weer een stilte, en hoewel zijn toon vriendelijk was, voelde ik dat hij het gesprek wilde afronden, dat hij van me af wilde. 'Ik kan vast wel wat tijd vrijmaken.'

'Nee, laat maar. Ik had je niet moeten bellen. Je kunt niets doen. Ik was nogal van streek, meer niet, en ik wist niet wie ik anders moest bellen. Ik zal gewoon moeten wachten.'

'Waarop?'

'Tot Oliver contact met me opneemt.'

34

Lieve Rachel,
Ik heb je al een poos niet meer geschreven. Waar blijft de tijd?
Ik hoop dat de winkel en jij floreren. Soms, op sombere dagen,
denk ik aan de heerlijke zon die je daar hebt.
Toby en ik maken het goed. Overwerkt, uiteraard. De meiden
bereiden zich voor op hun eindexamen, Daisy althans. Ik zou niet
durven beweren dat ik weet wat Cat allemaal uithaalt, al wonen
we in hetzelfde huis! Die gaat haar eigen gang.
Rachel, ik schrijf je omdat je iets moet weten. Ik vertel het je
liever niet per brief, maar als je de komende weken niets van Oli-
ver hoort, bel me dan alsjeblieft. Ik heb nog hetzelfde nummer.
Liefs,
Mariel x

Nog geen week later kwam Olivers brief.

Lieve Rachel,
Ik denk dat het tijd wordt onze scheiding officieel te maken...

Ik hoefde de rest amper nog te lezen. Olivers werk kwam op de eerste plaats en als geruchten in de pers over een rommelig privé-leven
zijn nieuwe carrière in gevaar konden brengen, zou hij zo snel mogelijk schoon schip willen maken.
Dat was misschien niet eerlijk. Ik wist wel zeker dat het niet eerlijk was. In feite had hij zich met een uitzonderlijk geduld neerge-

legd bij de onzekere situatie. Ik was zelf weggegaan en hoewel ik regelmatig in Londen was geweest en tien jaar met hem had gecorrespondeerd, had ik hem nooit een verklaring of verontschuldiging aangeboden. Onder andere omstandigheden zou ons huwelijk allang tot het verleden hebben behoord, maar ik kon Emma niet naar het verleden verbannen en Oliver dus ook niet. Dat was het antwoord dat ik die avond in Londen voor Palmer had verzwegen, en door de jaren heen ook voor Ingrid en Eleni wanneer ze vroegen waarom ik nooit zelf de echtscheidingsprocedure in gang had gezet. Oliver en ik deelden een achternaam, de naam die ook op die grafsteen in het noorden van Londen stond. Wíj hadden haar geschapen, en zolang ik nog met haar vader getrouwd was, bleef een klein stukje van mijn dochter in leven, in het heden. En ik wist dat ik om diezelfde reden ook nooit meer mijn meisjesnaam zou gebruiken, hoeveel mevrouwen Freeman er ook nog na mij kwamen.

Een scheiding van tafel en bed van vijf jaar was grond voor echtscheiding, en aangezien wij twee keer aan die voorwaarde voldeden, was er geen toestemming nodig en hoefden we niet om de tafel te gaan zitten. Toch wisten we allebei dat we elkaar één keer zouden moeten zien voordat ik mijn handtekening onder zijn verzoek zette. Dat waren we elkaar en Emma verplicht.

Het was zaterdag. De telefoon maakte zoveel geluid dat het leek alsof er een kat op mijn schouder lag te spinnen en ik hing bijna op voordat hij opnam. Hij was vast niet thuis. Dit was niet echt, er was geen Oliver die op de bank bij de open haard zat of een druipende kop uit de afwasmachine pakte en er nescafé zó uit de pot in schudde, een Oliver die de zaterdagkrant zat te lezen en met zijn vrije hand zijn haar kamde, dat nog nat was van de douche.

'Ja, hallo?'

Mijn hart bonsde als een razende. 'Oliver, met mij.'

Stilte, onthutste stilte.

'Met Rachel.' Mijn tong voelde droog en dik in mijn mond en ik sliste een beetje.

Ik hoorde hem zijn keel schrapen. 'Ja, dat hoor ik. Hoe is het?'

'Goed, dank je. En met jou?'

'Ook goed, ja.'

'Ik heb je brief gekregen, over de scheiding, en ik vond dat ik even moest bellen om te zeggen dat het goed is, je zegt het maar.'

'Ha, mooi.' Nu hij ouder was, leek zijn stem meer op die van zijn vader.

Er viel een stilte en ik hoorde gedempte activiteit op de achtergrond: twee stemmen, drie misschien, en wat heen-en-weer geschreeuw. Ik verstrakte. Een van die stemmen was vrouwelijk. Jenny, misschien, of Daisy? Ik had toch niet uitgerekend gebeld op de dag dat zij in mijn oude huis trokken, in Emma's huis? Ik vroeg me af welke slaapkamer Daisy zou uitkiezen en zag de bergen huiswerk voor me, de koppen koffie, een jong, blond hoofd, over aantekeningen gebogen.

'Je hoeft niet bang te zijn dat je hierheen moet komen,' vervolgde ik jachtig. 'Ik bedoel, doe geen moeite.' Ik klonk stijfjes en gekunsteld. Hoorde hij Alysa in míjn stem? 'De vliegtuigen zitten trouwens toch tjokvol in deze tijd van het jaar, zo vlak voor Pasen. Ik kom wel naar jou toe.'

Het was niet logisch: als hij zich in bochten zou moeten wringen om een ticket te bemachtigen, gold dat voor mij net zo goed. Hij maakte me er niet op attent, maar zei vriendelijk: 'Graag. Dat komt me beter uit. Wanneer had je in gedachten?'

'Volgende week, maar niet in het huis, als je het niet erg vindt. Misschien kunnen we in St. James' Park afspreken? Op vrijdag? Om drie uur?'

'Ja, goed. Bij het meer, bedoel je? Op de brug?'

'Ja, prima.'

Waar we samen wandelden, waar we liepen toen de weeën begonnen, een week te vroeg. We spoedden ons met een taxi naar het ziekenhuis, al wisten we dat het nog uren zou kunnen duren voordat er iets gebeurde. Het was gewoon haar eerste waarschuwing. Ik werd zonder een centimeter ontsluiting naar huis gestuurd. Ze kwam pas de volgende dag.

Ze leek natuurlijk op haar vader, de eerste maand of zo, zoals dat meestal gaat. We lieten plichtsgetrouw babyfoto's van Oliver zien en iedereen was het erover eens dat de gelijkenis onmiskenbaar was. Twee druppels water. Behalve de ogen: de hare waren van meet af aan donkerder dan de zijne, grote, stralende irissen die haar gezicht overheersten, en als ze ze opsloeg, was het alsof er licht uit stroomde, donkerblauw licht. Dan ging haar mond open, wijd en nog wijder, tot die haar hele gezicht in beslag nam, en dan kwam het hartstochtelijke geblèr om melk.

De sfeer in huis werd totaal anders door die kleine nieuwe aanwezigheid. Haar wiegje had een magische aantrekkingskracht; waar ik ook was in huis, ik werd ernaartoe getrokken alsof mijn brein het nog steeds niet kon bevatten dat onze lichamen van elkaar waren gescheiden.

Ik dacht dat ik had geweten wat me te wachten stond, althans enigszins, want ik had onder leiding van Mariel geoefend met Cat; ik had haar uit haar wiegje getild, haar luier verschoond en haar na de voeding laten boeren. Cat was vanaf het begin een pittige tante geweest, een prikkelbaar kind dat maandenlang tot diep in de nacht wakker bleef en zich vast had voorgenomen nog liever een infuus te krijgen dan ook maar een druppel opvolgmelk uit een fles te drinken. Ik vroeg me nerveus af hoe ik zelf met zulke problemen zou omgaan, gezien het feit dat Mariel niet alleen de fitste vrouw was die ik kende, maar ook nog eens heldhaftig werd bijgestaan door Toby. Zou Oliver, die vast sliep, 's nachts opstaan en mijn beurt overnemen als ik uitgeput was? Meende mijn moeder het wel toen ze zei dat ze zou helpen, hoewel ze steeds meer last kreeg van haar knie? Zouden Simon en mijn andere ongebonden vrienden van Pendant mijn bestaan niet compleet vergeten?

Het leek een ongelooflijk gelukkig toeval dat Emma rustig bleek te zijn en veel sliep. Ze vond het fijn om geknuffeld en door het huis en de tuin gedragen te worden en te luisteren naar opmerkingen die ze niet begreep.

'U legt haar toch ook wel eens neer?' vroeg de kraamverpleegkundige. Het was maar half grappig bedoeld.

'O, ja, ze slaapt heel veel. En ze ligt ook vaak gewoon op het kleed om zich heen te kijken. Ze vindt het leuk om naar de bladeren te kijken.'

'Nou, ik moet toegeven dat ze een tevreden indruk maakt, en ze komt goed aan.'

Cat dreef Mariel tot waanzin met oorontstekingen, waterpokken en maagklachten die pas na een eeuwigheid werden benoemd, maar Emma kreeg niets ergers dan een snotneus of wat berg.

'Je zult er later nog voor boeten,' zei Mariel plagend. Tegen die tijd jongleerde ze al met haar werk, een onbetrouwbare oppas en een kind dat nog steeds niet 's nachts doorsliep, terwijl Toby veel vaker voor zijn werk op reis moest dan hij had verwacht. 'Wacht maar af, Emma wordt een vreselijke herrieschopper en aan Cat hebben we later geen kind meer.'

'Het zou me niets verbazen,' zei ik. 'Het lijkt echt te mooi om waar te zijn.'

Het was ongewoon warm in Londen op de dag van onze afspraak, bijna zevenentwintig graden. De vogels deden het kalm aan, maar de mensen hadden besloten het erop te wagen, en overal om me heen zaten naakte lijven in de groen-met-wit gestreepte strandstoelen geperst. Het meer was oogverblindend, een schitterend doek van Renoir in de zon. Het was bijna een verassing om vrouwen in spijkerbroek met een zonnebril, zonder handschoenen of paraplu, te zien haasten in plaats van te flaneren. Ik voelde me heel stijf en ongeoefend tussen de parkgangers die zich met zo'n geroutineerde haast langs elkaar heen werkten. In Oia werd alleen geschuifeld in menigtes.

Toen ik vanaf de Mall aan kwam lopen, stond hij al op de brug te wachten, zonder colbert. Hij had een buik gekregen, hij was helemaal grijs geworden (in een moment van ijdelheid vroeg ik me af of het grijs in mijn eigen haar ook zo opviel in het harde Londense licht), hij had couperose op zijn neus en jukbeenderen en de delicate botstructuur van Rosemary ging zo goed als verloren onder zijn verslapte huid. Hij was vierenveertig, de grote broer van de jongen die ik ooit had leren kennen.

Ik had graag langer naar hem willen kijken, gewoon, hoe hij ademde, maar hij zag me vrijwel meteen en stak zijn arm op. We liepen allebei even schaapachtig naar elkaar toe; ik had me afgevraagd of we zouden blijven staan en elke vorm van begroeting te demonstratief zouden vinden, maar we liepen spontaan door tot in elkaars armen. Mijn borsten drukten zacht tegen zijn overhemd. Hij kuste mijn oor door het obstakel van mijn haar heen, stapte achteruit en wendde zijn blik af.

'Goede reis gehad?'

'Ja, ik ben gisteravond aangekomen.'

'Logeer je bij Alysa?'

'Ja,' zei ik, zelf ook bang om oogcontact te maken. 'O, moet je de wilgen zien, zo volmaakt groen! Ik heb al tijden geen wilgen meer gezien.'

Hij knikte. 'Kijk daar eens, heb je het reuzenrad al gezien?'

Ik keek over het water, voorbij Westminster, naar het zilveren rad tegen de kobaltblauwe, doorschijnende lucht. 'Mooi. Ben je er al in geweest?'

'Eén keer. Iets van de zaak.'

We liepen. Volgens de borden in het park konden we kiezen tussen de parkpolitie, de ondergrondse oorlogskamers van het kabinet en het Guards Museum. Ik voelde me hier beschermd, niet alleen door Londen, maar ook door Oliver.

Hij vroeg naar Santorini en de winkel. Hij zei dat hij onze website op internet had gevonden. We leken een heel boeiende collectie te hebben. Ik vroeg naar zijn nieuwe carrière. Hij had in een commissie gezeten, vertelde hij, en hij was benaderd door een medewerker van de minister van Financiën. Hij had heel snel moeten beslissen of hij het zou doen en zijn directeur had hem aan alle kanten gesteund, maar ja, hoe kon het ook anders? Het was zo'n belangrijke zaak. De kranten daarentegen waren lastig. Hij stond ervan te kijken dat de regering er zo op gebrand was ze te behagen. Zo langzamerhand waren het de columnisten die het beleid dicteerden.

Ik besloot maar te zwijgen over de journalist die in Oia was opgedoken. 'Ik moet toegeven dat ik de Britse politiek niet meer op de voet volg, maar dit klinkt allemaal heel glamoureus.'

'Absoluut niet.' Hij sprak afgemetener dan ik me herinnerde. Het laatste woord had hij al bijna ingeslikt voordat hij het uit zijn mond liet komen. Hij keek ernstig. 'Ik vind het gewoon belangrijk dat ouders die niets van de financiële wereld weten, net zoveel winst op het geld voor hun kinderen kunnen maken als mensen die wel weten wat ze doen. Tegen de tijd dat de nieuwe generatie is opgegroeid, worden de universiteiten niet meer door de overheid betaald, hoor.'

Dit klonk niet naar de man die schaamteloos het pad van particuliere scholen en de universiteit naar de City had bewandeld, die erop had gestaan dat de bevalling van zijn dochter werd begeleid door een particuliere gynaecoloog en er bezwaar tegen had gemaakt dat die dochter naar een openbare school ging. Dat was nu juist het punt: hij was die man niet meer.

'Uiteraard,' zei ik. 'Ieder kind verdient het beste. Gelijke kansen.'

'Precies.' Hij had nu de uitstraling van iemand die het te druk heeft, of te bang is, om meer dan de hoofdzaken te noemen. Hij had niet langer die houding van de verstrooide professor die hij vroeger kreeg wanneer zijn aandacht werd opgeëist door iets wat niet met zijn werk te maken had, een variatie op de dromerigheid waar ik verliefd op was geweest.

'Hoe is het met de meiden?' vroeg ik. 'Daisy en Cat? Zie je ze nog wel eens?'

Hij wierp me een snelle, zijdelingse blik toe. 'Ja, ze doen het fantastisch, al zit Cat momenteel een beetje in de nesten. Nou ja, meer dan dat, het zou een ramp kunnen worden.'

'Wat is er dan?' Ik dacht angstig aan die laatste brief van Mariel, die opmerking over haar dochter: *die gaat haar eigen gang.* Net iets voor Mariel om haar eigen crisis te bagatelliseren om mijn gevoelens te sparen.

Oliver trok een geërgerd gezicht. 'Het is een hoop heisa om niets, als je het mij vraagt, roken, misschien wat wiet, maar ze heeft het vaker gedaan en de scholen denken dat ze alles volgens het boekje moeten doen.'

Ik keek verbaasd op. 'Drugs? Oliver, ze is pas vijftien!'

'Zestien,' verbeterde hij me. 'Kom op, Rachel, dat doen ze allemaal op die leeftijd. Wat wij tijdens onze studie deden, doen zij nu. Wist je dat wij het hoogste percentage tienerzwangerschappen van Europa hebben?'

'Is ze zwánger?'

'Nee, ik zeg alleen dat de tijden veranderen, dat het geen zin heeft om je ogen ervoor te sluiten.'

Ik sloeg er steil van achterover. We hadden het over onze eigen ongehoorzame tiener kunnen hebben; we zouden nog bij elkaar kunnen zijn en over Emma kunnen kibbelen. Alleen was ik nu degene die geen voeling had met de jeugd, niet Oliver.

Hij lachte droog. 'Ik zou het zelf wel weer in orde willen maken, maar ik ben aan handen en voeten gebonden. Ik moet tegenwoordig boven elke verdenking verheven zijn.'

Weer? 'Heb je eerder geholpen?' vroeg ik verbaasd.

'Zo nu en dan. Ik heb een paar keer met het hoofd van de school gepraat, ingestaan voor haar goede karakter. En ze heeft écht een goed karakter, daar gaat het maar om.'

Ik knikte. Ik had dit allemaal gemist en toch wist ik, zonder de details te hoeven horen, dat ik niet had kunnen helpen, niet zoals Oliver.

'Komt het nog goed? Wordt ze niet van school gestuurd?'

'Nee, dat gebeurt niet. Het waait wel over, zoals meestal bij Cat.'

Ik liet het op me inwerken, onzekerder dan ooit over mijn machinaties uit het verleden, die naar welke maatstaven dan ook naïef waren geweest, en zeker in vergelijking met de handelwijze die Oliver zou kunnen hebben gekozen. Hij leek me nu zo... zo *ingevoerd*.

'En Daisy? Hoe is het met haar?'

'Kon niet beter. Ze doet het ook heel goed op school. Alleen maar negens en tienen.'

'Ze was altijd al slim.'

'Ja.'

'Ik vond het trouwens jammer dat Bob en Jen uit elkaar gingen.'

'Dat is al heel lang geleden.' Weer een zijdelingse blik. Ik begreep dat hij niet wist hoeveel ik wist.

'Bob is nog wel in beeld, neem ik aan?'

'Ja, natuurlijk. Hij woont nu in Forest Hill en hij ziet Daze om het weekend. Dan logeert ze van zaterdag op zondag bij hem. Jenny en hij gaan vrij amicaal met elkaar om.' Hij klonk nu als een stiefvader, opgemonterd door ouderlijke trots – *Daze*, had hij haar genoemd – en dat maakte me verward, verdrietig en jaloers.

Ik haalde diep adem. 'Oliver, ik weet het van jou en Jen.'

Zijn mond viel open van schrik. Nu wist ik zeker dat hij het niet had verwacht, werkelijk niet, en dat hij er niet op voorbereid was. 'Mariel?' prevelde hij.

'Nee, toevallig, maar dat maakt niets uit.'

'Ik heb gewacht, Rachel,' zei hij. 'Ik heb heel lang gewacht.'

Ik had de indruk dat hij zijn pas iets had versneld en ik moest een huppeltje maken om hem in te halen. 'Daar gaat het niet om, Oliver, ik heb nooit gewild dat je zou wachten, maar o, god, moest je nu uitgerekend mijn vriendin van vroeger kiezen?'

Hij proestte ongelovig. Mooie vriendin, dacht hij, mooie vriendin ben jij geweest. 'Rachel, uitgerekend zíj stond voor me klaar, vanaf het begin.'

Ik stond versteld van zijn woordkeuze, *vanaf het begin*. Emma's dood was niet het begin, wilde ik roepen, het was het eind. Ik was bijna in tranen. 'Dat is niet eerlijk. Ik kon toen voor niemand klaarstaan. Ik was zelf bijna...' Ik maakte mijn zin niet af.

'Wij allemaal, Rachel. Wij allemaal.'

Ik aarzelde. Ik wist dat ik het recht niet had, maar mijn mond ging open en de woorden kwamen ongecensureerd naar buiten: 'Denk je nog aan haar? Aan Emma?'

De vraag leek in de warme lucht te zweven en ik was al een paar passen verder toen ik merkte dat hij was blijven staan en dat ik alleen liep. Ik draaide me om en zag dat hij zich lang maakte en naar voren leunde, alsof hij moeite deed om een verschrikkelijke razernij te bedwingen. Het was beangstigend, als een bom onder water zien ontploffen. 'Natuurlijk denk ik nog aan haar, verdomme!' riep hij. Mensen keken op uit ligstoelen en van picknickkleden, verbaasd over zijn woede in die kalme, beschaafde omgeving. 'Waar zie je me voor aan? Een soort monster?'

Ik knipperde met mijn ogen, stak mijn arm uit en probeerde mijn hand op zijn onderarm te leggen, maar hij sloeg mijn vingers weg. 'Zo bedoelde ik het niet...' stamelde ik. 'Ik bedoelde gewoon dat je beter naar de toekomst kunt kijken, toch?'

Hij bleef me vol weerzin aankijken, maar ik kon mezelf er niet van weerhouden door te bazelen. 'Zelfs nu nog. Je komt de dagen gemakkelijker door wanneer je jezelf er niet telkens aan herinnert.'

'Ik hóéf mezelf er niet aan te herinneren, Rachel. Ze is er gewoon, ze is er altijd!' Zijn gezicht en hals beefden van woede.

'Ik weet het,' fluisterde ik, 'ik weet het. Niet boos zijn, alsjeblieft, kom, laten we even gaan zitten...' Hij liep omwillig met me mee naar de dichtstbijzijnde bank. Ik pakte zijn arm en trok hem naast me, zodat we tegen elkaar aan kwamen te zitten. Mijn gezicht was vlak bij het zijne. De droge huid achter zijn oor liep in kleine plooitjes naar zijn nek. Hij had zijn hoofd op zijn borst laten zakken en ik wilde hem over zijn haar aaien, maar durfde het niet en pakte zijn hand dus maar. 'Het spijt me, Oliver, echt waar. Het spijt me dat ik ben weggelopen en jou geen inspraak heb gegeven. Het spijt me dat je al die juridische toestanden alleen hebt moeten doorstaan, die vreselijke zaak tegen Lockley, alles.' Spijt van mijn trots, trots op mijn eigen verdriet, minachting voor het zijne. Spijt van de zwakte die het me nog steeds onmogelijk maakte het allemaal hardop te zeggen.

De wereld om me heen kreunde en zuchtte, het verkeer, het bouwmateriaal en de vliegtuigen boven ons die afdaalden naar Heathrow, en Oliver, die nu eerder van streek was dan boos, kreunde en zuchtte ook. Ik zocht wanhopig naar iemand om de zwarte piet aan door te spelen. Zijn moeder! Waar was Rosemary geweest toen 'uitgerekend Jenny' voor hem klaarstond? Was die man die naast me zat te zuchten niet net zo goed een moederloze zoon als een kinderloze vader en een vrouwloze echtgenoot? En hoe zat het met zijn zus Gwen? Zijn collega's? Iedereen, behalve *Jen*.

'Ik had eerder naar je toe moeten komen.' Het klonk absurd, alsof ik een week of twee te laat was met het betuigen van mijn deelneming.

Hij keek naar de grond voor zijn voeten. 'Waarom heb je het niet gedaan?'

'Ik weet het niet...' Zonder erbij na te denken, zonder iets te vragen, bracht ik mijn hand naar zijn nek en raakte zijn bovenste wervels aan. 'Ik zal wel hebben gedacht dat jij nooit meer gelukkig had kunnen zijn als ik je er steeds aan herinnerde door mijn aanwezigheid.'

'Ik had hoe dan ook nooit meer gelukkig kunnen zijn.'

'Ik weet het. Zo voel ik het ook, maar je moet toch leven, nietwaar, wat vreugde zoeken, of wat daar maar voor door kan gaan. Het is moeilijk, maar soms heb je je momenten, toch?' Wanneer je lacht met je vriendin en de tranen in haar ooghoeken ziet springen; wanneer je iemand tegenkomt die zonder uitleg lijkt te begrijpen wie je bent. En pas op dat moment, toen ik naar Olivers profiel keek en zag hoe zijn lichaam hunkerde naar degene die hem kon troosten, niet ik, maar Jen, besefte ik hoe erg ik Palmer had gemist. Waarom had ik hem laten gaan? Was het om dezelfde gecompliceerde reden waarom ik Oliver niet had losgelaten? Want zoals Oliver voor Emma stond, zou Palmer in mijn gedachten altijd verbonden zijn aan Cat en Daisy, mijn medeplichtige in een onderneming die ik nu betreurde en hoopte te vergeten. Mogelijk was het eenvoudiger; het zou kunnen komen doordat het mijn gewoonte was geworden vrienden los te laten.

Mijn hand kroop over Olivers schouder en ik leunde naar hem over en omhelsde hem. 'Je hebt een nieuw leven, Oliver, je hebt het overleefd, en nu verdien je elke gelukkige seconde die je te pakken kunt krijgen.' Ik dacht aan mijn gevoelens ten opzichte van hem in al die jaren dat ik mijn parallelle leven had geleid. Ik had nooit kunnen aanvaarden dat zijn verdriet net zo groot was als het mijne, nooit. Ik had mezelf laten geloven dat hij het recht niet had om net zoveel pijn te hebben als ik, dat hij dat niet eens kon. Ons kartonnen poppetje, onze Blikken Man, we hadden hem uitgelachen, mijn vriendinnen en ik, en mijn moeder had geweten dat het ongepast was.

Ik had me vergist. Zijn verlies was niet alleen net zo gruwelijk geweest als het mijne, maar zelfs erger: hij had Emma en mij tegelijk verloren. Als ik die dag met haar was gestorven, was het niet erger voor hem geweest.

Ik gaf een kneepje in zijn arm. 'Ik denk dat ze gelukkig was,' zei ik. 'Die laatste dag, bedoel ik. Ik denk dat ze een leuk schoolreisje heeft gehad.'

'Ik had haar die ochtend niet gezien,' fluisterde hij, 'en de avond ervoor ook niet. Ik heb haar geen afscheidszoen gegeven.'

'Ik ook niet,' fluisterde ik. Emma wel, maar jou niet. Die laatste dag, in de werkkamer, was ik niet naar hem toe gelopen om hem een afscheidskus te geven. En nu wist ik iets wat ik mezelf tot nu toe niet had laten denken of zelfs maar vrezen: dat al mijn handelingen, al die tijd, waren ingegeven door mijn zekerheid dat Emma ons huwelijk kunstmatig in stand had gehouden, dat haar overlijden ons van elkaar had bevrijd en dat die bevrijding veel eerder was gekomen als we kinderloos waren gebleven. Maar nu dacht ik opgewonden: hoe zou het ons zijn vergaan als Emma nooit was gekomen? Juist mijn sterke band met haar was ten koste gegaan van wat ik daarvoor alleen aan hem gaf. Hij was er blij om geweest, het kwam hem goed uit de zorg om haar aan mij over te laten en zich over te geven aan zijn eigen obsessie, maar als Emma niet was gekomen, had ik dat niet toegelaten, had ik eisen gesteld om te voorkomen dat hij me ontglipte. Zonder haar zouden we nog samen zijn, zag ik nu in.

Ik voelde zijn spanning wegebben. We bleven zwijgend en roerloos met onze bovenarmen tegen elkaar aan gedrukt zitten tot ik voelde dat hij verschoof en zijn schouders draaide. Hij was zijn oude zelf weer en keek op zijn horloge. 'Ik kan maar beter teruggaan naar de auto, de meter is bijna leeg.'

'Goed.'

'Ik bedoel, zal ik er nog wat geld bij gooien?'

Ik schudde mijn hoofd. 'Nee, ga maar. Het is goed.'

Hij rechtte zijn rug. 'Heb je een advocaat? Hier in Londen?'

'Ik zal er maandagochtend meteen achteraan gaan en dan bel ik je voordat ik vertrek.'

'Goed. Dank je.'

'Oliver?'

'Ja?'

Een moment lang werd ik overweldigd door het diepe verlangen zijn hand te pakken en samen met hem het park uit te lopen, weer met hem samen te zijn, aan hem toegewijd te zijn. Ik wilde het zo graag dat ik bijna geen lucht kreeg.

Hij wachtte en deed zijn best zijn ongeduld te bedwingen.

'Ik wil alleen... Ik bedoel... Ik wil geen geld van je. Alimentatie. Je hebt me die cheque gegeven, in het begin, het smartengeld van Morris...'

Hij trok een bedenkelijk gezicht. 'Dat zal je advocaat niet toestaan, en ik ook niet.'

Ik zweeg. Het boeide me niet, ik wilde iets anders zeggen, ook al was het te laat, tegen hem zeggen dat ik van hem had gehouden en altijd van hem zou blijven houden, maar ik hoorde mezelf doorgaan over het geld, het enige wat er niets toe deed. 'Nou ja, een beetje dan, het geld dat we voor haar hadden gespaard, dat zou ik kunnen krijgen.'

Hij knikte. 'Ik zorg wel dat we eruit komen.'

We keken elkaar aan, namen afscheid en zoenden elkaar. Toen keek hij nog eens op zijn horloge en liep weg.

35

De weg naar Ammoudi was de hele winter afgesloten geweest omdat de delen die langs de rand van het klif afbrokkelden hersteld
moesten worden, wat het eind betekende van het ritueel aan het
water waar ik me meer dan tien jaar aan had gehouden. Ook in het
hoogseizoen, als Ingrid en ik lange dagen maakten in de winkel,
was ik er meestal in geslaagd toch één keer per week af te dalen om
in mijn eentje een glas wijn te drinken of te eten; in zekere zin was
het mijn enige connectie met degene die ik was geweest toen ik net
in Oia was. Destijds had ik de dag niet kunnen doorkomen zonder
zo'n helse klim; elke stap omhoog of omlaag langs het klif had geholpen het moment uit te stellen waarop de dolk van Emma's afwezigheid in mijn binnenste stak. Nu de weg weer open was en de
grills weer werden opgestookt, merkte ik echter dat ik het was ont-
wend.

Ik ging nog steeds zo vaak mogelijk naar Armeni. Ik ging aan een
tafel in de taverna zitten en keek naar de groepen uitgemergelde
katten die miauwend bij de gasten bedelden tot Yorgos naar buiten
rende en ze met een snelle beweging van zijn sandaal verjoeg. De
gasten schrokken vaak meer van zijn kreten dan de katten, en vervolgens kregen ze kaartjes voor de boottocht opgedrongen (zijn
zoon was nog steeds kapitein).

Het laatste botenhuis was definitief gesloten, al jaren. Het laatste
wat ik had gehoord, was dat Dymas inderdaad bouwvakker was geworden. Hij maakte nog wel eens lijsten voor ons, eerst van resten
naaldhout van Christos' bouwplaats en later van hout dat door een

koopman in Fira werd geïmporteerd. We kochten onze lijsten nu echter voornamelijk kant-en-klaar, in grote partijen, waarna we ze zelf beitsten of verfden, wat voor ons het goedkoopst was.

De afgesloten deuren van de botenhuizen boden een trieste aanblik. Ik dacht aan alle zeilschepen die hier in de negentiende eeuw waren gebouwd, toen die zeven werven nog gedijden en er in het voorjaar rijen schoeners in de haven hadden gelegen. De inwoners van Oia leefden toen nog volgens die cyclus van reparaties en uitvaren, vertrek en terugkeer – telkens herhaald, zo regelmatig als het getij; Oia werd toen Kapiteinsdorp genoemd. Die superieure positie was echter met elk jaar van de twintigste eeuw verder uitgehold. Net toen het dorp zich had verzoend met zijn mindere status, gaf de aardbeving de genadeslag. Pas nu begreep ik wat een mirakel het was dat Oia weer was opgekrabbeld, dat mensen als Anatole en Eleni het dorp letterlijk uit de as hadden laten herrijzen. Geen wonder dat Eleni's relatie met de toeristen bitterzoet was; zij koesterde Oia als een oudste zoon; niemand zou er ooit goed genoeg voor zijn.

Panomeréa ging net als de meeste toeristenwinkels in Oia ruim voor Pasen weer twaalf uur per dag open. Dwangarbeid, noemde Ingrid het, en die eerste weken leken ook een straf, nog uitputtender dan het eind van het seizoen, wanneer het meeste winkelpersoneel echt bijna omviel van vermoeidheid. In september waren we er tenminste aan gewend, gehard in het staan, het glimlachen en het babbelen.

Zo kwam het dat ik op een avond halverwege april, toen ik alleen in de winkel was, pijn in mijn onderrug had en me ervan bewust was dat ik meer naar een drankje snakte dan goed voor me was. Ik moest me verzetten tegen de verleiding onder het bureau te kruipen en een dutje te doen. Ik had het ongestraft kunnen doen als ik mijn sluimering afstemde op de zonsondergang, want dan was de Marmara elke dag, zonder mankeren, een spookstad: iedereen ging naar de Goulas of de terrassen met uitzicht op het westen. Dat was tenminste iets wat nooit zou veranderen.

Die dag vormde echter een uitzondering. Net toen de lucht zich verdiepte tot de meest fotogenieke kleurschakering, kwam een paar slanke benen in een gedessineerde panty de trap van de winkel af en werd een jonge vrouw in de deuropening zichtbaar. Ze droeg een gestreepte rok die me vreemd bekend voorkwam, gecombineerd met een gescheurd T-shirt van een popconcert en een lange, smalle zwarte sjaal die ze een keer om haar nek had geslagen en die tot op haar heupen viel. Ze had dik, zwart haar en wijd uiteen staande ogen die knipperden om zich aan te passen aan de door spotjes verlichte winkel. Toen dat klaar was, stak ze haar hand op in een begroeting.

'Hallo daar. Ben jij mijn tante Rachel?'

Mijn borst verkrampte alsof de lucht uit mijn longen was gestompt. 'Pardon?'

'Ik ben Catherine. Catherine Challoner.'

'Cat?' Ik gaapte haar aan, bang en verbijsterd tegelijk. Ze was als iemand die plotseling uit een foto stapt, de driedimensionale wereld in. Ze was écht iemand die plotseling de driedimensionale wereld in stapte, want ik had haar het laatst in levenden lijve gezien toen ze zes was, op de ochtend van de dag van Emma's overlijden. Ik deed mijn ogen dicht en keek weer: daar stond ze. Ze keek me recht aan en prutste aan het hengsel van haar handtas, onmiskenbaar vlees en bloed.

'Gaat het?' vroeg ze zichtbaar geamuseerd.

'Ben je het echt?' fluisterde ik.

'Ja, natuurlijk. Kijk niet zo naar me, je maakt me bang!' Ze praatte beschaafd lijzig. Het was niet de gepolijste klank van de stem van haar moeder, maar iets nieuws, onverwacht cynisch, alsof niets op de wereld haar kon verbazen.

'Wat doe je hier?' Mijn knieën knikten onder de toonbank en ik durfde nog niet te gaan staan.

'Jou opzoeken, natuurlijk.' Ze glimlachte. Het was de glimlach van Toby, spottend en goedbedoeld tegelijk.

'Maar... herinner je je me dan nog echt?'

Ze knikte. 'Vaag. Ik ken je van je foto, natuurlijk. Die zie ik elke dag. Je hangt bij ons aan de muur. De trouwfoto van pap en mam.'

'Ja, natuurlijk. Ik was het eerste bruidsmeisje.'

'En van al die kinderfoto's. Mam heeft albums vol.' Ze weifelde even voordat ze vervolgde: 'Ik herinner me meer van Emma. We beschilderden samen paaseieren. Ik moest er net aan denken door al die paasversieringen buiten. Mag ik wel over Emma praten?'

'Natuurlijk,' zei ik. 'Nu je het zegt, ik herinner me die paaseieren ook. Ze waren prachtig. Een van jullie won de wedstrijd in het buurthuis.' Emma had in 1994 gewonnen, wist ik nog. Pasen 1994 was voor Cat een leven geleden, maar stond mij nog vers voor de geest.

'Nou, ik was het niet,' zei Cat. 'Ik ben waardeloos in de creatieve vakken. In de meeste dingen, eigenlijk.'

'Is dat wel zo?' Ik kon mijn ogen niet van haar afhouden. Ze was lang en elegant, of bijna elegant, want haar bewegingen hadden nog iets schutterigs, alsof ze experimenteerde met de volwassenheid, een concept dat voor haar nog zo nieuw was dat ze zich wel moest afvragen of het anderen ook was opgevallen. Haar blasé toon, begreep ik nu, was gewoon de gekunstelde verveling van de wereldwijze kleuter, de kindvolwassene. Zo zou Emma toch ook geworden zijn? Precies zo. Niet aan denken, hield ik mezelf streng voor, niet huilen, dan maak je Cat van streek. Maar ze was zo beeldschoon, zo levendig! Haar vitaliteit was bijna té echt en ze was zo dichtbij dat ik de warmte van haar lichaam kon voelen en het laagje transpiratie op haar voorhoofd kon zien. Het leek alsof ik voelde hoe de behoefte aan veiligheid en avontuur aan haar trokken. Het avontuur trok blijkbaar harder.

'Wat doe je op Santorini?' vroeg ik. 'Ben je hier op vakantie met je ouders?'

'Nee, ik ben hier alleen.'

Ik was even bang dat ze zonder toestemming was vertrokken, maar toen schoot me te binnen dat ze in januari zestien was geworden. Ik had een kaart gestuurd. Zij was het eerst jarig, Daisy vier maanden later en Emma kwam als laatste, het julikindje dat Oliver en ik bijna Julia hadden genoemd. Zestien. Ze kon zonder toestemming van haar ouders op reis gaan, ze kon van alles doen zonder toestemming van haar ouders.

Ze liep een paar passen de winkel in en zag de foto's die naast haar hingen. 'Coole winkel is dit. Van jou?'

'Ja, met een vriendin samen.' Ik volgde haar blik naar een foto van twee kinderen op een muurtje in Pyrgos, met bungelende benen en dichtgeknepen ogen tegen de zon. Hoe vaak had ik me niet voorgesteld wie die kleintjes waren, hoe hun leven was geweest en hoe ze later waren geworden; hoe vaak had ik me niet voorgesteld dat die foto een echte connectie tussen mij en dat ongekende verleden was? Maar nu had ik het bewijs tegenover me staan dat een foto niet hetzelfde is, nooit hetzelfde kan zijn. Al die foto's van Cat die Palmer me maand na maand had gestuurd, hadden nog geen fractie van de emoties bij me losgemaakt die ik voelde nu ze voor me stond. Panomeréa had even geen enkele betekenis meer voor me. Het was niets meer dan het idee van twee vrouwen over wat 'kunst' zou kunnen zijn, het was hol, het was ijdelheid. Opeens dacht ik aan die verschrikkelijke uitdrukking die mensen hebben voor een idee of een werkproject dat de innerlijke leegte vult: 'het is mijn kindje'.

Ik probeerde me te vermannen, want Cat verwachtte zichtbaar dat ik het voortouw zou nemen tijdens deze ontmoeting. Zij had haar deel gedaan; ze was hierheen gekomen. 'Cat, weet Mariel... weet je moeder dat je hier bent?'

De vraag leverde me een afwerende blik op, waarna ze koket grote ogen opzette. 'Eh, het zóú kunnen dat ze denkt dat ik bij de ouders van mijn vriendin Lara in Sussex ben. Een geschikte plek om voor je examen te leren. Oeps!'

'Heb je geen les?'

'Het is paasvakantie, hoor. En voor je het vraagt, ja, ik héb mijn studieboeken bij me. Waar is dit?'

Ze keek naar een foto van Nikos, een van de niet meer dan twee die we nog overhadden van de oorspronkelijke voorraad van Panomeréa. 'Het is een plaats die Perissa heet, aan de andere kant van het eiland, het ziet er nu zo anders uit dat je het niet eens zou herkennen. Hoe is het met Jake?'

Haar ogen bleven over de beelden dwalen en ze stak haar hand uit. 'Mag ik hem pakken? Het is toch geen museum? Sorry, Jake, zei je? O, een lastpak. Wacht even, ik heb een foto van mijn verjaardagsfeest! Ik kan je laten zien hoe retelelijk hij is geworden!' De foto's zaten in haar mobiele telefoon en het model dat ze me voorhield was zilverkleurig en zag er stukken duurder uit dan dat van Ingrid of mij. Toen de foto's op het scherm kwamen, kon ik Jake amper onderscheiden in de wirwar van beschaduwde gezichten. Het waren voornamelijk jongens, wat boeiend was, aangezien Cat op een meisjesschool zat.

'Hij is die met die uitgestoken tong. Zie je wat ik bedoel?'

Ik glimlachte. 'Hoor eens Cat, ik kan de winkel pas over een uur of zo sluiten, na de zonsondergang, maar zal ik hier koffie voor ons zetten? Dan kun je me alles vertellen.'

'Cool.'

Mijn handen beefden toen ik het water opschonk, maar Cat leek het niet te zien. Toen we met onze bekers op de oude krukken zaten, zuchtte ze theatraal en verkondigde: 'Ik ben hier gekomen omdat oom Ollie en tante Jen een verhouding hebben.'

Ik liet mijn mond een bezorgd 'o?' vormen, hoewel ik het natuurlijk al een tijdje wist. Ik werd weer getroffen door de exquise tegenstrijdigheid van haar woorden, het kinderlijke 'oom' en 'tante' tegenover het langgerekte 'verhouding', alsof ze doorkneed was in seksuele intriges.

'Alles is anders,' zei ze met een pruilmond terwijl haar ogen me smeekten. 'Ze wónen nu bij hem. Daze vindt het vreselijk, het is gewoon pervers! Maar we dachten, nou ja, je bent nog met oom Ollie getrouwd...'

'Maar ik ben al meer dan tien jaar weg, kleine schat van me.' Kleine schat van me, zo had ik Emma genoemd, en het rolde als vanzelf over mijn lippen.

Cat keek me bevreemd aan, maar zei niets. Mogelijk had ze zich voorbereid op dit soort buitenissigheden van een oude vrijster. 'Maar goed, mam zei dat jij de enige was die er iets tegen kon doen. Als je wilde.' Dat had mam niet gezegd, begreep ik, althans niet rechtstreeks tegen haar. Misschien had ze een opmerking tegen Toby opgevangen en die verwerkt in haar opstandigheid van een grotere orde.

Ik legde mijn hand op haar onderarm, voorzichtig, alsof ik een elektrische schok vreesde. 'We liggen in scheiding, Cat. Het spijt me, echt waar. Ik heb het een paar weken geleden met Oliver besproken. Volgende maand zou het officieel moeten worden.'

Haar gezicht betrok. 'Echt waar? Dat heeft oom Ollie dan verdomd goed verzwegen. Ik wíst dat ik in de kerstvakantie al had moeten komen, ik heb het nog tegen Daze gezégd! God, waarom moeten ze zo verdomde geheimzinnig over alles doen?'

'Hij zal wel geen zin hebben gehad om het van de daken te schreeuwen,' zei ik. 'Dat had ik in elk geval niet. Maar het is een feit, en Jenny en hij mogen omgaan met wie ze willen.'

'Nou, ik vind van niet. Het is gestóórd.'

'Kunnen jullie niet goed met hem opschieten?'

'Jawel, hij is wel oké, maar hij is Daisy's vader toch niet? Hij is haar óóm.'

'Nou, officieel niet. Er is geen familieband.'

'Hm, maakt me niet uit.'

Ik probeerde het nog eens. 'Je moet toch heel veel vriendinnen hebben met gescheiden ouders, een nieuw gezin...'

'Dit is anders,' onderbrak ze me.

Ik had er niet van terug. Het wás anders. 'Hoe gaat Daisy ermee om?'

'Nou, ze praat niet meer met haar moeder. Al een hele tijd niet meer. Niet sinds de verhuizing. Ze gaat nu vaker naar haar vader. Zij is níét te koop.'

De felheid van haar toon verbaasde me. Ik stelde twee dingen vast: ten eerste dat de toorn van de meiden alleen tegen Jenny was gericht en ten tweede dat Cat en Daisy zo'n hechte band hadden dat Cat de verontwaardiging van haar vriendin voelde alsof het haarzelf overkwam. Het eerste leek me niet terecht, maar ik moest wel blij zijn om het tweede.

'Daze zegt dat haar moeder altijd over geld heeft getobd en dat ze het fantástisch vindt dat ze nu kan kopen wat ze wil...'

'Hoor eens,' onderbrak ik haar iets minder geduldig, 'zo is Daisy's moeder niet. Als je denkt dat ze zich heeft laten "kopen", heb je het mis. Ze kent Oliver al heel lang, al sinds jullie nog in de wieg lagen...'

'Dat bedoel ik nou! Dat maakt het zo ranzig! Het is een soort incest!'

Ik moest een glimlach bedwingen. De onlogische redenering, de knetterende passie, het waren precies die melodramatische tienerdingen waar Mariel, Jenny en ik met hoop en vrees naar hadden uitgekeken. We hadden het er vaak over gehad dat we de meiden 'kwijt zouden raken' als ze in de puberteit kwamen, maar hadden alle drie natuurlijk stiekem gehoopt dat wij de uitzondering op de regel zouden zijn. 'Monsters worden het,' zei Mariel. 'Meiden zijn erger, dat zegt iedereen. Maar we krijgen ze wel terug. Als het verstandige volwassenen zijn, krijgen we ze terug.' 'Des te meer reden om de schaduwmoeders paraat te houden,' had Jen gereageerd. 'Als een van ons instort, kunnen de anderen te hulp schieten.'

Ik voelde schuldbesef opkomen en knipperde met mijn ogen. 'Daisy legt het vast wel bij met haar moeder. En haar vader redt zich wel. Hij heeft toch ook een nieuwe relatie?'

Cat keek me aan met ogen als zoeklichten. 'Dus je zit er niet mee?' Ze trok een grimas. 'Stomme vraag. Als je ermee zat, was je tijden geleden al teruggekomen.'

'O, Cat, ik trek het me heus wel aan, geloof me, maar ik weet dat zulke dingen vanzelf goed komen.' Geen man overboord, het is allemaal op te lossen. Hoe had Mariel de onvrede van de mannen genoemd? Opstandjes. Dat was dit ook, meer niet; uiteindelijk zou iedereen best tevreden zijn.

Ik wachtte tot Cat haar beker met grote slokken leeg had gedronken, alsof ze zat te popelen om weg te benen en vroeg toen: 'Waar logeer je, lieverd?'

'Weet niet.' Ze wees naar een rugzak tegen de muur boven aan de trap.

'Je mag best bij mij slapen, maar ik ben kleinbehuisd. Ik heb niet eens een tweede slaapkamer. Zal ik een leuk hotel voor je boeken? De paasdrukte zou nu wel voorbij moeten zijn. Wacht even, dan bel ik er een paar.'

Het Ilias zat vol, maar in De Zwaluwsuites was nog plaats. Ik deed de winkel even dicht, bracht Cat naar Perivolos, checkte haar in, verzekerde haar dat ze niet hoefde te betalen en liet haar alleen, zodat ze een bad kon nemen en uitrusten. In die luxueuze omgeving leek ze, in haar niet bij elkaar passende lagen kleren en met haar pakje Marlboro-light als een schat tegen zich aan gedrukt, op een fotomodel dat uitrust tussen twee opnames. Ik besloot niets over de sigaretten te zeggen.

'Ik ben blij dat je gekomen bent,' zei ik bij de deur. 'Heel blij. Je bent een beeldschone meid geworden, Cat.'

'Goh, dank je, tante Rachel.' Van het ene moment op het andere leek ze verlegener en tactvoller te zijn geworden. 'Sorry dat ik een beetje bot deed. Alsof jij dat allemaal wilt horen! Ik ben gewoon, nou ja, een beetje teleurgesteld.'

'Ik snap het wel, het geeft niet. We praten er nog wel over.'

Toen ik wegging, moest ik even bij een van Christos' bankjes in de schaduw blijven staan om mijn tranen weg te vegen en tot mezelf te komen.

Ik nam haar mee voor een laat diner in de Zwarte Parel. Ik kon me er niet van weerhouden te fantaseren dat ze van mij was, dat bijzondere meisje. Ze had zich dik opgemaakt voor de gelegenheid, met ogen die groot leken door de zwarte kohlstrepen, maar desondanks kon je goed zien hoe stralend haar huid was, hoe jong en helder haar oogwit. Ze had een grote zuiverheid, wat voor woorden er ook uit haar mond kwamen en wat die streken ook waren waar Oliver op had gezinspeeld. En ik vond het adembenemend dat de trots die ik voelde in haar gezelschap, nog geen fractie kon zijn van wat Mariel voelde. Wat had ze destijds ook alweer gezegd, dat je pas weet wat je voor iemand voelt als je naar die ander kijkt zonder dat die zich bewust is van je aanwezigheid? Wat voelde ze als ze naar Cat keek, haar bijna volwassen dochter? Ik voelde Emma's afwezigheid als een geeuwhonger; voelde zij Cats aanwezigheid als een volle buik, warm, veilig en voldaan?

Cat nam zowel mijn voorstel van een aperitief als van een fles wijn aan. Ze dronk met snelle, geoefende slokken en rookte tussen alle gangen door. Ze had net zo goed vijfendertig kunnen zijn.

'Zo,' zei ze met haar kin in de lucht om rook uit te blazen, 'je zult er wel van geschrokken zijn dat ik hier zomaar kwam opdagen?'

Ik zweeg even. 'Inderdaad. Wat ik vreemd vind, is dat jij naar me toe bent gekomen, niet Daisy zelf.'

'Ik ben zestien, zij nog niet. Ik kon het makkelijker voor elkaar krijgen. Bovendien moet ze leren.'

'Jij niet?'

'Doe ik toch, dat heb ik toch gezegd? Maar we hadden het er al, god, een eeuwigheid over, en het was bespottelijk om langer te wachten.'

'O?'

'We wisten zeker dat jij zou kunnen helpen, maar Daisy vond dat we je niet lastig mochten vallen. Ze zei dat het "monsterlijk" voor je zou zijn. Ze drukt zich soms een beetje overdreven uit.'

'Dus zij weet ook niet dat je hier bent?'

Cat ging niet op het 'ook' in. 'Natuurlijk wel,' zei ze. 'En Lara ook. Je kunt er niet vandoor gaan zonder handlangers, hoor.'

Ik schoot in de lach. Ze had veel charme. Ik zag helemaal voor me hoe ze samen hadden zitten bekokstoven dat ik me terug zou spoeden, Jen en Oliver op heterdaad betrappen en een eind maken aan de verhouding omdat die hun te ver ging, wat de andere betrokkenen er ook van vonden. Ik herinnerde me de intriges uit mijn eigen tienertijd nog goed; ze waren niet minder echt geweest dan die uit mijn volwassen leven. Het enige wat je op die leeftijd miste, was het besef dat andere mensen geen acteurs waren, dat ze zich geen tekst en regieaanwijzingen lieten opdringen, maar jammer genoeg zelf hun reacties wilden bepalen.

'Je begrijpt toch wel dat ik erop sta dat je je moeder belt, hè?'

'Heb ik al gedaan.' Ze knikte naar haar mobieltje, dat naast het stokbrood op tafel lag.

'Om te zeggen waar je echt bent, bedoel ik.'

Ze wendde de blik hemelwaarts. 'Oké.'

Ik zag dat ze het zou doen. Wat had Oliver gezegd? Ze heeft een goed karakter. 'Weet je, ik vind het best dapper dat je die hele reis in je eentje hebt gemaakt, en nog voor iemand anders bovendien. Jullie moeten wel dikke vriendinnen zijn.'

'Ja. We zijn een soort zusjes, denk ik.'

'Zo was het vroeger ook. Jullie vochten als zusjes, maar jullie kwamen ook als zusjes voor elkaar op. Andere kinderen konden er moeilijk tussen komen. "Sorry, we hebben maar plaats voor drie," zeiden jullie.'

Ze zweeg, zich ervan bewust dat ik het ook over Emma had, bang iets verkeerds te zeggen.

'Pap en mam zeiden dat we een keer in de vakantie naar je toe zouden gaan, maar het is er nooit van gekomen. Ze beloven altijd van alles.'

Ik glimlachte. 'Ik wilde ook naar jullie toe, die keren dat ik in Londen bij mijn moeder was, maar het kwam er gewoon niet van.' Ik zweeg even en vervolgde toen: 'Cat, het spijt me dat ik er niet voor je ben geweest in je jeugd. Ik ben niet zo'n goede peetmoeder geweest, hè?'

'Daar kan ik echt niet mee zitten,' zei ze lachend. 'Eén moeder is wel genoeg.'

Ik lachte mee.

'Heb jíj al een ander gevonden?' vroeg ze toen plompverloren. 'Iemand van hier?'

Ik keek verbaasd op. 'Nee.'

'Niemand? Nooit? Mam zei...' Ze brak met een betrapt gezicht haar zin af.

'Zei je moeder dat?'

'Nou, niet precies. Ze zal wel gewoon hebben gezegd dat je daarom nooit bent teruggekomen. En je doet zo koel over oom Ollie, ik dacht dat het kwam doordat je een ander had.'

'Nee, sorry. Er is wel iemand geweest, iemand die ik leuk vond, maar...' Ik zweeg even. 'Maar het is niets geworden.'

Cat keek me verwonderd aan. 'Waarom niet?'

'Niet om een bepaalde reden, gewoon door de omstandigheden, denk ik. Een kwestie van timing.'

'O.' Haar gezicht betrok. Omstandigheden en timing waren geen goede smoezen voor een meisje van zestien. Ik probeerde waarheidsgetrouwe alternatieven te bedenken, maar ik dacht niet dat angst en pessimisme aanvaardbaarder zouden zijn.

'Kóm je ooit nog terug?' vroeg ze terwijl ze een sigaret pakte die ze behendig tegen het pakje tikte. 'Naar Londen, kom je er weer wonen, bedoel ik?'

'"Ooit" kan heel lang duren,' zei ik met een glimlach.

'Ja, zou ik óóit van school mogen? En dan? Ze maken ons helemaal gek, en waarvoor? Nóg meer school.'

'Studeren? Dat is altijd beter dan werken voor de kost. Dan sta je er echt alleen voor.'

'Ik sta te trappelen,' zei ze en ze stak haar sigaret op.

Toen ik haar die avond zag, volwassen en zelfbewust, wist ik dat ik me niet bezorgd over haar hoefde te maken en dat het nooit nodig was geweest. De jonge vrouw tegenover me was zo goed voorbereid op de wereld dat ze zich er al in had gewaagd.

De volgende ochtend had ik een afspraak bij de bank die ik niet kon verzetten. Tegen de tijd dat ik bij de winkel aankwam, was Cat er al. Flarden van haar gesprek met Ingrid bereikten me boven aan de trap:

'Wat een fantástische rok, Cat. God, wat heb jij een wespentaille. Hoeveel centimeter is je middel? Het kan niet meer dan vijftig zijn. Mag ik jouw middel lenen voor mijn trouwdag?'

'Zo dun ben ik niet, hoor. Je zou de andere meiden uit mijn jaar eens moeten zien.'

'Even serieus, heb je er wel eens over gedacht om model te worden?'

'O, ja, ik ben een keer gezien in TopShop, een winkel in Londen, echt cool, en die vrouw zei dat ze scout was en ze maakte een foto van me en ik moest beloven dat ik naar het modellenbureau zou gaan, maar mam had het er niet zo op, ze zei dat ik te jong was en dat modellen oppervlakkig zijn en een ontwikkelingsstoornis hebben. Maar goed, toen ik erheen ging met mijn vriendin Daisy, deden ze moeilijk over mijn litteken, dus toen dacht ik: krijg de pest en toen ben ik weggegaan.'

Ingrid moet verbaasd hebben gekeken, want Cat vervolgde: 'Hier, op mijn been, de huid ziet er raar en zilverig uit... Ik heb een ongeluk gehad toen ik klein was. Het was een enorme jaap.'

'O, toen met Rachels dochter Emma?'

'Ja. Zij is doodgegaan. Ik ben jaren in therapie geweest. Het was vreselijk.'

'Hoe was ze?'

'Ik herinner me niet zoveel meer van haar, jammer genoeg. Mam zegt dat we twee giechelkonten waren. Ik heb een keer op de gymnastiekmat gepiest van het lachen. We hadden de mat omgedraaid zodat het niet opviel, maar juf Morrissey had alles gezien. Ik moest een ranzig oud sportbroekje uit de kast met gevonden voorwerpen aan. Dat herinner ik me nog wel.'

Ik hoorde Ingrid lachen en Cat deed mee. Het was Toby's lach.

'Ik heb altijd een zusje gewild. Ik word knetter van Jake, hij is zo'n sul.'

'Hij leent je cd's zeker?'

'Mijn wíét, zul je bedoelen.'

Ingrid maakte een meelevend geluid, maar ik hoorde aan de stilte die volgde dat ze ontdaan was. Ze had ooit zelf in bloempotten gekotst, maar nu was zíj de volwassene: ze bereidde zich voor op haar huwelijk en overwoog in de toekomst zelf een gezin te stichten.

Ik wilde geen luistervinkje meer spelen en liep rumoerig de trap op. 'Zo, jongedame, heb je je moeder gebeld en gevraagd of ze je van Gatwick wil komen halen?'

Ze keek me stralend aan. 'Ja.'

'Goed zo. Was ze niet al te boos?'

'Natuurlijk niet. Nou ja, een beetje. Wees maar niet bang, ze is niet boos op jou.'

'Gelukkig.' Ik had het ook niet verwacht. Ik dacht dat ik precies wist hoe Mariel had gereageerd. Woest, de eerste vijf seconden, en dan pragmatisch. Ja, Cat had bij haar vriendin moeten zitten leren, maar ze was niet in gevaar, ze was in goede handen.

'Hoor eens, Cat, wil je iets uit de winkel kiezen? Een souvenir, een cadeautje van mij. Voor je zestiende verjaardag. En iets voor Daisy. Ze mag haar cadeautje iets eerder hebben.'

'Super, dank je wel. Heel graag.' Ze liep regelrecht naar de laatste twee foto's van Nikos. 'Dit vind ik de mooiste.'

Ze moet hebben gezien hoe Ingrid en ik elkaar aankeken, want ze zei snel: 'O, shit, zijn die nou juist heel duur of zo? Er zitten geen prijsjes op.'

Ik haastte me erheen en haalde ze van de muur. 'Nee, nee, alleen vinden wij die ook het mooist. Je hebt een uitstekende smaak. En ik zou niet weten aan wie ik ze liever zou geven.'

Het deed haar plezier. Ik voelde haar stijgende opwinding toen ze keek hoe wij de foto's inpakten en in de stugge papieren tassen met blauwe letters en touwhengsels stopten. 'Wauw, ontzéttend bedankt!'

'Ik hoop dat je nog eens terugkomt,' zei Ingrid. 'Nu je de vleespotten van Santorini hebt gezien.'

'Veel vlees zit er niet aan,' zei Cat giechelend.

'Nee,' zei Ingrid lachend. 'We doen het hier graag kalm aan.'

Toen we bij het busstation met een kop koffie op de taxi zaten te wachten, deed ik een laatste poging tot opvoedkundige begeleiding. 'Ik hoorde per ongeluk dat je rookt, je weet wel, niet alleen maar sigaretten...'

Ze keek me zo onversneden minachtend aan dat ik me net haar overgrootmoeder voelde. 'Wiet, bedoel je?' zei ze. 'Hoe noemt mam het ook alweer? Hasj. Nee, pot. De pot verwijt de ketel, heb ik tegen haar gezegd. Pap heeft me alles verteld over wat jullie op de universiteit uitspookten. Heeft oom Ollie niet ook gespoten of zo?'

'Beslist niet,' wees ik haar terecht. 'We experimenteerden allemaal een beetje, meer niet. Dat bedoel ik, meer zeg ik niet, misschien kun je beter wachten tot je studeert. Dat is de tijd om nieuwe dingen te proberen.'

'De eindexamenklas, dan.' Ik glimlachte om haar snelle gemarchandeer.

'Ik zal voor je duimen, ik beloof het. Wat is je beste vak, denk je?'

'Frans, waarschijnlijk. Dat is tenminste iets waar ik goed in ben, nadat mam me naar *la douce France* had verbannen.'

'Waar heb je het over?'

Ze vertelde me genietend dat ze een jaar eerder een 'fout' vriendje had gehad. Hij was negentien en zij vijftien, en ze had snel zijn gewoontes overgenomen: in cafés en sociëteiten hangen, roken, drinken en 'van alles' (haar woorden). Mariel was echter snel in het geweer gekomen. Ze had vrij genomen van haar werk en was met Cat en Jake naar Frankrijk gegaan en daar de hele zomervakantie gebleven. Het had nog gewerkt ook, want Cat was niet stiekem omwille van de liefde terug naar Londen gevlucht ('Het was me te veel moeite en bovendien kreeg ik bijna geen zakgeld van mam') en had geen foute Franse jongen uitgezocht om zich te wreken. Na de zomervakantie bleek haar oudere geliefde een ander te hebben ('Klootzak!) en was Cats Frans enorm opgeknapt. 'Eind goed, al goed, zoals ze zeggen.'

Ik trok mijn wenkbrauwen op. 'Zo te horen hebben je ouders heel wat met je te stellen.'

Ze grinnikte. 'Pap zegt dat het mijn geboorterecht is. Wat kan ik er nog aan toevoegen?'

Ik glimlachte tegen wil en dank. 'En Daisy? Waar blinkt zij in uit?'

Cat lachte. 'O, alles, eigenlijk. Ze is zo misselijkmakend slim.'

En Emma, wat zou zij interessant hebben gevonden, vroeg ik me af. Kunst, zoals ik, of financiën, zoals haar vader? Of zou ze haar school niet hebben afgemaakt en met een jongen in een strandhut op Waikiki zijn gaan wonen, of had ze nu koffie geserveerd in Cornwall, of druiven geplukt op Santorini...? Ik zou het liefst alle ouders die over de schouder van hun tiener keken een waarschuwing willen sturen. Het maakt niet uit of ze hun eindexamen halen, waar ze gaan studeren en óf ze wel gaan studeren, zolang je nog maar een tijdje in hun licht mag staan.

'Dat is fijn voor haar,' zei ik. 'Jullie doen het allebei goed. Ik ben trots op jullie.'

Ze glimlachte blij en net voordat ze erom dacht die blijdschap te verhullen, zag ik weer iets van het meisje van zes in haar. 'Het zal allemaal wel goed komen, denk ik. Mam zegt dat ik een zondagskind ben.'

'O?' Ik glimlachte en dwong mezelf te blijven ademen.

'Nee, echt waar. Ik maak geen grapje, het is me gewoon opgevallen dat als alles in de soep loopt, er toch iets goed gaat. Ik krijg meestal een tweede kans. Daisy ook. Eigenlijk is het griezelig...' Haar aandacht werd getrokken door de komst van de nieuwe ober, een knappe, jonge jongen met lange wimpers, zo een die Ingrid vroeger had verslonden. Toen hij haar zag kijken, wendde ze nadrukkelijk onverschillig haar blik af. Ik slaakte een zucht.

Was iets van dat geluk van haar op mij afgestraald, op Palmer en mij? Of op Oliver?

Zo ja, dan hadden we er geen idee van. We wisten het niet.

36

Omdat ik me tijdens ons laatste telefoongesprek vreselijk te schande had gemaakt, besloot ik nu op veilig te spelen en een e-mail te sturen:

Beste Palmer,
Bedankt voor het doorsturen van de hele administratie van het appartement aan Canfield Gardens. Ik ben blij dat alles nu is afgehandeld. Mijn excuses voor mijn telefoontje toen ik het net wist van Oliver en Jen. Het spijt me, ik had je er niet bij mogen betrekken, ik dacht niet goed na.

Ik hield op met typen en legde mijn handen op het bureau. Dacht ik nu wel goed na? Ik had vlinders in mijn buik en ik hoorde Cats stem in mijn oor: *Waarom niet?* De omstandigheden, had ik gezegd, een kwestie van timing. *O.* Ontoereikende excuses die ik nu beter niet kon aandragen. Ik zou het eenvoudig houden:

Heb je al plannen voor het weekend van 5 juni? Ingrid en Christos gaan trouwen en we vroegen ons af of je wilde komen...

Eleni had een onwaarschijnlijk uitstapje bedacht voor Ingrids vrijgezellenfeest: een tocht naar de zonsondergang op Skaros, de middeleeuwse vesting die bij Imerovigli uit het klif stak als een grote, rotsachtige piramide die vanuit Oia zichtbaar was – vanaf ons eigen dakterras, zelfs. Imerovigli, dat dichter bij Fira lag dan bij Oia en het hoogste kustpunt van het eiland was, was een geliefde plek voor toeristen en er stonden dan ook talloze luxehotels. Terwijl we Eleni over de smalle klifpaden volgden, riep Ingrid telkens hoe mooi het was en gluurde met beroepsmatige belangstelling naar de bordjes ALLEEN VOOR GASTEN. Ik vond het allemaal een beetje benauwend: de paden waren zo smal dat je alleen in ganzenpas kon lopen, en waar je maar keek waren de appartementen op elkaar gestapeld.

'Als de aardbeving komt, is het allemaal weg,' zei Eleni, die geen moeite deed zachter te praten omwille van de mensen die we passeerden. Haar uitspraak maakte me zenuwachtig en ik snakte hoorbaar naar adem toen we de rand van het klif bereikten. Daar stond Skaros, als een reusachtige beschuitbus; de vulkaan erachter leek klein en kleurloos door dit duizelingwekkende nieuwe perspectief. Links en rechts zagen we zo ver het oog reikte telkens hetzelfde tafereel op een vierkantje: een terrastafel, een vakantie vierend echtpaar, een wijnfles en twee glazen. Rijen dichte parasols wezen als speren naar de hemel.

Eleni schudde haar hoofd. 'Weet je, ik zou mijn gasten hier nog geen nacht laten slapen.'

'Dan is het maar goed dat jouw hotel in Oia staat,' merkte Ingrid op, 'want anders zou je maar weinig omzet hebben, hè?' Ze keek naar mij, maar ik kon niet met haar meelachen. Ik keek strak naar de zee in de diepte: er was een cruiseschip aangemeerd bij de haven van Fira, een enorm, wigvormig wit monster, drijvend in de Caldera. Het voelde alsof wij er pal boven zaten in een luchtballon en opeens zag ik voor me dat ik naar voren duikelde en keurig in het zwembad op het dek landde.

'Kijk, dat moet het pad zijn,' zei Ingrid. Ze wees naar het begin van een *karavolades*-spoor dat als een dunne, stoffige streep naar Skaros voerde. Eleni en Ingrid huppelden lachend voor me uit, zo vast ter been als katten op het steile pad naar beneden. Je kon precies zien waar het vlak werd voordat het weer omhoogliep, met steile afgronden aan beide kanten. Langs het klif groeiden doornige struiken – weinig om je aan vast te klampen, mocht je onverhoopt vallen! – en de leuning, als die er al was, bestond uit niet meer dan een roestig eind kabel.

Het was die kabel die het hem deed: alles wat zo lang in me gestold was geweest, werd vloeibaar. Eerst kwam de misselijkheid, gevolgd door een gesuis in mijn hoofd dat door mijn lichaam trok tot mijn vingers voelden alsof ze in spuitwater waren gedoopt. Het was niet dat ik voor me kon zien hoe ik viel, als in een soort gesimuleerde doodsangst, maar meer dat ik het echt kon vóélen, dat ik precies wist hoe het zou voelen als het water op me af stormde om me op te eisen. Toen kwam het allerergste, een angst die zo intens was dat het was alsof ik bloedzuigers van mijn lijf wilde trekken: paniek.

'Kom op, Rachel, doorlopen!' riep Ingrid van beneden. 'Straks begint de zonsondergang en die willen we vanaf de andere kant zien. Het is vast verder dan het lijkt.'

'Weet je,' stamelde ik, amper in staat nog een pas naar voren te schuifelen, 'gaan jullie maar zonder mij...'

'Hè?'

'Ik geloof niet dat ik het kan opbrengen.'

De redding kwam heel toepasselijk in de vorm van een kerk, een van de honderden kapelletjes op het eiland, niet groter dan die waarin Christos en Ingrid in de echt verbonden zouden worden. Op de een of andere manier slaagde ik er bijna op de tast in de muur te bereiken, me erop te laten zakken en een paar keer diep adem te halen.

De andere twee renden naar me toe. 'Komt het door wat ik heb gezegd?' riep Eleni. 'Over de aardbeving? We zijn hier veilig, hoor, alleen de huizen storten in.'

'Heel geruststellend, Eleni,' zei Ingrid. 'Rach, wat is er? Je ziet er vreselijk uit!'

'Nou, ik voel me alleen zo vreemd, misselijk. Telkens wanneer ik naar beneden kijk.'

Eleni werd ernstig. 'Heb je hoogtevrees? Dat wist ik niet.'

'Dat bestaat niet!' riep Ingrid uit. 'Niet na al die tijd.'

'Ik had er vroeger last van, maar hier is het me nooit overkomen. Het lijkt erop dat het terug is.' Ik hoopte hartgrondig dat ze weg zouden gaan voordat ze over mijn lichamelijke symptomen konden beginnen, want ik beefde en ik moest bijna huilen.

Ingrid keek me bezorgd aan. 'Zullen we maar gewoon teruggaan naar Oia?'

Ik keek haar ontzet aan. 'Nee, nee, er is niets aan de hand. Gaan jullie maar. Ik zal een foto van jullie maken als ik jullie daarginds zie.'

'Tja, als je het zeker weet...'

Tot mijn immense opluchting besloten ze zonder mij verder te gaan. Ik ging met mijn rug naar het klif zitten en richtte mijn aandacht op de kleine details van de wereld vlak voor me: het kerkje met zijn blauwe deur en kruis, hoe de bladders pleisterwerk en verf een landkaart vormden op de muur, de witgebleekte paarse distels en de fijne, lichte as van de grond.

Ingrid en Eleni draaiden zich af en toe om en zwaaiden naar me – Eleni in het kaki, bijna niet te zien tegen de gedroogde aarde, en Ingrid met haar handen in haar zij en haar als een stroom goud in de bries – en ik zorgde dat ik vrolijk terugzwaaide. Ze bleven staan om stukken van de muren te bekijken die ooit deel hadden uitgemaakt van een complexe, geheime stad en wezen toen naar Oia, dat van hieraf op een laag ijs leek die tot bruine modder smolt.

Ik verzamelde langzaam weer een beetje moed, schoof naar de rand van de muur, wierp een blik naar beneden en voelde me prompt weer alsof ik aan mijn enkel aan een helikopter boven zee hing. De golven leken het ritme van mijn angst te volgen. Ik dacht aan de beschrijving die mijn moeder had gegeven van het rijzende en dalende water op de dag van de aardbeving, een detail dat me al die jaren was bijgebleven. De grond leek onder mijn voeten te deinen. Ik deed mijn ogen dicht.

Toen ik weer keek, waren Ingrid en Eleni weg. Ze moesten achter de grote rots zijn, aan de zeekant. Ik herinnerde me iets waar ik sinds mijn komst hier nooit meer aan had gedacht. Het Lake District, een bergwandeling met Oliver en Emma. Hoe hoger we kwamen, hoe minder we konden zien, en het pad was veel steiler dan we hadden gedacht.

'Blijf jij maar hier,' zei Oliver op veelbetekenende toon tegen mij, 'dan gaan wij naar de top.'

'Maar moet Emma niet...'

'Emma redt zich wel,' onderbrak hij me. 'Ze wil graag met me mee.'

'Ja, mam, wíj gaan naar de top. Wacht jij maar hier, want jij bent bang.' Ze trok net zo'n lijdzaam gezicht als Oliver om indruk op hem te maken.

'Goed dan, lieverd, maar pas alsjeblieft goed op. Beloof je dat?'

Ik wachtte drie kwartier voordat ik aan mijn wilde klauterpartij begon, doodsbang voor zowel de diepte onder me als de gedachte aan waar de klim hen kon hebben gebracht. Beelden van Emma die viel, van Oliver die struikelde en haar meesleurde en hun geknakte, bewegingloze lichamen op de natte grond kwamen onontkoombaar op me af.

Toen ik Oliver eindelijk hoorde, herkende ik zijn stem amper. 'Rachel, waar ben je mee bezig? Moet je je handen zien! Je bloedt!'

Ik keek hem woedend aan, manisch, klaar om hem met mijn nagels te lijf te gaan, en mijn stem was een afschuwelijk gekrijs: 'Waar bleef je? Ik dacht dat er iets was gebeurd!'

'Rustig, je maakt Emma bang. Er is niets aan de hand.'

'Ik was ongerust.'

'Mam?' Emma, die me nog nooit volslagen panisch had gezien en geschrokken en ontdaan was, kwam naar me toe om me te knuffelen, maar het moment voordat ze in beweging kwam, ving ik een glimp van iets nieuws op haar gezicht op, een soort ontgoocheling. Ze had gedacht dat ik sterk was, altijd sterk, maar nu had ze gezien dat ik zwak kon zijn.

Het geluid van applaus bracht me terug naar het heden, het vertrouwde, lichtelijk absurde beeld van mensen die voor de lucht klapten. Zonsondergang. Nou, die keer had ik het mis gehad. Ik hield mezelf voor dat mijn dierbaren toen weer ongedeerd terug waren gekomen, dat de ramp alleen in mijn hoofd had gezeten, en dat ik het nu ook wel weer mis zou hebben, maar de wandelaars die na Ingrid en Eleni langs de kerk waren gekomen, kwamen nu al terug. Een echtpaar dat meer dan een kwartier na hen was gekomen, zat nu al weer in een café een drankje te bestellen. Nog even, dan zou ik op pad moeten gaan, die stoffige streep moeten volgen, hoe bang ik ook was, om te zien of ze veilig waren. Ik deed mijn ogen weer dicht en telde: nog een minuut, nog twee, nog drie...

Toen ik mijn ogen opendeed, zag ik ze, gezond en wel, uiteraard. Eleni kwam het eerst aan, rood en hijgend. 'Al wat opgeknapt?'

'Een beetje. Sorry dat ik zo laf ben, ik weet niet wat er met me is.'

'Het is een steile klim, je had het niet prettig gevonden. Zelfs ik...' Ze legde een hand op haar buik en deed haar mond wijd open, alsof ze schreeuwde van angst, om duidelijk te maken dat ze met me meeleefde.

'Het uitzicht is ongelooflijk,' zei Ingrid, die zich met stralende ogen bij ons voegde. 'We hebben aan de andere kant ook nog een kerkje ontdekt. O, en door de verrekijker kun je de toeristen bij de Goulas naar de zonsondergang zien kijken.'

'De lucht is schitterend,' deed ik enthousiast mee.

Ze keek me met samengeknepen ogen aan. 'Jij moet een borrel hebben, een dubbele, kom op.' Ze benaderde me alsof ik een patiënt was die net een nieuwe heup had gekregen.

'Ik red me wel, geen probleem. Ga jij maar eerst.'

'Kom dan in het midden lopen. Dan heb je iemand voor en achter je, voor de zekerheid.'

Weer boven, achter het geharde glas van een caféraam, kon ik iets redelijker naar de vormen in de zee onder ons kijken. Dus dit was de omgeving in al haar woestheid, plaatsen zoals dit dorp, maar een haarbreedte van de ondergang verwijderd, die letterlijk afbrokkelden onder elke stap die de wandelaars zetten, en toch namen mensen keer op keer het besluit hierheen te komen, hier te gaan wonen. Wat een bijzonder eiland was dit toch; zou het me ooit niet meer opvallen?

'Zo, dat heeft alles beslist voor me in het juiste perspectief gezet,' zei Ingrid. 'Naar het eind van de wereld gaan voordat je in het diepe springt.'

'Ga je nou trouwen of zelfmoord plegen?' zei Eleni met een lach.

'Zeg jij het maar, oude getrouwde vrouw!'

Ik voelde dat ik tot rust kwam, dat mijn vreemde aanval al in het verleden wegzakte, en dat gevoel werd steker toen de ober ons de beste wijn bracht die hij had kunnen vinden. Hij smaakte naar bosbessen en honing.

'Nerveus?' vroeg ik aan Ingrid. Ik was opeens bang dat mijn gedrag de stemming had bedorven, die feestelijk had moeten zijn.

Ze grinnikte. 'Voor het huwelijk of voor het weerzien met mijn moeder?'

'Nou, allebei.'

'Voor het eerste niet echt, voor het tweede ontzettend.' Ze nam een grote slok wijn. Ik herinnerde me de uitdrukking op haar gezicht toen de e-mail was binnengekomen, een lijkbleke combinatie van afgrijzen en verrukking. Mijn moeder lééft, ze is bij haar verstand, ze wil me écht zien! 'Ik geloof het niet,' had ze telkens weer gezegd. 'Het kan toch geen rotstreek zijn?'

'We gaan er met haar naartoe, goed?' zei Eleni. 'Naar Skaros. Of heeft ze ook hoogtevrees?'

'Ik geloof niet dat ik haar ooit boven de begane grond heb gezien,' zei Ingrid peinzend. 'Of misschien toch, in het winkelcentrum. Kan het idioter?'

Eleni en ik keken elkaar aan. We hadden het samen niet over de situatie met Rachael gehad, misschien omdat we bang waren een glimp op te vangen van elkaars diepste angsten.

'En jij?' vroeg Ingrid plagerig. 'Ben jíj niet nerveus?'

'Waarvoor?'

Ze rolde met haar ogen. 'Je weet best waarvoor. Of voor wíé, kan ik beter zeggen.'

Palmer. Ons tweede onverwachte 'ja'. Hij zou komen en het vooruitzicht maakte me zenuwachtig en verlegen, zenuwachtig en blij.

'Ik heb nooit geweten hoe het zat tussen jullie,' zei Eleni behoedzaam tegen mij. 'Is hij inmiddels niet getrouwd?'

Ingrid snoof. 'Jij bent de enige die iedereen getrouwd wil zien, Eleni. Trouwens, neem maar van mij aan dat als hij een vrouw had, hij niet eens zou mogen komen. Kijk maar naar die arme Nikos, die zit finaal onder de plak!'

'Misschien kunnen we beter in Oia blijven,' veranderde ik van onderwerp. 'Ik bedoel, het wordt al druk genoeg zonder dat we mensen overal op excursie sturen.' Ik voegde er tactvol aan toe: 'Al is Skaros zeker de moeite waard.'

'Skaros is heel goed,' beaamde Eleni, 'heel boeiend. Maar Imerovigli, nee.'

'Ja, Eleni, we weten het nu wel,' zei Ingrid lachend. 'Jij zou je gasten er geen nacht laten slapen...'

Eleni klonk met haar. 'Ik zou mijn hónd er nog niet laten slapen.'

Twee dagen voor het huwelijk, toen Ingrid de laatste hand legde aan het huis, ging ik haar moeder van het vliegveld halen. Ik stond met mijn kartonnen bord met de naam Rachael Sullivan erop te kijken naar de mensen die door de deuren van de bagagehal aankwamen, de stelletjes en soms een grote groep. Zelfs degenen die niet verwachtten afgehaald te worden, keken naar de gezichten en de handgeschreven bordjes, alsof de god van de overzetplaatsen hen zou kunnen hebben gezegend met een verrassingslimousine, voordat ze naar het plein gingen om een taxi of bus te zoeken.

Geen Rachael. Ik wachtte tot mijn medeafhalers allemaal iemand hadden begroet en naar hun auto hadden gebracht, en toen wachtte ik op de volgende lading. De namen op de borden waren nu Duits en de passagiers die tevoorschijn kwamen, hadden andere kapsels en bagage. Volgens het bord was het een chartervlucht uit Frankfurt: weer geen Rachael. Ik keek op de schermen. Misschien had ze haar overstap op het toestel van Olympic Airways in Athene gemist en kwam ze met de volgende vlucht. Toen ook die groep was geslonken, en ik bijna vier uur op de luchthaven was geweest, gaf ik het op en ging zelf in de rij staan voor een taxi.

Ingrid stond achter het raam van Christos' huis en ik zag van een afstand al hoe haar gezicht betrok toen ze me alleen zag terugkomen, maar tegen de tijd dat ze de deur opendeed, had ze zich hersteld.

'Ze was er dus niet?'

'Het spijt me ontzettend, lieverd,' zei ik, maar toen ik haar wilde omhelzen, hield ze zich stijf en wendde zich af.

'Geeft niet. Ik had het wel zo'n beetje verwacht. Ik moest het gewoon zeker weten. Bedankt dat je bent gegaan.'

Ik liep met haar mee naar binnen. 'Misschien heeft ze de overstap gemist en komt ze pas vanavond?' Ik probeerde het luchtig te zeggen. 'Of morgenochtend? Dat zal het zijn. Heb je al gekeken of je e-mail hebt?'

'Nog niet, maar dat is echt niet nodig, neem dat maar van me aan.' Ik had haar nog nooit in zo'n stemming gezien: meer dan teleurgesteld, melodramatisch, fatalistisch, gevaarlijk. Toen ze me haar rug toekeerde, hoorde ik dat er muziek opstond, een weemoedig nummer dat me vaag bekend voorkwam:

I don't have anything
Since I don't have you

'Zo'n triest nummer,' zei ik zacht.

'Vind je? Ik vond het op een oud album van Christos. Mijn moeder draaide het grijs.' Ik zag dat ze stilletjes huilde, maar toen ik naar haar toe liep om haar te troosten, hield ze me met een bruusk gebaar tegen. 'Niet in deze uitvoering,' vervolgde ze, 'maar een andere. Ze zei dat het haar aan mijn vader deed denken. Ze had altijd een rothumeur als ze dat nummer had gedraaid.' Ingrid keek met felle ogen naar me op. 'Die ouwe trut met haar zelfbeklag.'

'Misschien is het zo maar beter,' zei ik vriendelijk. Ik wist me niet goed raad met mezelf en weifelde even voordat ik me op het puntje van een stoel liet zakken. 'Misschien was het te emotioneel geweest, haar komst zo vlak voor de bruiloft, nu je zoveel aan je hoofd hebt. Jullie zouden geen tijd hebben gehad om echt bij te praten. Misschien kan ze beter later komen, als je helemaal gewend bent...'

'Ik woon hier nu tien jaar, Rachel, dus ik denk dat ik wel gewend ben!' Ingrid veegde met haar duim en wijsvinger haar neus af, waarbij ze het puntje omhoogduwde, als een kinderlijk verwijt. 'Weet je, zelfs toen ik klein was, vond ik het al beledigend.'

'Beledigend?'

'Dat nummer. Hoe kon ze dat menen? "Ik heb niets meer"? Ze had míj toch?'

'O, liever, zo bedoelde ze het vast niet. Wat ze ook...'

Ingrid wuifde mijn woorden weg. 'Laat maar, Rachel, je hoeft me niet te troosten. Ga maar naar de winkel.'

Ik aarzelde. Misschien was dat wel het beste wat ik kon doen, haar haar privacy gunnen, want ik was ook liever alleen als ik overstuur was. 'Paula is er nu toch? Ze verwacht me pas over een uur terug.' We hadden samen met Rachael zullen gaan lunchen, Ingrid en ik. We hadden uren zitten dubben over de ideale gelegenheid en hadden speciaal Paula ingehuurd, onze vaste invalkracht.

'Zie maar.'

Dat rotnummer is tenminste afgelopen, dacht ik toen de melodie wegstierf, maar tot mijn afgrijzen begon het opnieuw:

And I don't have fond desires
And I don't have happy hours

'Zullen we die muziek afzetten? Daar word je ook niet vrolijker van.'

Ingrid luisterde niet. 'Ik heb een besluit genomen,' zei ze opeens en ze wierp me een indringende, strijdlustige blik toe. 'Ik heb besloten dat ik tegen Christos ga zeggen dat de bruiloft van de baan is. Ik vind dat we het beter niet kunnen doen.'

'Wat zeg je nou?'

'Denk na, Rachel. De geschiedenis herhaalt zich, dat weet iedereen. Ik zal net zo worden als mijn moeder. Ik krijg een kind, Christos gaat bij me weg, ik raak aan de drank, ik kwets mijn kind. Hoe zou het anders kunnen lopen? Ik weet niet beter.'

'Nee, Ingrid. Je weet best beter. Dat jij dat zelf hebt meegemaakt, behoedt je juist voor zulke fouten. Christos gaat niet bij je weg, hij aanbidt je...'

'Hij heeft zijn eerste vrouw toch ook verlaten?'

'Toen hij met haar trouwde, was hij amper volwassen. Dit is iets heel anders. Hij heeft iemand gevonden met wie hij oud wil worden, net als jij.'

'Wat een cliché,' zei ze smalend. 'Ik bedoel, hoe kun jij dat nou weten? Jij bent toch ook bij je man weggegaan?'

'Ja, maar die omstandigheden...' Daar was dat woord weer.

'Die waren verschrikkelijk, ja, ik weet het, maar je bent wel bij hem weggegaan. Wie weet of mij niet hetzelfde te wachten staat?'

Ik probeerde haar blik te vangen, die door de kamer dwaalde, over de meubelen en de foto's aan de wanden. Toen haar blik de mijne eindelijk vond, was die als het plotselinge flitsen van een vergrootglas en kromp ik bijna in elkaar. 'God, Rachel, jij hebt heus niet het alleenrecht op tragedies, hoor! En die kinderen die je zogenaamd zo koestert, Cat en die andere meid, weet je niet dat het enige wat telt, is of je er in eigen persoon bent? Neem dat maar van me aan!'

Ik snakte naar adem. Haar wangen gloeiden van woede. 'Waarom trouwen mensen in godsnaam? Leg me dat eens uit! Het is zielig. Stom en zielig. Volwassen mensen die zich aanstellen als kinderen, die doen alsof het geluk eeuwig zal duren.'

'Dat zegt niemand, Ingrid. Niemand kan de toekomst voorspellen, maar je moet vertrouwen hebben in hoe je je nu voelt.'

'Nou, ik heb er alle vertrouwen in dat er iets ellendigs gaat gebeuren, daar reken ik op.'

'Niemand kan de toekomst voorspellen,' herhaalde ik. Ik huilde nu zelf ook, en toen Ingrid het zag, leek ze te schrikken.

'Hé, Rach, toe, trek het je niet aan. Ik had het allemaal niet mogen zeggen.' Ze slaakte een diepe, gekwelde zucht. 'Let maar niet op mij.'

'Ik wil wél op je letten. En je hebt gelijk, dit gaat niet over mij.' Ik richtte me op en liep naar haar toe, en nu mocht ik haar bij de elleboog pakken. 'Denk alsjeblieft heel goed na voordat je met Christos gaat praten.'

'Ik ben gewoon bang. Dat het verkeerd afloopt.' Ze snotterde en haalde haar mouw langs haar neus. 'Ze heeft me behekst. Het is een slecht mens, Rachel.' Dat had ze van Christos en Eleni overgenomen, het idee dat iedereen goed is of slecht, het ene uiterste of het andere.

'En jij heel beslist niet. Christos en jij houden van elkaar. Als de tijd rijp is, zul je een fantastische moeder zijn.'

'Misschien.'

'Zeker weten. Dat kan ik je in elk geval wél garanderen. Het spijt me dat je moeder niet is gekomen, ik vind het heel erg voor je, maar je hebt je best gedaan. Je kunt jezelf nu nooit meer iets verwijten.'

Ingrid knikte. 'Ze had het toch maar voor me verpest. Dat wist ik eigenlijk wel. Ik hoopte alleen op een wonder. Hé, ik ga kijken hoe ver de jongens zijn met die luifels...'

'Goed. Ik ga bij Paula kijken. Ik zal het ook voor je tegen Eleni zeggen.'

'Dank je.'

Toen ik bij de deur was, zat ze er nog net zo bij. Ze trok aan haar lippen en even leek ze jonger dan toen ik haar voor het eerst zag, een decennium gegeleden.

Toen ik bij het Ilias aankwam, stond ik op springen.

'Ze is niet gekomen,' zei Eleni zacht.

'Nee, verdomme! Wat ís dat mens voor moeder?'

Eleni reageerde op mijn uitzonderlijke woede door zich mijn gebruikelijke kalmte toe te eigenen. 'Ik zie het anders. Wat gebeurt er in een leven dat iemand zo'n moeder wordt?'

'Nee, het is onvergeeflijk,' tierde ik. 'Kinderen horen op de eerste plaats te komen, wat er verder ook aan de hand is. Als je problemen hebt, moet je die voor ze verbergen, ze snappen het niet en raken van streek.'

'Ja,' zei Eleni, 'dat is waar. Zo hoort het, maar als je kinderen groot zijn...' Ze dacht even na, want het onderwerp lag gevoelig. 'Dan voelt het anders dan toen ze nog klein waren.'

Ik knikte. 'Daar weet ik natuurlijk niets van.'

Ze schonk koffie voor ons in en kwam bij me zitten. 'Zou ze het niet gedaan kunnen hebben omdat ze van Ingrid houdt?'

Ik zette grote ogen op. 'Hoe zie je dat voor je?'

'Ze was vast van plan te komen, maar ze kent zichzelf, misschien heeft ze het moeilijk. Ze is bang dat ze de bruiloft zal bederven...'

'Het zou kunnen. Daar was ik nog niet op gekomen,' zei ik.

'Goddank is ze níét gekomen. Dat had veel erger kunnen zijn.'

Later liet Christos zijn reisagent een paar telefoontjes plegen. Rachael Stiles had haar vlucht niet genomen. Ze had drie weken eerder haar ticket voor geld ingewisseld.

37

Lieve Rachel,

Ik wilde jou als eerste laten weten dat ik wil hertrouwen als onze scheiding erdoor is. Jenny en ik zullen deze zomer in stilte in Londen in het huwelijk treden.

Ik hoop van harte dat je ons je zegen wilt geven. We willen je geen van beiden verdriet doen.

Liefs,
Oliver

Ik wist niet goed waarom, maar na dit nieuws liet ik alles vallen en ging op zoek naar een foto die ik uit Londen had meegenomen, maar jaren niet had bekeken. Toby had hem van ons zessen gemaakt, de drie moeders en de drie meiden, toen we samen aan Mariels aanrecht een grote kom cakebeslag stonden te kloppen. De meiden zaten op hun knieën op krukken, met hun hoofd zo dicht bij de kom als toegestaan was; Cat, de enige die met haar gezicht naar de lens zat, had een veeg cakebeslag op haar rechterjukbeen. Jullie zijn net een heksenkring, had Toby lachend gezegd, moet je zien hoe jullie de volgende generatie opleiden. Het zou verboden moeten worden. Emma had gevraagd wat een heksenkring was. Toby had het haar uitgelegd en gevraagd of zij een goede of een boze heks was. Goed, had ze met een ernstig gezicht gezegd.

We hadden gedacht dat we onderling uitwisselbaar waren, Mariel, Jenny en ik, dat we elk moment paraat waren om elkaars dochter te beschermen. Hoelang geleden onze vriendschap ook was ontstaan en wat voor spanningen er bij onze laatste ontmoeting ook hadden gespeeld, ik had ooit met hart en ziel geloofd dat Jenny de vrouw was die voor mijn dochter moest zorgen als mij iets overkwam. Ze had uiteindelijk mijn plaats ingenomen, en het ontbrak me aan de kracht of de wens onze gelofte nu te verbreken.

Ja, ze hadden mijn zegen.

Dat het eiland fotogeniek was, dat was oud nieuws – ik verdiende er al jaren de kost mee – maar wat wel nieuw was, was dat de amateurfotografen bijna net zo brutaal werden als de katten die op restauranttafels sprongen wanneer het eten werd opgediend. Ze deinsden er niet meer voor terug een kerkdak of privé-terras te beklimmen om hun opname te bemachtigen. Manfred gaf de digitale camera's de schuld. Iedereen kan nu fotograferen, zei hij, en de meeste mensen zouden nog geen doka herkennen als ze erover struikelden. Nee, ze zouden denken dat het de floatcabine in hun kuuroord was, zei Ingrid plagerig. Eleni vertelde ons over de nieuwste klacht die ze van een haar gasten had gekregen: toen zijn vrouw en hij op het achterterras zaten te ontbijten, hadden ze van hun yoghurt met honing recht in de lens gekeken van twee Chinese toeristen, die samen smiespelden terwijl ze hun statief uitklapten en het toestel instelden.

'Ze waren ervoor door het hele hotel gelopen. Ongelooflijk! En ze zeiden geen woord! Weet je wat volgens Anatole de minst gebezigde uitspraak is in Oia?'

'Nou?'

'Mporo na bgalo mia fotografia?'

'Wat betekent dat?' vroeg ik.

'Mag ik een foto maken, alstublieft?'

'Dat kan wel kloppen,' zei Ingrid.

Tot vreugde van de toeristen werden de huwelijken die ze zo graag wilden zien doorgaans ingezegend in de grote kerk, de *Agia Panagia*, waarna de feestende groepen op het plein zowel dorpelingen als toeristen aantrokken en het soms een pandemonium kon worden ('Een Grieks woord, natuurlijk,' zei Eleni). Afgezien van de soms verbijsterende kledij van de genodigden kon het spektakel gepaard gaan met muilezels die getooid waren met bloemen, ballonnen die werden opgelaten, vuurwerk, muziek en clownesk gedrag in het algemeen, gepland of anderszins.

Het was dus een hele prestatie dat Ingrid en Christos erin slaagden hun eigen bruiloft zo besloten en sober te houden als ze van plan waren geweest. Wat hielp, was het feit dat de wandeling van het huis naar de kerk wel over openbare paden voerde, maar dat ze niet te dicht in de buurt kwamen van het centrum. Toen de deuren werden gesloten, bleven er maar een paar geïnteresseerden buiten staan, en de enige camera was die van Manfred.

Mijn Grieks was nooit echt goed geworden, maar ik troostte me met de gedachte dat ik in elk geval van het schouwspel kon genieten. Christos droeg een crèmekleurig pak van uitstekende snit en Ingrid een lange, lichtgele jurk met schelpen langs de hals. Haar haar hing los en onversierd op haar rug, en het effect was zo mooi en eenvoudig als de achtergrond vereiste. De kerk was zo klein dat de zenuwen overal op de loer lagen; alle oren waren gespitst op het lichtste schuifelen van een voet. Een klein kind bewoog ongedurig en giechelde. Manfred probeerde zich in te houden met klikken. Voor ons, in het midden, gaf de priester Christos en Ingrid ieder een witte kaars en schoof de ringen om hun vingers. Ze volgden het ingewikkelde ritueel van afdoen en ruilen voordat hun handen voor de rest van de inzegening in elkaar werden gelegd. Hun gezichten stonden de hele tijd zo plechtig als die van de iconen op de muren rondom hen en ze hadden ook dezelfde gulden gloed in het kaarslicht. Ten slotte legde de priester de *stefana*, de bloemenkroon, op hun hoofden ten teken van hun verbintenis. Er was wijn, een wandelingetje om de tafel bij het altaar, en toen waren ze getrouwd.

Oliver had ooit zijn twijfels gehad over mij, een paar maanden voor ons huwelijk. Hij was uitgeweest met collega's die hem hadden geplaagd: hij was te jong om al te trouwen, hij was een te goede vangst, en ze hadden zijn eigen verdenkingen, die hij dacht te hebben gesust, weer tot leven gewekt. Had hij me een aanzoek gedaan en ging hij met me trouwen omdat mijn vader kort tevoren was overleden? Omdat ik zo overduidelijk moest worden gered en hij toevallig op het juiste moment op de juiste plaats was geweest? De vraag die hij zichzelf die avond had gesteld, luidde: was het voor hem niet de verkeerde tijd en de verkeerde plaats?

Hij kreeg met het uur meer plankenkoorts, tot hij uiteindelijk bijna vlamvatte. Hij sprak met zichzelf af dat als hij de straat op ging en binnen een minuut een taxi kon aanhouden, hij het huwelijk zou doorzetten, met mij zou doorgaan. Het zou een teken zijn. Als er een minuut voorbij was getikt en er geen taxi was gekomen, zou hij weten dat het niet zo mocht zijn. Hij telde de seconden af op zijn blinkende nieuwe horloge, een gelimiteerde oplage van het een of andere Zwitserse merk dat hij van zijn laatste bonus had gekocht.

'Ik dacht dat je het wel wist,' zei Olivers zus Gwen jaren later tijdens een van onze zeldzame onderonsjes waarbij de wijn iets te rijkelijk vloeide.

'Nee,' zei ik.

'Heeft Olivers getuige het niet in zijn speech genoemd bij de bruiloft?'

'Nee.'

'Hij was gek op je, begrijp me niet verkeerd. Het waren gewoon de zenuwen op het laatste moment, die heeft iedereen.'

Ik had ze niet gehad.

De taxi was blijkbaar gekomen. Toen Oliver uit het café kwam, stond hij al klaar; hij had een dronken idioot uitgeladen en wachtte op de volgende klant. Terwijl zijn vrienden hem vanaf de stoep aanmoedigden, stapte hij in, alleen, voldaan omdat hij de openbaring veilig in zijn zak had, en begon aan een zoektocht door de stad naar mij.

'Heb ik je al gefeliciteerd?'

'Pas een keer of honderd, maar weet je? Nog niet één keer in het Grieks.'

'O,' zei ik, 'maar misschien is "gefeliciteerd" een Grieks woord?'

'Nee, ik heb het al aan Eleni gevraagd. Het komt uit het Latijn.'

'Shit.'

Iets aan de manier waarop Ingrid op de bank zat, met haar jurk opgepropt onder haar opgetrokken benen, deed me denken aan de meiden op Emma's laatste verjaardagsfeestje. Ze stopte de rok nog iets verder onder haar benen om plaats voor me te maken.

'Nog steeds geen teken van Palmer?' vroeg ze.

'Nee, maar hij heeft weer gebeld. Hij heeft een stoel kunnen krijgen op de laatste vlucht van Olympic Airways hierheen.' Palmer zat vanaf negen uur die ochtend vast in Athene. Hij had vertraging opgelopen door een technisch probleem met zijn eerste vliegtuig, en alle latere vluchten naar het eiland waren volgeboekt. Ergens was het een opluchting, want een huwelijk en een reünie tegelijk waren mogelijk een te grote aanslag op mijn zenuwen geweest. Ik wilde niet weer zo'n incident als toen bij Skaros; ik zag mezelf al als een hysterisch hoopje ellende aan zijn voeten liggen. Nee, nu zou ik hem alleen kunnen begroeten en, het moest gezegd worden, gesterkt door de alcohol van een hele dag. 'Als je hem vanavond niet meer ziet, kun je hem altijd morgen nog even spreken, voordat jullie vertrekken.'

'Gelukkig,' zei Ingrid. 'Ik ben blij dat het maar een vertraging was.' Ze had de hele dag niets over haar moeder gezegd, en of ze er nu nog onder leed of niet, ze had niets van het geknakte schepseltje van een paar dagen eerder. Ze was de hele avond zo stralend geweest als de zon op de binnenplaats van het huis, tussen de palmen, jasmijn en kamperfoelie. Ik had nog nooit zo'n gelukkige bruid gezien.

'Hé, ik heb geen kans gezien om het je eerder te vertellen,' zei ze, 'maar Christos en ik hebben gisteravond uitgebreid gepraat en raad eens? Hij wil bijdragen aan de oprichting van het museum! Hij vindt het een fantastisch idee. Hij zegt dat het ons zal helpen andere investeerders aan te trekken en misschien kunnen we zelfs overheidssubsidie krijgen. We zouden spraakmakende stukken uit Athene kunnen laten overkomen, Oia echt op de kaart zetten.'

'Ik ben bang dat het iets te ingewikkeld zou kunnen worden,' zei ik. 'Als je bedenkt hoe moeilijk het was om de vergunningen voor Panomeréa te vernieuwen.'

'O, hij zorgt wel voor het smeergeld en zo.'

We lachten. Ze nam mijn bezwaren niet serieus en dit was niet het moment om te zeggen dat ik het meende. Ik wist niet precies wanneer ik was begonnen me van haar los te maken; misschien al op de dag dat ik haar aan Christos had voorgesteld en zag hoe ze naar elkaar keken, maar het was een geleidelijk proces geweest en vandaag was het tijd om de laatste, hardnekkigste draadjes los te tornen. Ingrid had me niet nodig, in elk geval niet meer zoals vroeger, en ik was blij voor haar, blij en trots. Ze zou haar museum ook zonder mij kunnen leiden. Ze zou zelfs een schrandere, ambitieuze jonge buitenlandse kunnen aannemen die naar Oia was gekomen om achter de bar te staan.

Het was de natuurlijke orde der dingen.

Ingrid, die me goed genoeg kende om niet aan te dringen, begon over iets anders. 'Vind je het niet ongelooflijk, al die cadeaus die we hebben gekregen? Iedereen is ontzettend gul geweest.'

De geschenken stonden, nog ongeopend, uitgestald op een grote, gepolitoerde tafel aan de andere kant van de woonkamer. Tussen een stapeltje brieven en kaarten lag mijn cadeau. Ik was blij geweest toen ze zei dat ze alles pas na de huwelijksreis wilde uitpakken; erbij zijn wanneer ze het kaartje zag, en wat erin gevouwen zat, was wel het laatste wat ik wilde.

'Het is eigenlijk best overweldigend. De pakjes stromen al de hele week binnen, zelfs van mensen die we niet hadden uitgenodigd.'

'Heerlijk dat jullie alles na de huwelijksreis samen kunnen uitpakken. Ik weet nog hoe dat was.'

Ze keek me met trieste ogen aan. 'Heb jij nog iets van jouw huwelijksdag?'

'Nee, maar ik heb met Oliver gepraat en de volgende keer dat ik naar huis ga, haal ik misschien een paar dingen bij hem op.'

'In Londen, bedoel je?'

'Ja.' Ik glimlachte. 'Gek dat ik het na al die tijd nog steeds "huis" noem. Maar goed, Ingrid, luister, je hoeft me niet te bellen tijdens je huwelijksreis, de winkel kan wel zonder jou. Geniet gewoon van jullie tijd samen.' Het echtpaar ging naar een villa aan het strand bij een van Christos' hotels aan de kust bij Athene. Ze zouden meer dan twee weken wegblijven.

Ze snoof. 'Maak je een geintje? Ik weet zeker dat Christos minstens twee zakelijke besprekingen heeft terwijl we daar zijn.'

'Tja, aangezien ik zelf met een workaholic getrouwd ben geweest, kan ik maar beter geen advies geven, althans niet op de éérste dag van je huwelijk.'

Ze lachte en keek in een reflex door de open deuren, zoekend naar haar man. Ik dacht aan het moment, nog maar een uur of twee eerder, dat de eerste noten van een nieuwe Griekse dans de gasten uitgesproken opgewonden kreten had ontlokt. Toen ik opkeek van mijn gesprek, had ik gezien hoe Ingrid zich met zwierend blond haar midden in het tumult stortte. En ik dacht aan iets wat Palmer had gezegd tijdens onze laatste ontmoeting in Londen: *Die jaren zijn voorgoed verloren.* Wat Ingrids moeder er ook van had weerhouden hier te komen, ik hoopte dat het de moeite waard was.

Ik nam de verborgen doorsteek tussen de terrassen van mijn buren door en kwam ongeveer tegelijk bij Callidora aan met Palmer, die de gangbare route had genomen. Toen ik zwaar over de muur gleed, zag ik hem in een licht, linnen pak bij het hek staan. Hij grinnikte om de onbeholpen manier waarop ik me toegang verschafte. Even was ik overdonderd door het feit dat hij naar me toe had willen komen, dat hij die laatste vlucht uit Athene had genomen. Het leek een soort wonder.

'Hallo,' zei ik. 'Je ziet er een beetje verfrommeld uit.'

Zijn grijns werd breder. 'Is dat alles wat je tegen me te zeggen hebt? Na vier jaar?'

'Sorry. Het is geen klassieke begroeting, hè?'

'Ik ben bang van niet.'

Ik keek hem schaapachtig aan. Hij zag er nog precies hetzelfde uit, hij klonk nog precies hetzelfde en hij bezorgde me nog precies dezelfde gevoelens. 'Je hebt het dus gehaald?'

'Nou, het was een dubbeltje op zijn kant. Ik was eerlijk gezegd bang dat ik op het vliegveld zou moeten overnachten. Ik heb een kamer in het Ilias genomen. Ik herkende de receptioniste niet. Eleni en Anatole zijn zeker nog op de bruiloft?'

'Ja, toen ik wegging, was het feest net over zijn hoogtepunt heen. Kom binnen.'

Ik maakte de deur open en hij klauterde net zo over de muur op het terras als ik had gedaan en bleef een paar passen voor me staan. 'Dus het feest is nog niet helemaal afgelopen?'

'Nee, er zijn nog mensen...' Ik wachtte tot hij zou voorstellen erheen te gaan; het was maar een paar minuten lopen en na die lange reis zou hij echt zijn gezicht moeten laten zien. Ik kreeg het gevoel dat hij verwachtte dat ik het zou voorstellen.

'Ik ben blij dat je er bent.' Ik glimlachte en voelde dat ik licht deinde. Ik had verschrikkelijk veel gedronken, besefte ik. Toen zag ik, bijna net zo verbijsterd als hij, dat ik zijn hand pakte en hem de warmte van het huis in trok. Toen ik de deuren stevig achter ons sloot, was het bijna alsof er iemand uit de schaduw was gesprongen die mijn rol van me had overgenomen. Ik zag tot mijn verwondering dat ik het bed die ochtend heel secuur had opgemaakt en dat ik de lampen had laten branden tijdens mijn afwezigheid.

'Rachel...' begon hij met zijn lippen vlak bij mijn oor, maar ik gaf hem de kans niet iets te zeggen. Ik omvatte zijn gezicht met mijn handen en leunde naar voren om hem te kussen. Het gevoel van zijn lippen op de mijne was uitermate vreemd. Ondanks alle kussen die eraan vooraf waren gegaan, gretige en onwillige, van Oliver, Simon en anderen, voelde deze onbekend, onherkenbaar, althans de eerste paar seconden. Het was als geblinddoekt bekende lekkernijen proeven.

We trokken onze kleren uit en schopten ze op weg naar het bed op een hoop bij de bank. Toen ik zijn naakte bovenlichaam tegen me aan voelde, was er geen sprake van de ontketening van sluimerende begeerte na een lange periode van onthouding waarover ik wel eens had gehoord, alleen maar meer van die gewaarwordingen alsof ik blind proefde. Ik besefte dat ik een denkrimpel in mijn voorhoofd trok en ik zei geen woord, bang dat mijn gedachten me net zo zouden verraden als mijn lichaam. Hij was degene die sprak; hij zei herhaaldelijk mijn naam en maakte me complimenten op de gehaaste manier van iemand die zijn gevoelens te lang heeft opgekropt. Ik geneerde me ervoor; ik was dankbaar voor het duister.

'Weet je het zeker?' vroeg hij.

'Ja.'

We lagen op het bed. Hij duwde mijn benen uit elkaar en toen was hij in me en er was een ritme van druk en samentrekkingen en ik was me bewust van zijn versnelde ademhaling, de geur en temperatuur van zijn adem. Het gewicht van zijn lichaam en de manier waarop het het mijne helemaal bedekte, boden troost. Toen kuste hij me en voelde ik verlangen, het snel opkomende, golvende gevoel dat zo moeilijk van angst te onderscheiden is.

'O, god,' hijgde hij.

Toen hij van me af was gerold, voelde ik zijn ogen in het lamplicht op mijn gezicht, wachtend tot ik hem zou aankijken. Ik voelde me nu al anders, wist ik, ik was tweeënveertig, maar had een onwaarschijnlijke variant meegemaakt op de ontmaagding van een schoolmeisje. *Weet je het zeker?*

'Het was een beetje onverwacht,' zei hij. De lucht hing plotseling veel te stil tussen ons in.

Ik voelde mijn gezicht gloeien onder zijn blik. 'Ik weet niet wat... Ik denk dat het gewoon een opwelling was.' Een opwelling die ik jaren eerder voor het eerst had erkend, in dat café in Victoria, tijdens een afscheid dat een nieuw begin had moeten worden.

Hij leek mijn gedachten te lezen. 'Hier heb ik heel lang naar verlangd.'

Ik knikte.

'Misschien al vanaf onze eerste ontmoeting.'

'Echt waar?'

'Ik kon nergens anders meer aan denken.' Toen hij mijn ongelovige gezicht zag, probeerde hij het hakkelend uit te leggen. 'Niet de seks, bedoel ik. Ik bedoel jou, je gezicht. Ik weet het niet, ik wilde je zien zoals je geweest had kunnen zijn voordat ik je leerde kennen, toen je nog gelukkig was.'

Ik voelde tranen opwellen en stak mijn hand naar hem uit. 'Ik weet niet of ik dat ooit nog zal worden, Palmer, niet zoals toen Emma nog leefde... Het spijt me.'

'Verontschuldig je niet, alsjeblieft...'

Hij drukte me lang tegen zich aan, tot ik fluisterde: 'Blijf je?'

Hij begreep me niet. 'Mijn vlucht gaat pas maandagochtend...'

'Nee, hier bij mij, bedoel ik, niet in het hotel? Tot je weg moet.'
Hoe snel was het instinct teruggekomen, die vrouwelijke behoefte
aan vastigheid; zodra het mannetje is veroverd, moet het in de buurt
gehouden worden.

Hij knikte. 'Ik doe alles wat je wilt.'

Pas de volgende ochtend, toen we in bed lagen te praten, merkte ik
dat iets hem dwarszat, iets wat hem liet woelen en draaien, wat niet
paste bij die soepele, beheerste lichaamstaal van hem. Toen ik uit de
badkamer terugkam, zag ik dat hij zijn short had aangetrokken en
in de deuropening stond. Hij stak een sigaret op en blies de rook
naar het terras. De zon achter hem was als een vuurbol. Het moest
minstens twaalf uur zijn.

Ik pakte mijn ochtendjas, trok hem om me heen en liep voorzichtig naar het voeteneind van het bed. 'Palmer?'

'Ja?'

'Het geeft niet, ik begrijp het al.' Mijn stem klonk bewonderens-
waardig kalm.

'Wát begrijp je?' vroeg hij. Hij keek me argwanend aan.

'Je bent getrouwd, hè? Je hebt een nieuw...' – ik zocht naar het
juiste woord –'... een nieuw leven.'

Hij zuchtte, liep naar het bed waarop ik zat, in mijn ochtendjas
gewikkeld, en legde zijn duim op mijn jukbeen. 'Weet je wel hoe
mooi je bent?'

'Dank je.' Iets aan de manier waarop hij het zei, werd door mijn
hart als een vaarwel herkend. Ik had dus gelijk, hij behoorde iemand
anders toe.

Hij nam een lange trek van zijn sigaret. 'Nee, ik ben niet getrouwd.'

Mijn hart sprong iets op. 'Maar je hebt je bedacht, er is een andere reden waarom dit niet kan.' Het was geen vraag, maar een con-
statering. 'Ik begrijp het wel, hoor. Ik heb nooit verwacht dat je
alles zou laten vallen...'

'Je "begrijpt" het, zeg je? Wat, wil je me zo gemakkelijk opgeven?' Hij glimlachte naar me. 'Geloof me, ik zal alles doen wat in
mijn macht ligt om dit mogelijk te maken.'

'Wat is er dan? Kom op, Palmer, ik ken jou. Er is iets.'

Daar lachte hij ook om. 'O ja? Je hebt me de afgelopen vier jaar welgeteld één keer gezien.'

'Toch ken ik je,' hield ik vol.

Hij drukte de sigaret uit en wendde zijn blik af. Toen hij me weer aankeek, zag ik weerzin in zijn ogen. Ik voelde me weer onbehaaglijk, nu iets langer.

'Ik was gestopt, trouwens, een paar jaar geleden. Ik heb het ongeveer een jaar volgehouden.'

Ik wist niet of hij het over de sigaretten of over mij had. Ik schoof van het bed en ging dicht bij hem staan. De hitte van buiten was intens.

'Er is wel iets,' zei hij ten slotte. 'Gek dat je het hebt gemerkt. Dat had ik niet verwacht. Ik had het je lang geleden al moeten vertellen.' Zijn ogen zochten naar zijn sigaretten, die naast me in het raamkozijn lagen. Ik gaf hem het pakje en zag hem er nog een opsteken. 'Voordat we doen wat we gaan doen, wil ik je zeggen dat er geen geheimen meer zijn. Dit is het laatste.'

Ik fronste verwonderd mijn voorhoofd. 'Wat voor geheim, Palmer? Bedoel je...' Ik voelde opeens pijn in mijn longen. 'Het gaat toch niet over de meisjes, hè?'

Hij schudde zijn hoofd. 'Het gaat over Freeman.'

'Oliver?' Toen begon het me te dagen en weg was de pijn. 'O, dat hij met Jenny gaat trouwen? Het geeft niet, dat weet ik al. Hij heeft het me geschreven.'

Eén blik op zijn gezicht vertelde me dat ik het verkeerd had geraden. 'Vind je dat goed?' vroeg hij.

Ik knikte. 'Ja. Echt. Vertel me nu maar wat je wilde zeggen. Over Oliver.'

'Goed.' Hij keek me recht aan, met heldere ogen. 'Het gaat over dat smartengeld van de zaak tegen Morris, jaren geleden, weet je nog?'

'Ja, natuurlijk,' zei ik verbaasd. 'Kort nadat ik hier ging wonen. Ik heb je toch verteld dat Oliver dat geld aan míj had gegeven?'

'Precies,' zei hij. 'Goed, nadat je het me had verteld, heb ik het nagetrokken. Ik weet dat je het me niet had gevraagd, dat het me niets aanging, maar...'

'Wat viel er na te trekken?'

Hij keek ernstig. 'Ik weet wel iets van zulke dingen en het klonk niet goed.'

'Hoe bedoel je? Wil je zeggen dat hij Morris niet heeft aangeklaagd?'

'Nee, dat wel, of zijn erfgenamen, aangezien Morris dood was, en in feite de verzekeringsmaatschappij, zoals je weet. Hij heeft de zaak gewonnen, maar niet veel smartengeld gekregen. Het is eigenlijk een schandaal hoe weinig je in dit soort situaties krijgt. Maar goed, het was iets minder dan achtduizend pond.'

Mijn mond zakte open. 'Achtduizend? Maar ik heb een cheque van meer dan driehonderdduizend gekregen! Dat heb ik gebruikt om Panoméra te beginnen, om jou te betalen...'

Palmer knikte schuldbewust. 'Het is een gigantisch verschil. Ik had het je eerder moeten vertellen.'

Ik kon het niet bevatten. 'Als hij maar achtduizend had gekregen, wat voor geld heeft hij mij dan gestuurd? Een onderhandse schikking met de familie Morris?' Nee, die mensen hadden niets, als ik het me goed herinnerde; de Lockleys waren rijk geweest.

'Het was zijn eigen geld,' zei Palmer zacht. 'Hij zei dat het smartengeld was, maar het was zijn eigen geld. Hij heeft wat investeringen verkocht om het geld vrij te maken.'

Ik dacht er even over na. Op de een of andere manier verbaasde het me niet zo, want geld was nu eenmaal Olivers communicatiemiddel, en wat er in zijn brieven had ontbroken, was er uiteindelijk toch geweest, maar dan in de vorm van geld. Het was boetegeld, liefdesgeld, een soort geld dat te ingewikkeld was om nog te definiëren. 'Tja,' zei ik kordaat, want ik wilde het nu niet analyseren, 'het was ook mijn geld, toch, formeel gezien, want we waren immers getrouwd? En er zal nog wel meer komen als we het eens zijn over het echtscheidingsconvenant.' Ik lachte. 'Ik denk dat ik de eerste echtgenote ben die ooit heeft gezegd dat de tegenpartij te veel bood.' Ik stond perplex. *De tegenpartij.* Ik kon mijn tong wel inslikken. Ik wilde niet dat Emma's vader de tegenpartij was. Zelfs nu nog, zo lang na haar dood, wilde ik dat ze wist dat we aan dezelfde kant stonden, aan haar kant.

Ik zag dat Palmer nog steeds naar me keek. Hij nam duidelijk geen genoegen met mijn reactie. 'Toch heb je gelijk. Ik bedoel, waarom heeft Oliver het zo stiekem gedaan, waarom vond hij het nodig om te doen alsof het ergens anders vandaan kwam? Ik kon toen nog over onze gezamenlijke rekening beschikken. Ik weet nog dat hij zei dat ik altijd geld kon opnemen als ik het nodig had.'

Hij knikte. 'Dat is het hem juist. Je hébt geen geld opgenomen, immers?'

'Na de eerste maand niet meer, ik had zelf wat geld, maar wat heeft dat ermee te maken? Het slaat nergens op.'

'Juist wel,' zei Palmer. 'Hij was bang dat je niet genoeg had. Hij wilde voor je zorgen, maar hij wist dat jij zou weigeren als je wist dat hij dat deed. Hij wilde je helpen zonder dat je het wist.'

Hij pakte mijn hand en verstrengelde zijn vingers met de mijne. 'Klinkt het je bekend in de oren?'

Er viel een stilte. Ik keek bezorgd naar zijn gekwelde gezicht. 'Ik begrijp niet precies wat je dwarszit. Het feit dat hij dat voor me heeft gedaan, of...'

'... of dat ik ervoor heb gekozen het je niet te vertellen?' Hij trok een grimas. 'Allebei, denk ik. Ik wist dat je naar hem toe ging, ik had het je moeten vertellen. Het had invloed kunnen hebben op je beslissingen met betrekking tot hem.'

Ik gaf een kneepje in zijn hand. 'Natuurlijk had het geen invloed gehad, hij was toen al met Jenny. Ik ging naar hem toe om de echtscheiding te bespreken, niet omdat ik hem terug wilde.'

'Weet je dat zeker?'

Ik dacht terug aan die dag, die heerlijke middag in St. James' Park, de herleving van verlangens die ik lang verloren had gewaand. 'Ik weet het niet. Dat is de waarheid. Maar waar het om gaat, is dat ik hem die dag op geen enkele manier op andere gedachten had kunnen brengen, want hij hield van een ander. En nu...'

'En nu?'

Ik zweeg even. 'Nu besef ik dat ik óók van een ander hield.'

Hij keek me onderzoekend aan. 'Echt?'

Ik boog me naar hem over om hem te kussen. 'Ja,' zei ik eenvoudigweg. 'Echt.'

'Vier jaar,' fluisterde hij in mijn geopende lippen. 'We hebben vier jaar verspild.'

Ik dacht aan vier kaarsjes op een taart. Een taart in de vorm van een prinsessenkasteel, roze met wit, met snoepjes en Smarties en marshmallows. Ik kuste hem weer. 'Vier jaar is niet zo'n lange tijd.'

38

Een paar weken later

Souvenir is geen Grieks woord; het heeft ons via het Frans uit het Latijn bereikt. Ik pakte mijn foto van Kamari, het allereerste verkochte werk van de winkel, nog in de oorspronkelijke lijst van Dymas met de lagen verf en pittige geur. Manfred kwam langs met contactafdrukken en liet me een trouwfoto van Ingrid en Christos uitkiezen. In zwart-wit was het contrast tussen hun gebruinde huid en witte tanden en haar verbijsterend. Ik zag meteen welke ik wilde: Ingrid werd afgeleid door iets buiten het beeld, terwijl Christos zijn ogen niet van haar af kon houden. Manfred had sterk hun gevoel van een nieuw begin getroffen, een aanvang. Ik vroeg me af of het door het licht kwam: de foto was aan het begin van de avond genomen, maar op de een of andere manier leek het of de zon net opkwam.

En dan had ik Santa Irini ook nog altijd, nog steeds van onbekende herkomst, de laatste curiositeit. Wie ze ook was, ze hoorde bij mij. Ik pakte de drie foto's in de winkel in en stopte ze in een tas van Panomeréa.

Het waren mijn enige souvenirs.

Terug in Callidora hielp Palmer me inpakken. Een paar boeken, cadeautjes die ik door de jaren heen van Eleni en Anatole had gekregen, de brieven van Oliver, de kerstkaarten van Mariel en de meiden en een stapel grote enveloppen met de maandelijkse verslagen in het kader van het Project Peetmoeder. Het was verrassend weinig, dat vond hij althans.

'Ik dacht dat het ons dagen zou gaan kosten, maar dit is in een paar uur gepiept.'

'Het was je toch wel opgevallen dat ik niet veel heb?'

'Ik dacht dat je het elders had opgeslagen.'

'Welbeschouwd heeft een mens niet veel nodig. Wat kleren, een tube tandpasta, een koffiekop...'

'Neem me niet kwalijk, maar dat is een hoogst ongebruikelijke opvatting voor een vrouw.'

Ik lachte.

'Is die lamp van jou?' Hij pakte hem van zijn plekje op de hoedendoos en blies er wat stof af.

'Nee, die hoort bij het huis. Alles, eigenlijk. Ik ben net Miss Havisham, hè? Ik heb niets veranderd.'

'Het geeft niet. Ik heb thuis verlichting.'

'O, gelukkig, want mijn bruidsschat stelt niet veel voor. Geen schepen en wijngaarden, helaas.'

'Dat waren nog eens tijden.' Hij keek zoekend om zich heen en kreeg de hoedendoos in het oog. 'Heb je die de afgelopen tien jaar wel eens opengemaakt?'

'Je bent wel heel nieuwsgierig.'

'Het is mijn werk, weet je nog?'

'Ik heb altijd al zo'n vermoeden gehad dat ik Subject X was.'

Hij grinnikte, maar bleef naar de doos kijken. Die was in de loop der jaren een aantal keren verplaatst, afhankelijk van wat ik voor Panoméréa moest opslaan. Hij stond nu naast de ladekast met een rond, kanten kleedje erop, zoals die sneeuwvlokken die kinderen in de winter uit papier knippen, en daarop de lamp.

'Het antwoord is nee, ik heb er niet in gekeken, niet echt, maar dat komt nog wel.'

'Wat zit erin? Sorry, zeg maar dat ik mijn mond moet houden. Het gaat me niets aan.'

'Het is al goed. Laten we maar een kijkje nemen.'

Ik ging op mijn knieën zitten en trok aan het deksel. Het klemde; misschien was het kromgetrokken? Toen schoot me te binnen dat het altijd strak had gezeten. Ik stak een nagel tussen de doos en het deksel, maar Palmer, die op het bed was gaan zitten, leek zich te hebben bedacht. 'Je hoeft echt niet...'

'Ben je bang dat het de doos van Pandora is?'

Hij zuchtte en keek glimlachend toe.

Er past niet veel in een hoedendoos; die is tenslotte bestemd voor een enkel lichtgewicht voorwerp, ongeveer zo groot als een hoofd. Het eerste wat ik zag was een foto, die van ons op de trein, die ik zodra ik hier was gekomen in de doos had verstopt. Er waren natuurlijk meer foto's, een handjevol voor elk jaar van haar leven: een waarop ik haar in het ziekenhuis knuffelde, een piepklein jong katje in mijn gebogen arm, een foto van haar tijdens de kerstuitvoering van ballet in een rode maillot en een witte tutu. En een paar van haar eerste schoentjes, met kale neuzen en gave zolen, het schoeisel van een kruipster; een zonnehoed met madeliefjes waar ik geen afstand van kon doen omdat ik me herinnerde hoe ze het bandje onder haar kin lostrok en erop sabbelde.

Nu ik zag wat ik had bewaard, begreep ik waarom ik er zo lang mee had gewacht, want elk object was als een harde steek van die echte, lichamelijke pijn die ik had gevoeld toen vluchten het enige was geweest wat ik had kunnen opbrengen. Ik was niet bij zinnen geweest toen ik deze dingen koos, maar nu zag ik dat er toch iets van een methode in school, een vooruitziende blik. De schoolrapporten waren ondraaglijk geweest en zouden dat altijd blijven, aangezien ze melding maakten van beloftes en mogelijkheden, maar er was wel een verjaardagskaart van ons aan haar, een verjaardag voordat ze kon lezen, met een boodschap die dus vooral voor mij was bestemd: *Voor onze prachtige lieverd, we houden met de minuut meer van je, pappie en mammie.* De tekst was omringd met kussen, alsof er een gek aan het werk was geweest, en nu herinnerde ik me dat ik die kruisjes had gezet en niet meer had kunnen ophouden, alsof ik dan een grens aan onze liefde zou stellen terwijl er geen grens wás, en dus was ik gewoon doorgegaan tot het hele papier bedekt was.

Emma's gezicht was onherkenbaar geweest na het ongeluk en haar handen waren ook kapot; ze was in een deken gewikkeld waar het bloed zwart doorheen sijpelde. Ik had haar officieel geïdentificeerd aan de hand van de moedervlek op haar linkerenkel. Haar voeten waren volmaakt, ongerept; die teentjes waren ooit veel kleiner geweest en ze waren nog te klein. Ik had die voetzooltjes tegen mijn gezicht gedrukt en vastgehouden, niet kouder dan op een winterdag waren ze geweest, en ik had haar voetafdruk het liefst eeuwig op mijn huid gehad.

Ik liet Palmer het bijoudoosje zien met de lok haar waar roestig, verpulverd bloed aan kleefde. 'Ik kon me er niet toe zetten het te wassen. Ik weet het niet, misschien wilde ik haar DNA bewaren. Onzin, want het haar zélf is het DNA.'

Hij pakte de lok behoedzaam aan, als een reus die een bloem plukt. Toen legde hij zijn hand op mijn haar. En zijn duim streelde mijn rechterjukbeen. 'Haar DNA zit in jóú.'

Ik knikte en knipperde mijn tranen weg.

Hij drukte mijn hoofd aan zijn borst en praatte over mijn kruin heen, zodat ik zijn adem in mijn haar voelde. 'Ik weet dat je verwachtte dat jij in haar zou voortleven, maar wat je niet mag vergeten, is dat zij in jou voortleeft.'

Ik huilde nu echt, en ik begroef mijn gezicht in zijn borst zoals een kind dat bij zijn ouders doet. 'Het is niet hetzelfde. Ze zou zelf kinderen hebben gekregen, ze zou in hen hebben voortgeleefd...'

Hij drukte me steviger tegen zich aan en zei zacht: 'Waarom willen mensen de toekomst hebben? Bedenk eens waar we zijn. Morgen kan het allemaal afgelopen zijn door een aardbeving of een vulkaanuitbarsting, maar vandaag leven we nog.'

We hielden elkaar lang vast, tot ik de schouder van zijn overhemd had doorweekt. Ik herstelde me, maakte me van hem los en keek weer in de doos. Ik kon zelfs een glimlach opbrengen. 'Mijn vader zou zeggen dat ik haar in de hemel zou terugzien. Daar verwacht hij mij ook te zien. Alsof we een soort familiereünie gaan houden.'

'Jij gelooft toch niet in God?' zei Palmer.

'Nee, niet echt.' De laatste keer dat ik Hem met enige ernst had aangeroepen, in alle ernst zelfs, was toen ik in Jens auto zat en Hem vroeg haar te sparen, haar in leven te laten ten koste van alles, mezelf, haar klasgenootjes, zelfs Cat en Daisy. 'God kan opkrassen,' zei ik.

Palmers blik dwaalde naar de open deuren, naar het blauwzijden lint honderden meters onder ons waar de zee de lucht ontmoette. 'Nou, Hij is naar de goede plek gekomen.'

Ingrid was de eerste aan wie ik het vertelde, zodra ze terug was van haar huwelijksreis en zich door de berg huwelijkscadeaus heen begon te werken. Ze kwam de winkel in met de akte die ik door onze notaris in Fira had laten opstellen, die waarin Panomeréa aan de nieuwe mevrouw Kafieris werd overgedragen.

'Rachel, het is te veel. Ik begrijp het niet.'

'Ik ga weg,' zei ik alleen.

'Wat? Uit Oia? Laat je de winkel achter?'

'Ja. Het is tijd. Ik kan geen echte bijdrage meer leveren, dus is het veel beter dat de winkel officieel van jou wordt. En je bent nu met een Grieks staatsburger getrouwd, alles valt op zijn plaats.'

Ze keek van mij naar de akte en terug. 'Heeft dit iets met Palmer te maken?'

Ik knikte, genietend van het idee dat ik straks weer bij hem zou zijn, dat ik elke dag bij hem zou zijn. 'Hij is nog wat gebleven na je bruiloft. Hij heeft me geholpen in te zien dat ik hier goed aan doe.'

'Hij heeft je dus terug naar Londen gelokt?' Haar gezicht betrok even en ze deed welbewust haar best om vrolijk te kijken. 'Tja, als jij denkt dat dat echt het beste is...'

Ik keek haar even plechtig aan en grijnsde toen breed. 'Toevallig niet, nee. Ik heb hem hierheen gelokt. Ik ga wel uit Oia weg, maar ik blijf op Santorini. We hebben een huurhuis aan het strand in Baxedas gevonden en zodra we daar gewend zijn, gaan we nieuwe zakelijke ideeën uitwerken.'

Ze stortte zich schaterend in mijn armen. 'Rachel, trut die je bent! Ik dacht dat je bedoelde dat je naar Londen terugging.'

'Ja, dat is ook zo, maar alleen om mijn moeder te zien.'

'En hij komt hier wonen? Wat, verkoopt hij zijn detectivebureau soms?'

'Inderdaad. Daar is hij nu mee bezig. En hij moet met zijn kinderen praten, uiteraard. Ik hoop dat ze ons tijdens hun volgende vakantie komen opzoeken. Als ik hun stiefmoeder wil worden, zal ik ze toch moeten kennen.'

Ze keek me met opgetrokken wenkbrauwen aan. 'Stiefmoeder? Niet zo snel, zou ik bijna zeggen, maar eigenlijk hebben jullie hier al tien jaar naartoe gewerkt, denk ik.'

'Ja, op de sudderpit, zou je kunnen zeggen.'

Ze vouwde de akte netjes dicht. 'Ik hou de winkel precies zoals we ons hadden voorgenomen. Helemaal.'

'Geen acrylschilderijtjes uit Taiwan?'

'Geen acrylschilderijtjes uit Taiwan.'

'Ik kom het controleren. En zodra jij hebt uitgepakt en je draai weer hebt gevonden, laat ik je ons nieuwe huis zien. Het staat pal aan het strand.'

'Ik popel.'

Toen ik Callidora uit liep, zag ik een libelle hoog boven de deur, gevangen in het gaas voor het waaierraam. Toen ik hier was aangekomen, had er ook een groot insect op die plek gezeten, en Eleni had een Grieks woord genoemd dat ik niet begreep. Ze had me uitgelegd dat het geluk bracht. Ik had er nooit meer aan gedacht, tot nu.

Als ik terugdacht aan de wandeling van school naar huis was het altijd warm, altijd zomer. Zodra ik mijn straat in liep, floepte de zon aan, als een gloeilamp. Ik huppelde tot aan mijn voordeur, me afvragend op pap al thuis was en of ik een geliefd tv-programma mocht zien dat over tien minuten begon. Op mams vrije dagen hoopte ik dat er een cake in de keuken stond af te koelen, misschien wel zo een met chocola die zo hoog rees in de oven dat er barsten in de bovenkant sprongen, waardoor het glazuur op sommige plaatsen dikker was dan op andere. Destijds had ik in de zon getuurd, het hoedloze, onbeschermde kind uit een andere tijd; nu hield ik mijn zonnebril op en was blij dat ik die ochtend zonnebrandcrème met een hoge beschermingsfactor had opgesmeerd. Het was verschrikkelijk benauwd, hier geen *meltemi*, geen zuchtje wind.

'Rachel!' Ik zag aan mam dat ze nieuws verwachtte. Ik kwam tenslotte nooit in de zomer, en toen ik haar belde, had ik geen verklaring gegeven. Het vreemde was dat ze er zo optimistisch uitzag. Ik was bang dat ze dacht dat ik voorgoed terug was.

We gingen met onze thee aan de keukentafel zitten. 'Ik kom je vertellen dat ik uit Oia wegga.'

'O?'

'Naar Baxedas, niet zo ver weg.'

'Daar is het winderig,' zei ze vriendelijk, nuchter.

Ik wachtte tot ze me aankeek en haalde diep adem. 'Maar ik wil je ook zeggen dat ik zal blijven proberen je over te halen me op te zoeken. Altijd.' Ik hoorde echo's van Oliver in die verkondiging, en van Mariel.

Ze glimlachte. Het was die geamuseerde glimlach die ze Emma vroeger gunde. 'Het is al goed, lieverd, ik heb al besloten dat ik ga.'

'Wat? Zei je echt wat ik denk dat je zei?'

Ze knikte, al net zo ongelovig als ik. 'God mag weten hoeveel jaar ik nog heb, maar ik mag ervan uitgaan dat ik weg ben voordat de volgende aardbeving komt.'

Ik keek haar met open mond aan. 'En vulkaanuitbarstingen?'

'Het is waarschijnlijker dat ik aan een koutje overlijd, dat zegt dokter Green ook. Hemel, bij de gedachte alleen al krijg ik het zweet in mijn handen.' Ze drukte haar handen op de tafel, hees zich overeind en liep naar de deur. 'Goed, nu dat geregeld is, wil ik je aan iemand voorstellen.'

Ik keek haar nog steeds sprakeloos aan. Dit was iets bijzonders; ze had toch zeker geen nieuwe vrijer, na al die tijd? Het zou haar wonderbaarlijke kentering wel kunnen verklaren.

'Ik ga haar even halen...'

'Haar?' Ik hoorde haar voetstappen op de trap en vroeg me af wie ze in vredesnaam in een van de slaapkamers verstopt kon hebben. Wie het ook was, ze kon geen vin hebben verroerd in het kwartier dat ik hier nu was.

'Kijk.' Ze liep de keuken in met een kleine zwart-witfoto. Ik nam hem verbaasd aan.

'Dit is je tante Phoena.'

'Phóéna?' De foto was onmiskenbaar in Oia gemaakt, want hij had datzelfde verloren gegane karakter van een afgelegen dorp als de foto's die we in de winkel verkochten. Een groep dorpelingen liep in een optocht door de hoofdstraat, op de dag van een festival, te oordelen naar de banieren en versieringen. Phoena was een ernstig meisje met een krachtige kaaklijn dat strak voor zich keek, waarschijnlijk ongeveer zo oud als Cat en Daisy nu waren.

'Mam, dit is... onvoorstelbaar.'

'Ze was niet slim of wereldwijs of zoiets,' zei mam, 'maar ze was altijd het middelpunt, ze was altijd de gangmaker.'

Ik keek weer naar de foto. 'Mam? Wil je...' Ze knikte voordat ik de hele vraag had gesteld. '... me vertellen wat er is gebeurd?'

Ik praatte rad door, niet in staat me te bedwingen. 'Ik begrijp gewoon niet waarom zij niet thuis bij jou en papu en yiayia was. Het was nog zo vroeg, waarom lag ze niet nog in bed, net als jij?'

Mam keek naar haar handen. 'Ze was op haar werk. Ze had een baan bij een gezin in Sideras, ken je die wijk?'

Ik knikte. 'Ja, daar wonen mijn vrienden Ingrid en Christos.' Het was vreemd om me voor te stellen dat mijn tante, die krachtige, donkere figuur op de foto, door die stille, witte straten in het hart van het dorp had gelopen. Ik dacht aan de huizen aan weerszijden van dat van Christos, die na de aardbeving waren dichtgespijkerd en sindsdien zo goed als vergeten waren, voorbestemd om half rechtop en half ingestort te blijven tot de volgende aardbeving kwam. Ze had in een van die huizen gewerkt kunnen hebben, of zelfs in het huis van Christos.

'Ze werkte als dienstmeisje. Het was zwaar, maar ze was jong, ze had energie.'

En ik had het er graag bij gelaten, bij de gedachte van een vroege dienst op een koude ochtend in 1956, nog voor zonsopkomst, maar mam vervolgde plotseling: 'De man van de vrouw voor wie ze werkte had veel macht in Oia. Hij was een verhouding met mijn zus begonnen.'

'Een verhouding?'

'Echt waar. De nacht voor de aardbeving was ze niet thuisgekomen, ze had ons laten weten dat ze haar in het huis nodig hadden. Hij had weer misbruik van haar gemaakt, hoorden we later. Toen het stof kwam en het schreeuwen begon, stuurde hij haar weg. Hij wilde niet met haar betrapt worden.'

Ik dacht erover na. 'Maar het was toch sowieso verstandig geweest om haar naar huis te sturen? Misschien dacht hij dat ze in een skapho minder gevaar liep dan in een kapetanospito?'

Mijn moeder schudde haar hoofd. 'Het was beter geweest als ze binnen was gebleven, lijkt me. Gaitis heeft het tenslotte overleefd, met zijn vrouw en kinderen. Phoena is buiten op straat door puin geraakt toen ze probeerde het pad naar beneden te bereiken. Papu heeft haar gevonden. Ze had haar schoenen niet eens aan, zo overhaast was ze weggestuurd.'

Ik stond versteld. 'Zei je dat die man Gaitis heette?'

'Ja. Heb je hem in Oia ontmoet?' Ze schudde haar hoofd weer. 'Daar was ik al bang voor.'

Ik nam haar angst snel weg. 'Nee, nee, mam, ik heb hem niet ontmoet. Hij is dood, al jaren. Maar ik denk dat ik zijn vrouw heb gezien, of iemand die hem kende, in elk geval. En ik geloof dat zij die foto wilde kopen die ik je destijds heb laten zien. Ik denk dat de gelijkenis met Phoena groot genoeg was om haar bang te maken.'

Mam knikte. 'Ze zal zich wel schuldig hebben gevoeld. Uiteindelijk voelt iedereen zich schuldig, al heeft het geen enkele zin. Je kunt er niet mee ongedaan maken wat al is gebeurd.'

We keken elkaar aan.

'Ik dacht dat je geen oude foto's meer had?' bedacht ik opeens. 'Pap zei dat je ze allemaal had weggedaan.'

'Dat heb ik tegen je vader gezegd, ja.'

'Heb je er dan nog meer? Waar?'

Ze keek naar het plafond met haar slaapkamer erboven. 'Ik heb ze ooit willen vernietigen, dat is waar, maar je moet iets bewaren. Dat is soms de enige manier om er zeker van te kunnen zijn dat iemand echt heeft bestaan.'

Ze had een trommel vol, een oude koektrommel met een plaatje op het deksel van twee meisjes in jurken met ruches die elkaar over een theepot heen aankeken. Ingrid en ik zouden er een fortuin voor hebben gegeven.

'Je mag ze wel meenemen naar Santorini als je wilt.'

'Echt? Ik zou er dolgraag een paar in het nieuwe huis hangen.'

'Dan kan ik ze zien als ik bij je ben.'

'Weet je het zeker?'

'Ja, daar horen ze.'

We keken allebei op toen we een auto verderop in de straat hoorden remmen, waarna hij met een slakkengangetje doorreed, alsof de bestuurder naar de huisnummers keek. Toen bleef de auto staan en werd het stil.

Ik liep naar het raam en keek naar buiten. 'Mam?'

'Ja?'

'Ik hoop dat je het niet erg vindt, maar ik heb een vriend uitgenodigd.'

'Wie?'

'Iemand die ik aan je wil voorstellen... iemand die belangrijk voor me is. Ik dacht dat we misschien een kop thee zouden kunnen drinken, ergens samen gaan lunchen...'

Ik zag Palmer uit zijn auto stappen, een kleine blauwe die dringend aan een wasbeurt toe was. Ik herinnerde me dat hij had verteld dat hij tijdens zijn werk altijd met de achterkant van de auto naar het perceel toe ging staan, zodat hij het komen en gaan van het subject via de achteruitkijkspiegel kon volgen. Nu had hij met de neus van de auto naar het huis toe geparkeerd, en met de zon in zijn ogen.

Epiloog

Juli 2006

Bij Meisjesschool Greencroft rook het naar gestoofde baksteen en verschroeide veren. Het was heet, Grieks heet, en alle deuren van het hoofdgebouw waren opengezet om een briesje naar binnen te lokken. Bij de ingang stonden een vrouw in toga en twee anderen vrouwen in chique mantelpakken handen te schudden met de aankomende gasten, echtparen van middelbare leeftijd in hittegolfversies van hun zondagse kleren en allemaal trotse ouders. De gestage stroom nam al snel af, er werd minder gebabbeld op de treden en meer geroepen: 'We zijn toch niet te laat?' Ten slotte ging ook de vrouw in toga naar binnen.

Ik keek op mijn horloge: drie minuten voor elf. Vanuit mijn ooghoek zag ik een roze ballon die aan het hek was gebonden en nauwelijks aan zijn touwtje trok in de windstille hitte. We hadden om kwart voor elf afgesproken. Ik zocht zenuwachtig naar het kaartje in mijn zak en las de tekst voor de honderdste keer:

Eindexamenplechtigheid van Meisjesschool Greencroft
Zaterdag 15 juli in de Williszaal
Maak s.v.p. gebruik van de ingang aan Greencroft Gardens, NW6

Ik draaide het kaartje om en las Mariels notitie: *De meiden dachten dat je misschien wilde komen? Liefs, M x*

'Rachel! Rachel! Sorry dat we te laat zijn! Je was vast bang dat we niet zouden komen!'

Het was Mariels stem, en toen ik zag dat ze alleen met Toby was, ontspande ik me. Ik had de hele groep verwacht.

'Rachel, fantastisch, we zijn zó blij dat je gekomen bent.' Toby drukte me hard tegen zich aan. Hij begon nog maar net grijs te worden en zag er nog jeugdig uit, koel in een hemelsblauw overhemd met bloemetjes, ondanks de haast.

'Zonder jou was het niet compleet geweest,' zei Mariel. Ze had highlights in haar donkere haar, zag ik, en ze droeg een crèmekleurige hemdjurk over haar gebruinde, gespierde armen en benen. Ik voelde me stukken ouder dan hen beiden, hoewel we even oud waren begonnen.

'Waar zijn Bob en Jen, en de meiden?'

'De meiden zijn hier al sinds tien uur, die hadden generale repetitie, en Bob en Jen moesten er om halfelf al zijn – als ouders van de beste leerling moeten ze op speciale stoelen zitten.'

'En Jake?'

'O, die is aan het cricketen. Hij snapt niet dat dit een bijzondere gelegenheid is. Die twee kunnen elkaar momenteel niet uitstaan, gek worden we ervan.'

Er viel een stilte; ik zou nu naar Oliver moeten informeren. Kwam hij ook?

'Laten we maar gauw naar binnen gaan,' zei Toby met een knikje naar het enige lid van het welkomstcomité dat nog op de stenen treden stond. Ze gebaarde dat we moesten opschieten. 'Hierheen, alstublieft! Ik ga de deuren sluiten!'

'Ik kon geen plaats bij ons voor je krijgen,' zei Mariel toen we binnen waren. 'Je zit op het balkon bij een paar docenten en speciale gasten. Ik hoop dat je het niet erg vindt? Ze zijn heel strikt in de regel dat het alleen...'

'Nee, natuurlijk vind ik het niet erg.' Dat het eigenlijk een opluchting voor me was, hield ik maar voor me. Het was hoe dan ook moeilijk geweest om te zien hoe een groep meisjes waar mijn dochter bij had moeten horen werd gefeliciteerd met hun prestaties, maar dat ik gescheiden werd van Mariel en Jen en tussen onbekenden kwam te zitten die haar niet hadden gekend, zou het iets gemakkelijker maken.

'Als je deze trap op gaat, kom je rechtsachter op het balkon uit, en je zit op de tweede rij. Zodra het is afgelopen, komen we je halen.' Voordat ik naar de trap kon lopen, pakte Mariel mijn arm om me tegen te houden. 'Rachel, we moeten je iets vertellen...'

'Laat maar,' zei ik snel. 'Ik heb erop gerekend dat Oliver zou komen, je hoeft me niet te waarschuwen.'

Ze wisselde een blik met Toby. 'Goed, tot over een paar uur dan maar.'

De zaal was kleiner en intiemer dan ik had gedacht, en vanaf het balkon had ik onbelemmerd zicht op het podium, waar twee rijen stoelen in een halve kring stonden opgesteld, voor het bestuur en belangrijke gasten, nam ik aan. Ik zag Bob en Jen nergens, maar een grote vaas met bloemen op een tafel bij het podium benam me het zicht op zeker zes gezichten. Het publiek onder me was een rasterwerk van kapsels, grijs en met highlights, gekruld en steil, kringen hoofdhuid van kalende vaders. Als die mensen op zouden kijken, zou ik ongetwijfeld een paar gezichten herkennen, want er moesten wel ouders van Moss Hamlet tussen zitten. Voor de ouders, op de eerste vier rijen, zaten hun dochters, hun oogappels, de slagorde van de jeugd: lang, glanzend haar en nauwsluitend katoen, paardenstaarten en spaghettibandjes, een enkele opstandeling met wit geblondeerd haar en een blote, getatoeëerde schouder. Ik kon Cat en Daisy niet ontdekken, al maakte een schaterlach snel duidelijk waar Toby en Mariel zaten: vier rijen achter de leerlingen, precies in het midden. Oliver daarentegen was nog nergens te bekennen, noch in de zaal, noch op dit balkon voor figuranten. Ik stelde me voor dat hij op het laatste moment naar binnen was geglipt, mij op de rij voor de zijne had zien zitten en zich niet had vertoond.

Op mijn stoel lag een programmaboekje: toespraken, muziek en een lijst met de namen van de meisjes in alfabetische volgorde. Daar stonden ze, bijna bovenaan: Daisy Barnes en Catherine Challoner, met maar twee andere namen ertussen. Ik volgde de lijst tot ik bij de F kwam. Sarah Fanning, Kate Fryer. Daar zou ze tussen hebben gestaan. Ik stond mezelf toe haar naam op de lijst te zien: Emma Freeman, gediplomeerd, volwassen. Haar gezicht was moeilijker op te roepen, want elk beeld van haar op die leeftijd dat ik voor me zag, was weer anders. Het was onmogelijk te bepalen hoe haar gelaatstrekken zouden zijn, haar teint en zelfs haar figuur en lengte. Alleen de ziel in haar ogen was hetzelfde gebleven. Die zou haar nooit hebben verlaten, dat wist ik zeker.

De vrouw in toga hield een welkomsttoespraak op het toneel. Dit was blijkbaar mevrouw Ratcliffe die door Simons vader was overgehaald om met de wachtlijst te knoeien, en ook degene die zich kennelijk soepel had opgesteld ten opzichte van de latere zonden van Cat. Ze had het over idealen en integriteit; maar het leven was niet zo simpel. Ik was dankbaar voor haar realisme van achter de schermen.

'Dit is de laatste keer dat jullie als groep samen zijn,' klonk haar versterkte stem door de zaal, warm en moederlijk, 'en we vieren niet alleen jullie prestaties, het is ook een gelegenheid om je te bezinnen op wat jullie voor elkaar betekenen.'

Ze leidde de gastspreker in, een oud-leerlinge die iets in de City had gedaan en toen een geslaagd bedrijf in biologische chocola had opgezet. Ze had het over het glazen plafond en iets terugdoen. Twee meisjes zongen, een ander meisje speelde een vioolsolo. Toen werden de meisjes een voor een naar voren geroepen om hun diploma in ontvangst te nemen, waarbij hun prestaties werden opgenoemd en geprezen.

'Het geeft je het gevoel dat je er zelf niet veel van hebt gebakken, hè?' fluisterde de vrouw naast me, vermoedelijk een docente. Haar adem rook naar kaneel. Ik knikte beleefd, zonder mijn blik van het podium af te wenden. Ze had gelijk, de eerste paar meisjes hadden al indrukwekkende prestaties geleverd: extra vakken, onderscheidingen, vrijwilligerswerk op basisscholen, kunstnijverheid naar de achterstandswijken gebracht, vergaderingen van het Europees Parlement heropgevoerd, ouderen en zieken gevoed en rondgereden, oud papier opgehaald.

De volgorde was alfabetisch, maar we sprongen van Ahmed naar Brigham en sloegen Barnes over, want Daisy zou als beste van haar jaar als laatste naar voren worden geroepen. Cat was zodoende als vijfde aan de beurt, en ik dacht dat ik de belangstelling voelde opleven toen ze van haar stoel sprong. Daar was ze dan, hetzelfde

meisje dat ik op Santorini had gezien, maar dan bijgewerkt, opgeknapt. Weg waren de lagen punkkleding en grote laarzen, vervangen door een elegante blauwe zomerjurk met een brede ceintuur en
tien centimeter hoge hakken die haar over de afstand tussen haar en
de directrice leken te stuwen. Ze leverde zich niet aan de schijnwerpers uit, maar maakte haar entree, met een zowel onverschillige
als sierlijke houding. Ze was niet zozeer een schoolmeisje dat haar
diploma krijgt, als de kroongetuige tijdens een proces. Ik voelde
een onmiskenbare huivering van trots.

'Catherine heeft Engels, Frans en aardrijkskunde op het hoogste
niveau afgesloten. Ze heeft Greencroft vertegenwoordigd in het
hockeyteam en de rol van Elvira gespeeld in *Spotgeesten*...' Haar
lijst van wapenfeiten was iets korter dan die van haar voorgangsters,
maar ze kreeg een eervolle vermelding voor haar Frans. 'Cat heeft
een kleurrijke tijd beleefd hier op Greencroft en ze heeft veel jon-
gere meisjes geïnspireerd met haar flair voor mode...'

Toen Cat weer naar haar stoel werd gestuurd en met opgetrokken
wenkbrauwen naar haar jaargenotes terugliep, werd haar plaats op
het podium ingenomen door Alice Cross, zedig in een roze genopte
rok en een wit topje met kant. 'Alice wint onze prijs voor geschiedenis en ze mag rechten gaan studeren in Durham. Goed gedaan,
Alice.' Op dat moment bukte een vrouw op de tweede rij op het podium naar links om iets uit haar handtas te pakken. Ik zag net genoeg van haar gezicht om haar te herkennen: Jen.

Ze was ouder geworden en haar haar viel kort en glad over haar
oren (wat zou ze nu in plaats van dat vlechten doen? vroeg ik me af).
Zelfs van die afstand zag ik dat ze er vermoeid uitzag en misschien
een beetje overdonderd was door de waslijst aan successen die be-
jubeld moesten worden voordat haar eigen dochter haar opwachting
mocht maken. Ze zag eruit alsof ze op het punt stond haar hoofd op
de schouder van de man rechts van haar te leggen, Bob, waarschijnlijk, die nog schuilging achter de bloemen. De glimp die ik van hem
opving, deed me vermoeden dat hij veel haar kwijt was en veel ki-
lo's was aangekomen. Ik keek weer naar Jen. Bij het zien van haar
gezicht dacht ik met een steek van berouw aan onze laatste ontmoeting, toen ik haar opzettelijk wreed had behandeld. Ik hield van haar,

maar ik benijdde haar ook. Ik hield van haar om alles wat ze ooit voor me had betekend en ik benijdde haar om wat ze hier nu voor zich had, een dochter, dé dochter, de oogverblindende ster.

'Lucy heeft niet alleen een gedeelde Hilda Burton-prijs voor wiskunde, maar krijgt ook een heel bijzondere prijs, die dit jaar voor het eerst wordt uitgereikt...'

Iedereen in de zaal hield zijn adem in, wat effect leek te hebben op de vochtigheidsgraad, want het werd nog benauwder. Ik leunde iets naar voren.

'Het is een prijs ter ere van Gurinder, die door haar klasgenoten aan de school wordt geschonken. Iedereen herinnert zich Gurinder natuurlijk nog, die elf maanden geleden na een dappere strijd is overleden aan leukemie. De prijs wordt door haar vriendinnen geschonken ter ere van het meisje dat de grootste moed heeft betoond in haar tegenslag... Neem me niet kwalijk...'

Mevrouw Ratcliffe kon haar verdriet niet meer bedwingen en brak haar zin af. Ik zag vol afgrijzen hoe om me heen onderlippen trilden en tranen in ogen opwelden. Mannen en vrouwen betten hun gezicht met tissues en wisselden treurige blikken met hun buren. De vrouw die naast me zat, fluisterde met de vrouw aan de andere kant en de een gaf klopjes op de arm van de ander. Nu had ik spijt dat ik was gekomen. Ik was de boze geest hier, de vreemde bij de plechtigheid die wachtte op de naam die niet genoemd zou worden. Met ingehouden adem glipte ik de gang in en keerde de fotocollage van de sportdag en de muur met kluisjes de rug toe. Ik keek door het raam naar de mensen op straat beneden, stellen met buggy's, huizenjagers en makelaars, mensen die inkopen hadden gedaan en worstelden met te veel tassen. Al dat leven! En ik dacht aan mijn eigen kleine geest, mijn schimmenkind.

Mijn telefoon trilde in mijn zak: een sms. Ik dacht het eerst aan Mariel; ze had zeker gemerkt dat ik weg was gegaan, maar toen schoot me te binnen dat ze mijn nummer niet had. Ik had haar gebeld om de afspraak voor deze ochtend te maken. Ik keek op het scherm en zag dat het bericht van Palmer afkomstig was:

Sterkte, het wordt zwaar vandaag, dus wees niet te streng voor jezelf. Je mag verdrietig zijn. Ik hou van je, P x

Ik stelde me hem voor in ons huisje aan het asgrijze strand, waar zo'n gestage bries stond dat je voelde hoe je huid verweerde, en voelde me op slag sterker.

Tegen de tijd dat ik weer bij mijn stoel was, waren we bij de R. Scarlett Richardson was een triomf op toneelgebied: ze had Mirande, Cordelia en god mag weten wie nog meer gespeeld, en ze was een kei op de hobo. Wanneer zij de hordes nam, hadden al haar mede-atletes het nakijken. Nu ging ze Engels en toneel studeren in Bristol, mits haar cijfers hoog genoeg waren, wat natuurlijk het geval was, daar had mevrouw Ratcliffe alle vertrouwen in. Als er één meisje was van wie we nog veel zouden horen, was het Scarlett wel.

Weg beenden ze, een voor een, hun toekomst tegemoet. Ik zag op de lijst dat ik Lara had gemist, de vriendin die Cat op Santorini had genoemd, de handlangster, de derde van het drietal. Misschien kon ik haar een andere keer ontmoeten.

Mevrouw Ratcliffe pauzeerde zo lang om water te drinken dat de ouders met elkaar begonnen te smiespelen over wat er nu zou komen, wat de afsluiting zou zijn. De beste van het jaar en haar twee secondantes. De secondantes voorop, en het drong bijna niet tot me door, zo bescheiden glimlachten ze en zo hard werd er geklapt.

'Dan zijn we nu aangekomen bij Daisy, Daisy Barnes,' zei mevrouw Ratcliffe, en ze lachte voor het eerst breed toen een tenger, blond meisje de drie of vier treden naar het podium beklom met de trotse, verende tred van een kind dat de kaarsjes op haar verjaardagstaart mag uitblazen. De tranen sprongen me prompt in de ogen. Ze was kleiner dan Jen en uitzonderlijk knap. Haar haar was opgestoken, waardoor haar hals langer leek, en in haar jurk met wijde rok in de stijl van de jaren vijftig en sandalen met kittige hakjes leek ze op een debutante. Ze stond stil, bevallig, op haar gemak met de lof, eraan gewend.

Daisy, begon mevrouw Ratcliffe, had meer dan vierentwintig uur in haar dag, zo vol stond haar agenda met schooldingen en buitenschoolse activiteiten. 'Haar passie voor moderne kunst is natuurlijk bekend, en ze krijgt de Kunstgeschiedenisprijs dan ook. Ze zal het komende jaar vrijwilligerswerk gaan doen bij de Tate Modern, en ze heeft ook een reis gepland, met onbekende bestemming. Nou, dat moet wel de eerste keer zijn dat ons geliefde beste meisje níét weet waar ze naartoe gaat!' Het gelach dat uitbrak, raakte verstrikt in de plafondventilatoren en werd naar ons op het balkon gezwiept. Mensen op de eerste rij schoven heen en weer op hun stoel en even kon ik Jen zien, die haar tranen wegveegde. Bob zat er roerloos bij en toen Jen haar arm weer liet zakken, had ik het gevoel dat ze elkaars hand vasthielden, al was het maar even. Wat er ook kapot was gegaan tussen hen, Daisy zouden ze altijd delen. Dit was hun dochter. Beter had het niet kunnen gaan.

Er volgde nog een reeks loftuitingen voordat Daisy haar diploma kreeg en haar toespraak mocht houden.

'Dames en heren, ouders en gasten, mij is gevraagd een woordje te spreken namens mijn klas...' Het was voor het eerst in twaalf jaar dat ik haar stem hoorde, en ik had het geluid niet kunnen herkennen, uiteraard. Het was een lieve, goed gemoduleerde stem, en terwijl Cat opzettelijk blasé klonk, klonk zij gretig en eerbiedig.

'We hebben hier het voorrecht een fantastische opleiding te kunnen volgen zonder dat onze ouders ervoor hoeven te betalen. Ja, we zouden graag de scheikundelabs moderniseren, het gravel van de tennisbaan vervangen, een nieuw zwembad aanleggen, misschien een heel kuuroord...' Het publiek mompelde op gepaste wijze, maar zij verbaasde me door te zeggen: 'Velen van u zullen wel weten dat Oliver Freeman mijn stiefvader is, maar ik zal u niet vermoeien met politiek of pamfletten uitdelen...' Er werd gegrinnikt, en ik voelde die omslag in de sfeer die optreedt wanneer de machtigen en beroemden worden genoemd. 'In plaats daarvan wilde ik van deze gelegenheid gebruikmaken om alle ouders en andere mensen te bedanken die geld hebben ingezameld en donaties hebben gedaan in de tijd dat wij hier op school zaten. U zult die sponsorlopen wel beu zijn, maar u hebt er een bijdrage mee geleverd aan onze toekomst en daar zijn we dankbaar voor. De overheid kan het niet allemaal opknappen, en dankzij u ligt de wereld nu aan onze voeten. Wij zijn net zo goed voorbereid als de leerlingen van de beste particuliere scholen.'

Ze vouwde haar handen en hield haar vingertoppen bij haar kin, alsof ze bad. 'Zoals mevrouw Ratcliffe al zei, is dit de laatste keer dat we als klas bij elkaar zijn. Het afscheid valt me echt heel zwaar, dus ik probeer niet eens er iets over te zeggen. Dank u.'

Applaus, gejuich, een paar stampende voeten. Zoenen voor Daisy van het hoofd en de gastspreekster die door het glazen plafond was gebroken. Bloemen voor iedereen op het podium. Toen, na al het uitgebreide vertoon van emotie, een collectief strekken van de benen.

Ik overwoog even gewoon weg te glippen, zoals mensen in boeken altijd doen, alsof ze als een zuchtje door een deuropening kunnen zweven. Ik was mijn vluchtinstinct nooit echt meer kwijtgeraakt, maar de deur het dichtst bij me was nu afgesloten om de toeschouwers naar de zaal te drijven, waar we ons, zo werd aangenomen, zouden willen aansluiten bij de anderen. Onder aan de trap botste ik tegen het meisje met de noppen op, en er werd naar ons gekeken terwijl we onze excuses maakten en ons herstelden. Toen ik opkeek, zag ik Cat op me wachten. 'Tante Rachel!' Ze zoende me op beide wangen. 'Wat gaaf dat je bent gekomen! Was het niet ongelooflijk saai? Ik dacht al dat ík zou doodgaan van verveling, en ik deed mee!'

'Het was mooi, heel ontroerend.'

'Kom mee, iedereen staat vooraan.' Ze gaf me een arm en leidde me door de massa naar Daisy, die met drie andere meisjes bij het podium stond. Jen en Bob waren in gesprek met mevrouw Ratcliffe, zag ik, en Mariel en Toby stonden vlak achter Daisy met andere ouders te babbelen. Mariel wuifde naar me en mimede dat ze zo snel mogelijk naar me toe zou komen.

'Daisy, kijk eens wie ik hier heb! Tante Rachel, dit is Daisy! Nou ja, je hebt haar bezig gezien, natuurlijk. Daze, dit is onze lang verloren gewaande peetmoeder.'

Daisy verontschuldigde zich bij haar groepje, draaide zich om en bood me haar hand aan, van top tot teen het welgemanierde beste meisje van de klas. Ik kon me er niet van weerhouden haar hand iets te lang vast te houden. 'Dank je wel voor de prachtige foto die Cat uit Oia voor me heeft meegebracht, en alle verjaardagskaarten. Die van vorig jaar, toen ik zeventien werd, vond ik schitterend, die goudvissenkom met de vulkaan op de achtergrond.'

Nu ik de kans had haar van dichtbij te bekijken, was het moeilijk om haar niet te openlijk op te nemen. Cat leek in haar uiterlijk en gedrag op haar ouders, maar Daisy leek onherkenbaar veranderd en verfijnd te zijn. Zelfs haar haar zat glad in een band met een motiefje, en er was geen verdwaalde lok te bekennen. Ze had een buitengewone waardigheid en zelfbewustzijn voor haar leeftijd, maar op een bepaalde manier leek het verkeerd dat ze zo weinig van Jens onrust en Bobs passie uitstraalde.

'Ben je geïnteresseerd in fotografie?' vroeg ik.

'Zeker, al hou ik meer van schilderkunst.'

'Daisy gaat kunstgeschiedenis studeren in Cambridge,' zei Cat. 'Nou ja, dat had je al gehoord. Maar ik had je toch op Santorini al verteld hoe slim ze was?' Cat wilde Daisy erop wijzen dat zij me het eerst had gezien, en het was waar. Als oudste van de drie had ze me zelfs eerder gezien dan Emma.

'Ja, dat klopt,' zei ik met een glimlach. 'Jullie hebben het allebei ongelooflijk goed gedaan. Gefeliciteerd.'

'Weet je?' Cat keek giechelend naar Daisy, maar ze betrok me wel bij haar bekentenis. 'Toen ik van het podium kwam, hoorde ik die ouwe tang van een Menders zeggen dat ik geen nederigheid kende! Dat geloof je toch niet?'

'Eh, toch wel,' zei Daisy lachend.

'Je hebt nog tijd genoeg om nederigheid te leren,' zei ik en toen Cat begon te stralen, besefte ik dat het geen opmerking was geweest voor een moeder, en ook niet voor een peetmoeder. Misschien voor een ondeugende tante.

'Wil je later in de kunstwereld gaan werken?' vroeg ik aan Daisy.

'Als het kan. Misschien ga ik nog een cursus kunstbeleid doen of zoiets. De concurrentie is moordend.'

'Nou, als het zover is, kan ik misschien een stageplaats voor je regelen. Een vriendin van me wil een museum openen op Santorini. Als je ouders het goedvinden, natuurlijk.'

'Dat zou super zijn! Meen je dat echt?' Een ogenblik lang had ze weer vijf kunnen zijn. Ik herinnerde me hoe ze op me af rende om opgetild te worden, en dan sloeg ze haar benen om me heen en klemde haar armen om mijn nek.

'Fijn dat je vandaag gekomen bent. Mam wist het niet zeker. Vanochtend zei ze zelfs nog dat ze het pas geloofde als ze je met eigen ogen zag...'

Ik knikte. 'Ik wil haar even gedag zeggen als ze tijd heeft.'

'Natuurlijk, al lijkt ze nu niet weg te kunnen...' Ik zag over Cats schouder hoe Jen zich op het podium van haar groepje afwendde om discreet naar het mobieltje in haar hand te kijken, en toen naar de deuren achter in de zaal. Ze had zich maar half omgedraaid, zodat ik haar niet helemaal van opzij zag, maar het was genoeg: Jenny had een buikje, klein, maar onmiskenbaar, zo tenger was ze. Ik was vierenveertig, dus zij moest tweeënveertig zijn. Je zag het wel vaker tegenwoordig.

Daisy zou dus toch nog een broertje of zusje krijgen.

'Sorry, Rachel, we komen zo terug...' De meiden werden in een groepje vlak bij me getrokken en ik probeerde Jen met mijn gedachten te dwingen mijn kant op te kijken, maar ze baande zich opeens een weg door de menigte en wenkte iemand. Ik zag Oliver binnenkomen en vlak langs me heen lopen op weg naar Jenny, terwijl hij gehaast zijn mobieltje in zijn achterzak stopte. Hij kwam dus nog altijd te laat, hij miste nog altijd de feestjes van de kinderen. Hij gaf eerst Bob een hand, toen mevrouw Ratcliffe, en toen pakte hij Jens hand en liet die niet meer los.

Emma kreeg dus een broertje of zusje.

Onwillekeurig zocht ik Daisy's gezicht in de massa. Ik zag haar nu al in een ander daglicht, voorgoed verbonden met Emma. Het was te vroeg om mijn gevoelens te benoemen, maar ik wist dat ze gecompliceerd zouden zijn, zoals alle gevoelens in mijn leven na Emma; geen zoet zonder het bitter. Plotseling was ik me bewust van mijn eigen onderbuik; ik herinnerde me nog hoe het was om haar opgekruld in me te voelen groeien. Soms hadden we in harmonie met elkaar bewogen, soms tegen elkaar in. Ik keek om me heen, zoekend naar iets te drinken: achter in de zaal was een tafel met glazen en karaffen met gekoelde drankjes neergezet.

Net toen ik een tweede glas water nam, merkte ik dat ze op een paar passen bij me vandaan stond. Ze was daar blijven staan alsof ze onverwacht op een glasplaat tussen ons in was gestuit.

'Jenny!'

'Niet te geloven! Je bent er!' Ik moest het haar nageven dat het noch een verwijt was, noch een vraag; ze liet het klinken als een wonderbaarlijke ontdekking. 'Ik bedoel, het is fantastisch, ik hoopte echt dat je zou komen.'

'We hadden het altijd over de diploma-uitreiking, hè?' Ik slikte en probeerde niet naar haar buik te kijken. 'En toen Mariel me de uitnodiging stuurde, voelde het helemaal goed. Daisy is geweldig, wat een ster! Nou ja, dat hoef ik jóú niet te vertellen.'

Jenny glimlachte en nu zag ik haar dochter heel duidelijk in haar gezicht. 'Soms kan ik het me gewoon niet voorstellen, als ik zie hoe de docenten naar haar kijken en over haar praten...' Ik dacht dat ze bedoelde dat ze zich niet kon voorstellen dat háár dochter als de meest geprezene uit de bus was gekomen, maar toen begreep ik dat ze bedoelde dat ze die engel niet herkende als de dochter die ze thuis tegenkwam.

'Ze bewaren het ergste voor hun ouders, denk ik,' zei ik met een glimlach.

'Zeg dat wel.' Ze had dat serene van een zwangere vrouw over zich. Het maakt niet uit wat je tegen me zegt of met me doet, want ik heb alles wat ik nodig heb hier binnen in me; het gewicht van mijn huidige doel overstijgt al het andere. Oliver zei altijd dat alle zwangere vrouwen zich gedroegen alsof ze het kindje Jezus droegen. Ik had het zelf ook gedaan, veronderstelde ik.

Jen moest hebben gezien dat ik naar beneden keek, want ze zei: 'Je hebt het zeker al gezien? Het is nu goed zichtbaar, ik begin er net aan te wennen.'

Ik aarzelde. 'Ja. Gefeliciteerd. En gefeliciteerd met je huwelijk. Oliver heeft het me geschreven.'

Toen ik glimlachte, zag ik de spieren in haar gezicht ontspannen van opluchting. Toen ze weer naar me opkeek, zag ik dankbaarheid in haar ogen.

'Jij hebt ook weer iemand, hè? In Griekenland?'

'Ja, we zijn net een nieuw project aan het opzetten, een cultureel centrum voor kinderen.'

'Zijn jullie getrouwd?'

'Nee, en we weten nog niet of we dat wel willen. We zijn zo ook gelukkig.'

Ze wilde nog iets zeggen, zag ik, en plotseling verlangde ik naar die uitbarstingen van vroeger, toen ze nog geen geheimen moest bewaren. 'Hé,' zei ze, 'weet je nog, al die gesprekken die we voerden over nog een kind of niet? We hadden het er altijd over, zeker toen Mariel Jake net had gekregen.'

Ik knikte.

'Ik denk dat ik al die tijd al wist dat ik er niet meer wilde, niet met Bob. Hoe harder hij nee zei, hoe vaster ik me voornam een kind dat niet aan te doen en hoe meer ik ging denken dat het een vergissing was dat ik bij hem was.' Haar stem werd hoog van emotie en ze moest even tot zichzelf komen. 'O, god, dit moet vreselijk klinken, want ik weet wel dat je het niet kunt vergelijken, natuurlijk niet, maar ergens was ik jaloers dat jij zomaar kon verdwijnen. Na Emma. En ik vervloekte mezelf om die jaloezie.'

Ze raakte buiten adem en ik liep naar haar toe, door de glazen wand heen, tot ik zo dicht bij haar was dat ik haar kon aanraken. 'Bob was geen vergissing. Hoe had Daisy ooit een vergissing kunnen zijn? Ze is ongelooflijk.'

'Dank je.' Ze glimlachte en mogelijk verwachtte ze dat ik meer zou zeggen, maar dat deed ik niet; ik kon het niet. Ik keek over haar schouder en zag Mariel met angst in haar ogen naar ons toe komen. 'Maar goed, de meiden vonden het zo spannend om je te zien. Ik hoop dat dit de eerste van vele ontmoetingen is?'

'Het is de eerste niet,' zei ik en ze verbeterde zichzelf haastig: 'Ik bedoel, ik hoop dat je ze weer net zo goed leert kennen als vroeger.'

Ik knikte. 'Ik ook.'

'Rachel,' riep Mariel. 'Het spijt me ontzettend, ik werd aan de praat gehouden door de ouders van Lara, de vriendin van Cat. Ze zijn niet erg over haar te spreken, leek het. Toby mag het voor me opknappen. O, god, ik ben niet echt een goede gastvrouw tot nu toe, hè? Gaat het wel?' Ze keek van Jen naar mij en weer terug.

'Prima,' zei ik. 'We waren net aan het bijpraten. Het was een mooie plechtigheid.'

'Ja. Ongelooflijk dat ze nu volwassen zijn.'

'Mam! Mam!' Cat voegde zich met een gespannen gezicht bij ons. 'Oom Oliver wil een foto van ons allemaal maken, kunnen jullie komen?'

'Ja, lieverd, je hoeft niet zo te schreeuwen.'

'Nou, kom dan!'

'Kom ook,' zei Jen tegen mij, en Mariel en zij gaven me allebei een hand. Ik voelde me net hun kind.

Ze stonden op een rij voor het podium, de meiden voorop, de vaders erachter. Bob knikte naar me, leek zich te bedenken en stapte uit de rij om me te omhelzen. 'Het is veel te lang geleden.'

'Te lang geleden,' herhaalde ik.

Jen en Mariel schoven op hun plaats aan weerszijden van de mannen. 'Kom jij hier maar staan, tante Rachel,' regisseerde Cat. 'Vooraan, tussen Daisy en mij.'

Oliver keek over zijn fototoestel heen en onze ogen vonden elkaar.

'Perfect,' zei hij. 'Ik heb jullie er allemaal op.'

En we keken naar hem, Jen, Mariel, Toby, Bob, Cat, Daisy en ik, en we glimlachten. En een seconde, misschien zelfs wel twee, vergat ik dat er iemand ontbrak.